Zum Buch

»›Oh, oh, oh‹, brummte er vor sich hin. ›Was haben wir denn da? Kein Wunder, dass das Gefühlsradar anspringt.‹
›Stimmt.‹ Elfe-Sieben hatte sich anstelle von Santas Frau auf der Tischkante niedergelassen. ›Das ist ein hoch emotionaler Weihnachtswunsch, und wie es aussieht, wurde er von der Weihnachtsfeier, auf der er gedacht wurde, noch vervielfacht.‹
›Was ist das denn nun für ein Wunsch?‹ Die Ehefrau des Weihnachtsmannes wandte sich wieder von dem Gefühlsradar ab. ›Worum geht es dabei?‹
›Um die Liebe.‹ Elfe-Sieben seufzte verzückt. ›Die ganz große Liebe!‹
›Oha.‹ Auf der Miene von Santas Frau erschien ein besorgter Ausdruck. ›Das sind immer die schwierigsten und auch die gefährlichsten Wünsche.‹«

Zur Autorin

Seit Petra Schier 2003 ihr Fernstudium in Geschichte und Literatur abschloss, arbeitet sie als freie Autorin. Neben ihren zauberhaften Liebesromanen mit Hund schreibt sie auch historische Romane. Sie lebt heute mit ihrem Mann und einem deutschen Schäferhund in einem kleinen Ort in der Eifel.

Petra Schier

Schneeflöckchen, Weißpfötchen

Roman

HarperCollins

1. Auflage 2025
Originalausgabe

Valentinskamp 24 · 20354 Hamburg
info@harpercollins.de
Umschlaggestaltung von zero Werbeagentur, München
Umschlagabbildung von Oleksiy Mark, otsphoto,
Yellowj, Eric Isselee / Shutterstock
Gesetzt aus der Stempel Garamond
von GGP Media GmbH, Pößneck
Druck und Bindung von GGP Media GmbH, Pößneck
Printed in Germany
ISBN 978-3-365-01173-7
www.harpercollins.de

Druckprodukt mit finanziellem
Klimabeitrag
ClimatePartner.com/15109-2009-1001

MIX
Papier
FSC FSC® C014496

1. Kapitel

»Ach du liebes bisschen, was ist denn hier explodiert?« Fassungslos stand Elfe-Sieben in der Bürotür und starrte auf das Chaos aus Aktenordnern, Wunschzettelstapeln und … Bedienungsanleitungen? So gut wie jede Oberfläche im Raum war unter Bergen von Papier verschwunden.

»Wie bitte?« Ein dumpfes Poltern folgte. »Au!« Santa Claus, auch als Weihnachtsmann bekannt, tauchte unter seinem Schreibtisch auf und rieb sich stöhnend den Kopf.

»Pass doch auf, mein Lieber!« Halb lachend, halb mitfühlend, richtete sich Santas Ehefrau auf und blickte in Richtung der kleinen Weihnachtselfe, die schon seit vielen Jahren als Assistentin des Weihnachtsmannes arbeitete. »Ach, du bist es, Elfe-Sieben. Du kommst gerade recht, um uns beim Suchen zu helfen.« Sie warf einen kurzen Blick auf die runde Uhr über der Tür. »Bist du nicht ein bisschen spät dran?«

Elfe-Sieben nickte verlegen. »Ich habe verschlafen, tut mir leid. Die Batterien an meinem Wecker waren leer.« Noch einmal blickte sie sich mit großen Augen um. »Wonach sucht ihr denn?«

Sich immer noch den Kopf reibend, erhob Santa Claus sich und setzte sich auf seinen Drehstuhl. »Nach der Bedienungsanleitung für das Weihnachtswunsch-Radar. Elf-Dreizehn hat sie mir vor Jahren ausgehändigt, aber ich weiß partout nicht mehr, wo ich sie abgelegt habe.«

»Und ausgerechnet heute ist Elf-Dreizehn nicht da, weil er mit Elfe-Sechzehn zu dieser Schlittenausstellung auf der Erde gegangen ist«, ergänzte seine Frau und erhob sich ebenfalls. »Wir haben schon alles abgesucht, aber die Anleitung ist wie vom Erdboden verschluckt.«

Vorsichtig, um nicht auf einen Stapel Papier zu treten oder einen Stapel Aktenordner umzuwerfen, trat Elfe-Sieben näher an den Schreibtisch des Weihnachtsmanns heran. »Oje, ich fürchte, da könnt ihr lange suchen. Die Anleitung ist nicht hier im Büro. Santa, erinnerst du dich nicht, dass du damals genau so eine Suchaktion wie diese hier vorausgesehen und mich gebeten hast, in unserem Archiv ein eigenes Regalfach für alle Betriebsanleitungen anzulegen, die wir besitzen?«

»Ach, hm.« Santa Claus ließ von der offensichtlichen Beule ab, die er sich bei dem unsanften Kontakt mit der Schreibtischplatte zugezogen hatte, und strich sich verlegen durch den weißen Rauschebart. »Jetzt, wo du es sagst, klingelt etwas bei mir.«

»Das erklärt dann wohl auch, warum wir hier im Büro nicht eine einzige Anleitung gefunden haben.« Seufzend ließ Santas Frau sich auf dem Rand des Schreibtischs nieder. »Ich hatte mich schon darüber gewundert.«

»Ich kann die Anleitung für das Weihnachtswunsch-Radar rasch holen.« Elfe-Sieben wandte sich zur Tür, drehte sich jedoch noch einmal um. »Wozu braucht ihr sie denn überhaupt? Ist das Radar etwa kaputt?«

»Ich bin mir nicht sicher.« Verzagt hob der Weihnachtsmann die Schultern. »Ich wollte es heute zur Kontrolle erstmals für dieses Jahr starten, weil wir ja nun Anfang

November haben und die ersten Wunschzettel eintrudeln. Es steht zwar das ganze Jahr über auf Empfang, aber um die eingetroffenen Wünsche herunterzuladen, muss es ja mit dem Computer gekoppelt sein.« Wieder strich er sich durch den Bart. »Dabei fiel mir auf, dass es wohl vor längerer Zeit, wann genau, weiß ich nicht, einen Absturz oder eine Fehlfunktion gegeben haben muss. Schau, hier.« Er deutete auf den Computerbildschirm. »Immer, wenn ich die Software zu starten versuche, erscheint diese Error-Meldung.«

Neugierig trat Elfe-Sieben näher, um ebenfalls auf den Bildschirm blicken zu können. *»Error 20729 Stack overflow«*, las sie halblaut vor, was die rot hinterlegte Fehlermeldung besagte.

»Ich habe keine Ahnung, was das bedeuten soll.« Der Weihnachtsmann klang nun besorgt. »Man kann die Meldung auch nicht einfach wegklicken, denn dann verlangt sie nach einer Bestätigungs-PIN.« Wieder deutete er auf den Bildschirm. »Aber man kann im Hintergrund sehen, dass mehrere Wünsche eingegangen sind, siehst du? Hier, am Postfach-Icon steht eine rote Zahl. Ich muss herausfinden, wie ich diese Fehlermeldung quittieren kann, um die Wünsche abzurufen.«

»Ich verstehe.« Elfe-Sieben nickte und wirbelte um die eigene Achse. »Bin schon unterwegs!«

Es dauerte wirklich nicht lange, bis sie mit der Bedienungsanleitung aus dem Archiv im Keller zurückkehrte, dennoch trommelte Santa Claus ungeduldig mit den Fingern neben der Computermaus auf die Tischplatte.

»Da haben wir es schon!« Elfe-Sieben blätterte bereits

in dem recht umfangreichen Buch. »Hier, im Kapitel der Fehlermeldungen.« Sie tippte auf eine Seite. »*Error 20729 Stack overflow* bedeutet …« Sie murmelte etwas Unverständliches vor sich hin, dann hob sie mit besorgter Miene den Kopf. »Das bedeutet, ein überdimensionaler Wunsch verursacht einen Absturz der Software und verstopft danach sozusagen den Posteingang.«

»Und wie kann man das reparieren?« Santas Frau streckte die Hand nach der Betriebsanleitung aus und las sich, als die Elfe sie ihr aushändigte, den betreffenden Abschnitt durch. »Hier steht auch nur, dass man diese PIN eingeben muss und danach den Wunsch, der das Problem verursacht hat, manuell in einen eigenen Ordner verschieben soll, um ihn zu bearbeiten. Wie die PIN lautet, steht leider nicht dabei.«

»Ich kann mich auch gar nicht entsinnen, so eine PIN von Elf-Dreizehn erhalten zu haben.« Santa Claus runzelte die Stirn. »Und was nun?«

»Versuch es doch mal mit der vierstelligen PIN, mit der du dich auch am Betriebssystem selbst anmeldest, wenn du den Computer startest.« Elfe-Sieben grinste. »Bestimmt hat Elf-Dreizehn die hinterlegt, weil er ganz genau weiß, dass du bei zig verschiedenen Zahlenkombinationen bloß durcheinandergerätst.«

»Hm …« Mit immer noch mit gerunzelter Stirn gab Santa Claus die PIN ein – und atmete erleichtert auf. »Es hat funktioniert! Dann wollen wir doch mal sehen, was das für ein riesiger Wunsch sein soll, der …« Er brach ab und hustete. »Ach herrje. Schatz, Elfe-Sieben, schaut euch das mal an! Das ist ja ungeheuerlich.«

»Lass sehen.« Die Frau des Weihnachtsmannes beugte sich neugierig vor, und auch Elfe-Sieben drängte sich neben sie, um erkennen zu können, was auf dem Bildschirm zu sehen war.

»Der Wunsch ist ja auf den vierundzwanzigsten Dezember des vergangenen Jahres datiert!« Die Elfe blickte Santa mit großen Augen an. »Aber er ist in den Ordner für dieses Jahr verschoben worden.«

»Das muss beim oder nach dem Systemabsturz passiert sein.« Santas Frau blätterte erneut in der Betriebsanleitung. »Hier steht, dass das automatisch geschieht, wenn die Wunscherfüllungsphase des laufenden Jahres abgeschlossen ist. Und das war sie ja an Heiligabend.« Sie warf einen kurzen Blick auf den Bildschirm. »Da, die Uhrzeit belegt es. Als dieser Wunsch eingegangen ist, bist du bestimmt gerade zu deiner Reise um die Welt aufgebrochen.«

»Und der Wunsch lag nun also das ganze Jahr über in diesem Ordner, ohne dass ich ihn entdeckt habe?« Der Weihnachtsmann verzog besorgt die Lippen. »Das gefällt mir gar nicht.«

»Anscheinend hat der Systemausfall damals dafür gesorgt, dass er versehentlich als ›gelesen‹ markiert wurde.« Elfe-Sieben hatte Santas Frau die Anleitung wieder abgenommen und überflog die Texte zur Problembehandlung. »Das sollte eigentlich nicht passieren, da muss Elf-Dreizehn unbedingt noch mal ran und das überprüfen. Die Error-Meldung scheint nur ausgelöst worden zu sein, weil inzwischen noch weitere Wünsche eingetroffen sind und für die komplette Verstopfung des Postfachs gesorgt haben.«

»Sobald Elf-Dreizehn wieder da ist, sage ich ihm Bescheid.« Santa Claus fuhr mit dem Mauszeiger über die eingegangenen Gedanken-Wünsche. »Die sind alle nicht sonderlich groß oder auffällig, zumindest nicht im Vergleich zu diesem hier.« Der Mauszeiger verharrte kurz auf dem Wunsch von vor knapp einem Jahr. Als Santa Claus ihn mit einem Doppelklick öffnete, schrillte hinter ihm das Gefühlsradar in ohrenbetäubender Lautstärke los.

»Um Himmels willen!« Santas Frau zuckte zusammen, sprang auf, eilte zu dem Gerät in der Ecke hinter dem Schreibtisch und regelte den Ton rasch herunter. »Seht euch bloß mal diese heftigen Ausschläge an!«

Santa Claus warf nur einen kurzen Blick über die Schulter, konzentrierte sich aber sogleich wieder auf den Wunsch, der ihm auf dem Bildschirm angezeigt wurde. »Oh, oh, oh«, brummte er vor sich hin. »Was haben wir denn da? Kein Wunder, dass das Gefühlsradar anspringt.«

»Stimmt.« Elfe-Sieben hatte sich anstelle von Santas Frau auf der Tischkante niedergelassen. »Das ist ein hoch emotionaler Weihnachtswunsch, und wie es aussieht, wurde er von der Weihnachtsfeier, auf der er gedacht wurde, noch vervielfacht.«

»Was ist das denn nun für ein Wunsch?« Die Ehefrau des Weihnachtsmannes wandte sich wieder von dem Gefühlsradar ab. »Worum geht es dabei?«

»Um die Liebe.« Elfe-Sieben seufzte verzückt. »Die ganz große Liebe!«

»Oha.« Auf der Miene von Santas Frau erschien ein besorgter Ausdruck. »Das sind immer die schwierigsten und auch die gefährlichsten Wünsche.«

»Stimmt auffallend.« Santa Claus tippte bereits auf der Tastatur einige Befehle. »Sehen wir uns erst einmal an, wer dieser Xander ist, der den Wunsch gedacht hat … Aha!«

»Ein junger Fotograf und Reiseblogger. Hier steht sogar, wie man seinen Namen ausspricht. Englisch nämlich, also *Sänder* mit weichem S am Angang. Bestimmt spricht das fast jeder falsch aus, deshalb ist es im Himmelsarchiv für uns hinterlegt.« Elfe-Sieben beugte sich so weit vor, dass ihre spitze Mütze ihr beinahe vom Kopf gerutscht wäre. Hastig rückte sie ihre Kopfbedeckung wieder gerade. »Anscheinend kommt er viel in der Welt herum, aber zu Weihnachten war er bei seiner Angebeteten zu Besuch.«

»Bei seiner Angebeteten?« Santas Frau lachte. »Sagt man das heute überhaupt noch?«

»Ist doch egal.« Elfe-Sieben grinste. »Schaut lieber mal genau hin, wer seine Ellie ist. Wir haben vor einiger Zeit ihrer älteren Schwester geholfen, ihren Weihnachtswunsch zu erfüllen und ihr Glück zu finden.«

»Jana Weißmüller.« Santa grinste ebenfalls. »Das ist doch diese talentierte Glaskünstlerin.«

»Ganz genau.« Elfe-Sieben nickte enthusiastisch. »Sie lebt in dieser entzückenden kleinen Stadt im Rheinland, in der wir schon so viele große Weihnachtswünsche erfüllen durften.«

»Und nun ist also ihre Schwester Ellie an der Reihe.« Aufmerksam blickte Santas Frau ihrem Mann über die Schulter. »Oder vielmehr … Wie genau steht dieser Xander denn zu Ellie? Sie scheinen etwa im gleichen Alter zu sein.«

»Sie sind gut befreundet.« Santa Claus scrollte sich durch die weiteren Informationen, die er aus dem Himmelsarchiv abgerufen hatte. »Sehr gut sogar. Er, Ellie, eine junge Frau namens Jelena und deren jüngerer Bruder Arian. Aus den Archivdaten geht hervor, dass sie so etwas wie ein vierblättriges Kleeblatt waren, zumindest während der Schulzeit und noch ein Weilchen danach. Dann haben alle ihre Ausbildungen gemacht und sind ihre jeweiligen Wege gegangen, haben sich aber nie aus den Augen verloren, obwohl Xander nach seiner Ausbildung zum Fotografen erst bei verschiedenen Zeitschriften und Magazinen gearbeitet und sich danach mit seinem Reiseblog selbstständig gemacht hat und viel durch ganz Europa gereist ist.«

»Ellie betreibt doch zusammen mit ihrer Mutter einen Friseursalon, wenn ich mich nicht irre, oder?«, warf Elfe-Sieben eifrig ein.

»So ist es«, bestätigte der Weihnachtsmann. »Vergangene Weihnachten war Xander, anscheinend ganz überraschend, zusammen mit seiner jüngeren Schwester Xenia bei Ellies Familie zu Besuch. Die Details muss ich mir noch ganz in Ruhe ansehen.«

»Und dort hat er an Heiligabend also einen großen Wunsch gedacht.« Santas Frau verzog nachdenklich die Lippen. »Wenn ich das richtig sehe, hat er sich gewünscht …«

»Dass Ellie endlich seine Gefühle erwidert«, vervollständigte Elfe-Sieben den Satz. »Ist das nicht furchtbar romantisch?«

Santas Frau räuspert sich. »Ich würde es eher nur als furchtbar bezeichnen.«

»Warum das denn?« Der Weihnachtsmann drehte sich verblüfft zu ihr um.

Sie hob die Schultern. »Weil Liebe nicht einfach herbeigewünscht werden kann – und erzwungen auch nicht. Ich fürchte, das ist so ein Wunsch, der sich nur ganz schwer erfüllen lassen wird. Denn wenn Ellie Xanders Gefühle bis jetzt nicht erwidert hat, wie willst du es anstellen, dass sich das ändert? Noch dazu in den wenigen Wochen bis Weihnachten? Eigentlich dürften wir uns in solche Dinge gar nicht einmischen.«

»Aber ein Wunsch ist ein Wunsch ist ein Wunsch!«, zitierte Elfe-Sieben das Motto des Weihnachtsmannes.

»Und muss deshalb erfüllt werden«, fügte dieser mit ernster Miene hinzu. »Ich muss es zumindest versuchen.«

»Noch wissen wir ja auch gar nicht, ob Ellie Xander ebenfalls liebt«, gab Elfe-Sieben zu bedenken. »Vielleicht gibt es ja einen Grund, weshalb die beiden bisher nicht zusammengefunden haben. Ist dazu in Xanders Wunsch etwas vermerkt?«

»Nein, leider nicht.« Der Weihnachtsmann rief den Wunsch erneut auf. »Soweit ich es verstehe, wünscht er sich nur, dass sie seine Gefühle erwidert, die er anscheinend schon lange für sie hegt.«

»Das müssen aber schon sehr große Gefühle sein, wenn sie gleich unser Weihnachtswunsch-Radar zum Absturz bringen.« Die Besorgnis war nach wie vor nicht aus der Miene von Santas Frau gewichen.

»Wenn er letztes Jahr überraschend bei Ellie und ihrer Familie zu Besuch war, hat das, zusammen mit der Weihnachtsstimmung, den Wunsch sehr wahrscheinlich extrem verstärkt.« Elfe-Sieben sprang von der Tischkante herunter. »Santa, leg doch mal einen Feed auf einen der Bildschirme an der Videowand, am besten mit Splitscreen, damit wir Xander und Ellie im Auge behalten können.« Umständlich stakste sie über die am Boden verteilten Aktenordner und um einen Stapel Wunschzettel herum. »Wir müssen ja schließlich erst einmal die aktuelle Lage peilen.«

»Augenblick.« Der Weihnachtsmann gab ein paar Befehle in den Computer ein, und Augenblicke später sprang einer der Bildschirme an der großen Videowand an sowie gleich darauf ein zweiter. »Huch, was war das denn?«

»Ich sagte doch Splitscreen«, protestierte Elf-Sieben, »Nicht zwei einzelne ... Oh, Moment mal, das ist ja gar nicht ... Wen haben wir denn da?« Neugierig trat sie einen Schritt näher an die Bildschirme heran und wäre dabei fast auf einem Wunschzettel ausgerutscht. »Oje, oh nein, was ist das denn für eine traurige, abgemagerte Kreatur?«

»Lass sehen!« Santas Frau eilte – vorsichtig, um das Chaos im Büro nicht noch zu verschlimmern – ebenfalls zur Videowand und stieß gleich darauf einen erschrockenen Laut aus. »Bei allen großen Geistern, ist das ein Hund?«

»Ich fürchte, ja.« Elfe-Sieben kämpfte mit den Tränen. »Schau nur, wie traurig sie aussieht und wie vernachlässigt!«

»Wie kommt sie denn plötzlich auf den Bildschirm?« Santas Frau warf ihrem Mann einen fragenden Blick zu.

»Ich weiß es nicht.« Er hob ratlos die Schultern. »Oder ... wartet mal!« Eilig rief er die Liste mit den Wünschen auf, die das Weihnachtswunsch-Radar empfangen hatte. »Ist es eine weiße Schäferhündin?«

Elfe-Sieben nickte. »Ja, zumindest sieht sie unter all dem Schmutz ein bisschen so aus.«

»Dann ist das Amara.« Santa Claus erhob sich und gesellte sich zu der Elfe und seiner Frau, stieß dabei aber mit dem Fuß gegen einen Stapel Aktenordner, der daraufhin umkippte. »Mist!«

»Pass doch auf!« Seine Frau seufzte. »Wer ist Amara?«

»Eine Streunerin, seit sie vor einem halben Jahr ausgesetzt wurde.« Santa Claus strich sich einmal mehr durch den Bart. »Ich weiß nicht genau, warum, aber das Weihnachtswunsch-Radar hat ihren sehnlichen Wunsch nach einem neuen Zuhause aufgefangen.«

»Und wo ist sie da jetzt?« Elfe-Sieben starrte wie gebannt auf den Bildschirm. »Was ist das für ein Wald?«

»Zufällig der Wald bei dieser kleinen Stadt, in der auch Ellie lebt.« Santa Claus hustete. »Wenn das nicht mal ein Zufall ist.«

»Tatsächlich.« Seine Frau kräuselte die Lippen. »Du siehst aus, als hättest du etwas vor.«

»Vielleicht.« Er lächelte kaum merklich. »Hunde haben uns in den vergangenen Jahren sehr oft geholfen – und wir ihnen.«

»Da gibt es nur ein kleines Problem«, wandte Elfe-Sieben ein.

»Und das wäre?« Fragend hob Santa Claus die Augenbrauen.

»Soweit ich mich erinnere, hat Ellie riesige Angst vor Hunden.« Elfe-Sieben seufzte. »Sie wurde als Kind mal angefallen und schwer verletzt. Ich erinnere mich genau, dass das mal zur Sprache kam, als wir den Wunsch ihrer Schwester erfüllt haben. Oder vielleicht war es auch irgendwann später. Ist ja auch egal. Ich glaube nicht, dass wir ihr einen Gefallen tun, wenn wir versuchen, Amara und sie zusammenzubringen. Für die arme Hündin müssen wir eine andere Lösung finden.«

»Hm, tja ...« Der Weihnachtsmann runzelte nachdenklich die Stirn. »Wenn das so ist ... Aber andererseits ... Vor Scottie, dem Hund von Jana und Oliver, hat sie inzwischen keine Angst mehr.«

»Das ist doch etwas ganz anderes«, warf seine Frau ein. »Und sie hat lange gebraucht, um ihre Furcht vor ihm zu überwinden. Ich sehe es wie Elfe-Sieben, für Amara sollten wir eine andere Lösung finden. Das wird sonst auch alles viel zu kompliziert. Du hattest doch so sehr auf eine ruhige Vorweihnachtszeit gehofft.«

»Ach was, Ruhe wird vollkommen überbewertet.« In den Augen des Weihnachtsmannes glomm ein unternehmungslustiger Funke. »Aber wenn es euch beruhigt, werde ich erst einmal noch ein paar weitere Erkundigungen einholen, bevor ich mich an einen konkreten Plan zur Wunscherfüllung mache.« Schwungvoll drehte er sich um, weil er zu seinem Schreibtisch zurückkehren wollte, und trat prompt auf einen Aktenordner, der daraufhin ins Rutschen geriet. Wild ruderte Santa Claus mit den Armen, landete aber dennoch im nächsten Moment unsanft auf seinem Allerwertesten. »Autsch!«

»Ist dir was passiert?« Besorgt beugte seine Frau sich über ihn und half ihm, wieder aufzustehen.

»Nein, nein, alles in Ordnung.« Santa Claus rieb sich über seine Kehrseite, dann blickte er sich mit zerknirschter Miene in seinem Büro um. »Ich fürchte, die Recherche muss noch ein wenig warten. Zuerst muss ich hier aufräumen.«

2. Kapitel

»Ach, Mist, ihr seid ja schon fest bei der Arbeit!« Außer Atem hatte Ellie die gläserne Eingangstür zu dem großen, zweigeschossigen Gebäude in der Annastraße aufgestoßen und trat ein. Mit einem unterdrückten Ächzen stellte sie die große Tasche mit Einkäufen sowie den schweren Farbeimer ab und lockerte die Arme. »Warum sind Sachen aus dem Baumarkt bloß immer so schwer?«

»Das ist ein Naturgesetz.« Jelena, mit der Ellie bereits befreundet war, seit sie denken konnte, hob den Farbeimer ein paar Zentimeter an, stellte ihn jedoch gleich wieder ab und verdrehte die Augen. »Arian, du bist dran. Wozu haben wir schließlich einen starken Mann im Team?«

Ihr um drei Jahre jüngerer Bruder legte vorsichtig den Pinsel auf dem Rand der Dose ab, in der sich fliederfarbene Wandfarbe befand, mit der er einen vorgezeichneten Bereich in der hinteren Ecke des Raumes gestrichen hatte. »Bin ich etwa euer Packesel?«, scherzte er, als er näher kam und sich den schweren Eimer schnappte. »Ich darf mir natürlich die Nägel ruinieren, was?« Mit gespielt anklagender Miene streckte er die freie Hand aus, deren Fingernägel in einem schillernden Schwarz-Lila lackiert waren.

Ellie prustete. »Schätzelein, deine Nägel sind längst ruiniert, da macht ein Farbeimer auch keinen Unterschied mehr.«

Verdrießlich musterte Arian seine Fingernägel, die, wie die gesamte Hand, von Farbklecksen übersät und an einigen Stellen unschön abgesplittert waren. »Ich fürchte, da hast du nicht ganz unrecht.« Er sah sich suchend um. »Wohin soll der Eimer denn?« Nach einem Blick auf das Etikett grinste er anerkennend, wodurch die Grübchen in seinen Wangen auf anbetungswürdige Weise sichtbar wurden. »Granatapfelrot. Nice.«

»Das ist für die Ecken und Kanten im Salonbereich nebenan.« Ellie deutete nach rechts, wo hinter einem breiten Durchgang die Räumlichkeiten ihres zukünftigen Wirkungskreises lagen.

»Doppel-nice.« Arian trug den Eimer ohne sichtbare Anstrengung hinüber in den zukünftigen Friseursalon. Ellie blickte ihm dankbar nach und stellte einmal mehr fest, was für ein ansehnliches Exemplar von einem Mann er war. Fast eins neunzig groß, durchtrainiert vom regelmäßigen Schwimmen und Kraftsport, breitschultrig mit schmalen Hüften und langen, muskulösen Armen und Beinen. Zu schade, dass sie ihn schon viel zu lange und zu gut kannte, um sich romantisch zu ihm hingezogen zu fühlen. Dabei war er beinahe perfekt, zumindest äußerlich. Sein langes dichtes, etwas über schulterlanges Haar war zu einem gepflegten Zopf gebunden. Dass es stets glänzte und splissfrei blieb, dafür sorgte Ellie alle vier Wochen höchstpersönlich mit ihrer Friseurschere und einer professionellen Haarkur.

Das Gesicht mit den hohen markanten Wangenknochen, Erbe seiner ungarischen Vorfahren, war von einem ebenfalls gepflegten Fünftagebart bedeckt. Seine strahlend blauen Augen glichen denen seiner Schwester Jelena ganz frappierend, doch abgesehen davon und von den langen dichten, dunkelbraunen Haaren hatten die beiden nicht viel gemein. Jelena, wie Ellie gerade dreißig Jahre alt, war im Gegensatz zu Arian nur eins siebzig, sehr kurvig und, wenngleich durchaus nicht unsportlich, so doch alles in allem eher weich und anschmiegsam. Ellie, die in ihrer Jugend ebenfalls wettkampfmäßig geschwommen war und sich auch heute noch gerne mindestens ein- bis zweimal pro Woche im Schwimmbad verausgabte, stach optisch von den beiden ab. Zwar hatte auch sie dunkelbraunes Haar, das sie schon seit Jahren zu einem frechen Pixie geschnitten trug, momentan mit einer pinkfarbenen Ponysträhne, die sich sanft um ihre linke Wange schmiegte, doch sie war weder groß noch muskulös und auch nicht so kurvig wie ihre Freundin. Sie war nur eins fünfundsechzig, sehr schlank und mit einem Mini-Busen versehen, der nur mithilfe eines wirklich guten Wonderbras nach mehr als einer Kinderhand voll aussah.

Sie waren also ein optisch höchst interessantes Trio, verbunden durch eine Sandkastenfreundschaft, wie sie besser und beständiger kaum sein konnte, zumindest, was Jelena und Ellie betraf. Arian war erst viel später dazugestoßen, hauptsächlich, weil Ellie und Jelena sowie der damals Dritte im Bunde, Xander, Jelenas jüngeren Bruder sehr oft hatten mitschleppen müssen, wenn sie etwas unternommen hatten. Anfangs war das noch lästig gewesen, denn drei Jahre Altersunterschied machte vor allem im Teenageralter doch eine Menge aus, doch je älter sie wurden, desto besser hatten sie sich verstanden, und mittlerweile konnte Ellie sich ein Leben ohne die beiden – und Xander natürlich – nicht mehr vorstellen.

Allerdings war Xander nun schon seit acht Jahren in der Weltgeschichte unterwegs, davon die letzten fünf Jahre fast ununterbrochen. Als Reisejournalist und -fotograf hatte er einen sehr erfolgreichen Blog ins Leben gerufen. Ab und zu nahm er auch Aufträge für Fotoreportagen, zum Beispiel beim Lifestyle-Magazin *Zeitschritte,* an oder bei anderen großen Zeitschriften. Deshalb war das einstige vierblättrige Kleeblatt in den vergangenen Jahren etwas auseinandergedriftet. Zwar telefonierten, zoomten und texteten sie alle regelmäßig miteinander, aber ohne Xander vor Ort war es trotzdem nicht dasselbe wie früher.

Glücklicherweise hatte er kürzlich verkündet, dass er irgendwann im Lauf des kommenden Jahres nach Hause zurückkehren und mit einem eigenen Fotostudio sesshaft werden wollte. Zwar gab es in der Stadt bereits eines, das sehr erfolgreich von Sophie Braumann geführt wurde, doch ein zweites würde der Stadt wohl kaum schaden, besonders weil die künstlerische Herangehensweise von Sophie und Xander sich stark voneinander unterschieden. Xander würde mit Sicherheit auch weiterhin seine wunderbaren Natur- und Städtefotos in seinem Blog veröffentlichen sowie möglicherweise auch auf Ausstellungen präsentieren und verkaufen. Zumindest ermutigte Ellie ihn dazu bei jeder sich bietenden Gelegenheit. Bis dahin würde aber noch einige Zeit ins Land ziehen und jede Menge Arbeit auf Ellie, Jelena und Arian warten, bis sie im kommenden Jahr ihre große Beauty-Oase mit Friseursalon, Kosmetik- und Nagelstudio eröffnen konnten.

Ellie hatte sich mittlerweile aus ihrem pinkfarbenen Kurzmantel geschält und ihn zu den anderen Jacken und

Taschen auf einen Tisch neben dem Eingang gelegt. Sie sah sich eingehend um. »Ihr seid ja schon gut vorangekommen.«

»Aber nur hier vorne.« Jelena deutete auf die Wände des Raumes. »Nebenan im Salon und in den hinteren Zimmern ist noch gar nichts passiert.«

Sehnsüchtig blickte Ellie hinüber zu ihrem zukünftigen Refugium, seufzte dann aber bedauernd: »Dann mache ich mich mal an die Arbeit im Büro. Schließlich sollen die Möbel diese Woche geliefert werden.«

»Ich habe auch schon alles für die Fliesenleger im Bad vorbereitet«, fügte Jelena an. »Jetzt wollte ich mit den Wänden in der Kaffeeküche anfangen. Denn die Kücheneinrichtung soll ja auch schon am Donnerstag geliefert werden.«

Ellie nickte zustimmend. »Dann machen wir uns wohl am besten gleich an die Arbeit. Mama wollte eigentlich auch noch herkommen, sobald sie Feierabend gemacht hat, aber ich habe ihr gesagt, dass das nicht nötig ist. Sie muss ja schließlich auf meine Arbeitskraft im Salon verzichten, weil ich früher gegangen bin. Ich weiß, wie anstrengend das ist, auch wenn Helge auch noch mithilft. Ich denke, wir schaffen das heute auch ohne sie.«

»Deine Mutter hat sowieso schon so viel getan. Ohne sie wären wir längst nicht so weit. Dabei wollte sie ursprünglich ja mehr stille Teilhaberin sein, und nun nimmt sie uns einfach alles ab, was nur möglich ist, und wird garantiert auch im neuen Salon noch voll mitarbeiten.« Arian kehrte zu seinem Pinsel zurück. »Sie hat sich einen freien Abend verdient.«

»Dann mal los!« Ellie rieb betont munter die Handflächen aneinander, hauptsächlich, um sich selbst zu motivieren und zu überspielen, wie wenig sie sich auf die vor ihr liegende Aufgabe freute. Sie hasste Tapezieren und Anstreichen von ganzem Herzen. Eine Profifirma konnten sie sich jedoch nicht leisten. Nur für die schwierigsten Gewerke hatten sie ein Budget, alles Übrige mussten sie selbst stemmen. »Was haben wir denn hier?« Sie sprach die Worte absichtlich laut aus und gab ihrer Stimme einen unternehmungslustigen Tonfall. »Wenigstens kann man bei weißer Wandfarbe nicht viel falsch machen«, redete sie mit den Wänden, die sie zusammen mit ihrem Vater am Wochenende tapeziert hatte. Zumindest diese nervige Aufgabe war bereits erledigt. Sie öffnete den Farbeimer, suchte sich die erforderlichen Arbeitswerkzeuge zusammen und war nur wenige Minuten später damit beschäftigt, die Ecken und Ränder weiß zu streichen. Dabei summte und sang sie halblaut die Songs auf ihrer Kuschelrock-Playlist mit, die von ihrem Smartphone an einen winzigen, jedoch erstaunlich leistungsstarken Bluetooth-Lautsprecher übertragen wurden. Auch aus den anderen Räumen drang Musik. Arian hatte sich für Songs von Madonna entschieden und sang gerade *La Isla Bonita* mit, während aus der Küche *Send me an Angel* von den Scorpions zu vernehmen war.

Ellie musste grinsen, als aus ihrem Lautsprecher *Unchained Melody* aus dem Film *Ghost – Nachricht von Sam* erklang. Sie erhöhte ein wenig die Lautstärke der Musik und ihres Gesangs.

Prompt sang auch Arian viel lauter mit, und nur Sekunden später setzte auch Jelena mit gleichermaßen Nachdruck wie Talent ein. Eifrig pinselte Ellie weiße Farbe auf die Wand vor ihr. Der Gesangswettbewerb war eröffnet.

***

Xander hatte seinen Hybrid-SUV auf dem großen Parkplatz beim Marktplatz abgestellt und schlenderte nun gemächlich über das Areal, auf dem in etwa vier Wochen der Weihnachtsmarkt eröffnet werden würde. Für einen Moment blieb er vor dem Schaufenster des alteingesessenen Juweliers Stein stehen, der wie immer Uhren, Ketten und Armbänder in geschmackvollen Arrangements ausstellte. Ein Abteil der Auslagen war für die bezaubernden Glaskunstwerke der ortsansässigen Glaskünstlerin Jana Weißmüller-Jones reserviert. Diese Ringe, Ohrgehänge und Ketten betrachtete er besonders lange und mit Stolz. Er kannte Jana schon, seit er auf der Welt war; sie war fast wie eine große Schwester oder eine Cousine für ihn.

Besonders lange blieb sein Blick an einer filigranen Kette aus Glas hängen, deren Anhänger eine winzige, aber wunderbar detailreiche Weihnachtselfe war, die ihn seltsamerweise sofort an Janas jüngere Schwester Ellie denken ließ. Vielleicht, weil die Elfe unter ihrer spitzen Mütze einen ähnlich pfiffigen Pixie-Haarschnitt wie Ellie trug. Ein Blick auf das Preisschild ließ ihn husten, dennoch betrat er spontan das Juweliergeschäft und kaufte die Kette.

Als er wieder auf die Straße trat, gingen gerade die Straßenlaternen an, und auch die meisten Geschäfte und Restaurants waren bereits hell erleuchtet. Der Himmel war heute von tief hängenden Wolken bedeckt, weshalb die frühabendliche Dunkelheit noch schneller als sonst hereinbrach. Als er die Annastraße, eine der Haupteinkaufsstraßen im Stadtzentrum, entlangging, immer noch ohne Eile, erblickte er in manchen Schaufenstern und vor einigen Ladentüren noch Überbleibsel der Herbst- und Halloween-Dekoration: Vogelscheuchen, grinsende Gespenster, überdimensionale Spinnen sowie ein paar Hexen auf ihren fliegenden Besen. Auch einige Kürbisse waren noch zu sehen. Dazwischen fanden sich aber auch schon ein paar vorweihnachtliche Lichterketten und geschmückte Tannenzweige. Im Schaufenster von Tessas Blumenladen waren neben bunten Herbstgestecken bereits Töpfe mit blühenden Christrosen zu sehen. Der Winter und mit ihm der Advent näherten sich mit großen Schritten, auch wenn noch nicht einmal die Laternenumzüge zum Festtag des Heiligen Martin stattgefunden hatten.

Etwas länger als vielleicht nötig hielt Xander sich vor den Auslagen des Blumenladens auf und genoss die Erinnerungen an seine Kindheit und Jugend, die auf ihn einströmten. Nachdem er fast acht Jahre lang in der Welt herumgereist war, merkte er nun, mit einunddreißig, wie sehr er seine Heimat vermisst hatte. Seine Eltern und seine damals erst siebzehnjährige Schwester Xenia waren vor acht Jahren in eine kleine Stadt namens Lichterhaven an der Nordseeküste gezogen, weil das dortige Klima seinem Vater besser bekam, der an chronischer Bronchitis litt.

Xenia war vor einem halben Jahr in ihr altes Elternhaus zurückgekehrt, weil sie eine gute Stellung im *Sternbach Hotel und Resort* ergattert hatte und davon träumte, aus ihrem großen Elternhaus mit dem weitläufigen Garten eines nicht zu fernen Tages ein Bed & Breakfast zu machen. Das Anwesen war bereits seit fünf Generationen in der Familie und früher einmal ein Gutshof gewesen. Auch als Gasthof hatte es bereits einmal über längere Zeit gedient. Ihre Eltern waren damit einverstanden, solange die beiden Geschwister sich nicht darüber in die Haare gerieten, denn das Anwesen würde eines Tages als Erbe zu gleichen Teilen an sie beide fallen.

Xander hatte seiner Schwester bereits angeboten, einen Vertrag aufzusetzen, der ihn zum stillen, gleichberechtigten Teilhaber machen würde – und zum Investor, mit dessen finanzieller Hilfe Xenia diesen Traum schneller würde verwirklichen können. Über die Details würden sie sich in der nächsten Zeit ausgiebig die Köpfe heißreden können.

Bis gestern war er noch durch Nordfrankreich gereist; die Artikel dazu würde er in der nächsten Zeit veröffentlichen. Heute Vormittag war er spontan von dort aufgebrochen. Eigentlich hatte er erst im neuen Jahr, vielleicht im April oder Mai, nach Hause zurückkehren wollen. Ihm hatte ursprünglich vorgeschwebt, eine Artikelserie über europäische Weihnachtsbräuche und Winterlandschaften in Bild und Wort festzuhalten, aber dann hatte ihn unvermittelt das Heimweh gepackt – und die Einsicht, dass sich sein größter Wunsch wohl nicht erfüllen würde, solange er in der Ferne umherschweifte.

Wirklich eingestanden hatte er sich diesen Wunsch bereits vor einem guten Jahr, doch dann hatte er immer wieder Ausreden gefunden, um diese Sache vor sich herzuschieben. Nun gut, ein paar sehr lukrative Fotoserien waren ebenfalls dazwischengekommen, und er hatte sich erfolgreich eingeredet, dass er sich erst ein ausreichendes finanzielles Polster schaffen musste, ehe er daran denken konnte, sesshaft zu werden und ein eigenes Studio nebst Galerie zu eröffnen.

Geräuschvoll stieß er die Luft aus und sog gleich darauf die feuchtkalte Herbstluft in seine Lungen. Er zögerte schon wieder viel zu lange, dabei freute er sich schon so sehr, Ellie, aber auch Arian und Jelena wiederzusehen. Von Ellies Mutter, deren Friseursalon ganz in der Nähe er vorhin einen Besuch abgestattet hatte, wusste er, wo die drei sich gerade aufhielten.

Das große, zweistöckige Gebäude direkt gegenüber vom Blumenladen war im Erdgeschoss hell erleuchtet. Durch die breiten Schaufenster und die gläserne Eingangstür konnte er erkennen, dass im Inneren fleißig renoviert wurde.

Immer noch reichlich langsam überquerte Xander die Fußgängerzone und blieb vor dem Eingang stehen. Er konnte Arian sehen, der linker Hand mit einem Pinsel fliederfarbene Akzente auf einen abgeklebten Bereich an der Wand aufmalte, und Musik hören oder vielmehr ein nicht identifizierbares Gewummer.

Kurz benutzte Xander die Glastür als Spiegel, musterte sich und fuhr sich gewohnheitsmäßig mit beiden Händen ordnend durch seine stets leicht verwuschelten blonden Locken, rückte seine Brille gerade, obgleich es nicht notwendig war, und drückte schließlich entschlossen die Tür auf. Erst jetzt schlug ihm die volle Kakophonie aus drei verschiedenen Musikstücken und dem Gesang dreier Stimmen entgegen. Unwillkürlich grinste er breit: *Papa don't preach* von Madonna mischte sich mit *Love you like a Hurricane* von den Scorpions. Letzteres konnte nur Jelena sein. Dazwischen *Everybody Hurts* von R.E.M.

Arian, Jelena und auch Ellie sangen lautstark mit, offensichtlich in dem Bemühen, sich gegenseitig zu übertrumpfen. Arian hatte den Besucher wegen des infernalischen Lärms gar nicht bemerkt, deshalb trat Xander einfach hinter ihn und tippte ihm leicht auf die Schulter.

Arian zuckte zusammen und ließ den Pinsel fallen, achtete aber gar nicht darauf, als er Xander erkannte. Ehe er einen Freudenschrei ausstoßen konnte, legte Xander rasch einen Finger an die Lippen und lächelte vielsagend. Arian verstand und umarmte ihn herzlich, aber wortlos. Dann bedeutete er Xander mit Gesten, dass die beiden Frauen sich in den hinteren Räumen aufhielten, und nahm seinen Gesang wieder auf.

Xander ging auf den Durchgang zu, der zu den rückwärtigen Räumlichkeiten führte, und spürte kurz dem Kribbeln in seiner Magengrube nach. Sein Herzschlag hatte sich ein wenig beschleunigt. Kurz zögerte er, als er Jelena durch die Tür sah, die links in einen Raum führte, in dem ein alter Kühlschrank stand. Sie strich dort singend eine Wand. Rechter Hand gab es ebenfalls eine Tür zu einem erleuchteten Zimmer, und dort war Ellie mit Anstreichen beschäftigt. Ihr Anblick nahm ihm die Entscheidung, wen er zuerst begrüßen sollte, augenblicklich ab. Von nebenan ertönte inzwischen *Wind of Change*, vom vorderen Raum Madonnas *True Blue*.

Während Arian und Jelena wieder lauthals mitsangen, fluchte Ellie, weil ihre Playlist offensichtlich gerade gestoppt hatte. »Moment!«, rief sie, ohne sich umzudrehen. »Ich muss die blöde App neu starten.«

»Ja, ja, beeil dich mal«, kam es zusammen mit einem Lachen von Jelena. »Sonst habe ich gewonnen. Ich liege eh vorn.«

»Von wegen.« Ellie wischte mit einer Hand auf dem Display ihres Handys herum, während sie in der anderen die Farbrolle hielt.

»*But no matter where I go, you're the one for me, baby, this I know, cause it's true love*«, sang Xander einfach Arians Song mit.

***

Ellie fluchte unterdrückt, weil ihre Kuschelrock-Playlist sich einfach verabschiedet hatte. Hektisch wischte sie auf dem Display ihres Smartphones herum, um sie erneut zu starten. Als sie hinter sich eine dunkle Männerstimme vernahm, die Arians Madonna-Song textsicher mitsang, erstarrte sie für eine Sekunde. Die Malerrolle fiel ihr aus der Hand und klatschte in den Farbeimer. Sie fuhr so schnell zu dem Besucher herum, dass sie beinahe ihr Handy von sich geworfen hätte.

»*True love, you're the one, I'm dreaming of*«, sang er mit einem breiten Grinsen weiter.

»Xander!«, kreischte sie begeistert, rannte auf ihn zu und sprang ihm regelrecht in die Arme. »Wo kommst du denn her? Ich dachte, du bist noch den ganzen Winter über in Frankreich.«

Xander erwiderte ihre stürmische Umarmung und wirbelte sie einmal im Kreis herum. »Kleine Planänderung.«

»Wie toll ist das denn?« Sie presste ihr Gesicht für einen

Moment gegen seine Schulter, spürte die weiche Wolle seines dunkelroten Kurzmantels und sog seinen ihr so vertrauten Duft ein. Dann trat sie einen halben Schritt zurück, stellte sich auf die Zehenspitzen und küsste ihn auf beide Wangen. »Warum hast du denn nichts gesagt? Wir hätten doch eine Party schmeißen können oder so. Wie lange bleibst du?«

»Was ist denn hier los?«, erklang von der Tür her Jelenas Stimme. »Habe ich da etwa …? Xander!« Ihr Freudenschrei war nur wenig leiser als der von Ellie. Auch sie fiel ihm um den Hals und schubste Ellie dabei einfach ein wenig zur Seite. Im nächsten Moment trat sie ebenfalls einen Schritt zurück und zog das einfache Haargummi aus ihrem langen dunkelbraunen Haar, um es erneut zu einem Zopf zusammenzubinden. »Das ist aber eine Überraschung.«

»Und was für eine«, bestätigte Arian, der inzwischen ebenfalls in das zukünftige Büro getreten war und Xander auf die Schulter klopfte. Dass er ihn nicht ebenfalls mit einer Umarmung begrüßte, verriet Ellie, dass sie sich zuvor schon begegnet sein mussten. »Ich hoffe, du bleibst ein paar Tage. Mindestens übers Wochenende, damit wir etwas unternehmen können. Wie du siehst, sind wir ja hier ziemlich beschäftigt.«

»Quatsch, nix wird unternommen.« Jelena grinste frech und zupfte an Xanders Mantel herum. »Du wirst zur Sklavenarbeit bei uns zwangsverpflichtet. Ein kräftiger Mann mehr kommt wie gerufen. Toller Mantel übrigens, und die Farbe ist genial. Gibt es den auch für Frauen in Größe vierundvierzig? Falls ja, muss ich sofort shoppen, egal wo.«

Kurz blickte Xander an sich hinab. »Keine Ahnung, den habe ich vor zwei Wochen in Lyon gekauft.«

»Mist, das ist ein bisschen weit weg.« Jelena schürzte die Lippen. »Wie heißt der Laden? Vielleicht haben die ja auch einen Onlineshop.«

»Keine Ahnung.« Xander hob die Schultern.

»Oh Mann!« Jelena verdrehte die Augen.

»Ich kann den Namen herausfinden«, bot er an.

Jelenas Miene hellte sich auf. »Ja, bitte.«

»Jetzt hört doch mal auf mit Onlineshopping!« Ellie legte Xander eine Hand auf den Arm. »Erzähl uns lieber, was dich hierhergeführt hat. Warum die Planänderung?« Sie wurde ernst. »Es ist doch nichts passiert, oder? Mit Xenia? Ich bin ihr neulich noch im Supermarkt begegnet, und da hat sie erzählt, dass die Stellung im Sternbach-Resort ihr gut gefällt.«

»Nein, keine Sorge, mit Xenia ist alles in Ordnung.« Xander lächelte. »Kann ich nicht einfach so bei euch einfallen?« Ehe sie etwas antworten konnte, fuhr er fort: »Ich hatte Heimweh, und da dachte ich, warum soll ich noch fast ein halbes Jahr in der Weltgeschichte herumtingeln? Also habe ich die Sache in Frankreich abgebrochen, mein Zeug zusammengepackt und bin nach Hause gefahren.«

»Aber ...« Ellie konnte ihr Glück kaum fassen. »Einfach so? Was ist denn mit deinem Blog, und wie lange bleibst du? Willst du Urlaub machen?«

Xander lachte. »Wenn ich mir so ansehe, was hier noch zu tun ist, würde ich es vielleicht nicht gerade Urlaub nennen. Ich habe noch andere Themen, mit denen ich meinen Blog in der nächsten Zeit füttern kann, und bestimmt ergibt sich auch etwas bei *Zeitschritte* oder auch bei dem Kunstmagazin *Kunstschritte*.« Er hielt kurz inne. »Ich habe nicht vor, wieder auf große Reise zu gehen.« Der kurze, warme Blick, den er Ellie bei diesen Worten zuwarf, verstärkte das Glücksgefühl noch, das sie ergriffen hatte. »Es wird Zeit für etwas Neues. Ich wollte ja sowieso kommendes Jahr meine Idee mit dem Fotostudio und vielleicht einer eigenen kleinen Galerie angehen. Warum also nicht schon jetzt damit anfangen? Zuerst muss ich aber wohl auf die Suche nach einer Wohnung gehen. Xenia hat zwar nichts dagegen, dass ich erst mal auf unbestimmte Zeit in meinem alten Zimmer absteige, aber einen Dauerzustand will ich nicht daraus machen, schon weil sie ja auch große Pläne mit dem Haus hat.«

»Also, wenn das nicht mal ein Grund zum Feiern ist!« Arian klopfte Xander erneut auf die Schulter. »Damit wären wir endlich wieder vollzählig.« Suchend sah er sich um und grinste schief. »Leider gibt es hier nicht viel mehr als ein paar Getränke und die Reste von meinem Salat im Kühlschrank. Sollen wir Pizza bei Luigi bestellen?«

3. Kapitel

Ellie lächelte vor sich hin, als sie ihren feuerroten Mini in der Zufahrt zu dem Holzhaus parkte, in dem sie seit wenigen Wochen wohnte. Bis zum Sommer hatte hier Melissa, Mitarbeiterin und gute Freundin von Ellies Schwester Jana, mit ihrem frisch angetrauten Mann Lennart und ihrem kleinen Sohn Andy gelebt, doch kurz nach der Hochzeit im Mai hatten sie auf der anderen Seite der Stadt ein tolles Einfamilienhaus mit großem Garten gekauft und waren umgezogen. Ellie hatte sich gefreut, als Melissa kürzlich verkündet hatte, dass sie schwanger war. Somit war die Entscheidung für ein etwas größeres Domizil genau richtig gewesen.

Das Holzhäuschen wiederum gehörte eigentlich zur Ferienhaussiedlung, die dem Sternbach-Resort angeschlossen war. Rund um einen großen See scharten sich die meisten dieser Feriendomizile, doch ein paar von ihnen lagen auch etwas versteckter im Wald. Eigentlich hätte es nun wieder als romantisch-verwunschenes Ferienhaus dienen können, doch Ellie, die nur eine winzige Souterrain-Wohnung in der Altstadt bewohnt hatte, war mit Justus Sternbach handelseins geworden. Sie hatte erst im Oktober umziehen können, weil Patrick Sternbach, der alle Holzhäuser der Ferienhaussiedlung gebaut hatte, das Heizungssystem verändert und durch eine Wärmepumpe ersetzt hatte, doch sie wusste bereits, dass der Umzug die beste Entscheidung gewesen war. Das Häuschen, acht mal acht Meter im Grundriss, voll unterkellert und mit einem recht hohen Kniestock im Obergeschoss, sodass man dort überall aufrecht stehen konnte, war einfach ein Traum. Es lag etwa zweihundert Meter von der Ferienhaussiedlung entfernt auf einer großen Waldlichtung. Der Zuweg war zwar nur geschottert, aber trotzdem zu jeder Jahreszeit gut befahrbar. Die Zufahrt zum Haus war von halbhohen Wildrosen- und Bauernjasminbüschen gesäumt, und ein Zaun sowie fast mannshohe Hecken umgaben den Garten, in dem es neben einem Schuppen für Gartenmöbel und -geräte auch eine Kinderschaukel gab.

Der gepflegte Vorgarten aus Stauden, Blumenbeeten und einer Trockenmauer, in der Steingartengewächse gediehen, war bereits von der Baumschule Kilian für den Winter vorbereitet worden und bot jetzt, Anfang November, einen eher tristen Anblick, doch Ellie hatte in den vorhandenen Steinkübeln bereits Christrosen gepflanzt, und auch die Chrysanthemenbüsche blühten momentan noch links und rechts neben der Eingangstür. In dem großen grinsenden Kürbis aus Steingut rechts neben der Tür leuchtete ein LED-Licht, das sich automatisch bei Einbruch der Dunkelheit ein- und nachts wieder ausschaltete.

Durch das Auto war der Bewegungsmelder am Eingang aktiviert worden, sodass sich das Licht eingeschaltet hatte. Für einen Moment blickte Ellie entspannt und mit einem wohligen Gefühl im Bauch auf ihr neues Zuhause. Der Abend war herrlich lustig gewesen, ganz so wie früher, zu Schulzeiten. Sie konnte noch gar nicht richtig fassen, dass

Xander wieder da war und dass er hierbleiben wollte. Natürlich hatte sie gewusst, dass das sein Plan für das kommende Jahr gewesen war, aber dass er sich so spontan entscheiden würde, jetzt schon nach Hause zurückzukehren, war nun doch eine Überraschung.

Sie hatten tatsächlich Pizza bestellt, gemeinsam gegessen und sich auf den neuesten Stand ihrer jeweiligen Leben gebracht, und danach hatte er ihr noch beim Anstreichen geholfen, ganz selbstverständlich, so war er nun mal. Stets hilfsbereit, zupackend und fröhlich. Wie sehr sie ihn vermisst hatte, war ihr erst bewusst geworden, als er so plötzlich vor ihr gestanden hatte. So erging es ihr jedes Mal, wenn er zu Besuch kam. Solange er unterwegs war, kam sie gut damit zurecht, dass einer ihrer besten und längsten Freunde sich in der Welt herumtrieb, so manches Abenteuer erlebte und ihr per Kurznachricht, Fotos, E-Mails und hin und wieder auch telefonisch davon berichtete und sich anhörte, was sie in der Zwischenzeit erlebt hatte, auch wenn ihre Berichte im Vergleich zu den seinen eher unspektakulär ausfielen. Doch sobald er leibhaftig vor ihr stand, spürte sie sofort, dass ihr Leben ohne seine Anwesenheit nicht vollständig war. Das lag wahrscheinlich daran, dass sie schon seit einer Ewigkeit befreundet waren. Gekannt hatten sie sich schon seit dem Kindergarten, und sie waren in der Grundschule in dieselbe, auf dem Gymnasium dann in Parallelklassen gegangen, zugleich aber im selben Schwimmverein Mitglied gewesen.

Xander war darüber hinaus, abgesehen von Jelena und Arian, der Einzige gewesen, der nie großartig von sich aus die hässlichen Narben erwähnt oder auch nur beachtet hatte, die sie an der linken Schulter, der Halsbeuge, am Oberarm und an der Hüfte aufwies, seit sie im Alter von fünf Jahren von einem großen Hund angefallen und schwer verletzt worden war. An den Vorfall selbst erinnerte sie sich so gut wie nicht mehr, doch die Narben würden sie ein Leben lang begleiten. Darunter hatte sie als Kind und Teenagerin sehr gelitten, denn schön sahen sie wirklich nicht aus, auch wenn sie mittlerweile stark verblasst waren. Tatsächlich war es Xander gewesen, der sie, als sie mit gerade zwölf Jahren ihr Schwimmtalent entdeckte, ermutigt hatte, dem Schwimmteam des Sportvereins beizutreten. Sie hatte erst gezögert, denn damals war es ihr unsagbar schwergefallen, sich im Badeanzug zu zeigen. Sie schwamm zwar gerne, keine Frage, aber die neugierigen, mitleidigen und manchmal sogar angewiderten Blicke der Menschen hatten sie sehr belastet, sodass sie sogar eine Zeit lang einen hochgeschlossenen, langarmigen Badeanzug mit knielangem Beinteil getragen hatte, wie ihn ein paar ihrer muslimischen Mitschülerinnen bevorzugten. Doch das hatte auch wieder für Getuschel gesorgt und für weitere mitleidige Blicke, denn in der kleinen Stadt wussten die meisten, dass sie diese Kleiderwahl nicht wegen ihres Glaubens getroffen hatte, sondern weil sie ihre Mitmenschen – und ein Stück weit auch sich selbst – vor dem Anblick ihres teilweise verunstalteten Körpers bewahren wollte.

Xander hatte die Narben irgendwie nie wahrgenommen, außer wenn sie selbst darüber gesprochen hatte, und sein unerschütterlicher Optimismus hatte ihr geholfen, sich nach und nach immer mehr zu akzeptieren, sodass sie schließlich auch den Mut aufbrachte, wieder in einem ganz normalen Badeanzug schwimmen zu gehen.

Jelena hatte allerdings auch ihren Teil dazu beigetragen. Sie war schon immer etwas rundlicher gewesen und seit ihren Teenagertagen auch von üppiger Oberweite. Doch im Gegensatz zu vielen anderen Mädchen hatte sie nie ein Problem damit gehabt, diese Kurven zu zeigen, auch wenn sie nicht dem gängigen Schlankheitsideal entsprachen. Sie war sportlich, allerdings eher in Richtung Yoga, Tanzen, Aerobic. Ins Schwimmbad war sie immer nur zum Spaß und Herumplanschen gegangen, hauptsächlich im Sommer. Erst vor etwa drei Jahren hatte Ellie sie dazu animiert, auch mal öfter Bahnen zu schwimmen oder mit ihr Wasserball zu spielen. Auch Arian hatte von Anfang an mitgemacht, und vielleicht würde nun Xander bald auch wieder mit von der Partie sein und das Wasserballteam vervollständigen, damit sie nicht mehr abwechselnd zwei gegen einen – oder eine – spielen mussten.

Als das Licht an der Haustür wieder erlosch, schrak Ellie aus ihren Gedanken auf, die ganz von selbst immer tiefer in die Vergangenheit gewandert waren. Sie musste über sich schmunzeln, griff nach ihrer Handtasche und stieg aus dem Auto. Sogleich flammte die Lampe über der Haustür wieder auf. Sie betätigte die Fernbedienung an ihrem Autoschlüssel, um den Wagen abzuschließen, und ging auf das Haus zu. Nach drei Schritten blieb sie jedoch erschrocken stehen, weil sie aus dem Augenwinkel eine Bewegung wahrgenommen hatte – und eine weiße Gestalt!

Als sie den Kopf in diese Richtung drehte, fuhr ihr der Schreck erst so richtig in die Glieder. Ihr Herz machte einen wilden Satz und raste danach panisch weiter. Ihr wurde eiskalt und heiß zugleich, und sie hatte das Gefühl, sich nicht mehr rühren zu können.

***

Was war denn das für ein Geräusch? Ein Auto? Kommt da ein Mensch? Dann verstecke ich mich wohl besser. Nicht, dass dieser Mensch mir etwas tut. Obwohl … vielleicht ist es ja auch ein netter Mensch, der mir hilft. Hilfe brauche ich nämlich ganz arg, und noch viel mehr etwas zu essen. Ich habe solchen Hunger, dass mir ganz hohl im Bauch und übel ist. Viel Kraft habe ich auch nicht mehr. Das Laufen ist schon ganz schön beschwerlich geworden. Meine Pfoten tun weh, mein Bauch ebenso. Ich glaube, ich kann bald nicht mehr. Vielleicht gucke ich doch mal, wer da gekommen ist.

Das Auto hat da vorne vor dem Haus angehalten. Ein kleines Auto, das sieht nicht gefährlich aus. Ich kann auch einen Menschen riechen, da ist einer ausgestiegen. Ich gehe mal vorsichtig näher. Aha, das scheint eine Frau zu sein, die sieht auch nicht gefährlich aus. Vielleicht hat sie ja etwas zu essen übrig. Also los, gehe ich mal noch näher heran, damit sie mich sieht. Hallo, du, Menschenfrau!

***

Ellie schluckte krampfhaft, schluckte noch einmal, bekam kaum Luft. Rechts von ihr, etwa zehn Meter entfernt, stand ein ziemlich großer heller Hund. Das Fell leuchtete im Schein der Lampe; es schien weiß zu sein, wirkte aber sehr verschmutzt. Der Kopf des Tieres war hoch erhoben, die Ohren aufgerichtet, sein Blick eindringlich auf sie gerichtet.

»Oh Gott.« Ellie schluckte ein drittes Mal. »Wo kommst du denn her?« Ihre Stimme schwankte und krächzte zugleich.

Aus dem Wald, was denn sonst? Ich laufe schon seit einer ganzen Weile hier herum und suche was zu essen und einen trockenen Platz zum Schlafen. Hast du etwas Essbares?

»Oh. Nein, äh ... Bleib weg.« Ellie hatte noch immer das Gefühl, festgefroren zu sein, doch als der große Hund nun den Kopf ein wenig senkte und in ihre Richtung reckte, wich sie instinktiv einen Schritt zurück. »Bleib mir bloß vom Hals. Geh wieder nach Hause, ja? Du wohnst doch bestimmt hier irgendwo. Bei mir ist es total uninteressant, und ich habe auch nichts für dich.«

Wirklich nicht? Kein Futter? Ich nehme auch ein Stück Brot oder so. Warum guckst du denn so komisch? Bist du böse? Nein, halt, ich kann Angst riechen. Fürchtest du dich etwa vor mir? Ich tue dir doch gar nichts. Ich habe bloß so schrecklichen Hunger und Durst und mir ist kalt. Kannst du mir nicht helfen?

»Was mache ich denn jetzt?« Ellie zuckte zusammen, weil sie laut gedacht hatte. »Braver Hund«, wandte sie sich an das Tier, das daraufhin ganz langsam näher kam. »Bleib schön dahinten. Ich schmecke auch überhaupt nicht. Wirklich nicht.« Zu ihrer Angst gesellte sich das Gefühl, sich lächerlich zu machen, doch die Worte purzelten ihr unkontrolliert aus dem Mund. »Geh weg, einfach nach Hause. Du brauchst mich nicht anzugreifen. Ich tue dir nichts, also tu mir auch bitte nichts.«

Was redest du denn da? Warum sollte ich dir etwas tun? Ich möchte nur etwas zu essen, aber doch nicht dich. Warum hast du denn solche Angst?

Der Hund war wieder stehen geblieben und sah sie unverwandt an. Seine Rute hing herunter und schwang leicht hin und her.

In Ellies Kopf wirbelten die Gedanken wild umeinander. »Was mache ich denn jetzt?«, wiederholte sie halblaut. Wie aus dem Nichts hatte sie das Gefühl, von einem riesenhaften Ungetüm mit angsteinflößenden, langen Zähnen angesprungen und umgeworfen zu werden. Schnell machte sie noch einen Schritt rückwärts.

Hallo? Was ist denn? Warum hast du denn solche Angst? Das beunruhigt mich. Tiere, die Angst haben, können gefährlich werden. Das ist bei Menschen vielleicht auch so. Sei also bloß vorsichtig, Menschenfrau. Ich wehre mich, wenn du mir etwas tust.

Ellie stockte der Atem, als die Rute des Hundes aufhörte zu schwingen. Sein Kopf senkte sich noch etwas mehr, die Ohren legte er an, und dann vernahm sie ein leises, tiefes Knurren.

»Oh Gott, oh nein …« Ihr Blick irrte zur Haustür, die nur wenige Schritte entfernt war, doch wenn sie jetzt loslief, wäre dieser riesige Hund garantiert schneller und würde sie angreifen. Wie aus dem Nichts kam ihr eine Idee. Man sagte doch, dass man wilde Tiere, Bären sogar, mit viel Lärm verjagen konnte. Bestimmt würde das auch bei einem Hund funktionieren, oder? Natürlich nur, wenn er nicht tollwütig war oder so. Aber war die Tollwut in Deutschland nicht ausgerottet? Sie wusste es nicht genau.

Allerdings sah der Hund nicht krank aus. Nur schmutzig, riesig und angsteinflößend.

Unvermittelt und mit dem Mut der Verzweiflung klatschte Ellie laut in die Hände und stieß einen zittrigen Schrei aus. »Husch! Weg! Weg mit dir. Hau ab, hörst du? Husch, husch, weg! Verschwinde!«

Wie? Was? Was ist denn mit der Menschenfrau los? Hilfe! Die ist ja verrückt und doch gefährlich!

»Husch, weg, hau ab!« Wieder klatschte Ellie so fest in die Hände, wie sie nur konnte, machte sich so groß, wie es bei ihrer zierlichen Statur ging, und wedelte auch noch wild mit den Armen. »Verschwinde, geh nach Hause. Lass mich in Ruhe!«

Großer Hund, die ist ja wirklich böse und gefährlich. Schon gut, schon gut, ich bin ja schon weg. Du brauchst nicht so zu schreien. Mit einem erschrockenen Bellen, das in ein schiefes Jaulen überging, zog der große Hund den Schwanz ein, duckte sich, machte kehrt und rannte davon.

Zutiefst erleichtert und mit rasendem Herzen beobachtete Ellie, wie das Tier zwischen den Bäumen verschwand. Sie hatte es geschafft! Ihn verjagt! Eilig ging sie zur Haustür und bemerkte dort erst, dass sie die ganze Zeit ihren Schlüsselbund in der rechten Hand umkrallt hatte. Ihre Handfläche war ganz feucht, und als sie mit zitternden Fingern versuchte, die Tür aufzuschließen, fiel ihr der Schlüsselbund aus der Hand. Das leise Klirren ließ sie zusammenzucken.

Fahrig raffte sie die Schlüssel wieder an sich und sah sich nervös um, doch von dem Hund war weit und breit nichts mehr zu sehen.

Erst beim dritten Anlauf schaffte Ellie es, den Schlüssel im Schloss zu drehen. Sie stieß die Tür auf, betrat das Haus, schaltete das Licht ein und knallte die Tür gleichzeitig wieder zu. Sicherheitshalber schloss sie sogar ab, was ihr besser gelang als das Aufschließen. Für einen langen Moment stand sie einfach nur bei der Tür und versuchte, sich wieder zu beruhigen. Sie zog ihren pinken Kurzmantel aus, hängte ihn in den Garderobenschrank und ging in die Küche. Die Einbauküche mit Kochinsel, an der sich ein moderner Dunstabzug befand, der alle Kochdämpfe nach unten wegsaugte, und sich anschließendem Frühstückstresen war für eine vierköpfige Familie ausreichend und im modernen Landhausstil gehalten. Nach kurzem Zögern nahm sie einen Kaffeebecher aus dem Hängeschrank über der Kaffeemaschine, Milch aus dem Kühlschrank und die Dose mit der guten Trinkschokolade aus einem weiteren Schrank. In einem kleinen Topf erhitzte sie genau eine Tasse Milch, rührte das Schokoladenpulver hinein und setzte sich mit dem dampfenden Getränk auf einen der hohen Hocker am Frühstückstresen.

In winzigen Schlückchen nippte sie an der heißen Schokolade, bis die Tasse halb leer war. Dann erst fiel die Anspannung ganz von ihr ab. Nach zwei weiteren Schlucken zog sie ihr Smartphone aus der Gesäßtasche ihrer Hose und sah auf die Uhr. Fast halb zwölf. Sie rief in der Kurznachrichten-App die Kleeblatt-Gruppe auf, die sie schon vor Jahren mit Jelena, Xander und Arian gegründet hatte. Ihre Finger zitterten endlich auch nicht mehr, als sie die Nachricht tippte.

Ellie: Ihr werdet nicht glauben, was mir gerade passiert ist. Ich wäre fast von einem riesigen, gefährlichen weißen Hund angegriffen worden. Direkt vor meiner Haustür. Aber ich konnte ihn zum Glück verjagen.

Es dauerte nur Sekunden, bis die erste Antwort eintraf.

Xander: Bist du okay? Geht es dir gut? Ist er wirklich weg?

Ellie lächelte und tippte eine Antwort.

Ellie: Ja, alles okay. Ich wäre zwar vor Schreck fast gestorben, vor allem, als dieses Untier auf mich zukam, aber dann habe ich Lärm gemacht, und er ist abgehauen.

Sie warf einen Blick zum Fenster, doch von hier aus war in der Dunkelheit draußen natürlich nichts zu erkennen. Deshalb stand sie auf und ging bis zur Spüle, hinter der sich das Fenster befand. Draußen war alles ruhig, von dem Hund war nichts zu sehen.

Ellie: Hoffentlich kommt er nicht zurück.

Xander: Falls doch, musst du die Polizei rufen. So ein gefährlicher Hund darf doch nicht einfach frei herumlaufen und Leute anfallen.

Ellie: Ja, werde ich wohl tun müssen, sonst kann ich das Haus ja nicht mehr verlassen.

Xander: Soll ich zu dir kommen?

Ellie zögerte. Das Angebot war verlockend. Wenn ihr bester Freund bei ihr wäre, müsste sie keine Angst haben.

Ellie: Ja.

Ellie: Nein.

Ellie: Ja, bitte.

Ellie: Nein, vergiss es. Es ist schon spät.
Der Hund ist ja weg, und ich muss jetzt eh
ins Bett. Aber danke für das Angebot.

Xander: Bist du sicher? Ich kann
in fünf Minuten da sein.

Ellie: Ja, ich bin sicher. Es ist ja nichts
passiert, mal abgesehen von dem Schreck.
Wir sehen uns ein andermal.

Xander: Okay, aber melde
dich, wenn irgendwas ist.

Ellie: Klar.

Jelena: Mist, jetzt erst gesehen. Geht es dir
wirklich gut? Kann ich etwas für dich tun?

Ellie: Nein, danke, das ist lieb, aber nicht nötig.
Ich hätte euch damit heute Abend gar nicht mehr
behelligen sollen. Ich war nur so erschrocken.

Xander: Quatsch, es war gut, dass du dich gemeldet hast.

Jelena: Natürlich, so was musst du uns immer sofort erzählen. Jetzt wissen wir zumindest, dass da ein gefährlicher Hund frei herumläuft. Unverantwortlich vom Besitzer. Das muss man melden. Da kann ja sonst was passieren.

Xander: Vielleicht ist es auch ein Streuner.

Jelena: Dann muss man es auch melden.

Xander: Stimmt.

Arian: Komme gerade aus der Dusche. Armer Schatz. Ich bin froh, dass dir nichts passiert ist. Hoffentlich kannst du auf den Schreck heute Nacht schlafen. Heiße Milch mit Honig beruhigt die Nerven.

Ellie: Hab schon eine heiße Schoki intus.

Arian: Sehr gut!

Jelena: Führe mich nicht in Versuchung!

Es folgte ein grinsendes Emoji und noch eines, das sich die Augen zuhielt.

Jelena: Ich muss jetzt in die Heia. Ellie, wenn du etwas brauchst, gib Bescheid.

Ellie: Danke, werde ich tun, ist aber bestimmt nicht nötig.

Arian: Hugs.

Er ließ das Umarmung-Emoticon folgen.

Xander: Schlaf gut.

Ellie: Ihr auch. Ich hab euch lieb.

Es folgten von allen dreien bunte Herzchen und von Jelena zusätzlich das Kuss-Emoji.

Ellie trank den Rest ihrer heißen Schokolade aus und warf noch einmal einen Blick durch das Fenster. Kein Hund weit und breit. Bestimmt war er längst über alle Berge.

***

»Ach du liebes bisschen, was war das denn?« Elfe-Sieben war, im Arm einen Korb voller Post, neben der Videowand stehen geblieben, weil die Ereignisse, die sich auf einem der Bildschirme abspielten, ihre Aufmerksamkeit erregt hatten. »Das war doch wohl hoffentlich nicht dein Werk, Santa.«

»Was soll mein Werk gewesen sein?« Verwundert hob der Weihnachtsmann den Blick von einem mit Kinderzeichnungen verzierten Wunschzettel. »Stimmt etwas nicht?«

»Das kann man wohl sagen. Komm und sieh dir das an!« Die Elfe bedeutete ihm mit einem energischen Winken, sich zu ihr zu gesellen. »Wenn du vorgehabt haben solltest, die arme Amara mit Ellie zusammenzubringen, kannst du das jetzt wohl vergessen.«

»Amara und Ellie?« Irritiert runzelte Santa Claus die Stirn, erhob sich und trat ebenfalls vor die Videowand. »In beiden Fällen habe ich noch gar nichts tun können, weil ich mit dem Pläneschmieden noch nicht so weit bin. Was ist denn passiert?«

»Na, das hier, schau!« Elfe-Sieben setzte den Zeit-Cursor ein wenig zurück, damit der Weihnachtsmann sehen konnte, was sich vor Kurzem auf der Erde ereignet hatte. »Das ist doch ganz scheußlich. Aber es wundert mich nicht, denn auch wenn Ellie sich nicht mehr an den Angriff damals erinnern kann, hat sie doch seither eine tief sitzende Angst vor solch großen Hunden. Seit sie Scottie und Sissy kennt, ist es ein bisschen besser geworden, aber so ein unvermitteltes Zusammentreffen mit Amara konnte auf keinen Fall gut gehen.«

»Hm, aha, ach … herrje.« Die Miene des Weihnachtsmannes wechselte von neugierig über besorgt zu erschrocken, als er beobachtete, was sich zwischen Ellie und der Hündin abgespielt hatte. Schließlich zupfte er sich ratlos am Bart. »Damit habe ich nichts zu tun. Mit solchen Holzhammermethoden würde ich nie vorgehen, zumindest nicht in einem so sensiblen Fall. Die arme Ellie!«

»Und die arme Amara«, fügte Elfe-Sieben bedrückt hinzu. »Guck nur, sie ist richtig weit gerannt vor Schreck und versteckt sich jetzt unter diesem alten Bauwagen. Dabei ist es schon so kalt. Hoffentlich erfriert sie nicht.«

»Dieses Zusammentreffen muss ein ganz dummer Zufall

gewesen sein.« Nachdenklich verzog Santa Claus die Lippen. »Das verkompliziert in der Tat alles.«

»Also hattest du wirklich vor, die beiden zusammenzubringen?« Ungläubig starrte Elfe-Sieben ihn an. »Das würde doch niemals gut gehen.«

»Also, erstens darf man niemals nie sagen«, dozierte Santa Claus mit erhobenem Zeigefinger, »und zweitens hatte ich, wie gesagt, noch gar keinen vollständig ausgeklügelten Plan. Ich vermute vielmehr, dass es aufgrund dieses Ereignisses noch schwieriger werden wird, Amara zu helfen. Durch solche Erlebnisse verliert sie womöglich immer mehr das Vertrauen in die Menschen. Dagegen muss ich dringend etwas unternehmen. Wenn ich nur wüsste, was ...« Seine Miene hellte sich auf. »Vielleicht kann ich ja doch zwei Fliegen mit einer Klappe schlagen. Wenn ich Fliegen schlagen würde ...«

»Was du selbstverständlich nie tun würdest«, vervollständigte Elfe-Sieben seinen Satz. Argwöhnisch musterte sie ihn. »Ich sehe dir an, dass du eine Idee hast, bin aber nicht sicher, ob sie klug ist.«

»Und wie ich eine Idee habe.« Ein Lächeln erschien auf Santas Lippen. »Tu mir bitte einen Gefallen und finde heraus, wo unsere Kundschafterelfen sich aufhalten. Elf-Zwei und Elfe-Acht sollen so bald wie möglich zu mir kommen. Elf-Siebzehn ebenfalls, weil er die Sprachen der Tiere am besten versteht und spricht.« Der Weihnachtsmann kehrte an seinen Schreibtisch zurück, setzte sich und griff erneut nach dem Wunschzettel, den er zuvor gelesen hatte.

Elfe-Sieben stellte den Korb mit den Briefen neben seinem Schreibtisch ab. »Verrätst du mir, was du vorhast?«

»Später.« Santa Claus war bereits wieder ganz in seine Arbeit vertieft. »Zuerst muss ich in mich gehen und mich mit Elf-Siebzehn und den Kundschafterelfen beraten.«

»Und dann hilfst du Amara?«

»Mhm.«

»Und Ellie oder vielmehr Xander ebenfalls?«

»Das hatte ich vor.«

»Aber wie?« Elfe-Sieben sah den Weihnachtsmann erwartungsvoll an, doch er reagierte nicht auf ihre Frage. Also begab sie sich schließlich seufzend auf die Suche nach Elfe-Acht, Elf-Zwei und Elf-Siebzehn.

4. Kapitel

»Hier, bitte sehr, eine Probe unserer ganz neuen Haarkur.« Ellie reichte der jungen Kundin einen winzigen Tiegel. »Die reicht für mindestens zwei Anwendungen, denn sie ist sehr ergiebig.«

»Vielen Dank.« Lächelnd verstaute die junge Frau das kleine Geschenk zusammen mit der Geldbörse in ihrer Umhängetasche. »Dann bis in vier Wochen.«

»Ja, bis bald, und viel Spaß auf dem Martinsball.«

»Danke!« Die Kundin winkte noch einmal kurz, drehte sich zur Tür um und wäre beinahe mit Xander zusammengestoßen, der in diesem Moment den Salon betrat. »Huch!« Sie lachte. »Entschuldigung.«

»Nichts passiert.« Xander machte lächelnd einen Schritt zur Seite, damit sie hinausgehen konnte.

»Xander, hallo, was machst du denn hier?« Ellie eilte um den Kassentresen herum und umarmte ihn kurz. Sein Anblick sorgte zuverlässig dafür, dass sich ihre Stimmung hob, dabei war sie auch vorher schon guter Dinge gewesen. Doch ihren besten Freund endlich wieder in greifbarer Nähe zu haben, war einfach unvergleichlich.

»Ich dachte, ich frage mal, ob du ein paar Minuten Zeit hast, dich der Wolle auf meinem Kopf anzunehmen.« Demonstrativ wuschelte er sich mit beiden Händen durch die blonden Locken, die tatsächlich ein wenig Façon vertragen konnten. Dabei grinste er breit. »Du warst schon immer die Beste darin, aus dem Gestrüpp eine annehmbare Frisur zu zaubern.«

»Deine Haare sind weder Wolle noch Gestrüpp«, protestierte sie heiter. »Aber so zwei Zentimeter weniger könnten es schon sein und ein bisschen Form um die Kanten herum. Wann warst du denn zuletzt zum Nachschneiden?«

Xander zuckte mit den Achseln. »Ende August, glaube ich. Da war ich in diesem entzückenden portugiesischen Dorf, aber der einzige Herrenfriseur dort war schon um die siebzig, und, na ja, als ziemlich konservativ könnte man es wohl bezeichnen. Am liebsten hätte er mir einen Militärschnitt verpasst.« Lachend fuhr er sich noch einmal durch die dichten Locken. »Ich konnte es gerade so verhindern, habe ihn damit aber wohl sehr entsetzt. Seitdem hatte ich keine Zeit mehr für einen Haarschnitt. Aber nun bin ich ja wieder in deiner Einflusssphäre.« Er zwinkerte ihr übertrieben kokett zu. »Also lass bitte, bitte deine Zauberkräfte walten, damit ich wieder vorzeigbar werde.«

»Du hast Glück, ich habe ein bisschen Zeit.« Ellie deutete auf die Garderobe. »Häng schon mal deinen Mantel auf, dann gehen wir gleich zu den Waschbecken.«

»Oh, mit Waschen?« Xanders Miene hellte sich auf. »Das ist ja noch besser.«

»Ein Trockenschnitt wird bei dem Gewuschel nichts.« Sie hielt bereits ein Handtuch bereit, das sie ihm um die Schultern legte, nachdem er sich auf den Stuhl vor dem Becken gesetzt hatte. Gewohnheitsmäßig griff sie in sein Haar und spürte, wie er kurz schauderte. Sie hielt inne. »Stimmt etwas nicht?«

»Nein, doch … alles okay.« Er lachte wieder. »Ich hatte nur nicht mit der VIP-Behandlung gerechnet. Ich bin begeistert.«

»Quatschkopf.« Sie kicherte. »Deine Haare verdienen aber tatsächlich eine VIP-Behandlung, wie du es nennst. So manch anderer Mann würde für diese dicken dichten Locken morden. Ich würde allerdings zu einer Haarkur einmal pro Woche raten. Hatte ich das nicht früher auch schon getan?«

»Kann sein.« Er rutschte mit dem Sitz nach vorne und zog seine modische dunkelrot gerahmte Brille aus, damit sie seine Haare shampoonieren konnte.

»Und was ist deine Ausrede?« Mit routinierten Handgriffen massierte sie das nach Apfel duftende Shampoo in die Haarsträhnen.

Xander stieß ein Geräusch aus, das gleichermaßen Seufzen wie Grunzen hätte sein können. »Ich habe keine, außer Faulheit.« Er sah kurz auf und schloss die Augen gleich wieder. »Wie lange, sagtest du, hast du Zeit? Ein bis zwei Stunden?«

Spielerisch zupfte sie an seinen Ohren. »Das könnte dir so passen.«

»Und wie!« Sein Lächeln reichte beinahe von Ohr zu Ohr und gab ihm etwas Jungenhaftes. »Immerhin hast du Zauberhände.«

»Danke für die Blumen.« Sie spülte die Haare sorgfältig aus und arbeitete als Nächstes eine reichhaltige Haarkur ein, wand ein Handtuch darum und stellte einen Kurzzeitmesser auf fünf Minuten. »Das muss ein bisschen einwirken.« Da in diesem Moment eine Kundin den Salon betrat, wandte sie sich zum Gehen. »Bin gleich wieder da. Nicht weglaufen!«

***

Xander schloss schmunzelnd die Augen. »Käme mir nie in den Sinn.«

»Wen haben wir denn da in unseren Fängen?« Die Stimme von Ellies Mutter Sabine veranlasste ihn, die Augen wieder zu öffnen. Sie stand direkt vor ihm und hatte sich mit amüsierter Miene vorgebeugt, sodass er ihr direkt ins Gesicht blickte.

Er grinste. »Hallo Sabine.« Sie sah ihrer Tochter sehr ähnlich mit ihrem dunkelbraunen Haar, in dem nicht ein graues Strähnchen zu finden war, obwohl sie bereits vierundsechzig Jahre alt war. Doch als Chefin des Salons hatte sie natürlich genügend Mittel und Wege, etwaige Anzeichen des Alterns geschickt zu kaschieren. Sie wirkte insgesamt viel jünger, weil sie sich gerne nach der neuesten Mode kleidete und häufig die Frisur änderte. Im Moment trug sie einen leicht asymmetrischen Bob mit Seitenscheitel. Ihre Augen hinter den großen Brillengläsern waren ebenso schokoladenbraun wie Ellies und funkelten vergnügt.

»Haarkur?« Sie deutete auf seinen eingewickelten Kopf.

»Ellie meinte, das sei notwendig.«

Sabine nickte. »Dann wird es auch stimmen. Deine Locken sind beneidenswert, aber sie bedürfen auch regelmäßiger Pflege, damit sie dir lange erhalten bleiben. Ellie wird sich gut darum kümmern.« Sie warf einen Blick in Richtung der Kundin, die sie bis eben bedient hatte und die nun unter einer summenden Trockenhaube saß. »Ellie hat erzählt, dass du diesmal für ganz hierbleiben willst.«

»Das habe ich vor.«

»Ich muss dir wohl nicht erst sagen, wie sehr mich das freut.« Sie ging um ihn herum und rumorte in dem Regal hinter den Waschbecken. »Du warst so lange auf Achse …« Sie erschien erneut in seinem Blickfeld, diesmal hielt sie eine kleine Sprühflasche mit grünlichem Inhalt in der Hand, die wohl für ihre Kundin gedacht war. »Manchmal dachte ich, du kommst nie ganz zurück, bleibst vielleicht irgendwo hängen.«

»Ich wollte nie ein Leben lang reisen.« Dass sein Blick kurz zu Ellie wanderte, die noch immer mit der neuen Kundin plauderte, konnte er nicht verhindern. »Mein Traum war immer schon ein eigenes Fotostudio.«

»Ellie sagte auch etwas von einer Galerie.«

»Ja, wenn sich etwas Passendes findet. Das Studio geht erst mal vor.«

»Ich finde das ganz wunderbar.« Sie berührte ihn leicht an der Schulter. »Wir sind alle glücklich, dass du wieder da bist. Du musst unbedingt bald mal zu uns kommen, vielleicht zum Abendessen. Helge würde sich darüber auch sehr freuen. Dann erzählst du uns alles, was du seit deinem letzten Besuch erlebt hast. Ist das schon wieder fast ein Jahr her? Die Zeit vergeht viel zu schnell.« Als der Kurzzeitmesser klingelte, deutete sie auf ihre Kundin. »Ich muss wieder. Wir sehen uns.«

»Das will ich doch hoffen!«, rief er ihr hinterher.

»Was willst du hoffen?« Ellie war zurückgekehrt und nahm ihm das Handtuch ab.

»Deine Mutter hat mich zum Essen eingeladen, und ich hoffe, dass du dann auch mit von der Partie sein wirst.«

»Klar.« Nachdem sie die Wassertemperatur eingestellt hatte, spülte sie seine Haare erneut aus. »Wahrscheinlich wird sie auch Jana und Oliver einladen.«

»Gute Idee.« Xander schloss die Augen wieder, um sich ganz auf das angenehme Gefühl zu konzentrieren, das ihre Hände auf seinem Kopf hervorriefen. »Dann lerne ich Oliver endlich noch besser kennen.«

Während Ellie seiner Frisur wieder eine präsentable Form gab, plauderten sie über dies und das, fröhlich und ungezwungen wie immer. Xander fühlte sich in seiner Entscheidung bestätigt, seine Rückkehr vorzuverlegen. Er hatte Ellie schmerzlich vermisst und konnte sich ein Leben ganz ohne sie nicht vorstellen. Dass er mehr als nur Freundschaft für sie empfand, ließ er sie allerdings noch nicht bemerken. Er wusste einfach nicht, wie er es anfangen sollte, denn verlieren wollte er sie unter keinen Umständen. Die Gefahr bestand natürlich, wenn er irgendwann alles auf eine Karte setzte.

»Was machst du denn plötzlich für ein ernstes Gesicht?« Ellie suchte über den Spiegel seinen Blick, während sie irgendein Pflegeprodukt in seine nun um mindestens zwei Zentimeter kürzeren Locken knetete. »Gefällt dir der Schnitt doch nicht? Ist der letzte Schrei unter den Filmstars.«

Xander lachte auf. »Als Filmstar eigne ich mich eher nicht. Weißt du nicht mehr, wie ewig ich immer gebraucht habe, um einen Text in der Schule auswendig zu lernen?«

»Aber Liedtexte beherrschst du immer ganz schnell«,

gab sie zu bedenken. »Es gibt garantiert auch ein paar bekannte Sänger mit diesem Haarschnitt.«

»Ich bleibe lieber bei meinen Fotos.« Versuchsweise fasste er sich an den Kopf. »Sieht gut aus, schätze ich.« Rasch setzte er seine Brille auf, als sie ihm die Rückseite seines Kopfes in einem runden Handspiegel zeigte. »Jap. Alles, wie es sein soll.«

»Föhnen werde ich lieber nicht«, erklärte sie. »Das plustert die Locken zu sehr auf. Aber wenn du willst, kann ich das Wärmegerät holen. Damit trocknen die Haare schonender.«

»Quatsch, sonst lasse ich die Wolle auch einfach so an der Luft trocknen.« Xander winkte ab. »Das geht schon.«

»Okay.« Ellie nahm ihm den Umhang ab und fegte mit einem Pinsel noch ein paar lose Haare von seinem Nacken. »Dann sind wir fertig.«

Während er zahlte, wechselte er das Thema. »Hat gestern mit der Einbauküche alles geklappt?«

»Ja, zum Glück.« Schwungvoll schloss sie die Registrierkasse. »Es ging sogar schneller als gedacht. Ich habe gestern Abend noch die Kartons mit den Küchenutensilien rübergefahren. Die will ich heute Abend noch einräumen. Arian und Jelena können heute leider beide nicht, aber ich will das unbedingt noch erledigen. Es ist noch so viel zu tun!«

»Ich könnte helfen«, schlug er sofort vor. »Immerhin habe ich momentan einiges an Zeit. Wenn du mir den Schlüssel gibst, gehe ich gleich hin und fange schon mal an.«

»Du willst unsere Küche einräumen?« Verblüfft sah sie ihn an. »Ganz allein?«

»Glaubst du, dazu wäre ich nicht fähig?« Er hob grinsend die Augenbrauen.

»Doch, natürlich, aber, also ...« Sie räusperte sich verlegen.

»Vertrau mir, ich kriege das hin.« Er streckte auffordernd die Hand aus. »Schlüssel?«

Sie zögerte, griff dann aber in ihre Hosentasche, zog ihren Schlüsselbund hervor und übergab ihn. »Ich komme nach Feierabend nach.«

»Alles klar, dann bis später.« Er steckte den Schlüsselbund ein, schnappte sich seinen Mantel und lächelte Ellie noch einmal zu, bevor er zur Tür ging. »Ciao, Sabine!«, rief er und winkte kurz, als Ellies Mutter sich zu ihm umdrehte.

Sie winkte zurück, und er verließ mit federnden Schritten den Salon.

***

»Pst, Amara!«

Wie? Was? Amara hob den Kopf von den Pfoten und spitzte die Ohren. *Wer spricht denn da?*

»Ich, hier.« Elf-Siebzehn krabbelte unter den uralten Bauwagen, der am Rand eines Waldweges geparkt und vergessen worden war – zumindest von den Waldarbeitern, die ihn vor Jahrzehnten als Pausenraum genutzt hatten. Manchmal kamen noch Kinder und spielten hier, jedoch nicht um diese Jahreszeit.

Es war früher Nachmittag, die Sonne schien etwas blässlich zwischen immer wieder vorbeiziehenden Wolken; die Luft war kühl, aber unbewegt.

»Keine Angst, Amara«, fuhr der Weihnachtself rasch fort, weil die Hündin zusammengezuckt war. »Ich tue dir nichts, im Gegenteil! Ich bin ein Elf, und der Weihnachtsmann hat mich geschickt, um dir zu helfen.«

Helfen willst du mir? Amara neigte den Kopf zur Seite. *Wie denn? Und warum und ... wer ist überhaupt der Weihnachtsmann?*

»Er ist ein Glücksbote für die Menschen und erfüllt ihnen zu Weihnachten ihre Wünsche.« Elf-Siebzehn hockte sich neben Amara und hielt ihr seine Hand zum Beschnuppern hin. »Du weißt doch, was Weihnachten ist? Das Fest der Liebe, das die Menschen jedes Jahr im Dezember feiern.«

Kann sein, ja, ich habe davon gehört. Amara schnaubte leise. *Aber was hat das mit mir zu tun? Ich bin doch kein Mensch.*

»Das stimmt auffallend.« Der Elf lächelte verschmitzt. »Aber du hast dir neulich so sehr ein neues Zuhause gewünscht, dass unser Weihnachtswunsch-Radar diesen Wunsch aufgefangen hat. Und deshalb will Santa Claus, so wird der Weihnachtsmann auch genannt, dir helfen.«

Ach, na so was. Amara schnaubte leise. *Ich hätte schon sehr gerne ein neues Zuhause, aber ich glaube inzwischen, dass niemand mich haben will. Meine Menschen, bei denen ich groß geworden bin, waren irgendwie immer ganz merkwürdig. Am Anfang noch sehr lieb, aber als ich größer wurde, waren sie plötzlich oft genervt und verärgert und haben gesagt, ich sei schwer erziehbar, was auch immer das heißen mag. Na ja, zugegeben, eine Zeit lang hatte ich eine Menge Unsinn im Kopf, aber das fanden sie gar nicht gut. Immerzu haben sie geschimpft, und dann sind wir eines Tages zum Spazieren irgendwohin gefahren, wo ein Wald war, und da haben sie mich aus dem Auto gelassen und sind einfach weggefahren und nicht mehr zurückgekommen. Am Anfang habe ich noch gewartet, denn wenn sie einkaufen oder zur Arbeit gefahren sind, waren sie ja nach einer Weile immer wieder da. Sie sind aber nicht zurückgekommen, um mich zu holen.* Traurig legte Amara den Kopf wieder auf den Pfoten ab. *Dann habe ich versucht, den Weg nach Hause zu finden, aber das ist mir nicht gelungen. Sie sind so weit mit mir gefahren, da gab es keine Spuren, denen ich folgen konnte, und alles sah ganz anders aus als da, wo wir gewohnt haben. Jetzt laufe ich einfach in der Gegend herum und hoffe, irgendwo ein neues Zuhause zu finden. Aber das ist nicht so einfach.*

»Du hast Angst, dass die Menschen, die dich finden, dich auch wieder im Stich lassen, oder?« Elf-Siebzehn streichelte Amara sachte über die Ohren.

Ja, kann sein. Aber manche Menschen haben auch Angst vor mir oder mögen mich nicht und verjagen mich.

»So wie Ellie neulich?«

Amara hob den Kopf wieder. *Wer ist Ellie?*

»Die junge Frau, der du vor ein paar Tagen bei ihrem Haus im Wald begegnet bist.«

Oh, die. Nervös leckte Amara sich über die Nase. *Sie hat mich auch weggejagt. Und sie hatte Angst, das konnte ich riechen. Ich habe mich fürchterlich erschreckt, als sie so plötzlich losgeschrien und herumgefuchtelt hat. Von ihr halte ich mich lieber fern, auch wenn ich so schrecklich großen Hunger habe und es in ihrem Haus bestimmt etwas Essbares gibt.*

»Ja, also …« Elf-Siebzehn zog einen Beutel mit Hundekuchen aus seinem Rucksack und streute ein paar davon vor Amara auf den Boden. »Hier, es ist nicht viel, aber zumindest etwas, damit du nicht verhungerst.«

Oh, wuff, danke, mjam! Amara verschlang die Hundekuchen in Windeseile. *Hast du noch mehr?*

»Nur ein paar.« Elf-Siebzehn schüttete auch noch die verbliebenen Leckerchen auf den Boden und wartete, bis Amara alle verputzt hatte, bevor er weitersprach. »Weißt du, Ellie hat wirklich große Angst gehabt. Sie wurde mal von einem bösen Hund ganz schlimm gebissen.«

Aber doch nicht von mir! Amara schüttelte ein wenig den Kopf. *Ich habe ihr gar nichts getan, Ehrenwort!*

»Das glaube ich dir.« Beschwichtigend tätschelte Elf-Siebzehn Amaras Pfote. »Aber weißt du, ihr geht es mit Hunden so wie dir mit den Menschen. Sie hat einmal eine ganz schlimme Erfahrung gemacht, und jetzt traut sie keinem Hund mehr. Na ja, bis auf Sissy und Scottie, aber bei den beiden hat es lange gedauert, bis sie Vertrauen gefasst hat.«

Wer sind denn Sissy und Scottie?

Elf-Siebzehn grinste. »Vielleicht eines Tages deine Freunde.«

Wie denn das? Neugierig legte Amara den Kopf schräg.

»Ja, weißt du, deshalb bin ich hier.« Elf-Siebzehn beugte sich ein wenig vor und senkte verschwörerisch die Stimme. »Santa Claus hat nämlich einen Plan, und den soll ich dir erklären.«

Was ist das für ein Plan?

Elf-Siebzehn lächelte. »Hör gut zu …«

5. Kapitel

Gut gelaunt schob Ellie den großen Einkaufswagen durch die Gänge des Baumarktes, in einer Hand eine lange Einkaufsliste, die sie Punkt für Punkt abarbeitete. Von Leuchtmitteln über Badutensilien und Aufbewahrungsbehälter bis hin zu diversen Dübeln, Schrauben und Winkeln hatte sie bereits ein buntes Sammelsurium angehäuft. Zu gerne hätte sie auch der Blumenabteilung einen Besuch abgestattet, doch dazu war es noch zu früh. Zuerst mussten die Renovierungsarbeiten beendet sein. Mit Xanders Hilfe hatte sie am gestrigen Abend noch enorme Fortschritte gemacht. Küche und Büro sowie der kleine Teambesprechungsraum waren fertig, das Bad würde ganz bald folgen, und auch die Behandlungsräume nahmen allmählich Form an. Als Nächstes würde sie sich ihrem Salon widmen können. Sie lächelte vor sich hin, als sie an die schöne Zeit dachte, die sie mit Xander verbracht hatte. Es war ihr vorgekommen, als ob sie nie getrennt gewesen wären. Sie verstanden sich einfach, oft sogar wortlos, und hatten viel gelacht und gescherzt. Dass es so zukünftig immer sein würde, gab ihr ein seltsam leichtes, beflügelndes Gefühl. Endlich hatte sie alles, was sie brauchte, wollte und sich wünschte! Konnte das Leben noch besser werden?

Auf dem langen Rückweg zur Kasse kam sie an der weitläufigen Abteilung für Weihnachtsdekoration vorbei.

Hier schallte ihr aus versteckten Lautsprechern der Klassiker *Last Christmas* entgegen, was sie grinsen ließ. Spontan schob sie ihren Wagen an den Rand der Abteilung und stellte ihn an einer Stelle ab, wo er niemandem im Weg war. Zwar besaß sie eigentlich genügend weihnachtliche Dekoartikel, aber die fröhlich grinsenden Rentiere, knuffigen Wichtel aus Holz und Stoff in allen Größen und Ausführungen, die geschmückten Bäume, Regale mit Baumschmuck und Lichterketten sowie Schneelaternen, allerlei Spieluhren und anderen schönen Dinge waren allzu verführerisch, sodass Ellie die Abteilung betrat und sich ausgiebig umsah. Es dauerte nicht lange, bis sich in ihrem Wagen etliche Wichtel, Kartons mit LED-Lichterketten und -kerzen sowie mehrere Packungen rote, goldene, grüne, silberne und blaue Baumkugeln, -glöckchen und -zapfen stapelten. Selbstverständlich alles für die neue Beauty-Oase, denn auch wenn diese erst im März ihre Pforten öffnen würde, konnten sie ja trotzdem jetzt schon ein bisschen schmücken. Zumindest die großen Schaufenster, solange dort nicht gearbeitet wurde, und die Küche. Deshalb ergatterte sie kurzerhand noch einige weitere Dekoartikel, die sicherlich auch Arian und Jelena gefallen würden.

»Da haben Sie aber einiges vor. Das sieht ja wie ein regelrechter Raubzug aus.« Die amüsierte Männerstimme veranlasste Ellie, sich umzudrehen.

»Wie bitte?« Überrascht musterte sie den schlanken, mittelgroßen Mann, der nun neben sie trat. Er trug Jeans und einen anthrazitfarbenen Kaschmirpullover unter einem hellgrauen, teuer wirkenden Steppmantel, dessen Farbe seinen Augen glich. Seine Haare waren mittelbraun und kurz geschnitten, die Gesichtszüge ebenmäßig und attraktiv. Irgendwie kamen sie ihr bekannt vor, auch wenn sie nicht wusste, woher.

»Sie scheinen auf Raubzug zu sein«, wiederholte der Fremde und deutete mit einem amüsierten Lächeln auf ihren Einkaufswagen. »Dabei dauert es doch noch eine ganze Weile bis zum Advent oder gar Weihnachten.« Er hielt kurz inne. »Sie scheinen zudem eine Vorliebe für diese Kameraden zu haben.« Kurz tippte er mit dem Zeigefinger gegen die Mütze eines Weihnachtswichtels aus Stoff, der in der einen Hand einen hölzernen Kochlöffel hielt, in der anderen ein Nudelholz.

»Ja, stimmt.« Sie lachte. »Ich liebe Wichtel. Und der hier«, auch sie tippte gegen die Mütze des Backwichtels, »passt perfekt in die Kaffeeküche unseres neuen Geschäfts.«

Interesse flackerte in den Augen des Mannes auf. »Sie eröffnen ein Geschäft?«

»Eine Beauty-Oase in der Annastraße.« Sie nickte und fügte rasch hinzu: »Friseursalon, Kosmetik- und Nagelstudio. Wir eröffnen die Oase zu dritt. Ein Freund, eine Freundin und ich.«

»Ach tatsächlich, sieh an.« Er nickte beifällig. »Gegenüber dem Blumenladen, nicht wahr? Ich habe schon gesehen, dass in dem Gebäude gearbeitet wird. Eine Beauty-Oase also.« Neugierig musterte er sie. »Das klingt nach einem guten Geschäftskonzept. Haar-, Haut- und Nagelpflege unter einem Dach.«

»Genau.« Sie fummelte ein wenig an dem Backwichtel herum. »Außerdem wird es das Kosmetikstudio Heinen in der Barbarastraße wahrscheinlich nicht mehr lange geben, weil die Inhaberin keinen Nachfolger hat. Wir schließen also vorauseilend eine Marktlücke.«

»Eine Übernahme kam für Sie nicht infrage?«

Ellie schüttelte den Kopf. »Das Studio liegt recht ungünstig und ist viel zu klein. Die Annastraße ist der perfekte Standort, und wir haben jede Menge Platz in dem Gebäude. Fast schon zu viel, denn das Obergeschoss steht vorerst gänzlich leer.«

»Expandieren können Sie also auch noch.« Er nickte anerkennend, wechselte dann aber unvermittelt das Thema. »Ich sehe, Sie haben da auch zwei von diesen Lampen.«

»Die Schneelaternen, meinen Sie?«, hakte sie nach. »Ja, die finde ich besonders schön.«

»Schneelaternen, genau.« Er nickte lächelnd. »Meine Nichte hat übermorgen Geburtstag, und mein Bruder meinte, sie wünscht sich so ein Ding. Ich habe schon im Internet geschaut, aber da hat mich die riesige Auswahl fast erschlagen. Außerdem weiß ich nicht, ob die Lieferung heil bei mir ankommen würde. Also bin ich hergekommen, um mir diese Dinger mal von Nahem anzusehen. Vielleicht …« Er zögerte, sprach dann aber mit einem gewinnenden Lächeln weiter. »Sie scheinen ja in Sachen Weihnachtsdeko Erfahrung zu besitzen, und bestimmt wissen Sie besser als ich, was einem dreizehnjährigen Mädchen gefallen könnte. Würden Sie mir vielleicht beim Aussuchen helfen? Selbstverständlich nur, wenn es Ihnen nichts ausmacht und ich Sie nicht aufhalte.«

»Ich soll Ihnen beim Aussuchen helfen?« Ellie hob verblüfft den Kopf, dann lächelte sie ebenfalls. »Warum nicht? Ich bin nicht in Eile, weil wir uns in der Oase derzeit abwechseln und im Moment Arian, Jelena und meine Eltern dort beschäftigt sind. Also«, sie deutete vage in Richtung des Regals mit den Schneelaternen, »schauen wir mal, ob wir etwas für Ihre Nichte finden. Wie heißt sie denn?«

»Nelly.« Er schmunzelte. »Ornella eigentlich, aber so darf niemand sie nennen. Es ist der Name ihrer Großmutter mütterlicherseits, und sie mag ihn gar nicht.« Er stockte und räusperte sich. »Entschuldigen Sie bitte, ich habe mich noch gar nicht vorgestellt. Mein Name ist Patrice Rogenbach.« Er hielt ihr seine rechte Hand hin, die sie umgehend ergriff.

»Ellie Weißmüller.« Ein Glucksen entrang sich ihrer Kehle. »Eigentlich Elisabeth, aber so darf mich auch niemand nennen.«

»Das ist doch ein sehr schöner, klassischer Name.« Sein Händedruck war fest, warm und angenehm.

Ellie runzelte die Stirn. »Vielleicht, wenn ich mal alt genug bin, um ebenfalls als Klassiker durchzugehen.«

Patrice stutzte, dann lachte er auf. »Also gut, bleiben wir bei Ellie. Der Name passt zu Ihnen; er klingt fröhlich, und so wirken Sie auch auf mich.«

»Danke.« Ellie grinste. »Obendrein bin ich auch noch in Kauflaune. Mal sehen, ob Sie mich später auch noch mögen. Hier sind die Schneelaternen, und ja, die sind alle ziemlich teuer, sogar die kleinen.«

»Das habe ich bei meiner Recherche bereits festgestellt.« Interessiert musterte Patrice das Angebot, warf ihr aber immer wieder kurze Seitenblicke zu. »So schnell schockieren Sie mich bestimmt nicht. So eine Laterne kann ich mir schon noch leisten.« Er hustete. »Welche davon würden Sie meiner Nichte kaufen?«

»Das weiß ich nicht.« Ellie gluckste. »Ich kenne Ihre Nichte ja gar nicht. Was sind denn so ihre Vorlieben? Lieblingsfarben? Ist sie noch eher kindlich oder bereits ein echter Teenager?«

»Sie malt und singt gerne. Grün ist, glaube ich, ihre Lieblingsfarbe. So ein … Mintgrün hat sie es mal genannt. Und laut meinem Bruder ist sie voll in der Pubertät«, zählte Patrice auf. »Hilft das irgendwie weiter?«

»Ein bisschen.« Nun musterte auch Ellie die ausgestellten Schneelaternen eingehend. »Sie hat auf jeden Fall auch eine romantische Ader, sonst hätte sie sich etwas anderes gewünscht.« Testweise zog sie eine Laterne hervor, deutete dann aber auf eine andere. »Diese hier.«

»Warum diese?« Patrice trat näher und betrachtete Ellies Wahl. Sie zeigte eine Kirche, mehrere Häuser, ein Händchen haltendes Pärchen mit einem Hund an der Leine und darüber Santa Claus, der mit seinem Rentierschlitten in einem Bogen über die Szenerie zog.

»Romantisch, verspielt und auch noch ein bisschen kindlich, aber nicht zu sehr.« Ellie schmunzelt. »Ich bin fast versucht, mir auch so eine mitzunehmen. Sehen Sie, es sind noch drei Stück da.« Sie deutete auf das Regalfach unter dem Ausstellungsstück und zog gleich darauf einen Karton heraus und klemmte ihn sich unter den Arm.

»Okay, ich vertraue auf Ihre Expertise.« Grinsend zog Patrice den zweiten Karton aus dem Regal. »Ihnen ist schon bewusst, dass das die teuerste von allen Laternen ist?«

»Oh.« Ellie warf einen Blick auf das Preisschild und zuckte zusammen, doch dann lachte sie. »Was soll's, man gönnt sich ja sonst nichts. Außerdem haben Sie eben noch gesagt, dass Geld keine Rolle spielt.«

»Wann habe ich das gesagt?« Patrice folgte ihr zu ihrem Einkaufswagen zurück, in dem sie umständlich Platz für ihre Beute machte. »Ich kann mir als Anwalt so ein Teil als Geschenk für meine Nichte leisten, aber einen Goldesel besitze ich auch wieder nicht.«

»Sie sind Anwalt?« Ellie schob ihren Wagen entschlossen Richtung Kasse, um nicht in Versuchung zu geraten, womöglich noch etwas zu kaufen.

»Meine Kanzlei ist in der Kirchstraße.« Patrice hatte umgehend zu ihr aufgeschlossen und trug den Karton mit der Laterne vor sich her.

»Das ist ja …« Ellie hielt inne, dann lachte sie auf. »Jetzt weiß ich, warum Sie mir so bekannt vorkommen! Ich habe Ihr Foto im Amtsblättchen gesehen. Sie inserieren regelmäßig dort.«

»Korrekt.« Er klemmte sich den Karton unter den Arm. »Also wirken die Annoncen zumindest ein bisschen. Ich schalte sie allerdings eigentlich nur pro forma. Mein Spezialgebiet ist Wirtschaftsrecht, und die meisten meiner Klienten sind große Firmen.«

»Warum praktizieren Sie dann ausgerechnet in so einem kleinen Ort und nicht in der Großstadt?« Neugierig musterte Ellie ihn. »Köln ist doch nicht weit, oder Bonn oder Koblenz.«

»Weil ich gerne in der Nähe meiner Familie bin und das Leben in der Großstadt mir nicht zusagt.« Inzwischen hatten sie die Kasse erreicht. Geduldig reihten sie sich in die Schlange ein.

»Samstagnachmittag!«, befand eine junge Frau vor ihnen halb lachend, halb seufzend. »Man ist ja selbst schuld, wenn man ausgerechnet jetzt im Baumarkt einkauft.«

»Stimmt auffallend.« Patrice nickte ihr zu, richtete seine Aufmerksamkeit aber gleich wieder auf Ellie. »Ich habe mir mittlerweile einen guten Ruf aufgebaut, sodass die relevante Kundschaft mich auch so findet. Eine Kanzlei in der Großstadt ist nicht zwingend notwendig. Bei Bedarf kann ich den Konferenzraum eines Kollegen in Köln nutzen, aber das kommt nicht allzu oft vor.«

»Aha.« Ellie wusste nicht recht, was sie darauf erwidern sollte.

»Das sollte jetzt nicht angeberisch klingen«, fügte Patrice hastig hinzu.

Ellie musste schmunzeln. »Okay.« Sie ließ ihren Blick zwischen dem Karton unter seinem Arm und seinem Gesicht hin und her wandern. »Ich nehme doch an, dass Sie Geschenkpapier zu Hause haben?«

»Geschenkpapier?«, echote er verblüfft, dann räusperte er sich. »Ähm …«

»Hier.« Ellie zog eine Rolle grün-silbern gemustertes Geschenkpapier aus einem Ständer gleich neben ihr und reichte sie ihm. Dann griff sie auch noch nach einer Rolle breitem Geschenkband in Grün mit silbernen Plastikperlen und legte sie auf den Karton. »Das Einpacken kriegen Sie aber schon noch hin, oder?«

»Ich schätze ja.« Sichtlich verlegen grinste er. »Danke. Da hätte ich wohl übermorgen dumm dagestanden. Kann sein, dass noch irgendwo ein Rest Geschenkpapier vom vergangenen Weihnachtsfest übrig ist, aber …«

»Weihnachtspapier zum Geburtstag geht gar nicht«, vollendete Ellie seinen Satz. »Nicht einmal, wenn man zu Weihnachten Geburtstag hat. Das muss strikt getrennt werden.«

»Danke«, wiederholte er. »Normalerweise lasse ich Geschenke lieber gleich im Laden einpacken. Aber in einem Baumarkt ist das wohl nicht üblich.«

»Eher nicht.« Ellie begann, ihre Einkäufe auf das Kassenband zu legen. »Gehen Sie ruhig vor. Sie haben schnell bezahlt, bevor ich hier überhaupt fertig bin.« Sie deutete auf ihren vollen Wagen.

Patrice tat, wie ihm geheißen, und wartete am Ausgang auf sie, woraufhin sie den Gesprächsfaden von zuvor wiederaufnahm. »Ich schätze, Sie kaufen generell nicht oft in Baumärkten ein, oder?«

»Mit zwei linken Händen?« Er grinste schief. »Das überlasse ich lieber anderen. Alles Handwerkliche, was ich anfasse, endet in einer Katastrophe.«

»Gut zu wissen.« Da sie inzwischen den Baumarkt verlassen hatten, deutete sie nach rechts. »Mein Auto steht da vorne.«

»Meins da.« Patrice zeigte nach links.

»Okay, also ...« Sie lächelte. »Es war nett, Sie kennengelernt zu haben, Patrice. Ich hoffe, die Schneelaterne wird Nelly gefallen.«

»Ja, ich auch.« Er lächelte wieder sein überaus gewinnendes Lächeln. »Würden Sie eine Einladung zum Kaffee annehmen?« Er deutete auf die Bäckerei mit Café, die sich im Gebäude des Baumarktes befand. »Als Dankeschön?«

Ellie zögerte, blickte kurz auf ihre Armbanduhr. Sie fand

Patrice sehr sympathisch, hatte aber eigentlich vorgehabt, noch in der Oase mitzuhelfen. Sie beschloss, spontan zu sein. »Ich müsste meinen Freunden Bescheid geben, dass es ein bisschen später wird.«

Patrice' Miene hellte sich auf. »In zehn Minuten vor dem Café?«

Ellie nickte lächelnd. »Abgemacht.«

***

Nachdem Xander den halben Tag damit verbracht hatte, seine Wäsche zu waschen und sein altes Zimmer wohnlich einzurichten, beschloss er am Nachmittag, noch einmal in der Oase vorbeizuschauen und zu fragen, ob noch helfende Hände benötigt würden. Ellie hatte am gestrigen Abend erzählt, dass sie vorhatte, heute den Baumarkt unsicher zu machen und danach ebenfalls vorbeizukommen. Sie hatten vollkommen selbstverständlich zu ihren alten Mustern zurückgefunden, viel geredet und noch mehr gelacht.

Er wusste zwar nach wie vor nicht, wie er Ellie gegenüber deutlich machen sollte, dass er mehr als die langjährige Freundschaft für sie empfand, aber es würde ihm schon noch ein Plan einfallen. Möglichst viel Zeit zusammen zu verbringen, war ganz bestimmt der Sache förderlich. Denn wie sollte sie sonst jemals bemerken, wie perfekt sie zu ihm und er zu ihr passte?

Als er die Oase durch den Haupteingang betrat, schallte ihm wieder einmal Musik entgegen, diesmal jedoch in normaler Lautstärke und ohne zusätzliche Gesangseinlage seiner Freunde. Stattdessen waren immer wieder leises

Klopfen und ein merkwürdiges unangenehmes Ratschen zu vernehmen. Da sich im vorderen Raum niemand aufhielt, begab er sich auf die Suche und erkannte nach einem Blick ins Bad, dass die Ursache für die Geräusche ein Fliesenschneider war. Er nickte dem Fliesenleger, einem Mann etwa um die fünfzig, freundlich zu und grüßte, zog sich aber gleich wieder zurück.

Als er das Büro betrat, drehte sich Ellies Vater Helge, der gerade dabei war, einen Aktenschrank zusammenzubauen, zu ihm um. »Xander!« Seine blauen Augen leuchteten erfreut auf. »Junge, was ist das schön, dass du wieder im Land bist!« Es folgte eine kurze, aber herzliche Umarmung, dann trat Helge einen Schritt zurück und musterte Xander eingehend. »Was bist du erwachsen geworden! Gut siehst du aus.«

»Danke.« Xander lächelte. »Du aber auch.«

»Ach, na ja. Man wird halt nicht jünger. So ist der Lauf der Dinge.« Lachend strich Helge sich durch sein ergrautes Haar, rückte seine Brille zurecht und klopfte sich auf den leichten Bauchansatz. »Wie ich hörte, hast du vor, ganz hierzubleiben«, wechselte er das Thema. »Ich hatte mich schon gefragt, wann du endlich genug von der Herumreiserei hast. Ich meine, etwas von der Welt sehen zu wollen, ist vollkommen in Ordnung, aber du warst so lange unterwegs, dass ich schon dachte, das wird ein Dauerzustand.«

»Nein, keine Sorge.« Grinsend sah Xander sich um. »Ich hatte nie vor, den Rest meiner Tage auf Achse zu verbringen. Wie ich sehe, sind die Büromöbel doch endlich eingetroffen. Kann ich dir beim Zusammenbau helfen?«

»Ich hatte gehofft, dass du das fragst.« Helge wirkte erleichtert. »Ich bin zwar alles andere als handwerklich unbegabt, aber diese maßgefertigten Möbel sind schon eine Hausnummer. Vor allen Dingen massiv.«

»Mit anderen Worten bleischwer«, folgerte Xander.

»Genau.« Helge verzog das Gesicht. »Dass sie einen Tag zu spät geliefert wurden, macht eigentlich gar nichts. Ich hätte sowieso erst heute Zeit dafür gehabt. Die Anleitung zum Zusammenbau ist leider auch ein bisschen ... komplex.«

»Na, dann schauen wir doch mal.« Xander schnappte sich das Faltblatt mit der Anleitung, las es, runzelte die Stirn und drehte es um. »War da noch ein Blatt im Karton?«

»Nein, nicht, dass ich wüsste.« Helge hob den großen Karton an, in dem die Einzelteile des Aktenschranks geliefert worden waren. »Das wäre mir aufgefallen.«

Auch Xander warf einen Blick in den Karton. »Tja, dann haben die hier eine Seite vergessen.« Er deutete auf das Faltblatt. »Die Anleitung ist nicht komplex, sondern unvollständig.«

»Tatsächlich?« Verblüfft nahm Helge ihm das Blatt aus der Hand, studierte es und seufzte schließlich. »Das ist mir gar nicht aufgefallen. Ich hatte mich nur gewundert ... Ach, was soll's, dann müssen wir eben so herausfinden, wie alles zusammenpasst.«

»Das kriegen wir schon hin.« Xander grinste. »Ich war früher schließlich der unangefochtene Puzzlechampion. Wenn fünftausend Puzzleteile mich nicht schrecken, werde ich wohl auch mit einem Schrank fertigwerden.«

»Hoffen wir es.« Helge griff wieder nach den beiden Brettern, an denen er zuvor gearbeitet hatte, und Xander nahm nach einem weiteren Blick auf die Anleitung noch zwei weitere.

In diesem Moment betrat Jelena den Raum. »Hab ich doch richtig gehört. Hallo Xander, gut, dass du da bist.« Sie nickte ihm fröhlich zu. »Dann haben wir ja doch noch ein weiteres Paar Hände, das mit anfasst. Ellie hat mir gerade geschrieben, dass es bei ihr ein bisschen später wird. Anscheinend hat sie im Baumarkt einen Kerl aufgerissen und geht mit ihm noch einen Kaffee trinken oder so.«

»Aufgerissen?« Den unvermittelten Stich, den Jelenas vergnügte Worte in Xander auslösten, wollte er sich nicht anmerken lassen.

»Was wurde aufgerissen?« Arian betrat hinter Jelena den Raum. »Hallo Xander.«

»Hallo.« Xander nickte dem Freund mit einem, wie er hoffte, unbefangenen Lächeln zu.

»Nicht was, sondern wer.« Jelena lachte. »Na ja, aufgerissen ist vielleicht nicht das richtige Wort. Ellie und dieser Typ sind sich wohl in der Weihnachtsdeko-Abteilung begegnet, und er hat sie um einen Rat wegen einer Schneelaterne gefragt.«

»Einer was?« Helge runzelte die Stirn.

»Schneelaterne«, wiederholte Jelena. »Das ist so eine Laterne mit LED-Beleuchtung und Schneegestöber, wie eine große Schneekugel, bloß dass du sie nicht dauernd schütteln musst, weil da ein kleiner Antrieb das Schneetreiben verursacht. Unsere Mutter hat seit ein paar Tagen eine in der Küche.«

Arian grinste. »Könnte mir auch gefallen.«

»Na ja, also Ellie hat diesem Mann, Patrice heißt er übrigens …«

»Patrice.« Xander konnte sich ein Stirnrunzeln nicht verkneifen.

Jelena nickte. »Ja. Er hat ein Geschenk für seine Nichte oder so gesucht und sie gefragt, und, tja, jetzt gehen sie zusammen einen Kaffee trinken.« Es war ihr anzusehen, dass sie von dieser Entwicklung äußerst angetan war. »Sie meinte, sie kommt nachher noch her, aber ich habe ihr gesagt, sie soll sich Zeit lassen. Immerhin ist sie schon seit Ewigkeiten solo, da darf sie sich so eine gute Gelegenheit nicht entgehen lassen. Nicht wahr, Xander? Findest du nicht auch, dass sie ein bisschen Glück in der Liebe vertragen könnte? Damit hätte dann wenigstens eine von uns ein nennenswertes Liebesleben.«

»Liebesleben?« Helge ließ von den Brettern ab. »Ich dachte, sie hätte diesen Mann gerade erst kennengelernt.«

»Wenn das spontane Kaffee-Date gut verläuft, könnte ja durchaus mehr daraus werden«, meinte Jelena. »Ich drücke ihr jedenfalls fest die Daumen.«

»Ich auch.« Arian neigte zustimmend den Kopf.

Als sich im nächsten Moment die Blicke der Geschwister auf Xander richteten, nickte er hastig. »Klar.«

»Und du springst hier für sie ein.« Arian klopfte ihm auf die Schulter. »Finde ich gut. Dazu sind Freunde nämlich da.«

Xander erwiderte nichts darauf, sondern gab vor, sich besonders geschäftig wieder mit den Regalbrettern zu beschäftigen.

6. Kapitel

Nach einem kurzen Blick auf ihre Armbanduhr seufzte Ellie ergeben und schmunzelte gleichzeitig. Sie war ganz eindeutig viel zu spät dran, weil sie sich mit Patrice verquasselt hatte. Fast drei Stunden hatten sie in dem Café verbracht! Sie konnte sich nicht erinnern, jemals mit einem Mann so lange am Stück geredet und sich dabei wirklich gut unterhalten zu haben. Nun ja, sah man einmal von Xander ab oder auch Arian. Aber mit den beiden war sie auch schon seit Ewigkeiten befreundet, und sie hatten keinerlei über diese Freundschaft hinausgehendes Interesse an ihr. Bei Patrice schien dies anders zu sein. Er hatte ihr eine Menge Fragen gestellt, sodass sie das Gefühl hatte, ihm praktisch ihre ganze Lebensgeschichte erzählt zu haben. Selbstverständlich hatte er auch ein paar Dinge von sich berichtet, sodass sie über ihn nun ebenfalls recht gut im Bilde war, zumindest für ein erstes Date.

Patrice war witzig, weltoffen und ein wirklich guter Gesprächspartner. Außerdem war ihm seine Familie sehr wichtig, was Ellie für ihn einnahm, denn die Familie stand auch bei ihr im Mittelpunkt. Nun besaß er ihre Handynummer und hatte versprochen, sich bald bei ihr zu melden. Ellie freute sich darauf. Mit so etwas hatte sie beim Betreten des Baumarkts ganz sicher nicht gerechnet, aber da selbst Jelena darauf bestanden hatte, dass Ellie dieser

Zufallsbekanntschaft eine Chance gab, hatte sie es getan und es tatsächlich nicht bereut.

Nun schleppte sie von ihrer Beute so viel wie nur möglich auf einmal zum Vordereingang der Oase und wünschte dabei, der Hintereingang wäre endlich nutzbar, doch im dahinterliegenden Flur wurde gerade ein neuer Estrichbelag vorbereitet, sodass die Tür zur Sicherheit verschlossen blieb. Durch die Glasscheiben sah sie bereits, dass es sich ihre Eltern, Jelena, Xander und Arian rund um einen Tapeziertisch im Empfangsbereich gemütlich gemacht hatten – auf allen Stühlen und Hockern, die momentan verfügbar waren. Als sie mit der Schulter die Eingangstür aufdrückte, sprangen Jelena und Xander gleichzeitig auf und kamen ihr entgegen, um ihr ein paar der großen Tüten abzunehmen.

»Ich habe noch mehr im Auto.« Sie bewegte ihren linken Arm ein paarmal, weil der Muskel, der damals bei der Beißattacke beschädigt worden war, von der schweren Fracht leicht schmerzte.

»Ich gehe schon.« Nun erhob sich auch Arian und nahm von ihr den Autoschlüssel entgegen.

»Nur die Sachen auf dem Rücksitz.« Ellie lächelte ihm dankbar zu. »Die im Kofferraum sind für meine Wohnung … mein Haus«, korrigierte sie sich.

»Alles klar.« Arian verschwand nach draußen.

»Du meine Güte, was hast du denn da alles gekauft?« Jelena hatte einen Blick in die Tüten geworfen und kicherte begeistert. »Diese Wichtel sind ja zauberhaft! Und die Baumkugeln und … Schau mal, Sabine, dieses Lämpchen!«

»Lass sehen!« Nun erhob sich auch Sabine, um die Dekoartikel zu begutachten. Lachend hielt sie ein grinsendes Rentier aus Holz in die Luft. »Auf die Gefahr hin, dass ich antiquiert wirke, aber das hier ist einfach nur entzückend.« Sie warf Ellie einen Blick zu. »Die ganzen Sachen gab es im Baumarkt?«

Ellie nickte. »Die Weihnachtsabteilung ist dieses Jahr geradezu riesig. Ich hätte mich noch stundenlang dort aufhalten können.«

»Oje, dann mache ich wohl besser einen großen Bogen um den Baumarkt.« Ihre Mutter lachte. »Sonst kaufe ich ihn noch komplett leer.«

»Bewahre!« Schmunzelnd wehrte Ellies Vater mit beiden Händen ab. »Wir haben jetzt schon so viel von dem Plunder, dass man im Keller kaum noch treten kann.«

»Plunder?«, echoten Sabine und Ellie gleichzeitig und gleichermaßen empört.

Helge wehrte erneut ab. »Verzeihung, ich habe nichts gesagt.« Er blickte zu Xander, der sich wieder neben ihn gesetzt hatte. »Sag niemals nie nicht etwas gegen Weihnachtsschmuck, wenn du dir nicht den geballten Zorn der holden Weiblichkeit zuziehen willst.«

Xander grinste. »Man sagt aber auch nicht Plunder dazu. Dieses Rentier ist wirklich hübsch, und so einen Wichtel hat Xenia in der Küche auf der Fensterbank, der macht immer gleich gute Laune, wenn man den Raum betritt. Er kann übrigens auch singen, wenn man ihm auf den Bauch drückt oder an der Bommel an seiner Mütze zieht. *O Tannenbaum* oder *Morgen, Kinder, wird's was geben.*«

»Hilfe, du nicht auch noch!« Helge stöhnte und lachte gleichzeitig. »Verräter!«

»Tja.« Heiter zuckte Xander mit den Achseln. »Vielleicht gehe ich mal mit Sabine zusammen im Baumarkt einkaufen.«

»Au ja!« Sabine strahlte.

»Untersteh dich!« Schmunzelnd drohte Helge Xander mit erhobenem Zeigefinger.

»Pah, jetzt erst recht.« Sabine fing seinen Finger auf, verflocht aber gleich darauf ihre Finger mit seinen. »Du hältst mich nicht auf.«

»Weiß ich doch.« Helge hauchte einen Kuss auf ihren Handrücken.

»Es wird die letzte Saison in unserem alten Salon«, fuhr sie mit einem leicht wehmütigen Lächeln fort. »Vielleicht sollte ich da ein bisschen mehr schmücken als sonst.«

»Noch mehr?« Helge tat entsetzt.

Sabine versuchte, ihm einen Klaps gegen den Arm zu geben, doch er wich gekonnt aus.

»He, he, keine Gewalttaten bitte.« Er wandte sich in Ellies Richtung. »Wie man hört, gibt es im Baumarkt nicht nur Weihnachtsdeko, sondern auch neue Bekanntschaften zu finden.«

Sogleich richteten sich alle Blicke auf Ellie, die daraufhin lächelte. »Das war wirklich reiner Zufall. Patrice hat nach einem Geschenk für seine Nichte gesucht und mich wegen der Schneelaternen um Rat gefragt. Darüber sind wir ins Gespräch gekommen.«

»Patrice?« Xander sah sie fragend an, woraufhin sie nickte.

»Patrice Rogenbach. Er ist Anwalt.«

»Wow, guter Fang!« Jelena stieß einen übertriebenen Pfiff aus. »Ein Anwalt, der sich nicht zu fein oder zu männlich ist, um eine Frau um Rat zu fragen. Finde ich super. Sieht er auch noch gut aus? Und hat er vielleicht einen Bruder?«

Ellie gluckste. »Hässlich ist er nicht gerade, aber was seinen Bruder angeht, der ist glücklich verheiratet und Nellys Papa. Die Nichte mit der Schneelaterne«, fügte sie noch hinzu.

»Schade.« Jelena winkte ab. »Egal. Wenigstens eine von uns hat mal Glück in der Liebe.«

Ellie hüstelte. »Also, von Liebe war jetzt nicht gleich die Rede. Wir haben uns doch gerade erst kennengelernt.«

»Aber ihr habt heute viel Zeit miteinander verbracht«, warf ihre Mutter ein.

»Und ihr seht euch wieder, oder?«, fügte Xander hinzu. Er grinste schalkhaft, doch für einen kurzen Moment hatte Ellie den Eindruck, der heitere Ausdruck würde kurz vor seinen Augen haltmachen. Ehe sie darüber nachdenken konnte, zwinkerte er in altvertrauter Weise. »Oder?«

»Äh, ja.« Sie nickte vage. »Ich nehme es an.«

»Ha, ich wusste es!« Jelena klatschte in die Hände. »Wann?«

»Ich weiß noch nicht.« Ellie hatte das Bedürfnis, die allgemeine Begeisterung nicht zu sehr ausufern zu lassen, obwohl sie sich ja eigentlich selbst auf das – hoffentlich – bevorstehende Date freute. »Er will mich anrufen.«

»Wann?«, wiederholte Jelena unbeirrt.

Ellie kicherte. »Das weiß ich doch nicht.«

»Wehe, er meldet sich nicht gleich morgen bei dir!« Grimmig verzog Jelena das Gesicht. »Wenn ihr euch heute so gut verstanden habt, tut er das bestimmt. Oder?« Sie hatte sich neben Xander gesetzt und stieß ihn mit dem Ellenbogen an. »Sag mal was dazu als Experte.«

Xander runzelte verblüfft die Stirn. »Seit wann bin ich auf diesem Gebiet ein Experte?«

»Na, immerhin bist du ein Mann.« Jelena sah ihn auffordernd an.

»Das ist dein Bruder auch«, wich er erheitert aus. »Frag ihn.«

»Was soll sie mich fragen?« Arian, der die restlichen Einkäufe mittlerweile hereingebracht hatte, stellte den letzten Hocker aus dem Büro an den Tisch, damit alle einen Sitzplatz hatten.

»Wie lange wartet ein Mann, bis er die Frau anruft, mit der er gerade einen halben Nachmittag und Abend verbracht hat?« Jelena wandte sich ihrem Bruder zu. »Also mehr als zwei Stunden.«

»Drei«, korrigierte Ellie.

»Drei«, wiederholte Jelena mit einem gewichtigen Nicken.

Nachdem Ellie sich gesetzt hatte, ließ auch Arian sich auf dem Hocker nieder. »Kommt drauf an.«

»Worauf?« Nun war auch Ellies Neugier geweckt.

»Ob die beiden eine gute Zeit miteinander hatten.«

»Sie waren drei Stunden zusammen.« Jelena schürzte die Lippen. »Das spricht doch wohl für eine gute Zeit.«

»Nicht zwangsläufig.« Arian schmunzelte. »Es könnte ja auch sein, dass bloß keiner von beiden sich getraut hat, das langweilige Treffen zu beenden.«

»Pfff, so ein Quatsch!« Jelena schüttelte entrüstet den Kopf.

»Nein, gar nicht«, widersprach Sabine. »Ich hatte mal während der Schulzeit ein Date ...«

»Du hattest Dates?« Helge tat entsetzt.

Sie bedachte ihn mit einem bezeichnenden Blick. »Du etwa nicht?«

»Also ...« Er räusperte sich.

»Eben.« Sabine lächelte. »Also bei diesem Date haben wir uns beide fürchterlich gelangweilt. Wir hatten uns ein paar Tage zuvor in der Disco kennengelernt, aber bei Tageslicht mussten wir dann feststellen, dass wir so gar nichts gemeinsam hatten. Wir waren aber beide zu höflich und zu wohlerzogen, um das gleich auszusprechen. Wir haben sogar noch ein zweites Date ausgemacht.«

»Ein zweites Date?« Jelena starrte sie verständnislos an. »Würde mir nie in den Sinn kommen, wenn der Kerl mich nicht vom Hocker haut.«

»Du bist auch viel selbstbewusster und schlagfertiger als ich damals.« Sabine gluckste. »Ich wollte dann so tun, als ob ich krank geworden wäre, um dem Date zu entgehen.«

»Und das hat funktioniert?« Jelena runzelte die Stirn.

»Ja, weil er die gleiche Ausrede vorbrachte, als er mich anrief.« Lachend breitete Sabine die Arme aus. »Wir sind so verblieben, dass wir uns neu verabreden, sobald es uns wieder besser ginge.« Nun grinste sie breit. »Darauf warten wir bis heute.«

Ringsum wurde gelacht, bis Jelena sich erneut an Arian wandte. »Du hast meine Frage noch nicht beantwortet.«

»Wir hatten eine gute Zeit«, fügte Ellie erwartungsvoll hinzu.

Arian hob die Schultern. »Ihr tut ja gerade, als hättet ihr noch nie ein Date gehabt, dass ihr so was nicht wisst.«

»Du weichst aus.« Jelena bedachte ihren Bruder mit einem vielsagenden Blick. »Feigling.«

»Also ich würde gleich am nächsten Tag anrufen«, meldete Xander sich überraschend zu Wort und blickte in Ellies Richtung. »Wenn es ein wirklich gutes erstes Treffen war, würde ich keine Zeit vergeuden.«

»Bravo!« Jelena klatschte begeistert. »Ein Mann der Tat.«

Ellie lächelte Xander zu, hatte aber erneut ein seltsames Gefühl. Etwas an seinem Blick war merkwürdig. Doch wieder verflog der Eindruck sofort, weil er eine der Pizzaschachteln auf dem Tapeziertisch aufklappte. »Hast du noch Hunger? Wir haben dir eine Margherita mitbestellt. Sie ist zwar schon kalt, aber sie schmeckt bestimmt trotzdem noch. Luigis Pizza ist in jeder Temperatur gut.«

Ellie schüttelte den Kopf. »Ich hatte zwei Stücke Kuchen!« Doch als sie die Pizza sah, winkte sie ab. »Was soll's, gib her.«

***

Eine weitere Stunde später schloss Ellie die Oase ab und winkte noch einmal ihren Eltern zu, die sich auf den Heimweg machten. Jelena und Arian waren bereits losgefahren. Nur Xander stand noch neben ihr, die Hände tief in den Taschen seines Mantels vergraben. Ein eisiger Wind pfiff mittlerweile durch die Annastraße und veranlasste Ellie, den Kragen ihres Mantels hochzuschlagen. »Wo hast du geparkt?« Sie schob den Schlüssel in ihre Tasche. »Hinter dem Haus wäre doch Platz gewesen.«

»Als ich kam, stand dort noch der Van der Handwerker.« Er grinste. »Wie habt ihr sie dazu bekommen, samstags hier aufzuschlagen?«

»Das war deren Idee.« Ellie zuckte mit den Achseln. »Sie haben anscheinend so gut zu tun, dass sie manchmal auch samstags arbeiten. Soll ich dich zu deinem Auto bringen?«

»Ich stehe in der Marktgarage, das sind nur hundert Meter.« Xander lächelte leicht. »Wenn ihr morgen noch mal Hilfe benötigt, sag einfach Bescheid.«

»Nein, morgen machen wir mal Pause.« Als eine Windbö sie anfuhr, schauderte sie. »Es ist ganz schön kalt geworden.«

»Stimmt.« Er deutete in Richtung Parkplatz. »Gehen wir mal lieber, bevor wir uns erkälten.«

Mit einem zustimmenden Nicken wandte Ellie sich in die angegebene Richtung, drehte sich jedoch gleich wieder zu ihm um. »Danke fürs Helfen. Ich weiß, ich hätte heute auch mit dabei sein sollen, aber es war einfach so ein Zufall heute, das mit Patrice, meine ich …«

»Schon gut.« Seltsamerweise schien Xanders Lächeln seine Augen schon wieder erst mit leichter Verspätung zu erreichen. »Jelena meinte, du hättest dir ein spontanes Date verdient.«

»Das hat sie gesagt?« Ellie schmunzelte. »Allzu oft passieren solche Dinge wohl auch nicht.«

»Also magst du ihn.«

Sie dachte über seine Frage nach. »Ich denke schon. Nun ja, er ist nett.«

»Autsch.«

Kichernd wehrte Ellie ab. »Nein, nicht so, sondern wirklich nett-nett.«

»Okay.«

»Wir haben uns total gut unterhalten und so.« Sie lächelte wieder. »Er ist sehr aufmerksam, fast ein bisschen wie du.«

»Wie ich?« Verblüfft hob er die Augenbrauen.

»Ja, na ja.« Kurz suchte sie nach Worten. »Oder auch wie Arian. Ihr hört zu, urteilt nicht sofort und kommt nicht dauernd mit guten Ratschlägen. Und ihr seid Gentlemen.«

»Und dieser Patrice ist auch ein Gentleman«, folgerte er.

»Ja. Und alles andere, was ich aufgezählt habe«, bestätigte sie. »Ich glaube, es lohnt sich, ihn näher kennenzulernen.«

»Okay.« Bei der nächsten Bö zog Xander leicht den Kopf ein. »Dann hoffe ich für dich, dass er auch auf den zweiten Blick – oder das zweite Date – hält, was er verspricht.«

»Ja, ich auch.« Sie berührte ihn kurz am Arm. »Du frierst. Geh schnell zu deinem Auto, ja? Ich will jetzt auch los. Im Kofferraum habe ich noch meine Einkäufe aus dem Baumarkt.«

»Gut, also, bis dann.« Xander nickte ihr zu und machte sich auf den Weg zur Marktgarage.

Ellie blickte ihm kurz nach, dann umrundete sie das Gebäude, um zu ihrem Auto zu gelangen. Der Bewegungsmelder über der Hintertür wurde aktiviert, als sie um die Hausecke trat, und das aufflammende Licht gab den Blick auf den stillen Parkplatz frei. Ihr Auto stand in der Parktasche gleich vor dem Hintereingang. Sie ging ein paar Schritte darauf zu – und blieb abrupt stehen.

»Ach du Scheiße.« Entsetzt starrte sie auf den platten Hinterreifen auf der Beifahrerseite. »Oh nein!« Mit wenigen Schritten war sie beim Auto und ging neben dem Rad in die Hocke. »Wie ist das denn passiert?« Sie tastete über das Profil des Reifens, obwohl sie wusste, dass es nutzlos war. Wahrscheinlich hatte sie sich einen Nagel eingefahren, oder das Ventil war kaputt. »Was mache ich denn jetzt?« Sie sah auf ihre Uhr – es war bereits kurz vor neun. Zwar könnte sie den Automobilclub anrufen, aber um diese Zeit wollte sie eigentlich nur noch nach Hause.

Eilig rannte sie zurück zur Straße, doch von Xander war weit und breit nichts mehr zu sehen. Also zog sie ihr Handy aus der Tasche und wählte seine Nummer.

Es klingelte dreimal, bevor er den Anruf annahm. »Hey, was gibt's?«

»Ich hab einen Plattfuß.« Sie räuspert sich. »Also nicht ich, sondern mein Auto.«

»Oh. Mist.« Seine Stimme hallte ein wenig, also befand er sich wohl schon im Parkhaus. »Hast du ein Ersatzrad im Kofferraum?«

»Ja.« Sie seufzte. »Ich habe, ehrlich gesagt, nicht viel Lust, heute Abend noch den Reifen zu wechseln oder auf den Automobilclub zu warten. Könntest du mich vielleicht einfach nach Hause fahren? Ich kümmere mich dann morgen um das Auto.« Schon während sie sprach, vernahm sie ein Klicken, dann das Öffnen und Zuklappen einer Autotür.

»Bin schon unterwegs.«

Bevor sie Danke sagen konnte, war die Verbindung bereits unterbrochen.

Ellie atmete auf und kehrte zu ihrem Auto zurück. Ihre Einkäufe wollte sie auf jeden Fall mitnehmen.

***

Xander brauchte nicht lange, um seinen roten Hybrid-SUV zum Parkplatz hinter der Beauty-Oase zu steuern. Ellie lehnte mit dem Rücken an der hinteren Beifahrertür und stieß sich ab, als er neben ihr hielt und das Fenster herunterfahren ließ. »Sie hatten ein Taxi bestellt?«

Ellie grinste nur schief. »Danke, dass du mich fährst. Schau dir das an.« Sie deutete auf den platten Reifen. »Ich muss wohl über einen Nagel oder so gefahren sein. Gemerkt habe ich gar nichts davon.«

»Steig ein, die Temperatur ist nur noch bei null Grad.« Xander beugte sich über den Beifahrersitz und stieß die Tür auf.

»Ich muss noch ein paar Sachen aus dem Kofferraum mitnehmen.« Sie öffnete bereits ihre Kofferraumklappe, woraufhin Xander rasch die Fernbedienung für die Klappe seines Autos drückte und ausstieg.

»Soll ich dir helfen?«

Ehe sie auch nur Luft holen konnte, hatte er ihr bereits den großen Klappkorb abgenommen, den sie aus dem Kofferraum geholt hatte, und verstaute ihn in seinem Wagen. »Noch mehr Wichtel«, stellte er grinsend fest.

»Na klar.« Ellie stellte noch zwei volle Papiertüten von enormen Ausmaßen neben die Box. »Und ein paar andere Dekosachen, an denen ich einfach nicht vorbeigehen konnte.« Sie schloss die Kofferraumklappe wieder.

Xander betätigte erneut die Fernbedienung, sodass sich die Klappe an seinem Wagen mit einem leisen Surren langsam herabsenkte.

Ellie zog eine Grimasse. »Angeber.«

»He, he, Vorsicht, sonst nehme ich nur deine Wichtel mit und lasse dich in der Kälte stehen.« Lachend zog er den Kopf ein, als ihn in diesem Moment ein eiskalter Regentropfen an der Stirn traf. »Und im Regen.«

»Kommt nicht infrage!« Kichernd hastete Ellie zur Beifahrertür und schlüpfte ins Auto. »Was ist, willst du da draußen festfrieren?«

»Freche Göre.« Lachend klemmte er sich wieder hinters Steuer.

»Fahr bloß vorsichtig.« Ellie ließ den Sicherheitsgurt einrasten. »Regen bei den Temperaturen kann zu Glatteis führen.«

»Ach was?« Er ließ den Motor an und lenkte den Wagen auf die Straße. »Darauf wäre ich ja nie selbst gekommen, Frau Schlaubergerin.«

»Halt die Klappe.« Spielerisch schlug sie gegen seinen Oberarm.

»Hey, werd nicht frech, sonst überlege ich mir das mit dem Wichteltaxi doch noch mal.« Lachend wehrte er ihre Hand ab, konzentrierte sich dann aber auf die Straße, die tatsächlich stellenweise schon etwas rutschig geworden war.

Ellie verstummte ebenfalls und heftete ihren Blick fest auf die Windschutzscheibe.

»Keine Sorge, ich bringe dich heil und in einem Stück nach Hause.«

»Ich weiß.« Sie umfasste den Türgriff. »Das hätte ich

auch nie bezweifelt. Ich bin nur gerade heilfroh, dass ich nicht selbst fahren muss. Glatteis liegt mir so gar nicht.«

»Mir auch nicht.« Glücklicherweise gab es kaum andere Verkehrsteilnehmer, und als Xander auf den Weg zur Ferienhaussiedlung abbog, konnte er sehen, dass dort bereits ein Traktor ein Gemisch aus Splitt und Sand verteilte. Der Zuweg zum Blockhaus im Wald war sowieso nur geschottert, sodass man darauf problemlos fahren konnte.

»Nobles Domizil«, befand er, nachdem er in der Zufahrt zum Haus gehalten hatte. »Ist es innen so klasse wie von außen? Du hattest ja schon Fotos gezeigt, aber live sieht ja immer alles noch mal anders aus.«

»Das Haus ist total schön.« Auf Ellies Miene erschien ein schwärmerischer Ausdruck. »Ein bisschen rustikal, aber sehr kuschelig und gemütlich … Komm doch kurz mit rein, dann zeige ich dir alles.«

Sie wollte schon die Tür öffnen, doch im selben Moment nahm Xander eine Bewegung und einen Schatten neben dem Auto wahr. »Stopp! Warte.« Er griff nach ihrem Arm. Der Schatten war … weiß?

»Was ist denn?« Ellie war mitten in der Bewegung erstarrt. Ihre Augen weiteten sich. »Da ist er wieder. Der große Hund. Da!« Sie deutete auf das wirklich nicht gerade kleine Tier, das zwischen ihnen und der Haustür stand und ihnen mit erhobenem Kopf, aufgerichteten Ohren und wachsamem Blick entgegensah.

»Ich weiß.« Ihm wurde bewusst, dass das Scheinwerferlicht den Hund vermutlich blendete, und er schaltete es aus.

»Was machst du denn? Jetzt sehen wir doch nicht, was er macht.«

»Das Licht am Haus ist doch hell genug«, widersprach er.

»Und jetzt? Was, wenn er angreifen will?« Ellies Stimme klang so kläglich, wie er sie schon sehr lange nicht mehr gehört hatte. »Ich dachte, er hätte für immer das Weite gesucht.«

»Hey, ganz ruhig.« Sanft berührte er sie an der Schulter und kämpfte gleichzeitig gegen das Bedürfnis an, sie fest an sich zu ziehen. »Hier im Auto kann uns nichts passieren. Und wie Cujo aus dem Stephen-King-Roman wirkt er ja nun auch wieder nicht.«

Ellie stieß geräuschvoll die Luft aus und entspannte sich eine Spur. »Xander?«

»Hm?«

»Er sieht schrecklich dünn und verwahrlost aus, oder?«

Xander richtete sein Augenmerk wieder auf den Hund. »Shit, du hast recht. Er muss schon eine Weile auf sich gestellt sein. Vielleicht ist er irgendwo ausgerissen oder wurde ausgesetzt.«

»Was machen wir jetzt?« Während sie sprach, löste Ellie ihren Sicherheitsgurt. »Die Polizei rufen? Oder beim Tierheim fragen? Jemand muss ihn doch einfangen und versorgen.« Sie sah ihn von der Seite an. »Ob wir ihn irgendwie sichern können?«

»Wir?« Verblüfft starrte er sie an. »Du hast doch Angst vor Hunden.«

»Ja, schon.« Ellie biss sich auf die Unterlippe. Ihr Blick war zu dem großen, weißen Hund zurückgewandert, der immer noch bewegungslos zwischen dem Auto und dem Hauseingang stand. »Aber was, wenn er am Verhungern ist?

Er sieht schon ziemlich erbärmlich aus, findest du nicht auch? Irgendwie tut er mir leid.« Sie stockte, als der Hund sich auf sein Hinterteil sinken ließ. »Ich glaube, er zittert. Er ist auch ganz nass, und es ist eiskalt draußen. Bei solchen Temperaturen könnte er erfrieren, und das will ich nicht.«

»Um diese Zeit ist im Tierheim bestimmt niemand mehr erreichbar.« Xander dachte kurz nach. »Die Polizei halte ich auch für übertrieben, aber ich glaube, man ist verpflichtet, ein Fundtier dort oder beim Tierheim zu melden.«

»Ich könnte mal versuchen, Fiona Sahler zu erreichen.« Schon während sie sprach, zog Ellie ihr Smartphone hervor. »Sie ist Tierärztin, und Mama schneidet ihr regelmäßig die Haare. Jana und Oliver gehen mit Scottie zu ihr und haben erzählt, dass sie super sein soll. Vielleicht weiß sie einen Rat.«

»Okay.« Auch Xander löste seinen Gurt. »Ich versuche, ihn anzulocken. Sonst haut er vielleicht wieder ab.«

»Sei bloß vorsichtig!«

Er nickte nur, dann öffnete er sehr langsam und vorsichtig die Autotür.

***

Ich weiß nicht, ob das hier wirklich so eine gute Idee ist. Elf-Siebzehn hat zwar darauf bestanden, aber mir ist das alles nicht geheuer. Warum steigen die beiden Menschen nicht aus dem Auto aus? Wenigstens ist das grelle Licht jetzt aus, das hat scheußlich geblendet, und jetzt sehe ich zumindest, dass da ein Mann und eine Frau im Wagen sitzen. Ihn kenne ich nicht, aber sie hat mich neulich schon mal ver-

jagt. Keine Ahnung, warum, und vielleicht macht sie das gleich wieder. Ich bleibe eigentlich nur hier, weil es mir viel zu anstrengend ist wegzulaufen. Ich habe ewig nichts mehr gefressen, und jetzt regnet es auch noch, und mir ist so scheußlich kalt, dass ich meine Pfoten gar nicht mehr spüre und sogar zittre. Ich kann das gar nicht kontrollieren. Deshalb habe ich mich jetzt mal gesetzt, und vielleicht lege ich mich gleich einfach hin und versuche einzuschlafen. Es ist alles viel zu anstrengend geworden, und ich kann einfach nicht mehr. Oh, was passiert denn jetzt? Da ist Bewegung im Auto, und nun geht auch noch die eine Tür auf. Soll ich weglaufen? Nein, geht nicht, ich habe keine Kraft mehr.

***

Fast wie in Zeitlupe stieg Xander aus dem Auto aus und machte einen halben Schritt auf den Hund zu. Aus dem Wagen drang leise Ellies Stimme, offenbar hatte sie die Tierärztin erreicht. Er konzentrierte sich jedoch voll und ganz auf den Hund, der, anstatt vor ihm zurückzuweichen, sich auf den nassen, eisigen Boden legte. Als Xander vorsichtig noch einen Schritt auf ihn zuging, senkte der Hund den Kopf und legte die Ohren an.

Was hast du vor, Mann-Mensch? Du siehst zwar nicht gefährlich aus, aber ich traue dir trotzdem nicht über den Weg. Wenn ich mehr Kraft hätte, würde ich knurren. Vielleicht versuche ich es mal.

Xander hörte, wie der Hund ein Brummen ausstieß, das in ein klägliches Winseln überging.

Oje, das hat ja nicht gut funktioniert.

Sein Magen zog sich schmerzlich zusammen. »Hey, Kumpel.« Er versuchte, seiner Stimme einen freundlich-gleichmütigen Ton zu verleihen. »Was machst du denn hier so ganz allein nachts im Wald?«

Ich befolge Elf-Siebzehns Anweisungen. Er hat gesagt, ich soll noch mal herkommen. Aber jetzt kann ich nicht mehr, weil es so kalt ist. Amara senkte den Kopf noch weiter und winselte erneut.

»Ist ja schon gut, ich tue dir nichts.« Mutig ging Xander in die Hocke, damit er auf den Hund nicht wie ein Riese wirkte. Das hatte er irgendwann mal in einem Video auf TikTok gesehen. »Bist du deinem Herrchen oder Frauchen ausgerissen?«

Was? Amaras Ohren zuckten. *Nein, ganz bestimmt nicht. So was würde ich nie tun.*

»Oder haben sie dich etwa ausgesetzt?«

Ich glaube, ja, wenn das bedeutet, dass sie mit mir irgendwohin gefahren sind und mich dann dort allein gelassen haben.

Xander sah, wie die Rute des Hundes sich leicht bewegte. Alles an der Haltung des Tieres drückte Argwohn und Misstrauen aus. Gleichzeitig konnte er genau sehen, dass es am ganzen Körper zitterte. »Das wäre wirklich gemein«, redete er einfach weiter, weil er nicht wusste, was er sonst tun sollte. »Ich hasse Menschen, die Hunde oder andere Tiere einfach aussetzen. Du bist ein weißer Schäferhund, nicht wahr? Zumindest siehst du ein bisschen so aus.«

Ja, stimmt. Deine Stimme klingt ganz angenehm. Mir ist so kalt. Amara winselte noch einmal.

Xander kämpfte mit den Tränen. Je länger er den Hund betrachtete, desto genauer konnte er die Zeichen von Hunger und Vernachlässigung erkennen. »Dir muss ja saukalt sein. Du bist triefend nass.«

Hundekalt trifft es eher. Ich kann, glaube ich, gar nicht mehr aufstehen. Ein weiteres klägliches Winseln folgte.

»Und? Meinst du, wir können ihn sichern?« Hinter Xander hatte Ellie die Beifahrertür geöffnet und war, wie er bei einem Blick über die Schulter feststellte, ausgestiegen, jedoch zunächst hinter der offenen Tür stehen geblieben. »Fiona sagt, wir sollen versuchen, ihn entweder festzubinden oder ins Haus zu bringen, damit er nicht abhauen kann. Sie kommt gleich her, um ihn sich anzusehen und über die nächsten Schritte zu entscheiden. Wahrscheinlich nimmt sie ihn mit in ihre Praxis.«

»Gut.« Xander atmete auf. »Ich weiß nicht, ob wir ihn festbinden können. Er sieht zwar sehr schwach aus, aber man kann nie wissen, wie er reagiert. Hast du überhaupt ein Seil oder so was, das sich als Leine eignet? Er hat übrigens ein Halsband an, aber es ist ganz schmutzig und im verfilzten Fell kaum zu erkennen.«

»Ein Seil?« Ellies Jacke raschelt leise. »Nein, ich glaube nicht. Mist. Aber wie sollen wir ihn ins Haus bekommen?«

»Wir könnten versuchen, ihn mit Futter zu locken«, schlug Xander vor. »Hast du Wurst oder Schinken oder Kekse oder so etwas da?«

»Ja, schon, aber wie komme ich an ihm vorbei ins Haus?« Ellie klang nervös. Auch wenn sie dieser armen Kreatur offensichtlich helfen wollte, überwog doch die Angst.

Nachdenklich musterte Xander den Hund, dann erhob

er sich langsam. »Gib mir den Schlüssel, dann gehe ich rein. Du musst inzwischen auf ihn aufpassen.«

»Ich?« Ellie klang erschrocken.

Über die Schulter warf er ihr einen Blick zu. »Rede mit ihm. Er soll uns ja nicht wieder abhauen. Er zittert vor Kälte und winselt. Vielleicht hat er auch Schmerzen. Ich beeile mich, versprochen.«

»Okay.« Zögernd kam Ellie hinter der Autotür hervor, blieb aber sogleich wieder stehen, als der Hund den Kopf hob.

Was denn jetzt? Tut mir bloß nichts! Ich habe Angst vor euch! Amara versuchte sich erneut an einem Knurren, das kläglich scheiterte.

»Ich glaube, er hat noch mehr Angst als du.« Xander blickte mitleidig auf den Hund, der sich mit angelegten Ohren platt auf den Boden duckte.

»Ja.« Zu seiner Überraschung kam Ellie näher. »Es sieht wirklich fast so aus. Himmel, wie dünn er ist!« Neben Xander blieb sie stehen und drückte ihm ihren Schlüsselbund in die Hand. »Im Kühlschrank ist Schinken und etwas vegane Leberwurst. Vielleicht geht die auch.«

»Alles klar.« Er musterte sie aufmerksam. »Kriegst du das hin?«

»Ja.« Sie nickte entschlossen. »Beeil dich, es regnet schon wieder heftiger.«

***

Ellies Herz pochte schnell und hart gegen ihre Rippen, als Xander sich langsam entfernte und die Haustür aufschloss.

Sie behielt den Hund genau im Auge, der sich immer noch platt auf den eisig-matschigen Boden kauerte. »Hey.« Ihre Stimme kratzte ein wenig, also räusperte sie sich. »Na du, bleib mal schön da, okay? Nicht weglaufen.«

Ich laufe nicht weg. Amara hob nur wenig den Kopf. *Ist viel zu anstrengend.*

»Aber greif mich auch nicht an, ja? Ich tue dir nichts.«

Angreifen? Weshalb sollte ich das tun? Du hast mich neulich verjagt, aber heute siehst du nicht gefährlich aus. Ich rieche auch keine Angst, aber vielleicht ist meine Nase auch schon erfroren.

»Wir wollen dir helfen, weißt du?« Ellie kam sich seltsam vor, mit dem Hund zu reden, der ja gar nicht verstand, was sie meinte.

Hast du was zu fressen? Mein Bauch fühlt sich ganz hohl an, und mir ist so fürchterlich kalt.

»Du zitterst ja!« Ellies Herzschlag beruhigte sich etwas. »Bestimmt frierst du, nicht wahr? Wenn du mit ins Haus kommst, kannst du dich aufwärmen, bis Frau Dr. Sahler kommt.«

Wer kommt und warum?

Als sie sah, wie die Ohren des Hundes sich aufrichteten, redete Ellie rasch weiter: »Wir haben auch ein bisschen was zu fressen da. Magst du das vielleicht?«

Futter? Die Rute des Hundes bewegte sich etwas schneller als zuvor.

»Viel ist es nicht, aber woher sollte ich auch wissen, dass du heute hier auftauchst?«

»Hier ist der Schinken.« Xander war wieder nach draußen getreten. »Und die vegane Leberwurst. Die riecht gut.«

»Ich weiß, sie schmeckt auch lecker.« Ellie ließ den Hund nicht aus den Augen. »Melissa hat mir den Tipp gegeben. Sie probiert immer wieder mal neue Produkte aus und meinte, dieses hier sei spitze. Ich kann ihr da nur zustimmen. Mir schmeckt die Wurst, obwohl es ja streng genommen keine ist. Aber egal, so erweitere ich meinen Speisezettel.«

»Muss ich bei Gelegenheit auch mal probieren.« Xander trat neben sie und ging in die Hocke. »Jetzt versuchen wir aber erst mal, den Hund dafür zu begeistern.«

»Und schnell.« Ellie rieb sich über das nasse Gesicht. »Ich bin inzwischen genauso nass wie er, und durch meine Brille sehe ich fast nichts mehr.«

»Hey, Kumpel«, sprach Xander den Hund an. »Magst du Schinken?«

Schinken? Amara schnüffelte neugierig.

Xander hielt ihr eine Scheibe aufgerollten gekochten Schinken hin.

Ich habe Hunger. Her damit! Der Hund reckte den Hals, und als Xander seine Hand ein wenig zurückzog, erhob er sich schwerfällig. *Oh, oh, ich bin ganz wackelig auf den Beinen. Nun gib schon den Schinken!*

»Hier.« Xander ließ die Scheibe Schinken vor dem Hund fallen, woraufhin dieser sie gierig hinunterschlang.

Hmmm, gut! Mehr! Amara wedelte mit der Rute und ging ein paar Schritte auf Xander zu.

»Pass auf!«, warnte Ellie mit erstickter Stimme.

»Ja, gut so, komm!« Rasch hielt Xander dem Hund die nächste Scheibe hin. »Komm, Kumpel, hier zum Haus.«

Mir egal! Ich will das da fressen!

Mit lang ausgestrecktem Hals folgte der Hund Xander, als dieser langsam rückwärts zur Haustür ging. Nicht einmal die beiden Stufen hielten ihn auf.

»Ja, super, komm!« Wieder ließ Xander den Schinken fallen. Erneut schnappte der Hund ihn sich und verputzte ihn in Rekordzeit. »Feiner Hund«, lobte Xander. »Guck, hier ist noch was für dich.« Er fischte die dritte Scheibe aus der Verpackung. Dabei fiel ihm die angebrochene Rolle mit der veganen Leberwurst aus der Hand und kullerte direkt vor die Hundepfoten. Der Hund schnüffelte daran, biss hinein und rannte los – an Xander vorbei ins Haus. »Halt, stopp!« Halb erschrocken, halb erheitert, starrte er dem Tier nach. »Ellie, mach die Tür zu. Ich muss ihm die Rolle irgendwie abjagen. Nicht, dass er die Hülle mitfrisst.«

»Ja, klar, okay.« Ellie folgte Xander ins Haus und schloss die Tür. »Wo ist er?«

»Hinter der Couch.« Xander ging bereits wieder ganz langsam auf den Hund zu, der eine Spur schlammig-nasser Pfotenabdrücke und Wassertropfen auf dem Fliesenboden hinterlassen hatte. »Braver Hund, na, schmeckt dir das?«

Na und wie! Bisschen matschig, aber so guuut! Genüsslich kaute Amara auf der bereits leeren Wurstpelle herum. *Bäh, das außenrum ist aber zäh.* Sie biss noch einmal darauf und spuckte die Pelle schließlich mit gerümpfter Nase aus. *Mehr Wurst bitte oder den Schinken da. Ich habe so riesigen Hunger!*

»Feiner Hund«, lobte Xander. »Das Plastik fressen wir nicht. Magst du den Schinken dagegen tauschen?«

Jap, her damit!

Xander warf die Schinkenscheibe seitlich neben den Hund, und als dieser danach haschte, schnappte er sich die angekaute Wurstpelle. »Fein!«, lobte er erneut.

Hä? Ach so, mir egal. Ich will mehr Schinken. Hast du noch welchen?

»Hast du noch etwas, was wir ihm geben können?«, wandte Xander sich an Ellie.

Rasch ging sie zum Kühlschrank. »Leider nicht. Vielleicht Joghurt?« Sie hob ein Eimerchen an und zeigte es Xander. »Hunde mögen doch Joghurt, oder? Dummerweise sind mir die Hundekuchen ausgegangen, die ich sonst immer für Scottie oder Sissy dahabe. Ausgerechnet.«

»Ja, versuchen wir es mit Jogh... Oh, oh!« Xander stockte, weil der Hund würgende Geräusche von sich gab.

Oh, oh, ja, da hast du vollkommen recht. Bah, mir ist auf einmal so schlecht! Ich glaube, ich muss – bäh – den Schinken wieder loswerden ...

»Ich glaube, das war zu viel auf einmal«, konstatierte Xander lakonisch, als der Hund Schinken und Wurst erbrach.

»Oje.« Ellie eilte in die Küche und holte die Rolle Küchentücher. »Der Ärmste.«

Das kannst du laut sagen. Na, eigentlich die Ärmste, aber egal. Mir ist gar nicht gut. Ich muss mich hinlegen. Amara legte sich auf den Bauch und die Nase zwischen den Pfoten ab.

»Ich mache das weg.« Xander nahm Ellie die Küchenrolle ab. »Hast du alte Handtücher oder eine Decke? Er zittert immer noch. Und er wirkt ziemlich schwach. Wann wollte die Tierärztin hier sein?«

»Sie meinte, es wird eine Viertelstunde oder so dauern, weil sie Sachen aus der Praxis holen muss, und bis hierher sind es bei trockenen Straßen schon fünf Minuten von dort aus. Jetzt ist es spiegelglatt, da dauert es bestimmt viel länger. Mist, eigentlich dürfte sie jetzt gar nicht mehr fahren, das ist viel zu gefährlich.«

Nachdem er das Malheur beseitigt und auf Ellies Anweisung im Abfall entsorgt hatte, setzte Xander sich auf die Armlehne der Couch und blickte auf den Hund hinab. »Er braucht aber Hilfe, Ellie. Sieh ihn dir mal in Ruhe an. Er sieht zum Erbarmen aus. Und wenn er nichts bei sich behält, ist das bestimmt auch nicht gut. Vielleicht geben wir ihm etwas Wasser?«

»Gute Idee.« Ellie hatte eine alte Picknickdecke aus dem Wandschrank gezogen und reichte sie Xander. »Ich hole mal ein Badetuch von der Leine aus dem Keller. Unten habe ich auch Metallschüsseln, die sich als Wassernapf eignen.«

Habe ich da Wasser gehört? Bringt ihr mir welches? Amara wedelte, ohne den Kopf zu heben, mit der Rute.

Ellie beeilte sich, mit Handtuch und Napf zurückzukehren. Als sie das Wasser vor dem Hund abstellte, robbte dieser auf dem Bauch hin und trank gierig.

»Hoffentlich geht das gut. Nicht, dass er wieder alles ausspuckt.« Besorgt betrachtete Xander den Hund. »Hey, Kumpel«, sprach er das Tier sanft an. »Guck mal, willst du dich auf die Decke hier legen? Das ist viel gemütlicher als die harten Fliesen.«

Eine Decke? Amara hob den Kopf. Wasser tropfte von ihrer Schnauze auf den Boden. *Ist die für mich?*

»Schau mal.« Rasch breitete Xander die Decke aus.

Ellie hielt regelrecht die Luft an, als der große, dünne Hund am Saum der Decke schnupperte, sich schwerfällig und etwas wackelig erhob und auf die Decke fallen ließ.

»Fein! Guter Hund!« Xander nickte anerkennend.

Schön weich und warm. Überhaupt ist der Boden hier zwar hart, aber gar nicht kalt. Das mag ich. Aber Hunger habe ich immer noch.

»Er winselt schon wieder.« Ellie ging zum ersten Mal vor dem Hund in die Hocke. Ihre Angst war für den Moment in den Hintergrund getreten. »Bestimmt friert er. Ob er sich abtrocknen lässt?«

»Wir können es ja mal versuchen.« Xander nahm ihr das graue Badetuch ab, das sie immer noch in Händen hielt, kniete sich seitlich neben den Hund und breitete es über ihm aus. »Na, du, magst du das?«

Das Tuch? Ist mir gleich. Solange du mir nichts tust.

»Er hebt nicht mal richtig den Kopf.« Ellie kämpfte mit den Tränen. »Wie lange er wohl schon da draußen herumgeirrt ist?«

Sehr, sehr lange. Ich kann mich gar nicht mehr erinnern, wann ich zuletzt in einem trockenen, warmen Haus gewesen bin.

»So dünn, wie er ist, dürfte er sich schon ziemlich lange herumtreiben.« Vorsichtig rückte Xander näher an den Hund heran und berührte ihn am Rücken. »Na, Kumpel, wie ist es? Darf ich dich abtrocknen?«

Ja, mach mal, das Tuch da ist schön warm und weich und riecht gut.

»Es klappt.« Sehr vorsichtig und auf der Hut, keine abrupten Bewegungen zu machen, rieb Xander mit dem

Badetuch über das triefnasse, verfilzte Hundefell. »Du müffelst ganz schön, mein Freund.«

Ich weiß. Finde ich auch nicht so toll, aber ich habe mich daran gewöhnt. Oh, tut das gut! Bitte nicht aufhören!

»Das scheint er zu mögen«, stellte Ellie erleichtert fest, als der Hund sich das Abtrocknen nicht nur gefallen ließ, sondern sich sogar ein wenig rekelte.

Das fühlt sich ja auch total gut an. Auch wenn ich euch nicht kenne, aber ihr schein ganz in Ordnung zu sein. Außerdem bin ich so erschöpft, dass ich gar keine Kraft mehr hätte, mich groß zu wehren.

»Er ist nur noch Haut und Knochen«, stellte Xander mit besorgter Miene fest. »Wer hat ihm das bloß angetan?«

»Vielleicht ist er auch irgendwie verloren gegangen, und seine Familie sucht schon lange nach ihm.« Ellie seufzte, weil sie im Gefühl hatte, dass dies nicht der Fall war.

»Das muss sich doch wohl herausfinden lassen.« Xander hob den Kopf. »Da kommt ein Auto.«

»Das wird Frau Dr. Sahler sein.« Ellie erhob sich und eilte zur Haustür.

7. Kapitel

»Ich werde morgen früh im Tierheim Bescheid geben.« Fiona Sahler, eine attraktive Mittvierzigerin mit brünettem kinnlangem Haar und braunen Augen, sortierte die Utensilien zurück in ihren Koffer, mit denen sie den Hund – oder vielmehr die Hündin, wie mittlerweile feststand – untersucht hatte. »Mein Scanner hat ja einen Chip gefunden, also werden wir die Besitzerin oder den Besitzer bestimmt bald finden.«

»Und wir haben ihren Namen«, warf Xander ein. »Sie reagiert ja auf den Namen, der auf der Plakette am Halsband eingraviert ist. Nicht wahr, Amara? So heißt du?«

Hm? Ja, natürlich, das ist mein Name. Amara spitzte die Ohren und wedelte leicht mit der Rute.

»Ich hoffe, dass es uns zusätzlich helfen wird.« Die Tierärztin nickte vage. »Sollen wir jetzt erst einmal versuchen, sie in mein Auto zu verfrachten?«

»Das kriegen wir schon hin.« Xander, der inzwischen seinen Mantel ausgezogen und über eine Sessellehne gehängt hatte, griff wieder danach.

»Danke.« Fiona Sahler seufzte. »Möglicherweise muss ich morgen auch noch nach einer Pflegestelle für Amara suchen, denn im Tierheim sind sie aktuell arg überlastet. Eigentlich haben sie gar keine Plätze mehr frei, seit sie nicht nur die Tiere von diesem schrecklichen angeblichen Gnadenhof geholt haben, sondern auch die fünfzehn

Hunde nebst Welpen und acht Katzen samt Kitten von einem illegalen Massenzüchter. Die Tiere waren alle in einem bedauernswerten Zustand. Wir konnten sie nur mit Mühe alle retten. Aber das ist nicht Ihre Sorge. Ich finde schon einen Platz für Amara. Nicht wahr, mein Mädchen?« Sie tätschelte den Rücken der Hündin.

Was? Amara hob den Kopf. *Ja, wenn du es sagst, wird es wohl so sein.*

»Die Kosten für die Untersuchung, Aufbauspritze und so müssen Sie selbstverständlich auch nicht tragen.«

»Doch, ich bezahle das.« Xander lächelte leicht. »Das entlastet den Tierschutz ein bisschen. Schicken Sie mir einfach die Rechnung per E-Mail. Ellie kann Ihnen meine Daten texten.«

»Also, das ist wirklich nett von Ihnen.« Die Tierärztin lächelte dankbar zurück. »Dann lege ich Amara jetzt mal die Leine an. Leider habe ich kein Sicherheitsgeschirr in der Größe, also muss es jetzt irgendwie so gehen.«

»Warten Sie.« Ellie hatte Amara die ganze Zeit im Auge behalten. Warum sie sich nun einmischte, wusste sie nicht genau, aber sie sprach bereits weiter, bevor ihr Kopf so richtig mitkam. »Amara könnte auch erst mal hierbleiben. Also bis morgen, und dann können wir ja immer noch schauen, wie es weitergeht.«

»Hier?« Die Tierärztin wandte sich ihr überrascht zu. »Sind Sie sicher? Ich meine, grundsätzlich spricht nichts dagegen. Ich kann Ihnen etwas Futter und die Vitamin- und Aufbaupräparate hierlassen, die Sie bis morgen benötigen. Trauen Sie sich denn zu, sich um die Hündin zu kümmern?«

Ellie hob die Schultern. »Ich weiß nicht. Ja, ich denke schon. So schwierig wird es doch nicht werden, oder? Ich habe einen komplett eingezäunten Garten, also kann sie nicht weglaufen, wenn sie mal raus muss.« Sie sah noch einmal zu Amara hin, die sich auf der Decke zusammengekringelt hatte und wie fragend zu ihr aufblickte. »Ich glaube, sie ist sehr erschöpft, und hier kann sie erst mal zur Ruhe kommen.«

»Bist du dir da wirklich sicher?« Auch Xander sah sie verblüfft an. »Ich dachte, du …«

»Ja, ich bin sicher«, unterbrach sie ihn hastig. Wenn er der Tierärztin verriet, dass sie Angst vor Hunden hatte, würde sie Amara ganz bestimmt nicht hierlassen. »Sie scheint sich doch ganz wohlzufühlen, und morgen ist Sonntag, also habe ich auch Zeit.«

Xander schien etwas erwidern zu wollen, stockte dann aber nach einem Blick auf Amara und nickte. »Okay, dann helfe ich dir.«

Ellie atmete erleichtert auf. Sie hatte auf diese Reaktion gehofft, auch wenn sie wirklich nicht wusste, was sie zu ihrer spontanen Entscheidung getrieben hatte.

»Gut, dann hole ich rasch ein paar Sachen aus dem Auto.« Die Tierärztin ging zur Haustür und drehte sich dort noch einmal um. »Das Angebot ist sehr großzügig. Das Tierheim wie auch ich sind immer sehr dankbar für jegliche Unterstützung.« Damit verließ sie das Haus und zog die Tür bis auf einen kleinen Spalt hinter sich zu.

»Ich hätte ja mit vielem gerechnet«, begann Xander, sobald sie außer Hörweite war, »aber nicht damit, dass du die Hündin behalten willst.«

Erschrocken hob Ellie den Kopf. »Das habe ich doch gar nicht gesagt!«

»Wirklich nicht?«

»Nein!« Energisch schüttelte Ellie den Kopf. »Aber warum sollen wir sie jetzt noch einmal umsiedeln? Sie ist doch ganz offensichtlich völlig fertig.«

Bin ich wirklich. Habe ich das richtig verstanden? Ich darf hierbleiben, auf dieser warmen, weichen Decke? Die Spitze von Amaras Rute bewegte sich sachte hin und her.

»Sie scheint deiner Meinung zu sein«, stellte Xander stirnrunzelnd fest.

»Du brauchst deshalb auch nicht extra hierzubleiben«, setzte Ellie eilig hinzu. »Obwohl …«

»Was?« Er legte den Kopf ein wenig schräg.

»Na ja, wahrscheinlich ist es zu zweit einfacher.«

»Ja, wahrscheinlich.« Xander grinste. »Keine Sorge, das lasse ich mir auf keinen Fall entgehen. Ellie und die riesige, wenn auch spindeldürre weiße Schäferhündin zusammen unter einem Dach.«

»Mach dich nicht lustig!«

Er wurde wieder ernst. »Das würde ich nie tun.«

»So, hier sind ein paar Vorräte, die bis morgen reichen sollten.« Fiona Sahler war wieder hereingekommen und schob die Haustür mit dem Ellenbogen ins Schloss. Auf der Kochinsel stellte sie einen großen Stoffbeutel ab. »Futter, eine kleine Packung Hundekekse. Die mag unsere dreizehn Jahre alte Dame Keks schon immer besonders gerne. Außerdem etwas Hundewurst, in der man die Aufbautablette, die sie morgens, mittags und abends bekommen soll, ganz gut verstecken kann. Geben Sie ihr nachher auch noch eine davon und danach eine kleine Portion Futter, höchstens eine halbe Dose und am besten immer nur löffelweise, damit sich ihr Magen an die ungewohnte Nahrung gewöhnen kann. Auch morgen bitte immer nur kleinste Portionen in Abständen von etwa zwei Stunden. Sobald ich zu Hause bin, mache ich Ihnen einen Plan und schicke ihn per E-Mail.« Sie zog noch eine einfache Leine aus dem Beutel hervor. »Die hier kann ich Ihnen leihen. Wie gesagt, ein passendes Geschirr habe ich leider im Augenblick nicht, aber für den kurzen Übergang wird es wohl gehen.«

»Danke.« Ellie berührte kurz die Leine und blickte noch einmal zu Amara hinüber. Die Schnauze zwischen die Vorderpfoten gebettet, erwiderte die Hündin ihren Blick unverwandt. Ein eigentümliches Ziehen machte sich in ihrer Magengrube breit. »Ich hoffe, Sie kommen jetzt wieder gut nach Hause. Das Wetter ist ja nicht gerade angenehm.«

»Ich fahre ganz vorsichtig.« Fiona Sahler lächelte leicht. »Auf dem Weg hierher habe ich auch schon zwei Streufahrzeuge gesehen, also ist davon auszugehen, dass die Straßen einigermaßen frei sind. Ich melde mich nachher mit dem Plan, okay?«

»Ja, danke noch mal.« Ellie begleitete die Tierärztin bis zum Auto und wartete, bis sie davongefahren war, bevor sie ins Haus zurückkehrte. Erst jetzt bemerkte sie, dass sie immer noch ganz durchnässt war und fror.

Xander, der sich neben Amara gehockt und leise auf sie eingeredet hatte, erhob sich langsam und bedächtig. »Du weißt schon, dass es verrückt ist, sich mit einer Hundephobie um einen zugelaufenen Hund kümmern zu wollen, oder?«

»Ja.« Ellie rieb sich über die Oberarme. »Aber sie tut mir so schrecklich leid.«

»Mir auch.« Ebenso langsam, wie er aufgestanden war, trat er auf sie zu. »Du bibberst. Deine Klamotten sind ganz nass. Am besten gehst du duschen und ziehst dich um, sonst bist du morgen krank.«

»Du aber auch.« Sie zupfte an seinem hellgrauen Freizeithemd. »Deine Sachen könnte ich in den Trockner werfen, aber ich kann dir leider keinen Ersatz anbieten.«

»Ich habe Sachen zum Wechseln in meiner Schwimmtasche im Kofferraum.« Xander grinste. »Alte Pfadfindergewohnheit. Allzeit bereit und so. Ich hole die Sachen schnell herein, und dann passe ich auf Amara auf, bis du wieder trocken und warm bist.«

***

Nachdem sie ausgiebig geduscht und sich einen kuscheligen oversized Hausanzug in Rosa mit gelbem und hellblauem Muster angezogen hatte, setzte sie sich auf die Couch. Xander begab sich mit seinen trockenen Klamotten nach oben ins Bad. Amara lag noch genauso reglos auf ihrer Decke wie zuvor und sah sie immer noch unverwandt an.

Ellie zog die Füße, die in weichen Plüschsocken steckten, unter den Po und beugte sich ein wenig in die Richtung der Hündin. »Na, du? Bestimmt fragst du dich, wo du hier wohl gelandet sein magst, oder?«

Könnte man so sagen, ja, irgendwie. Aber zumindest ist es hier trocken und warm. Irgendwie ist sogar der Boden unter der Decke warm. Das mag ich wirklich sehr. Mir war in letzter Zeit immer bloß scheußlich kalt.

»Du bist so dünn.« Ellie musterte voller Mitgefühl die Hündin, die ihr gar nicht mehr gefährlich vorkam. Respekt einflößend, das ja, aber bösartig schien sie nicht zu sein. »Was meinst du, sollen wir es noch mal mit ein bisschen Futter versuchen?«

Futter? Amara hob den Kopf und spitzte die Ohren. *Ich habe Hunger.*

Ellie musterte sie verblüfft. »Hast du das etwa verstanden?«

Selbstverständlich. Wo ist das Futter? Amara wedelte leicht mit der Rute.

»Also gut, ich sehe mal nach, was die Frau Doktorin dir hiergelassen hat.«

Rasch stand Ellie auf und ging in die Küche. Dort öffnete sie eine Hundefutterdose und gab etwa ein Viertel daraus in eine schwere Steingutschüssel. Auch die Schüssel mit dem Wasser stellte sie daneben. Als sie sich umdrehte, um nach Amara zu sehen, erschrak sie, weil die Hündin, ohne ein Geräusch zu machen, hinter ihr aufgetaucht war. Ellie rang nach Atem und fasste sich an die Herzgegend. Ihr Puls raste. »Amara.« Ihre Stimme klang dünn, und sie wunderte sich, dass sie überhaupt einen Ton herausbrachte. »Hast du mich erschreckt!«

Das sehe ich, wollte ich aber gar nicht. Amara trat noch einen Schritt auf Ellie zu, reckte den Hals und schnüffelte an ihrem Knie. *Hm, du riechst ganz okay, obwohl du anscheinend wirklich Angst hast. Auch das kann ich riechen. Was nun?* Fragend blickte Amara zu Ellie hoch.

»Ähm …« Mit größter Anstrengung schaffte Ellie es, ihrer Stimme einen einigermaßen gleichmütigen Ton zu verleihen. »Guck mal, ich habe dir Futter in den Napf getan. Das ist für dich. Das Wasser auch, falls du Durst hast.«

Wasser? Mit gespitzten Ohren tappte Amara zu den Näpfen und schnüffelte an beiden. Schließlich leckte sie am Futter. *Mmmh, das ist lecker.* In Blitzgeschwindigkeit hatte sie die kleine Portion verputzt und leckte den Napf ganz sauber. *Kriege ich mehr?* Mit einem Wedeln und erwartungsvollem Blick sah Amara zu Ellie auf.

»Tut mir leid, mehr gibt es erst mal nicht. Frau Dr. Sahler meinte, du sollst immer nur kleine Portionen fressen, bis du dich an das Futter gewöhnt hast. Sonst wird dir vielleicht wieder schlecht.«

Ich habe aber Hunger. Amara winselte und trippelte dabei ein wenig auf der Stelle, trank ein paar Schlucke und wedelte erneut. Wasser tropfte ihr aus der Schnauze auf den Boden.

Über den treuherzig-erwartungsvollen Blick der Hündin musste Ellie unwillkürlich lachen. »Du kannst gucken, wie du willst. Die nächste kleine Portion gibt es erst in einer Stunde.«

Ist nicht dein Ernst, oder? Da oben auf der Platte steht doch das Futter. Ich kann es ganz genau riechen. Nun gib mir schon was davon! Mit hochgereckter Nase schnüffelte Amara in Richtung der Futterdose auf der Kochinsel.

Eilig schob Ellie die Dose etwas weiter außer Reichweite. »Also schön, in einer halben Stunde, okay? Ich will ja bloß verhindern, dass du dich noch mal übergibst.«

Das ist gemein. Da steht mein Futter und du gibst mir nichts mehr? Warum denn nicht? Mir ist überhaupt nicht schlecht. Amara rülpste vernehmlich.

»Bäh, du Ferkel!« Ellie gluckste. »War das etwa so was wie ein Bäuerchen?«

Kann sein. Ich kenne kein Wort dafür. Amara trank noch einmal, dann ging sie zurück zu ihrer Decke. *Wenn ich nichts mehr fressen darf, kann ich mich auch wieder hinlegen.*

»Bist du jetzt etwa beleidigt?« Überrascht folgte Ellie der Hündin und ließ sich wieder auf der Couch nieder.

Beleidigt? Ja, vielleicht, ein bisschen. Nein, eher enttäuscht.

»Ich kann wirklich nichts dafür. Frau Dr. Sahler hat gesagt, wir sollen das mit dem Futter so machen.«

Ich hab trotzdem Hunger. Amara erwiderte ihren Blick mit schräg gelegtem Kopf.

»Ich weiß, das ist blöd.« Je länger Ellie auf die Hündin einredete, desto ruhiger fühlte sie sich. »Am liebsten würde ich dir auch gleich die ganze Dose geben, aber das bekommt dir bestimmt nicht. Wer weiß, wie lange du schon nichts mehr Richtiges zu fressen bekommen hast.«

Schon sehr, sehr lange nicht mehr.

Ellie spürte Mitgefühl in sich aufsteigen, als Amara wieder leise winselte und dabei erneut ein wenig mit der Rute wedelte.

»Na, freundet ihr euch miteinander an?« Unbemerkt war Xander wieder aufgetaucht und setzte sich neben Ellie auf die Couch. Er roch nach Duschgel, seine Haare waren noch feucht, und er trug nun trockene Jeans und ein ausgeleiertes graues Sweatshirt, dessen Ärmel er bis zu den Ellenbogen hochgeschoben hatte.

»Ja, irgendwie.« Ellie hob die Schultern. »Ich habe ihr etwas Futter gegeben, und sie hat alles gefressen und auch etwas getrunken, aber sie ist bestimmt immer noch hungrig.«

Und wie ich das bin!

»Da, sie winselt wieder.«

Wenn es denn mal helfen würde!

Ellie seufzte. »Ich würde ihr gerne mehr geben, aber wenn sie dann wieder alles ausspuckt ...«

»Warten wir mal eine halbe Stunde.« Xander beugte sich ein wenig in Amaras Richtung. »Sie hat ja wirklich einen Bettelblick drauf.«

»Scottie guckt auch immer so, wenn er Leckerchen haben will.« Zufällig fiel Ellies Blick auf Xanders Unterarme, die er auf seinen Knien abgestützt hatte, während er immer noch vorgebeugt die Hündin betrachtete. Seit wann traten die Adern an seinen Armen so deutlich hervor? Und hatte er schon immer solche Muskeln gehabt? Irritiert über diesen Gedankengang räusperte Ellie sich. »Bloß, dass Scottie nicht kurz vor dem Verhungern steht.«

Xander stand auf, ging vor der Hündin in die Hocke und hielt ihr sehr vorsichtig die rechte Hand zum Beschnüffeln hin.

Was wird das? Im ersten Moment legte sie die Ohren an, stellte sie aber gleich wieder auf und näherte ihre Nase seinen Fingern. *Ach so, nur deine Hand. Was ist denn damit? Soll ich mal schnuppern? Du riechst auch gut, genau wie Ellie. Nett scheint ihr beide auch zu sein, und du hast keine Angst vor mir. Finde ich okay.*

Xander blickte grinsend über die Schulter zu Ellie. »Ihre Nase ist schon mal feucht und kalt. Ich habe mal gelesen, dass das ein gutes Zeichen bei Hunden sein soll.« Er hielt inne. »Alles okay?«

»Hm? Was?« Ellie erschrak und wurde sich erst jetzt bewusst, dass sie Xander angestarrt hatte. Irgendwann während seiner Abwesenheit waren offenbar auch Xanders Beine muskulöser und seine Schultern breiter geworden. Zwar war er durch das regelmäßige Schwimmen und ergänzenden Kraftsport schon immer durchtrainiert gewesen und hatte einen ansehnlichen Körperbau, aber irgendwie wirkte er plötzlich anders auf sie. Erwachsener. Natürlich, er war ja auch kein Junge mehr. »Entschuldige.« Sie richtete ihren Blick sicherheitshalber auf Amara. »Ich war gerade in Gedanken.«

»Darf ich fragen wo?« Lässig erhob er sich und ließ sich wieder neben Ellie auf die Couch fallen. »Ich dachte schon, du hättest plötzlich auch Hunger und wolltest mich fressen.«

»Nein!« Um Himmels willen. Ellie schüttelte etwas zu heftig den Kopf. »Ich war nur … Gar nichts.« Energisch winkte sie ab. »Wahrscheinlich bin ich nur ein bisschen durch den Wind. Das hier mit Amara und so … Das ist alles doch ziemlich überraschend passiert.«

»Das kannst du laut sagen.« Xander berührte sie am Arm. »Komm mal her.«

»Warum?« Noch während sie fragte, ließ sie es zu, dass er sie an sich zog und ihr seinen Arm um die Schultern legte, so, wie er es in der Vergangenheit schon gefühlt hunderttausendmal getan hatte.

Sofort entspannte sie sich und lehnte ihren Kopf gegen seine Schulter. »Okay. Gute Idee.«

»Stets zu Diensten.« Der raue Unterton in seiner Stimme stellte eigenartige Dinge mit ihr an, sodass sie sich plötzlich gar nicht mehr entspannt fühlte, sondern seltsam aufgeregt. In ihrer Magengrube flatterte es, als säße dort ein kleiner Schmetterling, der wild mit den Flügeln schlug. Als sie jedoch den Kopf hob, um ihn anzusehen, grinste er so frech und jungenhaft wie immer. »Sollen wir uns einen Film ansehen?«

Ellie bemühte sich um Ruhe. Anscheinend waren heute Abend ein paar Synapsen in ihrem Gehirn falsch verkabelt, dass sie sich schon merkwürdige Dinge einbildete. »Klar, worauf hast du denn Lust?«

»Keine Ahnung.« Ohne sie loszulassen, angelte Xander nach der Fernbedienung und schaltete den riesigen Flachbildfernseher, der an der Wand hing, ein. »Streaming?«

Ellie nickte und nahm ihm die Fernbedienung ab. »Ich habe mehrere Dienste abonniert. Vielleicht«, sie rief einen Dienst auf, »lassen wir uns einfach einen Film vorschlagen.«

»Gute Idee.« Xander lachte auf, als der Streamingdienst *Django Unchained* auswählte. »Magst du es blutig mit einem Schuss Romantik?«

Ellie runzelt die Stirn. »Was ist denn an diesem Film romantisch? Quentin Tarantino ist nicht gerade für seinen Schnulzfaktor bekannt.«

»Und trotzdem ist es letztlich nichts anderes als eine Liebesgeschichte.« Xander grinste erheitert. »Ich sehe schon, du glaubst mir nicht. Hast du den Film noch nie gesehen?«

»Bisher nicht.«

»Ein Sakrileg! Wie konnte das passieren?«

»Es hat sich einfach nicht ergeben.« Ellie zuckte mit den Schultern. »Tarantino ist sonst nicht meine Kragenweite, das weißt du doch.«

»Meine auch nicht«, gab er zu. »Aber *Django Unchained* ist eine Ausnahme. Den muss man kennen.«

»Na gut, versuchen wir es.« Ellie schaltete den Film ein. »Aber wehe, das Blut trieft gleich aus dem Fernseher auf den Fußboden.«

»Das wird sich eher nicht verhindern lassen.«

»Na gut.« Sie lächelte grimmig. »Dann wischst du das auf.«

Lachend machten sie es sich bequem; Ellie kuschelt sich wieder an ihn und stellte zufrieden fest, dass der eigenartige Moment vorbei zu sein schien und alles wieder war wie immer. Wie früher. Vertraut.

8. Kapitel

Als Xander erwachte, war er für einen Moment irritiert, weil er nicht wusste, wo er sich befand und warum … Verdammt! Warum hielt er Ellie in den Armen? Schlagartig war er hellwach und starrte auf die Frau, die halb auf, halb neben ihm auf der Couch lag und eine Hand auf seine Brust gebettet hatte. Eine weiche, warme Wolldecke war über ihnen ausgebreitet. Es war dunkel im Wohnzimmer und vollkommen still. Nein, nicht vollkommen. Von neben der Couch drang ein leises Schnarchen an sein Ohr, das ihn unwillkürlich grinsen ließ. Vorsichtig zog er seinen linken Arm zwischen Ellie und der Rückenlehne der Couch hervor und blickte auf das durch die Bewegung aktivierte Ziffernblatt seiner Smartwatch. Es war zwanzig nach sieben. Warum war es um diese Zeit noch so dunkel?

Erst mit Verspätung fiel ihm ein, dass Ellie am Abend zuvor alle Jalousien, auch die an den großen Fenstern zum Garten hin, geschlossen hatte. Sie hatte ihm nach dem Film angeboten, auf der Couch zu übernachten, weil das Wetter immer noch ungemütlich und die Straßen vermutlich noch mehr vereist gewesen waren. Er hatte, vielleicht mit dem Mut der späten Abendstunde, vorgeschlagen, dass sie ihm auf der besagten Couch Gesellschaft leisten solle, schon Amaras wegen, und Ellie hatte dem, ohne zu zögern, zugestimmt.

Nun war es zwar nichts Neues, dass sie gemeinsam irgendwo übernachteten, sich ein Zimmer oder auch schon mal ein Bett teilten und, ja, sogar schon mal eine Couch. Aber das hier war etwas anderes. Zumindest für ihn. Ihr warmer Körper ruhte weich und anschmiegsam an und halb auf dem seinen. Er spürte, wie sie atmete; ihr Geruch stieg ihm in die Nase, und der Wunsch, sie zu küssen, wurde geradezu übermächtig.

Offenbar hatte er sich unwillkürlich angespannt, vielleicht auch bewegt, denn nun regte sich Ellie und drehte leicht den Kopf. »Ist es schon Morgen? Wie lange haben wir geschlafen?« Ihre Stimme klang noch ein wenig undeutlich, so als wäre sie noch nicht ganz wach.

»Gleich halb acht«, antwortete er leise, wobei er gegen eine neue Welle der Zärtlichkeit ankämpfte, die in ihm aufstieg. »Amara scheint noch zu schlafen.«

»Ich höre sie.« Nun war an ihrer Stimme zu erkennen, dass sie lächelte. »Sie musste gar nicht mehr raus, nachdem wir mit ihr noch mal im Garten waren.«

»Sie ist stubenrein.« Er passte sich ihrem Flüsterton an. »Was dafür spricht, dass sie ein Zuhause hat oder hatte.«

»Sie tut mir so leid.« Ellie rekelte sich ein wenig, was ärgerlicherweise seine Hormone in Alarmbereitschaft versetzte. »Sie ist ja laut Frau Dr. Sahler erst um die zwei Jahre alt und muss schon eine ganze Weile auf sich gestellt sein. Wenn wir sie nicht angelockt hätten, wäre sie vielleicht verhungert.«

»Ja, vielleicht. Oder jemand anderes hätte sie eingefangen.«

»Ich bin gespannt, ob Frau Dr. Sahler herausfindet, zu wem sie gehört.«

»Wenn der Chip registriert ist, müsste das ja möglich sein.« Gegen jede Vernunft hob er die Hand und begann, an Ellies kurzen Haarsträhnen zu spielen. Das hatte er ganz früher auch manchmal getan, bis er sich gezwungen hatte, es zu unterlassen.

Ellie hob prompt den Kopf, um ihn anzusehen, doch in der Dunkelheit war ihr Gesichtsausdruck nicht zu erkennen. »Erdrücke ich dich eigentlich nicht?« Sie lächelte, ganz eindeutig. »Ich liege ja schon die ganze Nacht auf dir.«

»Keine Sorge.« Er staunte, wie gut seine Stimme ihm gehorchte. »Du bist doch bloß ein Fliegengewicht.«

»Danke für die Blumen.« Sie kicherte. »Eine nette Umschreibung dafür, dass ich vorne und hinten fast gleich aussehe.«

Nun musste er doch schlucken, verbarg es aber hinter einem Lachen. »Das halte ich für ein Gerücht.«

»Du hast mich selbst mal dünner Hering genannt.«

»Da warst du dreizehn oder so.« Seiner Ansicht nach hatte sie sich seither sehr eindeutig entwickelt, doch wahrscheinlich war es besser, sich mit dieser Tatsache jetzt gerade nicht allzu detailliert auseinanderzusetzen.

»So arg viel zugelegt habe ich seit damals aber nicht.« Sie gluckste. »Im Wäschegeschäft verzweifeln die Verkäuferinnen regelmäßig, wenn ich einen BH kaufen will, weil Körbchengröße A manchmal zu klein und B immer viel zu groß ist. Aber solche Probleme kennt ihr Männer ja nicht.«

»Nein, wohl nicht.« Sicherheitshalber lachte er weiter mit. »Uns interessiert nur, ob das Gesamtbild stimmt, ob bei Körbchen A, B oder was auch immer.«

»Ganz egal, welche Qualen wir beim Dessous-Kauf erleiden müssen?«

»So leid es mir tut: Ja.«

Wieder gluckste sie und zwickte ihn in den Arm. »Mein Gesamtbild ist dir also nicht zu schwer.«

»Nicht im Geringsten.«

»Gut.« Sie kuschelte sich ein wenig zurecht, was seinen Hormonen erneut viel zu sehr zusetzte. »Ich habe nämlich noch keine Lust aufzustehen.«

Die Unvernunft übernahm das Ruder. Xander zog Ellie etwas fester an sich und legte seine Wange an ihren Scheitel. »Ich auch nicht.«

»Wie gut, dass Sonntag ist.« Vollkommen arglos, wie schon immer, reagierte sie nicht einmal irritiert oder überrascht, als er kurz seine Lippen gegen ihre Schläfe drückte. »Ich habe sogar noch frische Eier da und Brötchen zum Aufbacken im Eisfach. Wir können also zusammen frühstücken, wenn du willst.«

Was er wollte, spielte sich gerade äußerst lebhaft vor seinem inneren Auge ab. Doch das kam nicht infrage. Sie waren nur gute Freunde, ermahnte er sich. Nichts weiter. Das durfte er nicht leichtfertig aufs Spiel setzen. »Ich dachte, du willst noch nicht aufstehen.«

»Will ich ja auch nicht. Ich nenne bloß Optionen.«

»Aufbackbrötchen klingen nach einer guten Option. Ich könnte uns Omeletts dazu machen.«

»Seit wann kannst du Omeletts zubereiten?« Sie drehte erneut den Kopf und kam dadurch mit ihren Lippen den seinen gefährlich nahe.

»Ich war monatelang in Frankreich unterwegs.« Er

versuchte, ihren warmen Atem zu ignorieren. »Da habe ich nicht nur Fotos gemacht und Blogartikel geschrieben.«

Ellie kicherte unterdrückt. »Welche holde Französin hat dir denn gezeigt, wie man Omeletts macht? Und erzähl mir nicht, dass du sie bloß interviewt hast. Omeletts sind Frühstück, auch in Frankreich, also ... Ha, ich weiß! Es ist diese Bistrobesitzerin aus Lyon, nicht wahr? Die Schwarzhaarige?«

»Rouen«, korrigierte er mit einem heftigen Anflug von Verlegenheit. »Ich verweigere die Aussage.«

Ellie prustete. »Wie hieß sie noch gleich? Françoise?«

»Fabienne.«

»Richtig. Sie sah auf den Fotos vom Bistro nett aus. Warum ist das mit euch nichts geworden?«

»Ich war nur eine kurze Weile dort.« Er hatte schon seit Monaten nicht mehr an Fabienne gedacht.

»Wenn sie die Richtige gewesen wäre, hättest du dort bleiben können. In Rouen kann man bestimmt auch gut leben.«

Er räusperte sich unterdrückt. »Sie war offensichtlich nicht die Richtige. Ich wollte immer zurückkommen.«

»Ich weiß, aber ich hätte es auch verstanden, wenn du ... Ich meine, was tut man nicht alles der Liebe wegen, nicht wahr? In ein anderes Land zu ziehen, ist da gar nicht so ungewöhnlich.«

Ihre Worte versetzten ihm einen viel zu heftigen Stich. »Wer hat eigentlich irgendwas von Liebe gesagt? Hatten wir nicht über Frühstück gesprochen?«

»Ja.« Sie kuschelte sich erneut an ihn. »Und über Omeletts.« In ihre Stimme schlich sich ein schalkhafter Unterton. »Wie ist das eigentlich, musst du jetzt bei jedem Omelett an sie denken?«

»Bisher nicht. Wie kommst du darauf?«

»Keine Ahnung. Ich meine ja auch nur. Ihr Männer seid ja oft nicht so gut darin, eure Gefühle zu identifizieren oder zuzulassen.«

»Sind wir nicht?«

»Sagt der Volksmund.« Sie spielte am Ärmel seines Sweatshirts herum. »Ich wollte nur sichergehen, dass du ihr nicht womöglich doch noch nachtrauerst, ohne dir dessen bewusst zu sein.«

Beinahe hätte er laut aufgelacht. »Keine Sorge, das ist nicht der Fall. Mit meiner Gefühlsidentifikation ist alles in bester Ordnung.«

»Dann ist es ja gut.«

»Ist es auch.«

»Alles klar.« Ellie schwieg, und es entstand eine längere Stille zwischen ihnen, die unterbrochen wurde, als Ellies Handy klingelte.

Xander lachte, als Ellie umständlich nach dem Unruhestifter angelte, der sich in ihrer Gesäßtasche befand. Gleichzeitig hörte er, wie Amara sich schüttelte.

»Hallo? Jelena?« Ellie hatte das Gespräch endlich angenommen. Es war ein Videocall. »Warum rufst du so früh an? Ist alles okay?«

»Das wollte ich von dir wissen.« Jelenas Miene und Tonfall drückten Besorgnis aus. »Ich war heute schon früh auf den Beinen und bin Brötchen holen gefahren. Auf dem Rückweg war ich bei der Oase, weil ich gestern meine Mütze dort vergessen habe. Dein Auto steht auf dem

Parkplatz, aber du warst nicht dort, deshalb habe ich mir Sorgen gemacht.«

»Das Auto hat einen Platten.« Ellie drehte sich ein wenig und hielt das Smartphone so, dass auch Xander für Jelena sichtbar wurde. »Xander hat mich nach Hause gebracht.«

»Ach.« Jelenas Augen weiteten sich. »Und jetzt ist er ... Seid ihr ... Liegt ihr im Bett? Es ist so dunkel bei euch.«

»Auf der Couch.« Xander grinste schief. »Es war ein langer Abend ...«

»Ach?«, wiederholte Jelena in einer Mischung aus Neugier und Verblüffung.

»Nicht so, wie du denkst.« Er warf Ellie einen kurzen Seitenblick zu. »Wir hatten hier noch einen kleinen – oder vielmehr größeren – Hundenotfall.«

»Einen was?« Verwirrung zeichnete sich auf Jelenas Miene ab.

Anstelle einer Antwort drehte Ellie das Handy so, dass Amara ins Bild kam, die neugierig an die Couch herangetappt war und prompt die Nase nach dem Smartphone ausstreckte. Rasch zog Ellie das Gerät wieder zurück.

»Was ist das denn?« Jelena hatte die Augen weit aufgerissen. »Etwa ein Hund? Der ist ja riesig! Wo kommt der denn her? Warte, ist das der Hund, von dem du neulich erzählt hast? Warum ist der bei dir im Haus?«

Ellie erzählte kurz, was sich am Abend zuvor zugetragen hatte. Jelena hörte mit ungläubiger Miene zu und fasste sich an den Kopf, als Ellie den Bericht beendete. »Das ist ja unglaublich! Da war es ja ein Glück, dass Xander dich nach Hause gefahren hat, sonst wärst du mit – Amara heißt sie? – ganz allein gewesen.«

»In dem Fall wäre ich wahrscheinlich nicht aus dem Auto ausgestiegen«, gab Ellie zu. »Aber jetzt …« Sie blickte in Amaras Richtung. Die Hündin saß, das war trotz der Dunkelheit genau zu erkennen, aufrecht auf der Decke und wartete offenbar darauf, was als Nächstes geschehen würde. »Wir … Ich …« Nach einem Blick zu Xander fuhr sie fort: »Wir passen auf sie auf, bis die Tierärztin einen Pflegeplatz für sie gefunden hat. Anscheinend ist das örtliche Tierheim gerade überlastet, also …«

»Das erklärt zwar einiges«, unterbrach Jelena sie, »aber nicht, warum ihr zusammen auf der Couch liegt wie …« Sie stockte. »Hab ich irgendwas verpasst?«

»Nein, gar nicht.« Ellie lachte. »Wir sind bloß vor dem Fernseher eingeschlafen. Ich war zu faul, nach oben zu gehen, es war gerade so gemütlich, du weißt schon. Außerdem …«

»Außerdem wollten wir beide in Amaras Nähe sein«, half Xander ihr mit einer weiteren Begründung aus. Er merkte, dass Ellie nach Ausflüchten suchte, und fragte sich, nicht ohne einen gemeinen kleinen Funken Hoffnung, warum das wohl so war. So vollkommen ungewöhnlich war ihr Schlafarrangement nun auch wieder nicht, frühere ähnliche Vorkommnisse nur schon sehr lange her. Außerdem nahm er an, dass Jelena ihre Frage sowieso eher als Scherz gemeint hatte.

Ihre nächsten Worte bestätigten diese Vermutung denn auch. »Schade. Ich dachte schon, dass wir demnächst auf eurer Hochzeit zu *Tausendmal berührt* von der Klaus-Lage-Band tanzen müssen. Das wäre mal ein Happening. Eins mit viel Klischee allerdings.«

»Und du hasst Klischees.« Xander grinste in die Kamera.

»Exakt.« Jelena grinste zurück. »Ein bisschen mehr Kreativität kann man vom Universum oder vom Schicksal ja wohl schon erwarten, oder?« Ehe Ellie oder Xander etwas darauf erwidern konnten, wechselte sie das Thema. »Du hast also einen Platten? Das ist mir in dem ganzen Schnee gar nicht aufgefallen.«

»Schnee?« Umständlich richtete Ellie sich auf.

»Ja, klar. Habt ihr noch nicht aus dem Fenster gesehen?« Jelena pustete sich eine Haarsträhne aus dem Gesicht. »Es hat in der zweiten Nachthälfte angefangen und vorhin erst aufgehört. Da liegen inzwischen mindestens sechs oder sieben Zentimeter, und ab heute Nachmittag soll es wohl wieder zu schneien anfangen. Das haben sie zumindest vorhin im Wetterbericht gesagt.«

»Wir haben noch alle Jalousien zu.« Ellie strampelte ein bisschen, weil sie sich ganz aufsetzen wollte, schaffte es aber erst, nachdem Xander sich ebenfalls aufgesetzt und ihr mit seinen Beinen den Weg frei gemacht hatte.

Sagt mal, was macht ihr da eigentlich die ganze Zeit? Ist das ein Spiel? Amara hatte sich erhoben und ging zur Couch. *Darf ich mitmachen?*

»Huch, oh Gott, Amara!« Ellie zuckte unwillkürlich zurück, als die weiße Schäferhündin direkt vor ihr stehen blieb.

»Was ist los?«, kam es sofort besorgt von Jelena. »Hat sie dich angegriffen?«

»Nein.« Xander legte Ellie beruhigend eine Hand auf den Arm. »Ganz ruhig. Sie ist nur neugierig.«

Na klar bin ich das. Anscheinend war das aber doch kein

Spiel. Aber vielleicht gibt es jetzt noch mal etwas zu futtern?

»Schon gut, ich habe mich nur erschreckt.« Ellie atmete hörbar ein und wieder aus. »Ist schon wieder gut.«

»Haltet ihr es für klug, bei Ellies Hundephobie auf diese Hündin aufzupassen?« Jelena wirkte äußerst skeptisch. »Wessen Idee war das?« Sie sah in Xanders Richtung.

»Meine«, antwortete Ellie rasch. »Xander fand die Idee auch erst nicht so gut.«

»Verständlicherweise.« Jelena hielt kurz inne. »Zeig mir Amara noch mal.«

Ellie drehte das Smartphone, und prompt wollte die Hündin wieder daran schnüffeln.

Was ist das für ein Ding? Warum kommt da eine Stimme raus?

»Puh.« Diesmal zuckte Ellie nicht ganz so heftig zusammen und zurück. »Sie ist wirklich neugierig.«

»Und scheußlich dünn.« Jelena seufzte. »Ich verstehe, dass ihr sie nicht im Stich lassen wolltet. Wie lange wird es dauern, bis eine Pflegestelle gefunden ist?«

»Frau Dr. Sahler will sich im Lauf des Tages melden.« Xander erhob sich. »Ich gehe mal mit Amara in den Garten.«

Da inzwischen durch die Ritzen der Jalousien doch etwas Morgenlicht hereindrang, fand er den Weg zum Schalter neben der Fensterfront ohne Probleme. Als er ihn betätigte, hoben sich die Jalousien mit einem leisen Surren und gaben den Blick auf eine verschneite Landschaft frei. Xander stieß einen Pfiff aus. »Donnerwetter, das ist ja wie im Wintermärchen.«

»Wow.« Ellie, die mittlerweile das Gespräch beendet hatte, trat neben ihn. »So viel Schnee, dabei ist es erst November!«

»Lange bleibt er bestimmt nicht liegen.« Xander drehte sich zu Amara um, die abwartend hinter ihnen stand. »Na, du, sollen wir mal zusammen nach draußen gehen? Du musst doch bestimmt mal, oder?«

Jetzt, wo du es sagst, ja, ich müsste wirklich mal raus. Amara schnüffelte an der Terrassentür. *Was ist denn das Weiße da draußen? Etwa Schnee? Ich liebe Schnee! Wenn ich nicht so wackelig auf den Beinen wäre, würde ich da jetzt gerne ein bisschen toben. Ich gucke auf jeden Fall mal. Vielleicht klappt es ja. Nachdem ihr mir gestern noch zweimal Futter gegeben habt, geht es mir ja eigentlich ganz gut.*

»Hier ist ihre Leine.« Ellie reichte Xander die blaue Hundeleine. »Ich werde uns mal Frühstück machen. Kaffee?«

»Einen Eimer voll, bitte.« Xander trat vorsichtig an Amara heran, die sich die Leine anstandslos anlegen ließ. »Leg mir die Eier schon mal raus, dann brutzle ich uns gleich die Omeletts. Hast du eine gute Pfanne?«

»Definiere gut.« Ellie lachte. »Eine aus Gusseisen und eine beschichtete.«

»Dann die beschichtete.« Er zog seine Schuhe an, die er vor der Couch abgestellt hatte, dann öffnete er die Terrassentür und schnalzte leise, um Amara aufzufordern, ihm zu folgen.

Ellie sah ihnen nach, dann fiel ihr Blick auf die gepolsterte rustikale hellbraune Couch aus Lederimitat, die sich zusammen mit zwei passenden schweren Sesseln um einen massiven Couchtisch gruppierten. Die Regale, Schränke und ein Sideboard waren ebenfalls rustikal in hellem Pinienholz gebaut. Sie hatte die Einrichtung übernommen und war sich nicht sicher, ob sie sich selbst solche Möbel gekauft hätte, aber in dieses Haus passten sie einfach perfekt. Da sie gern strickte und häkelte, hatte sie alles mit bunten, flauschigen Decken und Kissen ihrem Geschmack angepasst, sodass sie sich jederzeit gemütlich einkuscheln konnte.

***

»Das hier vielleicht? Das sieht weich und bequem aus, aber es ist zu klein. Ob es das auch in groß gibt?« Ellie saß neben Xander am Frühstückstresen und deutete auf die Abbildung eines beigefarbenen, plüschigen Hundebetts in dem Onlineshop für Haustierbedarf, den sie auf ihrem Tablet geöffnet hatte. Vor etwa einer Stunde, gegen vierzehn Uhr, war Fiona Sahler da gewesen und hatte ihnen berichtet, dass die Besitzer von Amara über den Chip gefunden worden waren, doch gab es wohl Schwierigkeiten bei der Kontaktaufnahme, weil weder Telefonnummer noch E-Mail-Adresse funktionierten. Die Tierärztin hatte über Nachbarn der angegebenen Wohnadresse herausgefunden, dass das Ehepaar mit den Kindern nach Thailand ausgewandert war, und zwar schon vor zwei Monaten. Es war also unwahrscheinlich, dass sie Amara wiederhaben wollten. Sie hatten sie ganz offensichtlich ausgesetzt. Da ihr Wohnort etwa zweihundert Kilometer entfernt lag, war zu vermuten, dass sie Amara dazu auch noch extra weit weggefahren hatten, damit sie den Heimweg nicht mehr fand.

Die Tierärztin wollte nun versuchen, den Züchter ausfindig zu machen, doch viel Hoffnung hatte sie ohne Amaras Papiere nicht. Xander hatte sie überrascht, indem er angeboten hatte, Amara in Pflege zu nehmen und sie, wenn niemand Ansprüche auf die Hündin erhob, nach Ablauf von sechs Monaten zu adoptieren. Nun saßen sie beisammen, während die Hündin an dem Kauknochen nagte, den die Tierärztin dagelassen hatte, und suchten sich aus dem Internet eine Erstausstattung für Amara zusammen.

»Das sieht zwar gut aus«, stimmte Xander zu, »aber reinigen lässt es sich wahrscheinlich nicht so gut. Schau mal, diese Hundebetten hier sind aus Kunstleder, das lässt sich leicht absaugen oder sogar feucht wischen. Man kann ja eine Kuscheldecke hineinlegen, die sich ebenfalls leicht mal eben waschen und trocknen lässt. In großen Größen gibt es diese Betten auch.«

Ellie betrachtete die Kunstlederbetten, die eigentlich mehr große ovale Kissen mit wulstigem Rand waren, und nickte dann. »Du hast recht, aber nimm bloß keins in diesem Schweinchenrosa oder diesem gruseligen Hellblau.«

»Käme mir nie in den Sinn.« Xander lachte. »Vielleicht das hier in Dunkelblau oder das hellgraue. Die Decke kann ja meinetwegen bunt sein.« Er warf einen Blick hinüber ins Wohnzimmer, schien etwas hinzufügen zu wollen, tat es dann aber doch nicht.

Fragend sah Ellie ihn von der Seite an. »Warum tust du das?«

»Was meinst du?« Ohne ihren Blick zu erwidern, scrollte

Xander sich weiter durch die Farben des von ihm präferierten Hundekissens. Schließlich wählte er das dunkelrote aus und legte es in den Warenkorb.

»Das weißt du genau. Warum willst du Amara jetzt plötzlich in Pflege nehmen und adoptieren? Du fandest doch erst die Idee, sie auch nur für den Übergang hier aufzunehmen, nicht so wirklich toll. Wenn du sie adoptierst, bist du die nächsten zehn, zwölf Jahre für sie verantwortlich.«

»Ich weiß.« Noch immer sah er sie nicht an, sondern begab sich nun auf die Suche nach Hundedecken.

Ellie sah ihm eine Weile schweigend dabei zu und wartete mit einem mulmigen Gefühl, das sie so in seiner Gegenwart bisher nicht gekannt hatte, darauf, dass er weiterreden würde. Das tat er allerdings erst, als sie schon dachte, er wolle ihre Frage gar nicht beantworten.

»Ich habe gestern Abend lange darüber nachgedacht.«

»Gestern Abend?« Fragend runzelte sie die Stirn.

»Als wir den Film zusammen geschaut haben.«

»Den Film? Was hat der damit zu tun?« Das mulmige Gefühl wollte einfach nicht weichen. Es verstärkte sich sogar noch.

»Nichts, er war nur eine gute Gelegenheit, weil ich ihn ja bereits kannte, im Gegensatz zu dir.« Während er sprach, öffnete und schloss er mehrmals die Detailansicht verschiedener Decken. »Du wolltest Amara unbedingt helfen, obwohl du eigentlich Angst vor so großen Hunden hast.«

»Sie hat mir leidgetan.« Ellie blickte hinab auf die Hündin, die, den Kopf inzwischen auf den Kauknochen gebettet, neben dem Frühstückstresen eingeschlafen war. »Und sie kann ja nichts dafür, dass ich Angst habe.« Beim Anblick der friedlich schlafenden, abgemagerten Hündin verkrampfte sich ihr Herz. Gleichzeitig stieg eine Welle ungekannter Emotionen in ihr auf, die ihr die Tränen in die Augen steigen ließ. Sie blinzelte sie rasch weg. Als sie sich wieder Xander zuwandte, erschrak sie, denn nun sah er sie mit einem unergründlichen Ausdruck direkt an. Sofort meldete sich das seltsam flaue Gefühl in ihrer Magengrube zurück.

»Du würdest sie am liebsten selbst adoptieren.« Ein rauer und zugleich zärtlicher Ton schwang in seinen Worten mit. »Aber du traust dich nicht, weil du nicht weißt, ob du deine Angst überwinden kannst, und du willst vernünftig sein, denn unter diesen Umständen wäre es unfair Amara gegenüber, wenn du so etwas anbieten würdest.«

Verblüfft starrte sie ihn an. Kannte er sie auch nach all den Jahren wirklich noch so gut? Und warum überraschte sie das? Sie waren seit einer Ewigkeit befreundet. »Du adoptierst sie meinetwegen?«

Xander schmunzelte. »Eigentlich mehr ihretwegen. Ich mag sie genauso sehr wie du. Zwar hatte ich diese Veränderung in meinem Leben nicht auf meiner Bingo-Karte, aber was soll's? Unverhofft kommt oft. Dass ich bei der Gelegenheit zwei Fliegen mit einer Klappe schlagen kann, ist ein schöner Bonus. Du brauchst dir keine Gedanken um Amaras Wohlergehen zu machen, weil ich mich gut um sie kümmern werde. Du kannst sie jederzeit sehen und herausfinden, ob du, wie bei Scottie und Sissy, deine Angst überwinden und Freundschaft mit ihr schließen wirst.«

Für einen langen Moment starrte Ellie Xander sprachlos an. Dann beugte sie sich aus einem Impuls heraus zu ihm hinüber, schlang ihre Arme um seinen Hals und zog ihn fest an sich. »Du bist der beste, beste Freund auf der Welt.«

Mit einem leisen Lachen erwiderte Xander die Umarmung. »Für dich immer.« Er lehnte sich ein wenig zurück, um ihr ins Gesicht sehen zu können. »Ich weiß, dass du das Gleiche für mich tun würdest.«

Ellies Herz machte einen wilden Satz, als sie in seine fröhlich blitzenden Augen blickte. »Ja, würde ich, immer.«

Sein Blick wurde ein wenig dunkler, intensiver. »Weil du die beste, beste Freundin der Welt bist.«

Ellie schluckte, ihr Puls beschleunigte sich, das flaue Gefühl in ihrem Inneren verwandelte sich in ein erwartungsvolles Kribbeln. Wie gebannt sah sie Xander in die Augen; gleichzeitig kam es ihr so vor, als ob sich der Abstand zwischen ihnen ganz allmählich verringern würde. Das Herz schlug ihr wild in der Brust und bis hinauf in die Kehle. Wieder schluckte sie, unfähig, einen Ton herauszubringen.

Das Klingeln ihres Handys ließ sie zusammenschrecken; der eigenartige Moment verflüchtigte sich. Rasch ließ sie Xander los und fischte das Smartphone aus ihrer Gesäßtasche. Ein Blick auf das Display veranlasste sie, sich zu räuspern, bevor sie das Gespräch annahm. »Hallo Patrice.«

»Hallo Ellie, ich hoffe, ich störe nicht gerade?«

»Ja, äh, nein, natürlich nicht.« Ellies Puls beruhigte sich zwar einigermaßen, doch zurück blieben mehrere widerstreitende Empfindungen, die sie nicht einordnen konnte, schon gar nicht, während sie telefonierte. »Schön, dass du anrufst.« Sie warf Xander einen Blick zu, doch der konzentrierte sich bereits wieder auf die Hundedecken auf dem Tablet, so als sei gar nichts geschehen. Vielleicht war es das auch überhaupt nicht. Wahrscheinlich hatte sie sich alles nur eingebildet.

»Ich war mir nicht sicher, wie lange ich nach dem ausgedehnten gemeinsamen Nachmittag gestern warten muss oder sollte, um dich anzurufen.« Patrice lachte sein ausgesprochen sympathisches Lachen. »Eben habe ich beschlossen, dass das vollkommen egal ist. Ich würde dich gerne wiedersehen, habe aber in der kommenden Woche einen wichtigen Gerichtstermin nach dem anderen. Bis Freitag oder Samstag möchte ich ungern warten, deshalb setze ich jetzt mal alles auf eine Karte: Möchtest du spontan heute Abend mit mir ins Kino gehen? Im Stadtkino läuft heute ein *Ice Age*-Special, und ich dachte mir, etwas Lustiges passt doch sehr gut zum Sonntagabend und zum Wetter.«

»Ins Kino?« Ellie knabberte an ihrer Unterlippe. Ihr Blick fiel auf Amara, die den Kopf gehoben hatte und sie neugierig ansah. »Also …«

»Das kommt sehr kurzfristig, ich weiß.« Patrice klang zerknirscht und hoffnungsvoll zugleich. »So etwas ist sonst auch nicht meine Art. Wenn du schon etwas anderes geplant oder keine Lust hast …«

»Nein, also, ich habe noch nichts vor.« Ellie blickte zu Xander, der offenbar die richtige Decke gefunden hatte. »Das heißt … ich weiß nicht genau.« Zu ihrer Erleichterung gab Xander ihr nun mit einem Daumen hoch und weiteren Gesten zu verstehen, dass er sich auch allein um Amara würde kümmern können. Sie lächelte ihm dankbar zu. »Also gut.«

»Gut?«, kam es aus ihrem Handy. »So wie in Ja, ich gehe mit dir ins Kino?«

»Ja.« Sie gluckste. »Sehr gerne.«

»Gut, dann hole ich dich gegen sieben ab. Die Vorstellung beginnt um halb acht. Karten besorge ich gleich.«

»Okay, dann … also … bis nachher.«

»Ich freue mich schon, Ellie.«

Nachdem die Verbindung unterbrochen war, legte Ellie das Smartphone neben das Tablet. »Das war Patrice.«

»Dachte ich mir.« Xander deutete auf das Tabletdisplay. »Schau mal, diese beiden Decken sehen gut aus, oder?«

Ellie besah sich die beiden Decken und nickte. »Ja, die sind schön. Patrice lädt mich zum Kino ein, *Ice Age*-Special.«

»Das läuft die nächsten Wochen noch öfter.« Xander nickte. »Ich hatte schon überlegt, ob wir nicht hingehen sollten – alle zusammen, meine ich. Arian, Jelena, du und ich.«

»Oh, das wusste ich nicht.« Erneut knabberte Ellie an ihrer Unterlippe. »Früher haben wir die *Ice Age*-Filme immer zusammen geschaut, alle am Stück mit Popcorn, Eis und so.« Sie stockte. »Das können wir ja trotzdem mal machen. Die Filme kann man doch nie zu oft sehen.«

»Ja, vielleicht.« Xander zuckte mit den Achseln. »Kino wird jetzt mit Amara ja wohl erst mal schwierig, zumindest in der ersten Zeit, bis ich weiß, ob man sie auch mal gefahrlos alleine lassen kann. Dazu müssen wir uns aber erst mal in Ruhe anfreunden.«

»Stimmt.« Wieder blickte Ellie zu Amara, die, wohl weil sie ihren Namen vernommen hatte, aufgestanden und dicht neben Ellies Hocker getreten war.

Worüber redet ihr denn da gerade? Über mich? Ich habe Hunger. Gebt ihr mir etwas zu fressen?

»Huch!« Ellie erschrak ein klein wenig, als die Hündin sie mit ihrer feuchtkalten Nase anstupste. »Was denn jetzt?«

Na, Hunger! Die Kaurolle ist gut, aber so richtig satt macht sie nicht.

»Ich glaube, es wird Zeit für ihre nächste Futterration.« Xander erhob sich. »Ich gebe ihr mal etwas, und dann machen wir uns wohl am besten auf den Weg nach Hause. Ich muss ja für Amara noch ein bisschen was einrichten und vor allem meiner Schwester schonend beibringen, dass sie für eine Weile eine vierpfotige Mitbewohnerin haben wird, bis ich eine Wohnung gefunden habe.«

»Ja, klar, aber …«

»Und du willst dich bestimmt für dein Date vorbereiten.«

»Ja, äh …« Ellie zögerte. »Es ist ja bloß Kino und erst heute Abend. Wollten wir nicht erst noch zusammen Amaras Erstausstattung aussuchen? Damit sind wir doch noch gar nicht fertig.«

Xander hatte eine Hundefutterdose geöffnet und gab etwas von dem Inhalt in Amaras Napf. »Ich kann das auch alleine erledigen, wenn du lieber doch noch etwas Zeit für dich brauchst.«

»Quatsch!« Ellie spürte dem seltsamen Gefühl von Panik nach, das in ihr aufstieg. Sie wollte auf keinen Fall, dass ihre gemeinsame Zeit mit Xander so abrupt endete. »Bis heute Abend ist noch massenhaft Zeit, und ich möchte unbedingt helfen, alle Sachen für Amara auszusuchen. Immerhin adoptierst du sie ja irgendwie meinetwegen. Und … es war doch gerade so gemütlich.«

»Okay.« Xanders Miene hellte sich auf. »Hier, Amara.« Er stellte den Napf auf den Boden. »Dein Nachmittagshäppchen ist angerichtet.«

Hmmm, lass sehen! Och, wieder nur so wenig! Aber besser als nichts. Mjam. Mit genüsslichem Schmatzen machte die Hündin sich über das Futter her.

Xander setzte sich wieder neben Ellie an den Tresen und zog das Tablet zu sich heran. »Was brauchen wir denn noch alles?«

9. Kapitel

»So ein Mist!« Santa Claus raufte sich so heftig die Haare, dass sie davon wild in alle Richtungen abstanden. »Warum nur, warum? Mein schöner Plan!«

»Was ist denn passiert?« Erschrocken sprang Elfe-Sieben von ihrem Schreibtischstuhl auf und gesellte sich zum Weihnachtsmann, der vor der großen Videowand stand und sich die Geschehnisse auf der Erde ansah.

»Xander. Nein, Ellie. Hach, alle beide.« Santa Claus seufzte abgrundtief. »Sie hatten gerade einen … Moment.«

»Einen Moment?«, echote die Elfe verwundert, doch dann begriff sie. »Wirklich?«

»Ausgerechnet in diesem *Moment*«, er betonte das Wort besonders, »hat dieser Patrice angerufen und die beiden unterbrochen!«

»Und jetzt ist der Moment vorbei«, folgerte Elfe-Sieben.

»Ja, was denn sonst?« Noch einmal raufte der Weihnachtsmann sich die Haare. »So ein Ärger.«

»Schade.« Elfe-Sieben trat näher an den Bildschirm heran. »Man sieht den beiden auch gar nichts an.«

»Es war ja auch bloß ein kleiner Moment.«

»Ich staune, dass du das überhaupt so schnell hinbekommen hast.« Die Elfe lächelte leicht. »Ich fand deinen Plan mit dem platten Reifen ziemlich albern, das gebe ich zu, auch wenn die Idee, gleich darauf Amara ins Spiel zu bringen, durchaus ihren Reiz hatte. Ich hätte allerdings nicht gedacht, dass das wirklich funktionieren würde.«

»Hat es ja auch nicht.« Mit verdrießlicher Miene ging Santa Claus zu seinem Schreibtisch und setzte sich. »Patrice hat mir in letzter Sekunde einen Strich durch die Rechnung gemacht, und jetzt geht Ellie mit ihm aus.«

»Tja, das ist wirklich dumm gelaufen.« Elfe-Sieben wollte noch etwas hinzufügen, doch im selben Augenblick schrillte in der Zimmerecke das Gefühlsradar los.

»Ja, ja, ja, ist ja schon gut.« Eilig rollte Santa Claus mit seinem Bürostuhl zu dem Gerät und drückte die Bestätigungstaste, sodass der ohrenbetäubende Signalton verstummte. Nachdem er die Meldung gelesen hatte, die das Radar ausgespuckt hatte, nickte er grimmig. »Wie ich es mir dachte, Patrice hat meinen schönen Plan in Trümmer gelegt.«

»Lass mal sehen.« Neugierig warf auch Elfe-Sieben einen Blick darauf. »Stimmt, da bahnt sich ein Gefühlschaos an.« Sie runzelt die Stirn. »Aber warte mal!« Sie stieß mit dem Zeigefinger senkrecht in die Luft. »Warum sollte das deinen Plan zunichtemachen?«

Der Weihnachtsmann runzelte die Stirn. »Na, weil Ellie jetzt mit diesem smarten Anwalt ausgeht und an Xander das Interesse verloren hat.«

»Das hat sie aber doch gar nicht.« Elfe-Sieben eilte zum Video zurück. »Sie sind immer noch beisammen, und es sieht aus, als ob die beiden noch mehr Zeit miteinander verbringen würden – und natürlich mit Amara.«

»Ja, als Freunde.« Seufzend erhob der Weihnachtsmann sich wieder und gesellte sich zu seiner Assistentin. »Das ist doch nicht das, was Xander sich gewünscht hat.«

»Das mag sein.« Nachdenklich tippte Elfe-Sieben sich gegen die Lippen. »Wenn da aber eben ein Moment zwischen den beiden war, dann wäre es doch möglich, dass er sich wiederholt. Ich meine, wenn es einmal geknistert hat, dann tut es das doch vielleicht noch mal.«

»Glaubst du?« Die Miene des Weihnachtsmannes hellte sich eine Spur auf.

»Möglich ist es allemal.« Nun grinste die Elfe schelmisch. »Wo Funken stieben, ist im Allgemeinen irgendwo ein Glutnest.«

Santa Claus grinste zurück. »Und du meinst, ich sollte es suchen und ein wenig darin herumstochern, um es anzufachen?«

»Ganz vorsichtig natürlich nur.« Elfe-Sieben nickte. »Einen Versuch ist es immerhin wert.«

»Was ist aber mit Patrice?« Der sorgenvolle Ausdruck kehrte ins Gesicht des Weihnachtsmannes zurück. »Was, wenn es zwischen ihm und Ellie ebenfalls knistert? Wenn sie ihn womöglich Xander vorzieht?«

Elfe-Sieben hob die Schultern. »Das müssen wir erst einmal abwarten. Sollte es sich so ergeben, musst du dir etwas anderes für Xander einfallen lassen. Man kann keinen Menschen zu Gefühlen zwingen, die er oder sie nicht hat.«

»Dass die Menschen aber auch immer so kompliziert sein müssen.« Der Weihnachtsmann seufzte tief. »Solche Herzenswünsche wie der von Xander sind wirklich eine Herausforderung.«

»Noch ist ja nicht aller Tage Abend«, befand Elfe-Sieben. »Wir sollten Elf-Zwei und Elfe-Acht losschicken, damit sie weitere Erkundigungen einholen. Ich bleibe jedenfalls dabei: Wenn die beiden einmal einen solchen Moment hatten, auch wenn er nur kurz war, dann besteht die Hoffnung, dass er sich wiederholt.«

»Aber wie soll das passieren, wenn Ellie jetzt mit Patrice ausgeht?« Mit auf dem Rücken verschränkten Händen ging Santa Claus im Büro auf und ab. »Ich kann sie ja sogar verstehen. Er scheint nett zu sein und zeigt Interesse an ihr.«

»Das ist es!« Elfe-Sieben stieß ein zweites Mal den Zeigefinger in die Luft. »Wir müssen Xander irgendwie dazu bewegen, Ellie mehr seine wahren Gefühle zu zeigen.«

Santa Claus blieb stehen. »Und wie willst du das bewerkstelligen?«

»Keine Ahnung.« Die Elfe zuckte mit den Achseln. »Wenn wir scharf überlegen, fällt uns bestimmt etwas ein. Du hast doch sonst auch immer so gute Ideen. So wie die mit dem platten Reifen.«

»Ich dachte, die Idee fandest du albern.«

»Schon.« Elfe-Sieben grinste schief. »Aber sie hat funktioniert, also war sie ja nicht schlecht. Vielleicht finden wir ja noch mal so etwas Ähnliches. Wir sollten auch Amara wieder einbeziehen. Hunde waren uns als Vermittler in den vergangenen Jahren schon so oft behilflich und nützlich.«

»Also gut.« Der Weihnachtsmann nickte vor sich hin. »Ruf bitte die Elfen-Brigade zusammen. Wir beraumen eine außerplanmäßige Konferenz zum Brainstorming an. Und gib bitte auch Elfe-Acht und Elf-Zwei Bescheid, dass ich einen wichtigen Auftrag für sie habe.«

10. Kapitel

»Morgen werde ich fürchterlichen Muskelkater haben.« Lachend rieb Ellie sich über die Oberschenkel, während sie auf die Herausgabe des Pfandgeldes für die Schlittschuhe wartete, die sie sich in der städtischen Eishalle geliehen hatte. »Ich gehe zwar regelmäßig schwimmen und mache ein bisschen Yoga und Pilates, aber zwei Stunden auf Schlittschuhen sind doch etwas ganz anderes.«

»Ich hoffe, das macht den Spaß nicht zunichte, den wir heute hatten.« Auch Patrice gab sein Paar Schlittschuhe zurück. »Das fände ich sehr schade.«

»Nein, natürlich nicht.« Nachdem auch Patrice sein Pfand zurückerhalten hatte, verließen sie gemeinsam die Halle und steuerten den Parkplatz an, auf dem er seinen weißen Audi A6 geparkt hatte.

»Es war ein sehr schöner Abend. Ich war schon seit einer Ewigkeit nicht mehr Schlittschuh laufen.«

»Ich gehe ab und zu mit meiner Nichte und ihren Freundinnen.« Patrice lachte. »Jemand muss sich ja als Chauffeur opfern.«

»Opfern?«

Er grinste schief. »Vier bis fünf Mädels im Alter von dreizehn bis vierzehn Jahren sind ein bisschen wie der berühmte Sack Flöhe. Sie kichern nur deutlich mehr.«

Ellie lachte auf. »Okay, guter Punkt. Meine Freundinnen

und ich waren in dem Alter geradezu berüchtigt für unsere Kicheranfälle. Du opferst dich also heldenhaft.«

»So ist es.« In seinen Augen funkelte es vergnügt. »Na ja, ein bisschen Heldenstatus tut dem männlichen Ego auch gut, gebe ich zu.«

»Soso.« Ellie schmunzelt. »Ich wette, die Mädchen vergöttern dich.«

»Ach, na ja …« Er tat bescheiden. »Ein bisschen vielleicht.«

»Dachte ich mir.« Heiter stieß sie ihn mit dem Ellenbogen an. »So ein netter, gut aussehender, noch nicht schrecklich alter Onkel hat schon was.«

Halb amüsiert, halb neugierig hob Patrice die Augenbrauen. »Du hältst mich also für gut aussehend?«

Ellie blieb stehen, weil sie das Auto erreicht hatten. »Als ob du das nicht selbst wüsstest.«

»Es von dir zu hören, ist aber etwas anderes.«

»Inwiefern?«

Er öffnete ihr die Beifahrertür. Nachdem sie eingestiegen war, schloss er die Tür, umrundete die Motorhaube und setzte sich hinters Steuer. »Würdest du morgen Abend mit mir ins Theater gehen?«

Überrascht über den Themenwechsel sah Ellie ihn an. »Theater?«

»Ja, ich habe von einem Klienten zwei Karten für ein neues Stück in der Volksbühne am Rudolfplatz in Köln bekommen. Es ist wohl eine Mischung aus klassischem Theater und Kabarett. Hast du Lust?« Er räuspert sich. »Ich weiß, es ist sehr kurzfristig, aber ich habe die Karten auch erst heute erhalten und dachte … Na ja, da du ja heute nicht so lange ausgehen willst, weil du morgen in der Oase zu tun hast, dachte ich, wir holen morgen Abend etwas gemeinsame Zeit nach …«

»Ja, klar, warum nicht?« Ellie lächelte ihm zu. »Wann geht es denn los?«

Patrice' Augen leuchteten erfreut auf. »Um halb acht. Ich würde dich gerne gegen sechs abholen, damit wir zeitig in Köln sein können, ohne uns zu hetzen. Danach könnten wir ja vielleicht noch irgendwo einkehren und eine Kleinigkeit essen und trinken.«

»Klingt gut.« Ellie war schon seit einer Ewigkeit nicht mehr im Theater gewesen, weil sie sich gar nicht so sehr dafür interessierte, aber das heutige Date war, wie das am vergangenen Sonntag im Kino, so harmonisch und lustig verlaufen, dass sie gerne noch mehr Zeit mit Patrice verbringen wollte. Aus demselben Grund hatte sie auch dem heutigen Date zugesagt, obwohl sie am morgigen Samstagmorgen schon ganz früh in der Oase sein musste, weil ein Teil der bestellten Möbel für ihren Salon geliefert worden war und sie mit Jelena, Arian und Xander sowie ihren Eltern mit dem Aufbau beginnen wollte.

»Wie schön.« Patrice lenkte den Wagen auf die Straße. »Soll ich dich zu Hause abholen?«

»Nein, besser gleich bei der Oase. Wir werden eine Menge zu tun haben, und da wäre es unklug, Zeit zu verschwenden, indem ich früher Feierabend mache, um extra noch mal nach Hause zu fahren. Umziehen kann ich mich ja auch in der Oase.«

»Und du möchtest deine Freunde nicht im Stich lassen.« Patrice warf ihr einen kurzen Seitenblick zu.

»Das tue ich ja gar nicht.« Ellie hob die Schultern. »Aber … nun, du hast schon irgendwie recht. Es ist ja unser aller Projekt, da will ich mich nicht herausziehen, nur … weil … na ja …«

»Nur weil so ein dahergelaufener Typ, den du im Baumarkt kennengelernt hast, gerne Zeit mit dir verbringen will«, vollendete er grinsend den Satz. »Ich verstehe schon.«

»Du bist doch kein dahergelaufener Typ!«

Er lachte heiter auf. »Danke, aber eigentlich schon, wenn du mal genau darüber nachdenkst. Ich bin dir zufällig über den Weg gelaufen. Umso mehr freut es mich, dass du ein wenig deiner Zeit auch mit mir verbringen möchtest und dafür deine besten Freunde mit der Arbeit allein lässt, auch wenn das jetzt ziemlich egoistisch klingen mag.«

»Morgen Abend um sechs werden die anderen bestimmt auch allmählich Schluss machen. Wir treffen uns ja schließlich schon frühmorgens, das wird also ein langer Tag.«

Den Rest des kurzen Weges schwiegen sie, und Ellie stellte nicht zum ersten Mal fest, dass sie sehr gut mit Patrice schweigen konnte, ohne dass es peinlich wurde. Er war fast zu gut, um wahr zu sein: gut aussehend, intelligent, humorvoll, liebenswürdig und zuvorkommend. Er hörte ihr auch sehr gerne zu, wenn sie von sich oder der Oase erzählte. Von ihm wusste sie zwar inzwischen auch ein paar Eckdaten, aber er schien lieber über sie oder die Dinge zu reden, die sie gemeinsam unternehmen könnten, anstatt über sich.

Natürlich hatte sie ihm auch schon von den Ereignissen um Amara erzählt, als sie vergangenen Sonntag zusammen im Kino gewesen waren. Wie zu erwarten, war er überrascht gewesen, dass sie und Xander sich so spontan bereit erklärt hatten, sich vorläufig um die Hündin zu kümmern. Für ihn wäre es selbstverständlich gewesen, die Polizei zu rufen und die Behörde die Verantwortung übernehmen zu lassen. Insbesondere, weil man ja nicht wissen konnte, ob Amara nicht irgendwelche Krankheiten hatte.

Inzwischen war Xander noch einmal mit ihr bei Frau Dr. Sahler gewesen, die unter anderem auch eine Blutuntersuchung gemacht hatte. Seit gestern wussten sie, dass die weiße Schäferhündin kerngesund war. Sogar ihre Hüftgelenke waren vollkommen in Ordnung, was bei einem so großen Hund ja nicht selbstverständlich war. Ausgiebig gekämmt und gebürstet hatte Xander Amara auch schon, sodass sie viel besser aussah. Lediglich gebadet war sie noch nicht, weil sie sich strikt weigerte, Dusche oder Badewanne auch nur auf zwei Meter nahezukommen. Ellie hatte bereits angeboten, ihm am Sonntag zu helfen, einen neuen Versuch zu starten.

Xander hatte Amara mehrmals diese Woche mitgebracht, wenn er für ein paar Stunden zum Helfen in die Oase gekommen war, und inzwischen hatten sich alle mit der Hündin angefreundet. Sie war aber auch ein liebenswürdiges, recht ruhiges Tier, sodass auch Ellie ihre Ängste und Vorbehalte zunehmend ablegte und sich sogar bereits traute, Amara zu streicheln. Vielleicht lag es daran, dass die Hündin häufig ihre Nähe suchte und ihr, wenn sie es zuließ, auf Schritt und Tritt folgte. Ein- oder zweimal hatte Ellie tatsächlich schon ein wenig bedauert, nicht selbst den Vorschlag gemacht zu haben, Amara in Pflege zu nehmen und zu adoptieren, sobald dies offiziell möglich war. Bei

Xander hatte die Hündin es gut, das stand außer Frage; er kümmerte sich ganz wunderbar um sie und wollte sogar mit ihr in die Hundeschule gehen – mehr für sich selbst als für Amara, denn die Grundkommandos kannte sie bereits. Er erhoffte sich jedoch, selbst noch mehr über den Umgang mit einem Hund zu lernen.

Das war so typisch für Xander. Er machte keine halben Sachen. Wenn er sich für etwas begeisterte oder zu etwas entschloss, dann zog er es mit allen Konsequenzen durch und versuchte, ein Experte auf dem jeweiligen Gebiet zu werden. Sie selbst ähnelte ihm darin nicht wenig, deshalb hatte sie sich inzwischen einen ganzen Stapel Hundebücher über die Rasse, Erziehung, Beschäftigung und Hundepsychologie besorgt. Vielleicht waren sie unter anderem auch deshalb so gute Freunde, weil sie sich in dieser Hinsicht sehr glichen. Sie konnten stundenlang mit Begeisterung über ein Thema fachsimpeln, sich die Köpfe heißreden, gemeinsam über ihre Unzulänglichkeiten lachen …

Je mehr Ellie sich mit den Hundebüchern befasste, desto sicherer fühlte sie sich im Umgang mit Amara. Sie freute sich jedes Mal, wenn Xander die Hündin mitbrachte, und staunte insgeheim nicht schlecht, wie sehr ihre Angst in den Hintergrund trat, wenn Amara in ihrer Nähe war. So, als habe es genau dieses Tier gebraucht, um ihre Furcht endlich endgültig zu vertreiben. Sissy und Scottie hatten sicherlich auch einen guten Anteil daran, aber erst seit sie Amara kannte, wechselte sie nicht mehr automatisch die Straßenseite, wenn ihr ein großer Hund begegnete. Ein gewisser Respekt war noch übrig geblieben, den Ellie auch durchaus für angebracht hielt, aber ihr Puls blieb bei Hundebegegnungen inzwischen im einigermaßen normalen Bereich. Und das, obwohl sie Amara ja noch gar nicht lange kannte.

Wahrscheinlich lag es daran, dass sie und Xander Amara gerettet hatten, dass sie also die Hündin beinahe von Beginn an nicht als Gefahr wahrgenommen hatte, sondern als schutz- und hilfsbedürftig. Bisher war eher Ellie es gewesen, die Schutz gesucht hatte, nun konnte sie selbst einem Lebewesen solchen geben.

»Da wären wir.« Patrice hielt in der Zufahrt zu Ellies Haus dicht hinter ihrem Wagen und stellte den Motor ab. »Du bist so still geworden, ist alles okay?«

»Ja, natürlich.« Ellie nickte mit Nachdruck. »Ich war nur gerade in Gedanken wegen Amara.«

»Der Hündin?« Patrice musterte sie überrascht. »Was ist denn mit ihr? Ich dachte, dein Freund Xander kümmert sich gut um sie.«

»Ja, das tut er.« Ellie nickte. »Ich muss nur oft über sie nachdenken. Xander hat sie mehrmals in den vergangenen Tagen mitgebracht, wenn er in die Oase gekommen ist, weißt du? Er will sie ja noch nicht so lange alleine lassen, bis sie sich richtig eingelebt hat. Sie hat auch schon ein bisschen zugenommen und sieht viel besser aus als an dem Abend, als wir sie eingefangen haben.«

»Das ist schön.« Patrice lächelte ihr zu. »Dann geht es ihr offensichtlich gut, und du brauchst dir keine Sorgen zu machen.«

»Ich mache mir gar keine Sorgen.« Ellie suchte nach den richtigen Worten, um auszudrücken, was sie beschäftigte.

»Es ist so, dass ich mich manchmal frage, ob ich sie nicht vielleicht lieber selbst übernommen hätte.«

»Du?« Seine Augenbrauen hoben sich.

»Ja, weil ... Sie ist total freundlich und sehr anhänglich, sobald sie mich sieht, und ... na ja ...«

»Du hast doch Angst vor Hunden, oder etwa nicht?«

Ellie nickte vage. »Ich hatte mein Leben lang Angst, seit ich als Kind angefallen wurde.« Unbewusst rieb sie sich über den Oberarm, dort, wo sich unter der Winterjacke und dem flauschigen blauen Wollpullover die Narben befanden.

»Wäre es dann klug, einen Hund, noch dazu so einen großen, in Pflege zu nehmen? Es mag ja sein, dass sie ein freundliches Wesen hat, aber du kannst trotzdem nicht wissen, was sie alles erlebt hat. Selbst im besten Fall kannst du leicht in eine Situation geraten, in der du ihr nicht gewachsen bist. Und was dann?« Besorgnis zeichnete sich auf seiner Miene ab. »Dieses Risiko halte ich für viel zu groß. Sie ist doch bei Xander gut aufgehoben.«

»Ja, selbstverständlich ist sie das.«

»Und du kannst sie besuchen, wann immer du willst.«

»Ja.«

»Siehst du.« Er lächelte wieder warm. »Dann ist doch alles wunderbar. Wenn sie dir hilft, etwas besser mit deiner Angst umzugehen, ist das ein positiver Nebeneffekt, und du brauchst dir diese schwerwiegende Verantwortung nicht aufzuhalsen.« Er zwinkerte ihr zu. »Wenn du sie betreuen würdest, hättest du heute nicht mit mir Schlittschuh laufen können, und der morgige Theaterbesuch wäre auch nicht möglich, weil man Amara ja noch nicht allein lassen kann – und man weiß auch nicht, ob das jemals möglich sein wird. Das dürfte sich erst nach einer geraumen Weile herausstellen.« Er hielt kurz inne, sein Lächeln vertiefte sich noch. »Ich gebe zu, dass ich das auch ganz egoistisch sehe. Ich möchte gerne Zeit mit dir verbringen, spontan etwas unternehmen können, wozu wir beide Lust haben. So eine Verantwortlichkeit für ein Haustier erschwert solche Dinge immens.«

Zögernd nickte Ellie. »Das stimmt natürlich.«

»Amara hat großes Glück, dass dein Freund sich so gut um sie kümmert. Mit Sicherheit ist er die beste Wahl als Herrchen für sie, auch weil er nicht mit Ängsten vorbelastet ist. Und ihr seht euch ja immer mal wieder, sodass du dich persönlich von ihrem Wohlergehen überzeugen kannst.« Er hob die Hand und streichelte ihr kurz mit der Rückseite seines Zeigefingers über die Wange. »Ich finde es schön, dass du so ein großes Herz hast, Ellie.«

Kurz spürte sie der sachten Berührung nach und lächelte schließlich ebenfalls. »Ich fürchte, ich muss jetzt …«

»Ich weiß.« Seine Stimme war eine Spur dunkler geworden. »Du musst morgen früh raus.« Er löste seinen Gurt. »Ich bringe dich noch bis zur Tür.«

Im ersten Reflex wollte Ellie ablehnen, denn immerhin waren es nur wenige Schritte bis zur Haustür, doch dann nickte sie. »Okay, wenn du willst.«

»Ich muss!« Er lachte. »Immerhin bin ich ein Gentleman. Augenblick!« Rasch stieg er aus, umrundete das Auto und öffnete ihr galant die Tür. Gemeinsam legten sie die wenigen Schritte bis zur Haustür zurück und blieben dort im Licht der Außenbeleuchtung stehen.

Ellie kramte ihren Schlüsselbund aus der Handtasche. »Es war wirklich ein schöner Abend. Das Schlittschuhlaufen hat Spaß gemacht.«

»Ja, mir auch.« Patrice suchte ihren Blick. »Ich freue mich schon auf morgen Abend.«

Ellie nickte. »Ich auch. Wie heißt das Stück eigentlich, das wir uns ansehen werden?«

»*Viel Lärm ums Gedöns.*« Patrice lachte. »Ich weiß, ein merkwürdiger Titel. Wie gesagt, es soll eine Mischung aus Kabarett und Theater sein. Was auch immer man sich darunter vorzustellen hat. Lassen wir uns einfach überraschen.«

»Es wird uns wohl auch nichts anderes übrig bleiben.« Grinsend schob Ellie den Schlüssel ins Schloss. »Wird bestimmt lustig. Also …«

»Also …« Patrice streichelte ihr noch einmal sachte mit dem Finger über die Wange. »Schlaf gut, Ellie, und träum was Schönes.« Damit zog er sich zurück und ging zum Auto zurück.

Ellie blickte ihm halb verblüfft, halb amüsiert nach. »Du auch«, rief sie ihm rasch hinterher, woraufhin er sich, bei der Fahrertür angekommen, zu ihr umdrehte.

»Werde ich definitiv.« Seinen Worten folgte ein vielsagendes Lächeln, dann stieg er ein. Augenblicke später setzte er rückwärts auf den Fahrweg, drehte und fuhr davon.

Nicht wenig geschmeichelt blickte Ellie ihm nach. Ganz eindeutig mochte sie Patrice. Der morgige Abend würde ganz sicher sehr unterhaltsam, und wenn sie die Sache richtig einschätzte, würden sie sich morgen auch zum ersten Mal küssen.

Der Gedanke versetzte sie in gute Stimmung. Sie schloss die Haustür auf, drückte sie gleich darauf hinter sich wieder ins Schloss, entledigte sich ihres Mantels und warf sich mit ihrem Smartphone auf die Couch. Es war kurz nach zehn; pünktlich um zehn hatte Jelena ihr eine Textnachricht geschickt.

Jelena: Wie war's in der Eishalle?
Ich bitte um Einzelheiten!

Ellie lachte und entschied sich, die wichtigsten Eckpunkte des Dates in einer Sprachnachricht für ihre Freundin zusammenzufassen.

11. Kapitel

»Ich bestelle jetzt mal was beim Chinesen.« Arian zückte sein Smartphone und blickte auffordernd in die Runde. »Überlegt euch also ganz schnell, was ihr essen möchtet.«

»Auf jeden Fall einen Berg Frühlingsrollen«, kam es prompt von Jelena. Sie war gerade dabei, eine Schublade zusammenzuschrauben, die zu einem großen Wandschrank im Salon gehörte. »Die nur mit Gemüse. Und gebratenen Reis.«

»Für mich nichts.« Ellie, die ebenfalls gerade mit einer Schublade fertig geworden war, blickte auf ihre Armbanduhr. »Ich muss mich gleich umziehen. In einer Viertelstunde ist Patrice hier, um mich abzuholen.«

»Fürs Theater.« Xander nahm ihr die Schublade ab und stapelte sie auf drei weitere, die noch darauf warteten, in den Schrank eingebaut zu werden. »Das ist mal was anderes. Von dem Stück habe ich schon einiges gelesen. Es soll sehr gut sein.«

»Hoffentlich ist es das. Was Theater angeht, kenne ich mich so gar nicht aus.« Ellie rieb kurz die Handflächen aneinander und klopfte sich ein paar Holzspäne von der bequemen grünen Flanellbluse, die sie heute trug. »Eine Mischung aus Theater und Kabarett, sagte Patrice. Das klingt zumindest interessant.«

»Und es erweitert den Horizont«, fügte Xander grinsend hinzu.

»Genau.« Nach einem weiteren Blick auf die Uhr ging Ellie Richtung Durchgang zum Empfangsraum. »Ich mache mich dann mal schnell fertig. Ich hoffe, ihr seid mir nicht böse, dass ich jetzt schon Feierabend mache.«

»Quatsch.« Jelena winkte ab. »Amüsier dich gut, ja? Wir rocken hier schon noch den Rest. Zumindest den großen Wandschrank. Für alles andere ist morgen auch noch Zeit.«

»Also gut.« Ellie drehte sich um. »Huch!« Erschrocken machte sie einen Schritt zur Seite, weil sie fast über Amara gestolpert wäre, die im Durchgang aufgetaucht war. »Wo kommst du den plötzlich her?«

Na, von hier. Ich habe die ganze Zeit hier vor dem Tresen-Dingens gelegen und gedöst. Von dort aus kann ich sehen, was ihr macht, aber es ist nicht so wuselig und laut, und die Eingangstür habe ich auch im Blick. Auch wenn da heute noch gar niemand hereingekommen ist. Aber man kann sehen, dass draußen Menschen und manchmal auch Hunde vorbeigehen. Inzwischen ist es aber dunkel geworden. Auch wenn draußen überall so große Lampen an sind, kann man nicht mehr alles so gut erkennen.

»Ich bin dann also mal hinten.« Ellie umrundete die Hündin und machte sich auf den Weg zu den rückwärtigen Räumlichkeiten. Die Tasche mit Sachen zum Wechseln hatte sie im Büro abgelegt. Da das Bad noch nicht fertig war, wusch sie sich gründlich in der Küche und tauschte dann ihre Arbeitsklamotten gegen ein dunkelblaues Etuikleid, Thermostrumpfhose und halbhohe Stiefeletten. Kleine silberne Kreolen und ein passendes Kettchen mit rundem Anhänger vervollständigten ihr Outfit, von dem sie sehr hoffte, dass es dem Anlass angemessen sein würde.

Sie hatte extra nach Fotos von Theateraufführungen des Volkstheaters gegoogelt, um sich mit dem Dresscode für das Publikum vertraut zu machen. Zu ihrer Erleichterung war von leger bis todschick so gut wie alles dabei, sodass sie sich für einen Mittelweg entschieden hatte.

In dem Kleid fühlte sie sich wohl. Es war gleichzeitig sexy, aber nicht zu sehr, und betonte ihre wenig ausgeprägten Rundungen so vorteilhaft, wie es eben möglich war. Als sie sich zur Tür umdrehte, stand dort wieder Amara und sah sie unverwandt an.

»Hey, was machst du denn hier? Bist du mir wieder mal gefolgt?« Früher wäre sie mit Sicherheit zurückgewichen, doch inzwischen blieb sie ganz ruhig, wenn die Hündin in ihrer Nähe auftauchte.

Na klar bin ich dir gefolgt. Ich muss doch wissen, was du hier hinten ganz alleine tust, wo doch alle anderen in dem großen Raum vorne sind. Amara machte zwei Schritte auf sie zu. *Also, was treibst du? Du hast dir ein neues Fell angezogen. Wozu ist das gut? Es sieht ungewöhnlich aus. Lass mal schnuppern, ob es auch anders riecht.*

»Oh, was machst du denn jetzt?« Reflexartig wich Ellie nun doch etwas zurück, als Amara noch näher kam und an ihrem Kleid schnupperte.

Hm, riecht ganz normal. Wie Ellie eben. Ich mag Ellies Geruch. Lass mich mal noch ein paar Nasen voll davon nehmen.

»Äh, Amara?« Ratlos blickte Ellie auf die neugierig an ihr schnüffelnde Hündin. »Igitt!« Sie kicherte hilflos, denn Amara hatte ihr übers Knie geleckt. »Du machst doch Flecken auf meine Strumpfhose!«

Na und? Mir egal. Du riechst nun mal einmalig gut. Mit einem fröhlichen Rutewedeln blickte die Hündin zu ihr auf.

»Pfui Teufel, auf meinem Kleid ist jetzt auch Hundesabber.« Hastig eilte Ellie zum Spülbecken, schnappte sich einen noch fast neuen Schwamm, hielt ihn unters Wasser und tupfte an den Sabberflecken herum. »Ich habe doch keine Ersatzsachen hier. Mit diesen muss ich heute ins Theater.« Erschrocken blickte sie auf die Uhr und vernahm gleichzeitig gedämpft das Achtzehn-Uhr-Läuten der nahe gelegenen Kirche. »Mist, Patrice wird gleich da sein.«

Was machst du denn da? Ist das ein Spiel? Das muss ich mir näher ansehen. Amara versuchte erneut, an Ellie und ebenso an dem Schwamm zu schnuppern.

»Nein! Bitte nicht.« Verzweifelt kicherte Ellie. »Xander, Hilfe! Ruf mal bitte Amara zu dir. Sie versucht gerade, mich einzusabbern.«

»Was?« Eilige Schritte wurden laut, im nächsten Moment erschien Xander in der Küchentür und schien das Problem mit einem Blick zu erfassen. »Stopp, Amara, komm her.« Er ging zu der Hündin und führte sie sanft am Halsband ein Stück zur Seite.

Aber warum denn? Ich wollte das gelbe Ding da erforschen und gucken, was Ellie damit macht.

***

»Lass Ellie jetzt mal in Ruhe, Süße.« Xander hielt Amara weiterhin fest, damit sie nicht erneut zum Sabberangriff übergehen konnte. »Sie hat sich extra hübsch gemacht für ihr Date, das wollen wir ihr doch nicht verderben.« Während er sprach, bemühte er sich, Ellie nicht zu auffällig anzustarren. In dem blauen Kleid, das ihr bis zur Mitte der Oberschenkel reichte, sah sie zum Anbeißen aus. Den gemeinen Stich der Eifersucht unterdrückte er tunlichst.

»Danke.« Erleichtert atmete Ellie auf. Sie tupfte weiter an ihrem Kleid herum und warf den Schwamm schließlich ins Spülbecken. »Hoffentlich habe ich alles herausbekommen. Ich muss jetzt auch wirklich los, schätze ich. Patrice wird jede Minute da sein.«

»Du scheinst dich schon sehr auf das Date zu freuen.« Xander gab seiner Stimme einen möglichst neutralen Ton. »Magst du ihn … sehr?«

»Ja, klar.« Ellie warf sich einen cremeweißen Kurzmantel über und schlang sich einen blauen Schal um den Hals. »Also, Patrice ist wirklich toll. Wir verstehen uns großartig.« Sie lächelte etwas zerstreut. »Wo …? Ah, da ist sie ja!« Sie griff nach der kleinen Abendhandtasche, die über der Lehne eines Stuhls hing. »Man kann sich mit ihm über praktisch alles unterhalten, ohne dass es langweilig wird.«

»Aha.« Er rang sich ein Lächeln ab. »Warum bittest du ihn nicht kurz herein, wenn er hier ist? Er ist übrigens zu spät.«

»Ja. Nein. Ich meine, nein, ich kann ihn euch heute nicht vorstellen. So zwischen Tür und Angel ist das blöd, und außerdem fängt die Vorstellung ja schon um halb acht an. Wir wollen zeitig dort sein.« Während sie sprach, ging sie an ihm und Amara vorbei ins Foyer und blickte durch die Glastür nach draußen. »Da ist er. Ich bin dann mal weg, ja! Macht's gut, wir sehen uns morgen!« Schon war sie zur Tür hinaus, die leise hinter ihr ins Schloss fiel.

»Er ist fast zehn Minuten zu spät«, stellte Arian fest, der aus dem Salon herübergekommen war und nun ebenfalls einen Blick nach draußen warf. »Mist, man sieht ihn nur von hinten. Nicht zu klein, gut gebaut, soweit ich erkenne, braune Haare.«

Xander hatte Amara wieder freigegeben und trat neben Arian, bemühte sich jedoch, nicht allzu neugierig in die Richtung zu blicken, die Ellie und Patrice eingeschlagen hatten. »Wir werden ihn schon noch früh genug kennenlernen, wenn es etwas Ernstes mit den beiden sein sollte.«

»Etwas Ernstes?« Arian blickte noch einmal durch die Scheibe, dann wandte er sich Xander zu. »Glaubst du das denn? Hat sie etwas zu dir gesagt?«

»Nein, nicht direkt.« Xander hob die Schultern. »Aber sie sind Sonntag ausgegangen, gestern und heute schon wieder.«

»Ellie hat ja auch eine Menge nachzuholen.« Jelena war zu ihnen getreten. »Sie hatte schon seit einer Ewigkeit keinen Freund mehr oder auch nur ein Date.« Sie seufzte theatralisch. »Mir nicht ganz unähnlich, aber das ist etwas anderes.«

»Was ist daran anders?« Arian hob fragend die Augenbrauen.

»Ich habe mir eine Männerdiät verordnet, nachdem die letzten Kerle, auf die ich mich eingelassen habe, alles Nieten waren.« Jelena lächelte grimmig. »Entweder wollten sie bloß Sex wegen dieser beiden hier«, sie umfasste mit vielsagendem Blick ihre üppige Oberweite, »oder sie … Ach, vergesst es. Ich bin ganz zufrieden, so, wie es ist. Aber das ist allein meine Entscheidung. Ellie hingegen ist einfach viel zu überarbeitet gewesen, um sich um ihr Liebesleben zu kümmern. Sie war also sozusagen auf einer Zwangsdiät. Deshalb soll sie sich jetzt mal so richtig austoben.«

Xander verschluckte sich und hustete.

Jelena lachte. »Was denn, war das zu viel Kopfkino?«

»Ja, eindeutig.« Xander japste und räusperte sich mehrmals.

»Geht's wieder?« Mit einem halben Grinsen klopfte Arian ihm auf die Schulter. »Sie hätte ihn ruhig kurz hereinbitten können, damit wir ihn unter die Lupe nehmen können.«

»Nee, nee, Brüderlein, aus welcher Höhle bist du denn entsprungen?« Jelena bedachte Arian mit einem strafenden Blick. »Wir Frauen können sehr gut ohne euch entscheiden, ob wir einen von euch gut finden und ob er zu uns passt oder nicht.«

»Das bestreite ich ja gar nicht.« Friedfertig hob Arian beide Hände. »Ich will ja nur herausfinden, ob er auch zu uns passt.«

»Hm.« Jelena schürzte die Lippen. »Na gut, aber dazu ist später immer noch Zeit.« Sie hielt inne und deutete in Richtung Straße. »Guckt mal, ich glaube, da kommt schon unser Essen.«

***

»Oh mein Gott, ich kann nicht mehr!« Ellie rang nach Atem und wischte sich Lachtränen von der Wange. »Das war bei Weitem die schrägste … keine Ahnung …«

»Darbietung«, half Patrice grinsend aus.

»Genau, die ich je gesehen habe. Dieser Gockel!«

»Kikerikräääh!«

Sie prusteten beide los, und Ellie war froh, dass sie bereits vor ihrem Haus parken und somit keinen Unfall bauen konnten. »Ich schwöre, der wird mich bis in meine Träume verfolgen. Für mindestens die nächsten drei Wochen.«

»Denkst du, mir geht es besser?« Patrice zog eine Grimasse. »Dieser Läääärm immer, und nix …«

»Nix, nix dahinter!«, vervollständigte diesmal Ellie den Satz, der in dem Stück unzählige Male wiederholt worden war. Angestrengt versuchte sie, wieder ernst zu werden. »Das kann man nicht mal vernünftig weitererzählen, weil man die Gags nur kapiert, wenn man dabei war.«

»Ziemlich clever, würde ich sagen.« Patrice schaffte es, wieder normal zu atmen. »Jeder, der das Stück gesehen hat, macht wie wild Werbung dafür, ohne zu viel vom Inhalt zu verraten.«

»Ich werde es auf jeden Fall meinen Eltern empfehlen. Ob ich Jelena, Arian und Xander dafür begeistern kann, weiß ich nicht. Sie sind alle drei keine Theater-Fans.«

»Du doch auch nicht, und dir hat es gefallen«, gab Patrice zu bedenken.

Ellie dachte darüber nach. »Stimmt schon, obwohl ich, ehrlich gesagt, gar nicht weiß, ob es mir wirklich gut gefallen hat. Mir tut bloß der Bauch vom vielen Lachen weh.«

»Immerhin.« Patrice schmunzelte. »Ich hoffe, der Abend hat dich für mein spätes Eintreffen entschädigt. Mit diesem Anruf meines Klienten hatte ich nicht gerechnet, und abwimmeln konnte ich ihn nicht, dazu war die Sache zu wichtig. Solltest du deshalb noch böse sein, krieche ich auf jede erdenkliche Weise zu Kreuze.«

»Quatsch, das hatte ich schon längst wieder vergessen.« Energisch winkte Ellie ab. »So was kann doch mal vorkommen, und es waren ja nur zehn Minuten. Du hast mich ja nicht versetzt oder so.«

»Das käme auch niemals infrage.« Überraschend ergriff er ihre Hand und drückte sie.

Ellie hob den Kopf und begegnete seinem Blick, der sogleich intensiver wurde. Eine erwartungsvolle Stille entstand zwischen ihnen. Sie schluckte. »Also …«

»Ich bringe dich noch zur Tür.« Wie am Vorabend stieg Patrice eilig aus, umrundete den Wagen und half Ellie galant beim Aussteigen.

»Das hat wirklich Spaß gemacht heute«, fuhr er fort, als sie die Haustür erreicht hatten. »Auch wenn ich ebenfalls nicht weiß, ob mir das Stück wirklich gefallen hat.« Er lächelte leicht. »Es war ein schöner Abend.«

»Ja, auf jeden Fall.«

»Das Essen bei diesem Italiener war auch sehr gut.«

Ellie nickte zustimmend.

»Am besten hat mir aber meine Begleitung gefallen.« Patrice hob die Hand und streichelte wie am Abend zuvor mit dem Rücken seines Zeigefingers über Ellies Wange. »Ich hoffe, es geht dir ebenso, weil …«

»Weil?« Ein wenig atemlos sah sie zu ihm auf. Sie hatte gewusst, dass es heute zu einem ersten Kuss kommen würde. In ihrer Magengrube kribbelte es erwartungsvoll.

»Weil ich dich gerne küssen möchte, wenn du nichts dagegen hast.«

»Ich wüsste nicht, was dagegen spricht.« Ellie trat einen halben Schritt auf ihn zu und empfand ein angenehmes erwartungsvolles Gefühl, als Patrice sich langsam zu ihr vorbeugte. Sein warmer Atem streifte ihr Gesicht, dann spürte sie seine warmen Lippen auf ihren, ganz kurz nur, bevor er sich eine Winzigkeit zurückzog, innehielt, ihren Blick suchte und sie schließlich erneut küsste, diesmal richtig und mit mehr Nachdruck.

Das Kribbeln verstärkte sich für einen Moment und schwand dann, als Ellie sich ganz auf den Kuss konzentrierte, ihn erwiderte und sich von Patrice in eine Umarmung ziehen ließ. Er küsste gut, schoss es ihr durch den Kopf, irgendwie zärtlich und wissend zugleich. Vermutlich hatte er eine Tonne mehr Erfahrung darin als sie.

Nach einer geraumen Weile lösten sich ihre Lippen wieder voneinander, und Patrice lächelte warm. »Ich bin morgen zu einem Brunch im *Chez Manuel* in Bonn eingeladen. Hast du Lust, mich zu begleiten?«

»Ins *Chez Manuel*? Das ist doch ein Drei-Sterne-Restaurant.« Überrascht sah Ellie ihn an. »Mein Cousin André ist stiller Teilhaber dort. Früher hat er mit Manuel zusammen dort in der Küche gestanden, bevor ihm der Rummel zu viel wurde und er eine Stellung in unserer städtischen Sozialstation angenommen hat.«

»Moment mal, du bist mit André Weißmüller verwandt?« Patrice lachte. »Das hätte ich mir eigentlich denken können. Die Welt ist klein.« Er stockte kurz. »Und? Was meinst du? Begleitest du mich? Ich könnte dich gegen zehn morgen Vormittag abholen.«

»Ja, also …« Ellie zögerte. »Ich hatte Xander versprochen, ihm mit Amara zu helfen. Sie muss dringend gebadet werden, aber sie sträubt sich dagegen wie verrückt. Zu zweit schaffen wir es vielleicht, sie doch noch zu überreden.«

»Zu überreden?« Skeptisch hob Patrice die Augenbrauen. »Einen Hund?«

»Ja, gewissermaßen. Wir wissen nicht, warum sie so wasserscheu ist. Vielleicht ist sie noch nie gebadet worden, möglicherweise ist es aber auch nur eine Charaktereigenschaft. Aber weil sie trotz Bürsten ein bisschen müffelt, müssen wir es unbedingt versuchen.«

»Tja, also …« Auf Patrice' Gesicht zeichnete sich Enttäuschung ab. »Wenn das so wichtig ist, machen wir etwas anderes aus. Ich bin zwar kommende Woche wieder jeden Tag auf Achse, aber …«

»Wie lange geht dieser Brunch denn?«, unterbrach sie ihn hastig. »Vielleicht kann ich ja auch nachmittags zu Xander fahren.«

»So bis gegen zwei, halb drei wahrscheinlich.« Patrice schien noch etwas hinzufügen zu wollen, unterließ es dann aber. »Ich würde mich wirklich freuen, wenn du mitkommst.«

Ellie knabberte an ihrer Unterlippe und nickte schließlich. »Okay, ich komme mit. Wir haben für morgen noch keine konkrete Uhrzeit ausgemacht. Ich kann ihm ja gleich noch texten, dass ich nachmittags zu ihm fahre. Gegen vier, halb fünf sind wir ja bestimmt zurück, oder?«

»Sicher, wenn du es so machen möchtest.« Patrice lächelte wieder. »Ich finde es schön, dass du so spontan sein kannst. Ist das nicht mindestens der halbe Spaß am Leben?« Ehe sie etwas darauf antworten konnte, küsste er sie erneut auf diese schöne, angenehme, wissende Weise.

Ellie lächelte, dann erwiderte sie den Kuss, der sich erneut in die Länge zog. Als sie sich endlich doch voneinander lösten, streichelte Patrice ihr auf diese mittlerweile schon fast vertraute Weise über die Wange. »Danke für den wunderschönen Abend.«

Ellie nickte. »Ich hatte auch viel Spaß. Also …« Sie öffnete ihre Handtasche und zog den Hausschlüssel daraus hervor. »Bis morgen?«

»Ja.« Patrice hauchte ihr einen Kuss auf die Wange. »Bis morgen. Und träum was Schönes.« Er wandte sich zum Gehen, drehte sich aber noch einmal um. »Aber bloß nicht von dem Kikerikräääh!«

Ellie prustete los und lachte immer noch, als er längst davongefahren war und sie das Haus betreten hatte.

12. Kapitel

Also an dieses Bürsten kann ich mich definitiv gut gewöhnen. Meine Menschen früher haben das auch manchmal gemacht, aber nicht so oft wie Xander. Alle paar Tage holt er diese komischen Bürsten-Dinger raus und bearbeitet damit mein Fell. Anfangs hat das noch ein bisschen arg geziept, aber inzwischen fühlt es sich höchst angenehm an. Xander behauptet auch, dass ich jetzt noch viel hübscher aussehe, und wenn er das sagt, dann wird es wohl stimmen. Er sagt aber auch, dass ich trotzdem noch müffle, und auch damit hat er wohl recht. Ich rieche es ja selbst. Aber er will mich deswegen baden, und das kann er sich so was von abschminken! Baden ist schrecklich, jawohl. Regen mag ich schon nicht besonders, aber im Haus nass werden, so ganz von oben bis unten? Nichts da, ich weigere mich strikt, da mitzumachen.

»Na, Amara, wie ist das? Gefällt dir das?« Lächelnd strich Xander mit der feinen, weichen Bürste ein letztes Mal über den Rücken der Hündin.

Oh ja, mach ruhig noch ein bisschen weiter! Amara wedelte freundlich mit der ebenfalls sorgfältig gebürsteten Rute.

»Eigentlich müssten wir auch mal versuchen, deine Krallen zu schneiden. Ich habe mir extra so eine Spezialzange zugelegt und mindestens fünf oder sechs Erklärvideos dazu angeschaut, damit ich auch wirklich nichts falsch mache und dich verletze.«

Okay. Ich weiß zwar nicht, was du meinst, aber streichle mich nur weiter, das ist genauso gut wie das Bürsten.

»Zeig mir mal deine Pfote.« Vorsichtig nahm Xander Amaras rechte Vorderpfote in die Hand und musterte sie. Als er sanft die Zehen mit den Fingern spreizte, zuckte Amara heftig zurück und schnaubte.

Hey, was soll das? Das kitzelt!

Xander lachte. »Was ist, bist du etwa kitzelig?«

Aber so was von!

»Versuchen wir es noch mal.« Erneut nahm Xander die Pfote in die Hand und begutachtete die Krallen, doch wieder entzog Amara ihm die Pfote und trippelte diesmal ein wenig zurück und wieder vor.

Das kitzelt wirklich, und ich weiß nicht, ob ich gut finden soll, was du da machst. Das ist mir ehrlich gesagt unheimlich. Meine Pfoten sind meine Sache!

»Tja, da werden wir uns wohl etwas einfallen lassen müssen – und ganz viel üben, denn deine Krallen sind eindeutig viel zu lang.«

Zu lang? Verstehe ich nicht. Aber mit meinen Pfoten wird nicht gespielt, dass du Bescheid weißt.

»Komm mal her, ich will auch wirklich nur gucken!«

Nö, ich glaube nicht. Das ist mir zu gruselig. Sicherheitshalber hielt Amara sich etwas außerhalb von Xanders Reichweite.

»Okay, das wird wohl etwas schwieriger.« Xander unterbrach sich, weil es an der Tür klingelte. Sein Herz machte einen kleinen Satz, während Amara wie der Blitz aus dem

Gästebad sauste und zur Haustür flitzte. »Warte, Amara, das ist Ellie.«

Da ist jemand, der uns besuchen will! Los, beeil dich mal. Ellie? Hm, ja, kann sein. Wild wedelnd schnüffelte Amara an der Türschwelle. *Ein bisschen riecht es nach ihr. Nun mach doch endlich mal die Tür auf! Wuff!*

»Hey, hast du da etwa zum ersten Mal gebellt?« Verblüfft blickte Xander auf die Hündin hinab.

Ja, habe ich. Ist sonst nicht so meine Art, aber wenn du so langsam bist, muss ich mich doch mal bemerkbar machen.

»Hat sie da gerade gebellt?«, fragte Ellie anstelle einer Begrüßung, nachdem Xander ihr die Tür geöffnet hatte. »Ich dachte, das tut sie nicht.«

»Bisher zumindest nicht.« Xander ließ sie eintreten. »Das ist eine Premiere.«

»Hallo Amara.« Ellie blieb vor der Hündin stehen, die sie mit heftigem Wedeln beschnupperte. »Hast du deine Stimme gefunden?«

Hallo, hallo, Ellie, wie schön, dass du uns besuchst! Ich merke gerade, dass ich dich vermisst habe. Aber meine Stimme gefunden? Ich wusste nicht, dass ich sie verloren hatte. Du riechst interessant, nach anderen Leuten und ein bisschen nach leckerem Essen. Hast du mir etwas mitgebracht?

»Stopp, nicht, Amara!« Ellie hielt ganz still, kicherte dann aber doch, als die Hündin prustend versuchte, mit der Nase in ihre Manteltasche zu gelangen. »Da ist nichts für dich drin.«

»Halt, Amara, nicht so wild, sonst machst du Ellie Angst.« Xander zog die Hündin sanft am Halsband ein wenig zur Seite.

Aber warum denn? Ich schnüffle doch bloß nach Leckerchen. Na gut, dann eben nicht. Schade.

»Schon gut.« Ellie lächelte leicht. »Sie hat mich gar nicht erschreckt. Wahrscheinlich riecht sie noch das ganze gute Essen, das sie uns heute bei diesem Brunch im *Chez Manuel* vorgesetzt haben. Das Büfett hättest du mal sehen sollen! Es war mindestens zehn Meter lang. Es gab einfach alles, was man sich nur vorstellen kann. Sogar Waffeln und Pancakes.«

»Aha, das klingt ja gut.« Rigoros verdrängte Xander den Stich der Eifersucht. Wenn Ellie mit diesem Patrice so viel Spaß hatte und glücklich war, dann musste er das akzeptieren und sich als ihr langjähriger Freund für sie freuen. »Bist du das denn?«, platzte es aus ihm heraus, bevor er darüber nachdenken konnte.

»Bin ich was?« Verdutzt sah sie ihn an.

»Glücklich.« Er schluckte. »Sorry, ich dachte nur gerade, du klingst so … glücklich.«

»Ach so.« Für einen Moment wurde Ellie wieder ernst. »Also … ja, ich denke schon. Ich hatte viel Spaß in letzter Zeit und so viele Dates wie schon seit einer Ewigkeit nicht mehr. Patrice ist intelligent und aufmerksam und witzig. Ich meine, was will man mehr? Oder vielmehr frau.«

Xander nickte vage. »Er macht dich also glücklich?«

»Ja … Na ja, so genau habe ich darüber noch nicht nachgedacht.« Ellie wirkte mit einem Mal verunsichert. »Wir haben viel Spaß«, wiederholte sie etwas zusammenhangslos.

»Wie viel Spaß?« Innerlich fluchte Xander und hob sogleich beschwichtigend beide Hände. »Entschuldige, das geht mich nichts an.«

»Na, viel eben … Oh.« Ellie hatte gleichzeitig mit ihm gesprochen und stockte nun. »Wir … also … Meinst du wegen des Brunches heute Vormittag?«

»Du brauchst darauf nicht zu antworten.« Am liebsten hätte er sich selbst einen Tritt gegen das Schienbein verpasst. »Es geht mich wirklich nichts an.«

Sie runzelte immer noch sichtlich verwirrt die Stirn. »Er hat mich heute um zehn abgeholt, und wir sind zusammen nach Bonn gefahren. Ich habe ihm angeboten, diesmal mein Auto zu nehmen, aber er meinte, weil die Einladung von seinem Klienten war, kann er die Fahrt irgendwie als beruflich absetzen oder so. Keine Ahnung. Also ist er gefahren. Er hat also nicht bei mir übernachtet oder so. So lange kennen wir uns ja noch nicht, dass wir schon … So jemand ist er außerdem auch nicht.«

»Okay …« Verlegen blickte er zwischen Ellie und Amara hin und her.

»Ja, also …« Auch Ellies Blick wanderte zu Amara. »Wollen wir jetzt mal versuchen, sie zum Baden zu überreden?«

Zum Baden? Geht's noch? Auf gar keinen Fall! Amara stieß einen anhaltenden Laut aus und verzog sich ins Wohnzimmer.

»Huch, hat sie das etwa verstanden?« Verblüfft folgte Ellie der Hündin mit Blicken.

»Scheint so.« Xander fing sich wieder und grinste schief. »Ich habe vorhin schon mal einen Versuch gestartet.«

»Ohne Erfolg.«

»Offensichtlich.«

Ellie zog nun endlich ihren Mantel aus und hängte ihn

an die Garderobe. »Hast du Leckerchen da, die sie gerne mag?«

»Klar, aber damit konnte ich sie bisher auch nicht bestechen.« Bewundernd musterte er Ellie. Sie trug eine schmal geschnittene dunkelblaue Hose und eine weiße Rüschenbluse mit rosa Stickereien am Kragen. »Bist du nicht ein bisschen overdressed für das, was wir hier vorhaben? Nicht, dass die guten Sachen eingesaut werden.«

Ellie blickte kurz an sich hinab. »Ja, stimmt, ich war gar nicht mehr zu Hause, also drinnen, sondern bin gleich ins Auto gestiegen, nachdem Patrice mich abgesetzt hatte. Sonst wäre ich zu spät gekommen.« Sie lächelte schief. »Ich hatte gehofft, du würdest mir vielleicht eins deiner T-Shirts leihen.«

»Ach was?« Er lachte. »Das lässt sich einrichten. Warte kurz.« Er eilte, immer zwei Stufen gleichzeitig nehmend, ins Obergeschoss, um das Gewünschte zu holen. Als er nur wenig später mit einem dunkelroten T-Shirt zurückkehrte, hatte Ellie sich im Wohnzimmer auf die schwarze Ledercouch gesetzt, die noch von seinen Eltern stammte, und streichelte Amara, die zu seiner Überraschung ihren Kopf auf Ellies Knie abgelegt hatte. »Leckerchen, bitte.« Ohne ihren Blick von Amara abzuwenden, streckte sie eine Hand aus.

»Moment.« Rasch legte er das T-Shirt neben ihr auf der Lehne der Couch ab und beeilte sich, aus der Küche den Behälter mit den Käseleckerli zu holen, von denen er wusste, dass Amara sie gerne mochte. »Hier.« Er öffnete die Dose und hielt sie Ellie hin.

»Danke.« Sie nahm sich ein paar der würfelförmigen

Leckerchen und hielt Amara vorsichtig eines hin. »Guck mal, magst du das?«

Was ist das? Amara schnupperte und wedelte freudig. *Yay, Futter! Diese Dinger mag ich seeehr gerne. Darf ich?* Regelrecht zaghaft pflückte die Hündin den Würfel aus Ellies Fingern. *Mjam, lecker. Gibt es davon noch mehr?*

»Die schmecken dir, ja?« Ellie streichelte lächelnd über Amaras Kopf. »Noch eins?«

Aber klar, her damit! Wieder nahm sich Amara vorsichtig das Leckerchen und schlang es hinunter.

»Jemand hat sich Mühe gegeben, ihr beizubringen, Leckerli nur ganz vorsichtig anzunehmen«, stellte Xander fest. »Das ist mir schon häufiger aufgefallen.«

Stimmt. Meine Menschen haben das ganz viel mit mir geübt, weil ja Kinder im Haus waren, und die sollte ich nicht versehentlich verletzen. Damals war noch alles in Ordnung und die Welt schön. Und dann wollten sie mich plötzlich nicht mehr und waren weg.

»Es scheint so. Aber wie kann man sich so viel Mühe mit einem Hund geben und ihn dann einfach aussetzen?« Ellie schüttelte den Kopf. »Manche Menschen kann ich einfach nicht verstehen.«

»Ich auch nicht.« Er wies mit dem Kinn auf Amara. »Und was jetzt?«

»Keine Ahnung, einen richtigen Plan habe ich nicht.« Ellie griff nach dem T-Shirt, entfaltete es und schlüpfte einfach hinein. Grinsend sah sie zu ihm auf. »Besser als eine Schürze, würde ich sagen.« Sie hielt Amara noch ein Leckerli vor die Nase. »Hier, schau mal, magst du?«

Ja, bitte, her damit.

»Dann komm mal mit.« Sie erhob sich vorsichtig und lockte die Hündin mit dem Würfel einige Schritte Richtung Gästebad.

»Das habe ich auch schon versucht«, warf er ein. »Vergeblich.« Doch sie bedachte ihn nur kurz mit einem strengen Blick und konzentrierte sich gleich wieder auf Amara.

»Na, wie ist es? Noch ein bisschen weiter? Hier.« Sie gab Amara das Leckerchen und hielt ihr, nachdem sie es gefressen hatte, gleich ein weiteres hin.

Hmmm, die Dinger schmecken unglaublich gut! Wirklich, ich kriege noch eins? Jau, und jetzt noch eins, du bist mein Lieblingsmensch!

»Ja, genau, komm schön mit, hier hinein.« Ellie lockte Amara bis fast ins Gästebad. Auf der Türschwelle blieb die Hündin stehen und sah sich sichtlich skeptisch um.

Warum hier rein? Was soll das denn werden?

»Na, komm schon, nur noch ein paar Schritte, und dann kriegst du das nächste Leckerchen.« Ellie hielt Amara den nächsten Würfel hin.

Also, ich weiß ja nicht … Aber na gut, für diese Dinger tue ich fast alles. Und für dich. Irgendwie mag ich dich sehr. Ich weiß gar nicht warum, aber eigentlich ist das ja auch ganz egal.

»Fein, super, ja, hier hast du noch eins.« Ellie grinste in Xanders Richtung. »Tür zu!« Eilig folgte Xander der Aufforderung und sah sich gleich darauf Amara gegenüber, die die Flucht ergreifen wollte.

Hey, das ist gemein und hinterhältig von euch. Lasst mich sofort raus!

»Amara, guck mal, ich habe noch mehr Leckerchen!«

Ellie raschelte mit dem Inhalt der Dose. »Magst du noch eins?«

Nein! Ja. Nein. Ach, was soll's, gib schon her. Halbherzig schlang Amara den Würfel hinunter. *Das hier ist trotzdem gemein.*

»Sitz.« Ellie wartete, bis die Hündin ruhig saß, bevor sie ihr wieder eine Belohnung gab. Dann sah sie Xander an. »Jetzt müssen wir sie nur noch in die Dusche locken.«

»Das könnte schwierig werden.« Xander blickte zwischen der Hündin und der Dusche hin und her. »Ziemlich schwierig.«

***

Es wurde nicht nur schwierig, sondern auch langwierig. Ellie hatte oft genug gehört und gelesen, dass Hunde möglichst positive Verbindungen zu Handlungen wie gebürstet werden oder baden herstellen sollten, damit sie ihre Angst oder Abneigung davor verloren. Deshalb versuchten sie es anfangs noch spielerisch, doch Amara war ganz eindeutig wasserscheu, deshalb hielt Xander sie schließlich sanft, aber bestimmt an Ort und Stelle, während Ellie sie, so gut es ging, abduschte und das Fell mit dem Hundeshampoo bearbeitete. Als sie fertig war, trieften ihre Klamotten vor Nässe, und Amara saß in der Dusche wie ein begossener Pudel und sah sie derart anklagend an, dass Ellie ein ganz schlechtes Gewissen bekam – und einen Lachkrampf.

Du lachst auch noch über mich? Was bist du nur für ein fieser, fieser Mensch? Ich leide hier, jawohl! Ich leide! Nass bin ich bis auf die Haut. Weißt du eigentlich, wie unange-

nehm das ist? Eine ganze Wagenladung Leckerchen kann das nicht wiedergutmachen!

»Oh mein Gott, dieser Blick!« Ellie prustete und japste gleichzeitig, zudem versuchte sie, die Lachtränen wegzuwischen, ohne ihre Brille zu beschmieren. »So furchtbar war das doch jetzt auch wieder nicht, oder?«

Doch, sogar noch viel schlimmer. Ich bin ein Opfer scheußlichster Wassergewalt! Rettet mich vielleicht mal endlich jemand? Xander? Och nö, der lacht auch. Ich bin umgeben von gaaanz gemeinen Menschen, die mir ans Leder wollen!

»Sie lässt die Ohren hängen!« Ellie kicherte erneut los.

»Und winselt, als müsste sie in den Kochtopf.« Xander bemühte sich krampfhaft, ernst zu bleiben. »Amara, es ist doch so gut wie geschafft. Du musst nur noch abgetrocknet werden.«

Na, dann beeilt euch mal gefälligst! Wuff, wuff, los!

Ellie japste erneut nach Luft. »Das war eine klare Ansage. Gib mir mal das Handtuch.«

»Dann muss ich Amara loslassen.« Umständlich angelte Xander nach dem großen, offenbar schon sehr alten Badetuch, das auf dem Rand des Waschbeckens lag. Als er es entfaltete, erkannte Ellie das Motiv, einen lachenden Elefanten.

»Hey, das gibt es noch?« Automatisch griff sie danach und erwischte Xanders Hand. »Huch!«

»Vorsicht!« Xander schwankte, weil Amara den Moment ausnutzte und aus der Dusche sprang. Schlitternd landete sie vor der Tür und schüttelte sich heftig, sodass ein Tropfenregen über ihnen niederging.

»Iiiiih!« Ellie versuchte, in Deckung zu gehen, griff erneut nach dem Handtuch und Xanders Hand, kippte jedoch vornüber. Xander, der ein wenig vor Amara zurückgewichen war, geriet ins Schwanken und landete auf seinem Hinterteil. Gleichzeitig versuchte er, Ellie zu stützen, musste sie dann aber auffangen, als sie wild mit den Armen rudernd auf ihm landete.

»Autsch, mein Knie.« Sie kicherte wieder haltlos. »Das war wohl Amaras Rache.«

Was? Nein, eigentlich wollte ich nur aus der Dusche raus. Was macht ihr denn da auf dem Boden? Darf ich mitmachen? Neugierig schnüffelte die Hündin an ihnen und hüpfte schließlich begeistert um sie und auf ihnen herum. *Ein neues Spiel! Das gefällt mir. Los, nicht so lahm, ihr zwei!*

»Uff, Amara, nicht doch!« Xander keuchte, als eine Pfote ihn auf der Brust, die andere am Hals traf. »Das ist doch kein Spiel!«

Doch, ein lustiges obendrein!

»Hilfe! Ich kann nicht aufstehen, wenn du auf mir herumtrampelst!« Ächzend ruderte Ellie mit Armen und Beinen.

»Pass doch auf!« Xander, der inzwischen platt auf dem Rücken lag, versuchte, Ellies Arme einzufangen und gleichzeitig Amaras nasser Zunge auszuweichen, mit der sie ihm durchs Gesicht lecken wollte. »Ellie!«

»Was?« Für einen Moment hielt Ellie inne.

»Danke.« Er atmete auf. »Wenn du weiter so herumstrampelst, triffst du noch empfindliche Körperteile, die ich eigentlich noch in Gebrauch habe.«

»Oops.« Ellie gluckste, blieb aber wie verlangt ruhig auf ihm liegen. »Besser so?«

»Wesentlich ungefährlicher.« Er räusperte sich. »Oder auch nicht.«

Ist das Spiel vorbei? Schade. Ich setze mich mal hin. Vielleicht geht es ja gleich weiter.

»Warum nicht?« Ellie blickte verblüfft auf ihn hinab, doch noch während sie die Worte aussprach, bemerkte sie, wie nahe sie einander gerade waren, dass er einen durchtrainierten Körper besaß und ihren Blick seltsam vielsagend erwiderte. Und jetzt erst wurde ihr die volle Bedeutung seiner Warnung von eben bewusst. Eine ungekannte Hitze stieg in ihr auf und mischte sich mit einem Gefühl der Verlegenheit und mit noch etwas, das sie im Augenblick nicht ganz identifizieren konnte – oder wollte.

Umständlich rappelte sie sich wieder auf, sodass auch er sich aufsetzen konnte. »Dieses Badetuch haben du oder Xenia früher oft benutzt, wenn wir ins Freibad gegangen sind.«

Xander richtete seine Brille und fuhr sich danach mit gespreizten Fingern ordnend durchs Haar. »Ja, das Ding haben wir schon ewig. Ich habe es zur Erstkommunion geschenkt bekommen. Xenia hatte damals eins mit einer lachenden Katze, das muss auch noch irgendwo sein. Meine Eltern haben alles aufgehoben, aber kaum etwas mitgenommen, als sie damals nach Lichterhaven gezogen sind.«

»Und jetzt ist es ein Hundehandtuch.« Ellie nahm das Tuch wieder an sich, das auf dem Fußboden gelandet war. Sicherheitshalber richtete sie ihren Blick auf Amara. »Na komm, sehen wir zu, dass wir dein Fell trocken bekommen.«

»Ihre Krallen müssten gekürzt werden.« Xander half

Ellie, indem er Amara ein paar Leckerchen zusteckte, doch diese hielt nun vollkommen still.

»Sollten wir nicht vorher besser noch das Bad reinigen?« Sorgfältig rieb Ellie mit dem Badetuch über Amaras Fell. »Sie hat es überall nass gemacht.«

»Damit sie sich ausruhen und dann noch mal so ein Spektakel machen kann?« Grinsend schüttelte Xander den Kopf. »Das Bad kann warten.«

Ich und ein Spektakel machen? Also wirklich! Ihr habt mein Fell ganz nass gemacht. Da muss man als Hündin doch wenigstens ein bisschen ausflippen. Ich hoffe, das wird jetzt nicht zur Gewohnheit.

»Hoffentlich müssen wir diese Duschprozedur nicht allzu oft wiederholen.« Ellie trocknete auch noch Amaras Pfoten ab.

Gut, dass du das siehst wie ich.

»Das hängt wohl davon ab, wie oft sie sich so richtig einsaut.« Xander stand auf und nahm das Etui mit der Krallenzange an sich, das er ebenfalls auf dem Rand des Waschbeckens deponiert hatte.

»Sie scheint wasserscheu zu sein.« Ellie hängte das inzwischen durchnässte Handtuch über die Duschabtrennung. »Vielleicht ist sie dann auch schlamm- und ekelzeugscheu.«

Ja, bin ich.

»Darauf würde ich jetzt mal nicht unbedingt wetten.« Xander ließ sich im Schneidersitz auf dem Boden nieder.

Doch, kannst du. Alles, was nass und matschig ist, kann ich nicht ausstehen.

»Das werden wir wohl erst noch herausfinden müssen.«

»Wir?« Xander sah sie fragend an.

»Ja. Na ja.« Ellie fühlte sich eigenartig befangen. »Auch wenn sie bei dir lebt, ist sie mir ja trotzdem auch wichtig.«

»Du hast gar keine Angst mehr vor ihr.«

Sie lauschte in sich hinein. »Ich glaube nicht. Ich mag sie.« Sie streichelte Amara über den Kopf. »Sehr.«

Das ist schön. Ich mag dich auch. Amara stupste sie mit der Nase an. *Und was passiert jetzt?*

»Was hast du denn jetzt vor?« Kurz warf Ellie Xander einen fragenden Blick zu.

»Diesmal hältst du sie fest, während ich versuche, ihre Krallen zu kürzen.« Xander zog die Dose mit den Leckerchen näher zu sich heran. »Die wird garantiert heute noch leer. Hoffentlich wird ihr nicht schlecht davon.«

Von Leckerchen doch nicht. Immer her damit!

»Ja, hoffentlich.« Ellie ließ sich neben Amara nieder, und zu ihrer grenzenlosen Überraschung legte die Hündin sich ganz dicht neben sie und streckte sich auf der Seite aus. »Nanu, bist du erschöpft?«

Ein bisschen. Was macht Xander denn da an meiner Pfote? Die Hündin zuckte leicht. *Das kitzelt ein bisschen. Ich dachte, ich hätte klargestellt, dass niemand an meine Pfoten herandarf.*

»Möchtest du gekrault werden?« Ellie wuschelte durch das feuchte Fell hinter Amaras Ohren.

Ja, bitte, wenn du so fragst.

»Das lenkt dich vielleicht vom Krallenschneiden ab«, fuhr Ellie fort und hielt der Hündin gleichzeitig eine Belohnung vor die Nase.

Was meinst du denn damit? Ach, egal, irgendwie gefällt mir das hier. Ellie-Frauchen streichelt mich und gibt mir

Leckerchen, und Xander-Herrchen … Was macht er denn da? Irgendwas mit meinen Krallen. Kitzelt immer noch, aber es ist auszuhalten.

»Sie hält still.« Ellie lächelte erfreut.

Klar, wenn ich so schön gekrault werde. Außerdem bin ich jetzt müde.

»Haben wir ein Glück.« Schmunzelnd fuhr Xander fort, Amaras Krallen vorsichtig einzukürzen. »Vielleicht sieht sie es als Wellness-Behandlung. So wie bei euch in der neuen Beauty-Oase.«

»Nur, dass unsere Kundinnen und Kunden nicht wasserscheu sind.« Ellie gluckste. »Hoffe ich zumindest.«

»Das wäre von Vorteil«, stimmte Xander lachend zu.

»Ich bin übrigens auch klatschnass.« Ellie zupfte an dem T-Shirt herum, dann an ihrer Hose. »Kann ich die Sachen irgendwie trocknen? Sie sind leider nicht für den Trockner geeignet.«

»Klar, du kannst sie gerne in der Waschküche aufhängen.« Xander grinste ihr schief zu. »Vielleicht hat Xenia Klamotten im Schrank, die du dir leihen kannst. Sie muss noch bis elf heute Abend arbeiten. Schreib ihr am besten eine Textnachricht oder ruf sie kurz an.«

»Das mache ich, auch wenn mir ihre Sachen schon immer zu groß waren.« Ellie schmunzelt. »Sie hat nämlich die Kurven, die bei mir vollständig fehlen, genauso wie Jelena. Die beiden können eher Klamotten tauschen. Aber egal. Hauptsache trockene Sachen.«

»Bleibst du gleich noch ein bisschen?«

Ellie hob den Kopf. »Klar, warum nicht? Ich habe heute Abend nichts mehr vor.«

»Kein weiteres Date?«

»Zwei Dates an einem Tag?« Sie schürzte die Lippen. Etwas an Xanders Ton war seltsam. Oder bildete sie sich das nur ein? »Das wäre ein bisschen viel, oder?«

»Keine Ahnung.« Xander räusperte sich. »Es kann ja auch ein Telefon-Date sein.« Ehe sie antworten konnte, fuhr er fort. »Wir könnten eine Kleinigkeit essen und nachher noch zusammen den Tatort anschauen, so wie früher.«

Ellie lachte. »Arian und Jelena sind aber nicht dabei, dann macht es nur halb so viel Spaß.«

Sie hatten vor Jahren eine Zeit lang die Sonntagabende damit zugebracht, Pizza zu essen, den Tatort anzuschauen und sich nicht nur in den Voraussagen, wer der Täter oder die Täterin war, zu überbieten, sondern auch darin, über so manche modische Entgleisung der Schauspielerinnen und Schauspieler zu lästern.

»Wir können sie ja per Videocall oder Textnachrichten dazuschalten.« Xander prüfte vorsichtig noch einmal alle vier Pfoten und nickte zufrieden. »Geschafft.«

13. Kapitel

Leise vor sich hin summend lief Ellie zwischen dem Schlafzimmer und dem Bad hin und her. Sie hatte geduscht, ihre Haare frisiert, was glücklicherweise bei ihrem Pixie schnell erledigt war, und trug über einem eng anliegenden anthrazitfarbenen Rollkragenpullover ein fast knielanges altrosafarbenes Cordkleid. Dazu hatte sie für den heutigen Abend eine hellrosa und weiße Glasperlenkette gewählt, die ihre Schwester entworfen hatte. Zwar würde man davon die meiste Zeit wenig sehen, weil ein Ausflug auf den Weihnachtsmarkt anstand und sie bei dem leichten Frost, der gemeldet war, ihren neuen wollweißen Plüschmantel und einen altrosa Schal tragen wollte, aber sie fühlte sich in dem Kleid heute ausgesprochen wohl. Es war so geschnitten, dass man tatsächlich ein paar weibliche Rundungen an ihr erahnen konnte, und es hielt zusammen mit der dunklen Thermostrumpfhose und den dunkelgrauen knapp kniehohen Stiefeln schön warm. Die Kette gehörte zu diesem Outfit einfach dazu.

Sie wollte sich heute Abend unbedingt wohlfühlen und gleichzeitig gut aussehen, denn sie würde zum ersten Mal Patrice mit ihren drei besten Freunden bekanntmachen. Ein bisschen nervös war sie deshalb, obwohl sie sich nicht ganz sicher war, weshalb eigentlich. Natürlich hoffte sie, dass sich Xander, Arian und Jelena gut mit Patrice verstehen würden. Immerhin ging sie nun schon seit gut drei Wochen mit ihm aus. Vielleicht, so überlegte sie, war es sogar an der Zeit, mit ihm den nächsten Schritt zu gehen. Andererseits war dazu noch jede Menge Zeit, und er drängte sie zu nichts. Außer mehreren Küssen war noch nicht viel zwischen ihnen passiert, und sie war froh, dass er offenbar nicht nur auf das Eine aus war.

Patrice war das, was man landläufig einen guten Fang nannte, und sie mochte ihn wirklich sehr. Deshalb wusste sie auch nicht so recht, wie sie damit umgehen sollte, dass Xander – und ein wenig auch Arian – Vorbehalte ihm gegenüber zu haben schienen. Beide Männer kannte sie schon ewig, und sie waren stets wie Brüder für sie gewesen. Nun ja, zumindest fast. Sie konnte, wollte und würde auf ihre Freundschaft nicht verzichten, das stand fest, und das wussten die beiden auch.

Was war also los? Vor allem bei Xander hatte sie nun schon mehrmals so eigenartige Schwingungen wahrgenommen, wenn das Gespräch auf Patrice kam. Er half immer mal wieder in der Oase aus, aber sie traf ihn auch hin und wieder zu einem Spaziergang mit Amara, die sie immer mehr ins Herz schloss. Die Hündin machte sich gut, hatte schon ordentlich Gewicht zugelegt und sah längst nicht mehr so erbarmungswürdig aus wie zu Beginn. Frau Dr. Sahler hatte ihr nicht nur vollständige Gesundheit attestiert, sondern tatsächlich über ihre Verbindungen die Züchterin gefunden. Diese war zwar grundsätzlich bereit, die Hündin wieder zurückzunehmen, hielt es aber für viel schöner, wenn Amara bei Xander ein neues, liebevolles und diesmal Für-immer-Zuhause finden würde.

Xander hatte mit ihr ausgemacht, sie zusammen mit

Amara kurz vor Weihnachten zu treffen. Bis dahin war die Züchterin mit ihren drei Hündinnen sowie ihrer Familie noch im Urlaub in Österreich.

Ellie wollte, wenn möglich, gerne bei diesem Treffen dabei sein, weil Amara ihr inzwischen so sehr am Herzen lag und ihr geholfen hatte, ihre Angst vor Hunden, wenn auch vielleicht nicht ganz zu überwinden, so doch in den Griff zu bekommen.

Was sie ebenfalls in den Griff bekommen musste, waren die eigenartigen Schwingungen, die neuerdings manchmal zwischen Xander und ihr entstanden. Sie war bereits mehrmals in Versuchung gewesen, mit Jana darüber zu sprechen, denn ihre Schwester war eine Expertin für Zwischenmenschliches – Schwingungen waren sogar ihre Spezialität. Sie war ein esoterischer Mensch, und wohl auch durch ihre Kunst besaß sie viel Vorstellungs- und Einfühlungsvermögen. Allerdings hatte Ellie diesen Impuls, Jana um Rat zu fragen, bisher immer wieder verworfen, weil sie letztlich auch nichts aufbauschen wollte, was sie sich wahrscheinlich sowieso bloß einbildete. Xander war jahrelang fort gewesen und nur zu kurzen Besuchen zurückgekommen. Wahrscheinlich musste sie sich einfach erst wieder daran gewöhnen, ihn jederzeit um sich zu haben. Selbstverständlich hatten sie sich in der langen Zeit weiterentwickelt. Da war es nur natürlich, dass sie sich erst wieder neu aufeinander einstellen mussten.

Kritisch warf Ellie einen letzten Blick in den großen Spiegel in der mittleren der drei Schiebetüren ihres Einbaukleiderschranks und nickte sich zufrieden zu. Sie sah gut aus. Patrice würde vermutlich in einer halben Stunde hier sein, also konnte sie noch ein wenig die Füße hochlegen. Der

Tag war lang gewesen. Vormittags hatte sie noch im Salon gearbeitet und am Nachmittag den Baumarkt aufgesucht, weil ihnen in der Oase schon wieder so einige Materialien ausgegangen waren. Sie hatte sich gerade auf der Couch so ausgestreckt, dass ihre Füße bequem hoch lagen, ihre Frisur jedoch in Ordnung blieb, als ihr Handy klingelte. Als sie aufs Display schaute, lächelte sie überrascht. »Hallo Patrice.«

»Hallo Ellie.« Seine Stimme wurde von undefinierbaren lauten Hintergrundgeräuschen begleitet.

Sie runzelte unwillkürlich die Stirn. »Wo bist du? Es ist so laut bei dir.«

»Ich bin noch in München.«

»In München?« Ellie richtete sich auf und stellte die Füße auf den Boden zurück. »Aber … Bei der Konferenz? Ich dachte …«

»Ja«, unterbrach er sie. »Das heißt nein, die Konferenz ist schon vorbei, aber ich bin immer noch hier im Kongresscenter. Um genau zu sein, sitze ich fest. Was du im Hintergrund hörst, sind Arbeiten am Aufzug, der hängt nämlich fest. Wir hatten hier im Gebäude einen totalen Stromausfall, und weil hier alle Türen elektronisch gesteuert werden, kamen wir nicht rechtzeitig raus, und deshalb habe ich meinen Flug verpasst.«

»Was?« Ellie griff sich an die Stirn. »Gibt es denn keine Treppen und manuellen Notausgänge? So was ist doch Vorschrift, oder nicht?«

»Die gibt es, aber sie nützen nichts, wenn man in einem Raum mit elektronischem Türschloss sitzt.« Patrice seufzte hörbar. »Das wird sicherlich noch ein deftiges Nachspiel haben, davon kannst du ausgehen. Nicht mal der Notstrom ist angesprungen. Totaler Blackout. Nicht für lange, vielleicht zwanzig Minuten oder fünfundzwanzig, aber es hat gereicht, dass ich den Flug verpasst habe. Der nächste, den ich buchen konnte, geht um zwanzig Uhr vierzig. Ich werde es also heute nicht mehr schaffen, und das tut mir wirklich leid. Ich bin jetzt, wie gesagt, immer noch im Kongresscenter, weil sie hier für die Gestrandeten so eine Art Übergangslager geschaffen haben, mit Kaffee und Häppchen.« Er hielt kurz inne. »Sei mir bitte nicht böse. Ich konnte dich nicht früher anrufen, weil aus unerfindlichen Gründen mein Handyakku leer war. Ich musste erst eine Powerbank organisieren, weil ich meine offenbar zu Hause vergessen habe. Leider kann ich deine Nummer noch nicht auswendig, sonst hätte ich mir ja ein anderes Handy leihen können. Ich Idiot! Ich lerne deine Nummer jetzt sofort auswendig, versprochen.« Er räusperte sich, als im Hintergrund schallendes Gelächter ertönte. »Die Kollegen und Kolleginnen haben die Situation zum Anlass für eine Party genommen.«

»Du bist also erst irgendwann heute Nacht zurück«, schloss Ellie.

»Ja, leider. Es tut mir so leid. Ich wäre gerne mit dir auf den Weihnachtsmarkt gegangen – mit dir und deinen Freunden. – Warte mal kurz.« Es raschelte, dann war es einen Moment still, und schließlich vernahm Ellie dumpf und undeutlich, wie Patrice etwas rief. Offenbar hielt er das Mikrofon an seinem Handy zu. Gleich darauf war seine Stimme jedoch wieder klar und deutlich zu vernehmen. »Entschuldige, die anderen sind gerade unmöglich. Wir holen das mit dem Weihnachtsmarkt ganz bald nach, ja? Ich will das hier unbedingt wiedergutmachen, Ellie.«

»Okay.« Ellie seufzte unterdrückt. »Du kannst ja nichts dafür.«

»Ich rufe dich morgen Vormittag an, dann machen wir etwas aus, ja?«

»Morgen Nachmittag bin ich bei Melissa und Lennart eingeladen, aber … Ja, wir machen etwas Neues aus.«

»Sei bitte nicht traurig.« Patrice klang vollkommen zerknirscht. »Deine Freunde sind ja da, also habt ihr bestimmt Spaß. Trink einen Glühwein für mich mit.«

»Ich dachte, du magst keinen Glühwein.«

»Ich muss ihn ja auch nicht trinken.« Nun klang er wieder so aufgeräumt-humorvoll wie immer. »Entschuldige, hast du das Piepen gehört? Mein Akku ist schon wieder fast leer. Ich muss mir wohl ein neues Smartphone kaufen. Also, bis morgen, ja? Ich denke an dich!« Ehe Ellie etwas erwidern konnte, piepte es erneut, gleich darauf war die Verbindung unterbrochen.

Für einen langen Moment starrte sie auf das Display, dann erhob sie sich und schob das Mobiltelefon in ihre Manteltasche. Sie war enttäuscht, dass ihr Plan, Patrice heute ihren Freunden vorzustellen, von einem Stromausfall durchkreuzt worden war. Allerdings verspürte sie auch einen Anflug von Erleichterung. Die Nervosität fiel von ihr ab. Sie freute sich sehr auf den Weihnachtsmarkt, der am gestrigen Freitag vor dem ersten Advent seine Pforten geöffnet hatte. Zumindest musste sie sich dort nicht mit eigenartigen Schwingungen auseinandersetzen.

***

»Santa, mein Lieber, warst du das etwa?« Als der Weihnachtsmann sein Büro betrat, in den Händen einen Teller Plätzchen und eine Tasse Kakao, stand seine Ehefrau vor der Videowand und deutete auf einen Bildschirm.

Interessiert trat er neben sie. »Was soll ich gewesen sein?«

»Na, das hier.« Seine Frau tippte nun sogar mit der Spitze ihres Zeigefingers gegen den Bildschirm. »Ich bin gerade hier vorbeigegangen und habe gesehen, dass an diesem Bildschirm hier ein rotes Lämpchen blinkt. Das Gefühlsradar hat auch so komische Geräusche von sich gegeben. Ich habe die Lautstärke sicherheitshalber heruntergeregelt. Also sag schon, hast du da deine Finger im Spiel?«

»Lass mal sehen.« Santa Claus machte noch einen Schritt auf den Bildschirm zu, dann nickte er. »Wundervoll, es hat funktioniert!«

»Das gibt es doch nicht.« Seine Frau stemmte empört die Hände in die Hüften. »Du hast diesen Stromausfall herbeigeführt? So etwas ist doch gefährlich. Was, wenn dadurch jemand zu Schaden gekommen wäre?«

»Es ist aber niemand zu Schaden gekommen.« Der Weihnachtsmann lächelte zufrieden, wurde aber unter den strengen Blicken seiner Frau gleich wieder ernst. »Nun sieh mich nicht so an, mein Schatz! Selbstverständlich habe ich Vorkehrungen getroffen, damit niemandem etwas passiert. Ich habe Elfe-Acht und Elf-Zwei mit unserer Elektronik-Spezialistin Elfe-Neunzig dorthin geschickt.«

»Aha.«

»Jawohl. Außerdem musste jemand Patrice die Powerbank entwenden.«

Seine Frau starrte ihn verblüfft an. »Das nennst du Vorkehrungen?«

»Er bekommt sie ja zurück. Elfe-Acht wird sie bei ihm zu Hause auf den Küchentisch legen.«

»Du weißt ganz genau, dass ich das nicht gemeint habe!« Seine Frau war und blieb aufgebracht. »Du bist ein hohes Risiko eingegangen. Was genau willst du damit denn überhaupt erreichen? Bloß, indem du Patrice und Ellie auseinanderhältst, ändert sich doch an Ellies Gefühlen nichts.«

»Nun warte doch erst einmal ab.« Das zuversichtliche Lächeln kehrte auf die Lippen des Weihnachtsmanns zurück. »Ich habe da einen ganz tollen Plan ausgeklügelt. Du wirst schon sehen, er ist geradezu genial.«

»Oje.« Nun zuckte es auch um die Mundwinkel seiner Frau. »Deine genialen Pläne kenne ich noch von früher. Ich hoffe, du weißt, was du tust. Mit den Gefühlen der Menschen spielt man nicht.«

»Das weiß ich ganz genau, mein lieber Schatz.«

»Na gut.« Immer noch ein wenig argwöhnisch, warf Santas Frau einen letzten Blick auf den Bildschirm. »Solange du ganz sicher bist, dass niemandem etwas geschieht.«

»Nicht durch meine Einmischung, das verspreche ich dir.« Santa Claus rieb sich die Hände. »Ich habe dem schon langsam rollenden Stein nur noch einen klitzekleinen Schubs gegeben.«

***

Xander bog fast zeitgleich mit Arian und Jelena auf den großen Parkplatz vor dem abgezäunten Areal des Weihnachtsmarktes ein. Ellies roter Mini parkte bereits auf der rechten Seite, doch Xander musste etwas suchen, bis er eine freie Lücke fand. Auch Jelena und Arian, die gemeinsam in Arians Wagen gekommen waren, fuhren bis in den hintersten Winkel des Parkplatzes, um eine freie Lücke zu ergattern. Kurz winkte Xander ihnen zu, dann ließ er Amara aus dem Auto und begab sich mit ihr zu Ellies Auto. Sie saß hinter dem Steuer, die Augen geschlossen und den Kopf gegen die Kopfstütze gelehnt. Und sie war allein.

Vorsichtig, um sie nicht zu erschrecken, klopfte er gegen die Scheibe der Fahrertür. Amara tänzelte ungeduldig.

Da ist Ellie in dem Auto. Nun komm schon raus, Ellie! Ich will dich unbedingt begrüüüüßen!

Ellie zuckte ganz leicht zusammen und öffnete die Augen. Als sie ihn und Amara erkannte, lächelte sie und stieg eilig aus. »Hallo Xander. Ich bin wohl eingenickt. Hallo Amara! Na, wie geht es dir?«

Wuff, ausgezeichnet. Vor allem jetzt, wo du auch hier bist. Ja, kraul mich bitte da hinter den Ohren, das mag ich so gerne!

»Wie lange bist du denn schon hier?« Verwundert musterte Xander sie. »Und wo ist Patrice? Ich dachte, ihr kommt heute zusammen her.«

»Falsch gedacht.« Ellie zog ihren rosafarbenen Schal aus und drapierte ihn neu um ihren Hals. »Er sitzt in München fest. Lange Geschichte.« Sanft streichelte sie erneut Amara, die sich fest an ihre Beine gedrängt hatte.

»Er hat dich versetzt?«

Sie schüttelte den Kopf. »Er hat doch Bescheid gesagt.«

»Hey, ihr drei!« Auch Jelena und Arian hatten sie

erreicht. Jelena umarmte sie beide und begrüßte dann auch Amara, die sich vor Freude über das Wiedersehen wie wild gebärdete. »Da wären wir also.« Suchend sah sie sich um. »Ist Patrice noch nicht da? Wolltet ihr nicht gemeinsam herkommen? Oder verspätet er sich?«

»Offenbar sitzt er in München fest«, antwortete Xander an Ellies Stelle, die ihn daraufhin mit dem Ellenbogen anstieß. »Nicht offenbar, sondern tatsächlich. Lange Geschichte, wie ich schon sagte.«

»Dann fass dich kurz.« Arian grinste. »Na los, wir sind neugierig. Immerhin waren wir schon ganz gespannt darauf, ihn heute endlich kennenzulernen.«

»Es gab einen Stromausfall in dem Kongresscenter, wo er an einer Konferenz teilgenommen hat.« Ellie hob die Schultern und berichtete, was sich laut Patrice zugetragen hatte.

»Das dürfte für dieses Kongresscenter noch ein juristisches Nachspiel haben«, konstatierte Arian. »So etwas darf nicht passieren. Stellt euch mal vor, es hätte gebrannt und die Türen wären nicht zu öffnen gewesen.«

»Hör bloß auf, so etwas will ich mir gar nicht vorstellen!« Jelena schüttelte sich, dann ergriff sie Ellies Hand. »Na, dann sind wir eben heute nur zu viert. Ich hoffe, du bist nicht allzu enttäuscht deswegen. Der Weihnachtsmarkt hat schließlich eine Menge Romantikpotenzial, das erzählt Jana zumindest immer. Apropos, ich will unbedingt einen Abstecher in ihr Verkaufszelt machen.«

»Ich hatte nicht vor, mir die Laune verderben zu lassen.« Ellie zog Jelena mit sich zu dem großen, mit Tannengirlanden, Lichterketten und Weihnachtskugeln geschmückten

Torbogen, der als Eingangsportal diente. »Patrice kann ja nichts dafür, dass er den Flug verpasst hat. Außerdem kann man auf dem Weihnachtsmarkt auch ohne Romantik Spaß haben.«

»Das stimmt auffallend.« Arian folgte den beiden im Laufschritt, und Xander schloss sich ihm zusammen mit Amara rasch an.

Na, so was. Was machen wir jetzt? Gehen wir in dieses große, laute Menschengewühl? Wie spannend. Vielleicht erleben wir ja ein Abenteuer. Hmmm, ein gut riechendes noch dazu. Ich glaube, ich bekomme Hunger.

»Was machen wir zuerst?« Ellie blieb kurz hinter dem Torbogen stehen und sah sich um. »Essen, würde ich sagen, oder? Ich habe seit heute Mittag nichts mehr in den Magen bekommen!«

Essen klingt sehr gut.

»Geht mir ähnlich.« Jelena drehte sich lächelnd einmal im Kreis. »Hach, ist das wieder schön hier.«

Xander gab ihr im Stillen recht. Er war schon sehr lange nicht mehr auf diesem speziellen Weihnachtsmarkt gewesen, und dennoch fühlte es sich an, als wäre er nie fort gewesen. Links neben dem Torbogen stand, wie schon seit eh und je, das uralte Karussell mit den Pferden und Kutschwagen. Von dort schallte gerade die Filmmusik von *Drei Haselnüsse für Aschenbrödel* zu ihnen herüber, während sich lachende und glücklich winkende Kinder im Kreis fahren ließen. Auf der rechten Seite neben dem Eingang entdeckte er eine kleine Bühne mit einer lebenden Krippe, geradeaus waren mehrere Imbissbuden und Foodtrucks aufgestellt, von denen ein unwiderstehlicher

Duft nach Bratwurst, Currysoße, heißen Maronen, Reibekuchen, Burgern und Pommes frites, Popcorn und Waffeln ausging, und das war noch längst nicht die gesamte Auswahl an Leckereien, wie Xander feststellte, als sie sich den Ständen näherten.

Weiter hinten waren rund um ein annähernd kreisförmiges Zentrum unzählige Verkaufsbuden aufgebaut. Aus versteckten Lautsprechern erklang auf der einen Seite *In der Weihnachtsbäckerei*, von einer anderen *Last Christmas* und von wieder einer anderen *Little Drummer Boy*. An jeder möglichen und unmöglichen Stelle standen geschmückte und beleuchtete Weihnachtsbäume, Weihnachtsmänner, lachende Rentiere und vielerlei mehr Dekoration.

Du meine Güte, ist das hier voll. Noch mehr, als ich eben dachte. Und was sind das alles für bunte Kugeln und Lichter überall? Und dieses silberne Gefransel an den Bäumen? Höchst merkwürdig. Aber nach Futter riecht es hier ganz einmalig, da knurrt mir regelrecht der Magen.

Der Markt war jetzt, am frühen Abend, sehr gut besucht. Menschen aller Altersgruppen und jeglicher Herkunft flanierten zwischen den Buden, standen für Fressalien an, bildeten Trauben um die Glühwein- und Getränkestände und feierten gemeinsam. Das Stimmengewirr, das sich mit der Musik mischte, klang fröhlich und ausgelassen.

»Hoffentlich ist nachher bei Janas Zelt nicht mehr so viel los.« Jelena deutete zu dem in bunten Regenbogenfarben gehaltenen Verkaufszelt, in dem Ellies Schwester traditionell ihre Glaskunst anbot. »Seht nur, wie lang die Schlange vor dem Eingang ist. Die Security hat offenbar alle Hände voll zu tun.«

»Das wird bestimmt bald weniger.« Ellie war Jelenas Blick gefolgt. »Um diese Zeit ist oft noch mal ein Ansturm. Ich glaube, manche stehen aber auch einfach nur dort und warten auf den Gospelchor. Der soll laut Programm in der App der Stadt nachher noch ein Konzert geben.«

»Na, hoffentlich.« Jelena wandte sich den Imbissständen zu. »Ich sterbe aber erst einmal für eine Portion gebratene Champignons und dazu Bratkartoffeln.«

Es riecht nach Bratwurst. Kriege ich eine?

»Klingt gut«, befand Ellie. »Eine Waffel muss aber auch noch obendrauf. Oder lieber ein Crêpe? Ich glaube, ich überlege noch mal.«

Waffeln mag ich auch!

»Ich nehme einen Burger mit Gemüsepattie von Jupps Burger und Pommes«, befand Arian und wandte sich an Xander. »Hast du schon mal bei Jupps Burger gegessen? Als du weggegangen bist, gab es den Laden noch nicht. Alles frische Bio-Zutaten, und von Fleisch über Fisch bis vegetarisch und vegan gibt es unzählige Variationen. Man kann sich sogar seinen eigenen Burger zusammenstellen lassen.«

»Ich war schon ein paarmal in Versuchung.« Xander trat auf den Foodtruck zu und studierte die Menükarte, die neben der Essensausgabe aushing. »Der Laden ist ja nicht weit von der Oase entfernt, aber irgendwie hat es sich noch nicht ergeben. Ich glaube, ich versuche es mal mit dem Truthahn-Steakhouse-Burger und Pommes.« Er drehte sich zu Ellie um. »Wenn du willst, teilen wir uns die Crêpes und Waffeln nachher, dann brauchst du dich nicht zu entscheiden.«

Ich hoffe, ich kriege auch etwas davon ab.

»Wie in alten Zeiten!« Jelena strahlte. »Also los, stellen wir uns an, und nachher suchen wir uns da vorne in dem kleinen Zelt einen Tisch.«

***

»Ich glaube, ich platze gleich.« Stöhnend, aber sichtlich vergnügt rieb Ellie sich eine halbe Stunde später über den Bauch. »Warum ist das Essen auf dem Weihnachtsmarkt immer so viel besser als anderswo?« Schwer lehnte sie sich gegen Xander, der ihr daraufhin automatisch einen Arm um die Hüfte legte, so wie früher.

Amara neben ihm hob aufmerksam den Kopf, schien aber nach Bratwurst und Hundekuchen ebenfalls satt zu sein.

»Wahrscheinlich schütten sie überall ordentlich Sternenstaub drauf«, schlug er lachend vor. Er genoss die Tatsache, dass Patrice heute doch nicht mitgekommen war, eindeutig zu sehr, das war ihm bewusst. Doch wie hätte er sich auch nicht darüber freuen sollen, speziell weil Ellie ihn bisher mit keinem Wort mehr erwähnt hatte.

»Sternenstaub?« Ellie drehte sich in seinem Arm und musterte ihn überrascht. »Hast du dich mit Jana abgesprochen? Meistens ist sie es, die mit solchen Bemerkungen um die Ecke kommt.«

Grinsend hob Xander die Schultern. »Du hast gefragt, ich habe eine Vermutung angestellt. Habt ihr vielleicht eine bessere Erklärung?« Fragend musterte er Arian und Jelena, die ihnen an dem Bierzelttisch gegenübersaßen.

»Nö.« Jelena hob die Schultern. »Mit dem Sternenstaub hast du bereits die schweren Geschütze ausgepackt, dagegen kommen wir kaum an.«

Auch Arian zuckte mit den Achseln. »Wenn man Hunger hat, schmeckt alles besser.«

Jelena und Ellie stöhnten theatralisch auf. Xander schüttelte erheitert den Kopf. »Eindeutig zu profan.«

»Ich wusste nicht, dass ich besonders kreativ werden sollte.« Arian prostete ihm mit seiner Colaflasche zu. »Dann schließe ich mich der Sternenstaub-Theorie an. Mein Magen ist zu voll, um eine bessere Idee zu produzieren.«

»Du denkst also mit deinem Magen?« Ellie prustete. »Das würde so einiges erklären.«

»Wie soll ich das denn verstehen?« Arian tat beleidigt, stellte die geleerte Flasche ab und musterte übertrieben auffällig seine heute dunkelgrün lackierten Fingernägel. »Wenn du so frech zu mir bist, kaufe ich dir vielleicht kein Weihnachtsgeschenk.«

»Pah, dann kriegst du auch keins von mir.« Ellie streckte ihm die Zunge heraus.

Prompt streckte Arian auch Ellie die Zunge heraus, verzog im nächsten Moment jedoch verlegen das Gesicht. »Oops.«

»Was ist oops?« Ellie drehte sich kurz um und wieder zurück. »War da jemand? Eine ehemalige Lehrerin oder so, die dir gleich eins überbrät?«

Neugierig wandte sich nun auch Xander um. »Zum Glück nicht! Aber ist das dort hinten nicht Kati Berger? Sie arbeitet in Tessas Blumenladen. Ich habe sie schon mehrmals gesehen. Und wer ist diese rotblonde Lockenkönigin? Die mit den Korkenzieherlocken, die neben ihr sitzt?«

Erneut drehte Ellie sich um. »Was weißt du denn von Korkenzieherlocken? Ach, das ist Mariella Bonner. Sie war früher mit Kati in einer Klasse. Inzwischen ist sie Kinderärztin. Oder fast. So genau weiß ich es nicht. Doch, ich glaube, sie arbeitet im Krankenhaus, also hat sie ihr Studium und die Spezialisierung wohl beendet.«

»Das ist Mariella?« Verblüfft musterte Xander die hübsche Frau am übernächsten Tisch, die, soweit er wusste, neunundzwanzig sein dürfte. »Sie hat sich ja enorm verändert.«

»Sie ist nicht mehr so unscheinbar wie noch als Kind«, bestätigte Jelena.

»Kati hat sich aber auch verändert«, warf Ellie ein. »Sie hatte in der Schule immer pinke oder blaue Haare und war eine absolute Einzelgängerin. Na ja, bei ihrem scheußlichen Elternhaus ist das wohl kein Wunder. Sie hat schon als Teenagerin neben der Schule hart gearbeitet, damit sie und ihre Geschwister etwas zu essen auf dem Tisch hatten, während die Eltern nur gesoffen und sich gegenseitig verprügelt haben. Ich glaube, viel besser sieht es mit den beiden auch heute noch nicht aus. Wenn die städtische Sozialstation nicht gewesen wäre, wo sich jemand um Kati und ihre Geschwister gekümmert hat, hätten sie die Kurve vielleicht nicht gekriegt. Ihr Bruder ist jetzt Banker, man höre und staune, und ihre eine Schwester Altenpflegerin. Die andere macht aber, glaube ich, immer mal Probleme.«

»Sie nimmt Drogen.« Arian hob kurz die Schultern, als sich ihm alle zuwandten. »Die mittlere Schwester meine ich. Arabella. Ich kümmere mich um die medizinische Fußpflege von Katis Eltern. Da kriegt man so manches mit. Ich meine, ich habe ja sonst nichts mit Kati zu tun. Sie war in der Schule zwei Jahre über mir.«

»Und eins unter uns«, ergänzte Ellie.

Arian nickte vage. »Wir kennen uns so gut wie gar nicht.«

»Aha.« Xander warf noch einen kurzen Blick über die Schulter zu den beiden Frauen und musterte dann Arian. »Gehe ich recht in der Annahme, dass du das gerne ändern würdest?«

»Nein!« Arian hüstelte. »Ich meine ja, also … nein, besser nicht.«

»Warum nicht?« Nun war auch Ellies Neugier geweckt. »Weil sie zwei Jahre älter ist als du?«

»So ein Quatsch«, begehrte Jelena sogleich auf. »Wo leben wir denn? Zwei Jahre sind gar nichts. Jedenfalls nicht mehr in unserem Alter.«

»Nein.« Sichtlich verlegen fuhr Arian sich durch sein langes, dunkelbraunes Haar, das er heute ausnahmsweise offen trug, und rieb sich danach über seinen gepflegten Fünftagebart. »Vergesst es einfach wieder, okay? Das wird so oder so nichts.«

»Wie kannst du das wissen, wenn du es nicht mal versucht hast?« Ellie beugte sich ein wenig zu Arian vor und musterte ihn eingehend. »Oder hast du es schon versucht und einen Korb bekommen?«

Arians Miene verschloss sich. »Gewissermaßen.«

»Dumm gelaufen«, befand Xander durchaus mitfühlend, heimste sich aber dennoch einen Ellenbogenstoß von Ellie sowie einen strengen Blick von Jelena ein.

»Lasst mal gut sein.« Arian sammelte die leeren Bambusteller und -schalen ein und trug sie zu der regalähnlichen Sammelstelle. Als er zurückkehrte, war der verschlossene Ausdruck von seinem Gesicht gewichen, und er lächelte wieder. »Wollten wir nicht eine Runde über den Platz drehen?«

»Genau das war der Plan.« Xander erhob sich und zog Ellie sanft mit sich auf die Füße. »Und wehe, ich finde heute nicht mindestens achtzig Prozent meiner Weihnachtsgeschenke.«

»Für wen suchst du denn alles?« Jelena umrundete den Tisch und hakte sich bei ihrem Bruder unter.

»Für alle außer euch.« Grinsend übernahm Xander die Führung. Amara trottete dicht an seiner Seite.

Endlich geht es mal weiter. Allmählich wurde es mir doch ein bisschen kalt und langweilig. Was wir jetzt wohl unternehmen?

»Ich will erst in Janas Zelt«, beschloss Jelena. »Guckt mal, vor dem Eingang ist gar keine Warteschlange mehr.«

»Ich komme mit.« Arian folgte ihr bereitwillig. »Was ist mit euch beiden?« Er warf erst Xander, dann Ellie einen fragenden Blick zu. »Mit Amara im Schlepptau ist das vielleicht bei den ganzen Glassachen keine so gute Idee, oder?«

Ellie winkte lachend ab. »Die Sachen sind alle hinter Panzerglas in Sicherheit. Und Scottie besucht Jana ja auch regelmäßig, wenn Oliver ihn ins Zelt mitbringt. Aber ich kenne schon so gut wie alle von Janas neuen Werken. Also kann ich gerne mit Amara draußen warten.«

»Ich leiste dir Gesellschaft.« Xander trat neben sie. »Auf

meiner Geschenkeliste steht keine Glaskunst. Zumindest nicht auf der, die ich heute abarbeiten will.«

Als Antwort erhielt er dreistimmiges Gejohle.

Nachdem Arian und Jelena im Zelt verschwunden waren, sah Xander sich eingehend um. Die einzigartige, heimelige Atmosphäre des Weihnachtsmarktes gab ihm das gute Gefühl, endlich wieder zu Hause zu sein, an dem Ort, der ihm von allen auf dieser Welt am meisten bedeutete.

»Ich glaube, der Gospelchor fängt gleich an.« Ellie deutete auf die Bühne, auf der sich die Sängerinnen und Sänger gerade aufstellten. Schon im nächsten Moment erklang stimmgewaltig *Go, tell it on the Mountain.* »Meinst du, wir können mit Amara ein bisschen näher herangehen?«

Mit mir? Wohin denn? Neugierig hob Amara den Kopf.

»Versuchen wir es einfach mal.« Xander strich der Hündin sachte über die Ohren. »Bisher verhält sie sich wirklich vorbildlich. Sie ist ruhig, zeigt keine Angst und keine Aggressivität gegenüber anderen Menschen oder Tieren. Sie scheint geradezu der perfekte Hund zu sein.« Sachte stieß er Ellie an. »Vor allem perfekt für dich, um deine Angst zu überwinden. Willst du mal eine Weile ihre Leine nehmen?«

»Klar, warum nicht?« Bereitwillig nahm sie die Leine entgegen, und prompt wechselte die Hündin von seiner Seite an ihre und setzte sich ganz dicht neben sie. Der Anblick versetzte ihm einen Stich. Nicht etwa, weil er eifersüchtig war, sondern weil sich zwischen diesen beiden weiblichen Wesen ein unsichtbares Band geknüpft hatte, mit dem wahrscheinlich alle beide nie gerechnet hätten. Er hatte schon oft gehört, dass Hunde sich ihre Lieblingsmenschen aussuchten und nicht etwa umgekehrt, und im Fall von Ellie und Amara traf dies ganz eindeutig zu. Auch zu ihm hatte Amara mittlerweile eine für die kurze Zeit schon recht enge Bindung entwickelt, aber mit Ellie war es dennoch etwas anderes. Wenn sie alle unter einem Dach leben würden, wäre Ellie für Amara wohl das, was man etwas veraltet die Rudelanführerin nennen würde. Das Familienoberhaupt war vielleicht zutreffender. Nur, dass sie leider keine Familie waren.

»Ich liebe Gospelsongs.« Ellie lächelte versonnen, als der Chor zu *Mary's Boychild* wechselte. »Auf meinem Handy habe ich eine ellenlange Playlist.« Sie hakte sich bei Xander unter. Als sie auch noch ihren Kopf gegen seine Schulter lehnte, musste er hart schlucken und sehr an sich halten, um sich nicht anmerken zu lassen, wie sehr ihn diese Gesten bewegten. Er gab keine Antwort, weil ihm die Worte fehlten, doch sie schien auch gar keine Reaktion von ihm zu erwarten. Also standen sie fast eine Viertelstunde einfach nur da und lauschten der Musik, während Ellie, ob bewusst oder unbewusst, konnte er nicht ausmachen, Amara sanft hinter den Ohren kraulte.

»Na, wenn das nicht ein Bild für die Ewigkeit ist, weiß ich es auch nicht.« Unbemerkt hatte Jelena sich ihnen genähert, sie umrundet und offensichtlich mit ihrem Handy Fotos von ihnen gemacht. Nun lachte sie. »Ich schicke euch die Bilder via Bluetooth.« Schon tippte und wischte sie auf dem Display des Smartphones herum.

»Hey!« Etwas verspätet gluckste Ellie über diesen Frontalangriff.

»Ich hab auch welche gemacht.« Von hinten tauchte Arian auf. »Ihr wart ein geradezu pittoreskes Motiv. Sagt man dazu nicht so, Xander? Du bist doch der Fachmann. Moment, ich teile die Bilder ebenfalls rasch.«

»Geht's noch?« Xander lachte, um sich seine Verlegenheit nicht anmerken zu lassen. »Pittoresk sind Gebäude oder Landschaften. Menschen werden im Allgemeinen nicht so bezeichnet.«

»Wie denn dann?« Arian grinste schalkhaft. »Mir würde spontan als Alternative noch romantisch einfallen, aber das trifft wohl noch weniger zu, oder?«

»Ja, ich meine, nein, gar nicht.« Xander schüttelte den Kopf. »Wir haben einfach nur das Konzert genossen.«

»Und Xander ist immer so schön warm«, fügte Ellie grinsend hinzu. »Er war immer schon meine persönliche Heizung, zumindest im Winter.«

»Ja, weil du eine ausgemachte Frostbeule bist.« Jelena kicherte. »Schau mal, ich habe tatsächlich etwas für Mama gefunden.« Sie hob die kleine stabile Papiertüte mit dem Aufdruck *Jana Weißmüller – Art in Glass* ein wenig an. »Es ist ein Ensemble aus Kette, Armband und Ohrringen.«

»Und ein blutroter, sternförmiger Ring für dich selbst«, fügte Arian mit vielsagendem Blick hinzu. »Ich wusste gleich, dass du daran nicht vorbeigehen können wirst.«

»Na und?« Jelena zuckte gut gelaunt mit den Achseln. »Selbst ist die Frau. Weshalb sollte ich mir nicht eine Freude machen dürfen?«

»Ich habe nicht gesagt, dass du das nicht darfst.« Arian hob ebenfalls eine kleine Tüte an. »Ich habe auch etwas für mich gefunden. Ein schwarz-rotes Armband.«

»Die passende Kette schenke ich ihm zu Weihnachten«, erklärte Jelena an Xander und Ellie gewandt und machte gleich darauf eine ausholende Armbewegung. »Was ist nun, ziehen wir weiter? Immerhin haben wir beide, was das Geldausgeben und Geschenkefinden angeht, jetzt schon einen ordentlichen Vorsprung vor euch.«

»Der lässt sich bestimmt leicht aufholen.« Ellie klopfte auf die kleine Handtasche, die sie bei sich trug. »Mein Geschenke-Einkaufskonto ist gut gefüllt.« Fragend wandte sie sich an Xander. »Willst du Amara wieder übernehmen?«

Was? Wie? Amara schüttelte sich. *Gehen wir endlich weiter? Sehr gut, allmählich wird mir nämlich der Hintern kalt. Immer die langen Pausen!*

»Nimm du sie noch eine Weile. Ihr gewöhnt euch doch gerade so gut aneinander.«

»Okay.« Ellies Blick richtete sich auf die Hündin. »Du bist aber auch wirklich total brav, nicht wahr?«

Ja, bin ich.

»Ich weiß gar nicht, wie sich jemand einfach so von dir trennen kann.«

Wer will sich denn von mir trennen? Amara neigte den Kopf ein wenig zur Seite. *Doch nicht etwa du, oder? Ach, meinst du meine früheren Menschen? Darauf weiß ich keine Antwort, aber ehrlich gesagt denke ich auch kaum noch an sie, jetzt, wo ich Xander und dich habe und ein schönes, warmes, trockenes Zuhause und nie wieder Hunger.*

»Das wird uns wohl auf ewig ein Rätsel bleiben.« Xander hob die Schultern. »Vielleicht sollte es einfach so sein, damit du ihr begegnest.«

»Ich?« Überrascht hob Ellie den Kopf.

»Wir.«

»Bist du jetzt der Schicksals-Guru?«

»Wollen wir nicht mal langsam weiter?«, unterbrach Jelena sie. »Über schicksalhafte Begegnungen könnt ihr ein andermal philosophieren. Auch wenn diese hier«, sie wuschelte Amara durchs Fell, »natürlich besonders hübsch ist. Vor allem, seit sie nicht mehr ganz so schrecklich dünn ist.«

Oh, vielen Dank, wie nett von dir. Amara leckte Jelena über den Handrücken und wedelte leicht mit der Rute.

»Und höflich ist sie auch noch.« Arian lachte. »Na los, stürzen wir uns ins Gewühl!« Da er einfach die Führung übernahm, folgten ihm die anderen rasch. Fröhlich plaudernd gingen sie von Stand zu Stand, bewunderten oder bekrittelten die vielen schönen bis furchtbar kitschigen Dinge, die allerorten angeboten wurden. Nach und nach fanden sie alle noch weitere Geschenke oder Dekoartikel, bis sie schließlich einen Abstecher zum Parkplatz machen mussten, weil sie so voll bepackt waren. Danach beschlossen sie, sich bei alkoholfreiem Glühwein und Punsch ein wenig aufzuwärmen, und trafen am Glühweinstand prompt auf jede Menge Bekannte.

Jana, die ihr Zelt mittlerweile geschlossen hatte, war mit ihrem Mann Oliver und der Bordeauxdogge Scottie ebenso anwesend wie Janas Mitarbeiterin und inzwischen beste Freundin Melissa mit ihrem Mann Lennart und der Boxerdame Sissy. Nur der kleine Andy fehlte, weil er den Abend und die Nacht bei seiner Oma verbrachte. Auch Viola Sahrmüller, eine ehemalige Klassenkameradin von Jana, sowie deren Mann und Geschwister nebst besseren Hälften hatten den heutigen Samstagabend für einen Besuch des Weihnachtsmarktes auserkoren, während ihr Nachwuchs sich ebenfalls in großelterlicher Obhut befand, damit die Bande mal »kinderfrei« hatte. Es ging laut her mit viel Gelächter, und noch einmal wurde Xander deutlich, wie glücklich er sich schätzen konnte, in ein so wunderbares Zuhause und zu so vielen guten Menschen zurückgekehrt sein zu dürfen. Sein Heimweh hatte ihn nicht getrogen: Diese kleine, ruhige Stadt war genau das, was er brauchte und wo er alt werden wollte.

»Du siehst ja so ernst und nachdenklich aus.« Jana stieß ihn leicht mit dem Ellenbogen an. »Bereust du es etwa schon, zu uns verrücktem Haufen zurückgekehrt zu sein?« Ihre dunkelbraunen Augen, die denen von Ellie sehr ähnelten, funkelten schalkhaft. »Überleg dir besser genau, was du darauf antwortest.«

Entschlossen schüttelte Xander die Gedanken ab, die ihn kurzfristig in eine nostalgische Stimmung versetzt hatten. »Auf keinen Fall. Wie könnte ich es je bereuen, in die Nähe deiner einnehmenden Aura zurückgekehrt zu sein?«

»Hört, hört!« Jana lachte auf. »Du hast dich in der Fremde offenbar zu einen Charmebolzen entwickelt.«

»Dessen Kunst an dich gänzlich verschwendet ist.« Oliver legte Jana einen Arm um die Hüfte und zog sie breit grinsend an sich. »Diese Frau gehört mir.«

»Wie bitte?« Mit gespielter Empörung starrte Jana Oliver an. »Ich gehöre niemandem!«

»Zu mir«, korrigierte Oliver sich hastig und zog übertrieben ängstlich den Kopf ein. »Du gehörst *zu* mir, wollte ich sagen.«

Grinsend drohte Jana ihm mit dem Zeigefinger, und ringsum breitete sich Gelächter aus.

»*Er gehört zu mir, wie mein Name an der Tür*«, intonierte Ellie lachend. »Zeig's ihm, Schwester!«

»Immer.« Jana gab Oliver einen Kuss. »Aber nicht vor allen Leuten.«

Begeistertes Johlen war diesmal die Antwort.

Huch, warum ist es denn jetzt so laut? Das ist aber seltsam. Zwar scheinen alle fröhlich zu sein, aber für meine Ohren ist das irgendwie nicht ganz so toll. Schnüff. Amara rückte ganz nah an Ellie heran und drückte ihren Kopf gegen Ellies Oberschenkel.

»Nanu, was ist denn jetzt los?« Überrascht beugte Elli sich ein wenig zu der Hündin hinab. »Stimmt etwas nicht?«

Ich weiß nicht genau. Es war mir kurz ein bisschen unheimlich. Außerdem bin ich müde. Amara gähnte und lehnte sich schwer an Ellie.

»Kann es sein, dass sie müde ist?« Auch Arian musterte die Hündin aufmerksam. »Sie wirkt ein bisschen erschöpft.«

»Bestimmt ist sie solche Menschenansammlungen nicht gewohnt«, vermutete Jelena.

Nein, bin ich nicht, da hast du recht. Ich war noch nie irgendwo, wo so viele Menschen und Hunde sind und wo es so laut ist.

»Vielleicht sollte ich sie nach Hause bringen.« Xander ging vor Amara in die Hocke. »Was meinst du? Fahren wir gleich?«

Klar. Oder wir gehen einfach irgendwohin, wo es ein bisschen weniger eng und laut ist.

»Hier herrscht aber auch inzwischen ein ziemliches Gedränge«, befand Jana. »Scottie wird auch schon unruhig. Vielleicht suchen wir uns einfach einen neuen Standort, sobald wir alle ausgetrunken haben.«

»Wie wäre es mit einer Runde auf dem Karussell?«, schlug Viola vor, die von ähnlich zierlicher Gestalt war wie Ellie und im Resort ihrer Familie eine Praxis für Physiotherapie leitete. »Da ist jetzt bestimmt nicht mehr ganz so viel los, und wenn ich uns hier mal durchzähle, würde ich sagen, wir können alle gemeinsam das komplette Karussell besetzen.«

Dieser Vorschlag erhielt von allen Seiten Zustimmung und sogar Applaus, sodass die Clique sich schließlich nach einigen Minuten geschlossen zu dem alten Karussell neben dem Torbogen begab.

»Also, ich fahre auch mit«, beschloss Jelena. »Ich bin zwar solo, aber das Kind in mir will dringend mal wieder auf dem alten Mädchen eine Runde drehen.«

»Du hast ein Kind in dir?«, frotzelte Arian. »Von wem?«

»Hey, halt die Klappe!« Lachend schlug Jelena ihm gegen den Arm. »Ich könnte auch einfach behaupten, dass ich meinen kleinen Bruder begleiten muss, der ganz unbedingt ebenfalls mitfahren will.«

»Mist.« Arian grinste schief. »Ich will tatsächlich mitfahren.«

»Siehste!« Triumphierend zog Jelena ihn mit sich zum Kassenhäuschen. »Komm schon. Nirgendwo steht geschrieben, dass bloß Paare mitfahren dürfen.« Sie drehte sich zu Ellie und Xander um. »Was ist mit euch?«

»Wir haben doch Amara.« Ellie tätschelte den Kopf der Hündin. »Ich glaube, es ist besser, wenn wir hier bei ihr bleiben.«

»Normalerweise passt Klaus auf die Hunde auf.« Viola deutete auf den grauhaarigen Mann von ungefähr Ende sechzig, dem das Karussell gehörte und der sich im Moment tatsächlich näherte, alle begrüßte und Hundeleinen an sich nahm. »Aber Amara ist noch zu unsicher. Wahrscheinlich ist es wirklich besser, wenn ihr bei ihr bleibt.«

»Hallo Ellie!« Klaus hatte sie inzwischen erreicht, umgeben von Scottie, Sissy und noch vier anderen Hunden, die Viola und ihre Geschwister ihm anvertraut hatten. »Dich habe ich ja schon eine kleine Ewigkeit nicht mehr gesehen. Und dich noch länger, mein Junge.« Er lächelte Xander väterlich zu. »Entschuldigt, dass ich euch nicht die Hand gebe, aber die Rasselbande hier ist wie ein Sack Flöhe.« Er lachte gutmütig. »Ich habe durch die Buschtrommeln gehört, dass du jetzt wieder ganz hierbleiben willst.« Er bedachte Xander mit einem weiteren, wohlwollenden Blick. »Hast dir ja ordentlich lange Zeit gelassen, das muss ich schon sagen.« Ohne auf eine Antwort zu warten, wandte er sich Ellie und Amara zu. »Und wen habt ihr da mitgebracht? Das ist ein weißer Schäferhund, oder? Aber ein bisschen dünn, will mir scheinen.«

»Das ist Amara.« Ellie machte einen Schritt auf Klaus zu, und prompt folgte Amara ihr. »Sie ist uns vor ein paar Wochen zugelaufen. Inzwischen wissen wir, dass sie ausgesetzt wurde. Xander will sie kurz vor Weihnachten adoptieren. Bis dahin ist sie bei ihm in Pflege.«

»Tatsächlich.« Klaus' Miene wurde ernst. »So ein Glück für die Hübsche, dass es so gut für sie ausgegangen ist. Ausgesetzt! Dass die Menschen so grausam sein können, will mir einfach nicht in den Kopf.« Er musterte Amara noch einmal. »Du scheinst ja ein Seelentier zu sein, was? Ganz lieb und ruhig. Nicht einmal Ellie hat Angst vor dir.«

Warum soll Ellie denn Angst vor mir haben? Sie ist doch mein Lieblingsmensch. Habe ich irgendwie entschieden. Warum, weiß ich nicht, ist mir aber auch egal. Meine Ellie. Und mein Xander. Jawohl. Wuff.

»Sieh mal einer an.« Klaus lächelte sichtlich gerührt, als Amara aufstand und sich genau zwischen Ellie und Xander setzte und beide abwechselnd mit der Nase anstieß. »Da haben sich ja drei gefunden.« Sein Blick wanderte kurz in die Ferne. »Ich erinnere mich noch, wie das damals passiert ist mit dir, als der Hund dich angegriffen hat. Die ganze Stadt war deswegen in Aufruhr. Wie ängstlich du danach immer warst, wenn irgendwo in deiner Nähe ein Hund aufgetaucht ist. Und sieh dich oder vielmehr euch jetzt an!« Auf seinen Lippen erschien ein kleines Lächeln. »Die Zeit und die Liebe können alle Wunden heilen. Ich wünsche euch eine wunderbare Zeit mit Amara – und dir, Amara, mit deinen Menschen.«

Wau, danke. Ich tue mein Bestes.

Klaus lachte über das kurze, freundliche Bellen, das die Hündin ausstieß. »Da haben wir wieder mal den Beweis, dass Hunde jedes unserer Worte verstehen. Na ja, vielleicht nicht jedes, aber doch eine ganze Menge. Aber nun muss ich mal wieder mit der Rasselbande dort hinüber zum Schaltpult. Die nächste Runde fängt gleich an, und ich muss prüfen, ob die Musik auch wirklich korrekt eingestellt ist.« Er schnalzte, um die Aufmerksamkeit der sechs Hunde auf sich zu ziehen, und begab sich mit ihnen zu der kleinen Schaltzentrale. Im Kassenhäuschen daneben saß heute sein Sohn und bedeutete ihm mit einem Daumen hoch, dass die Runde losgehen konnte. Ein Signalton erklang, und die Pferdchen und Kutschgondeln setzten sich in Bewegung.

Xander grinste, als er Jelena und Arian in einer Gondel sah. Jelena winkte ihnen begeistert zu und wirkte dabei wie ein glückliches kleines Kind.

Ellie winkte ebenso eifrig zurück. »Lass uns bis zum Geländer gehen«, schlug sie vor und trat an das Begrenzungsgitter des Karussells. Amara setzte sich erneut links neben sie; Xander trat an ihre rechte Seite. Zu seiner Überraschung hakte sie sich erneut bei ihm unter. »Das ist eins meiner Lieblingsweihnachtslieder.«

Xander lauschte auf den Song, der gerade begann. *I'll be home for Christmas* von Elvis Presley. Ihm wurde die Kehle eng.

Ellie schien etwas an seiner Miene bemerkt zu haben, denn sie musterte ihn fragend. »Stimmt etwas nicht?«

»Doch, doch, alles okay.« Er räuspert sich. »Mir ging es nur die letzten Jahre so oft wie in dem Song. Der Part *if only in my dreams*«, fügte er erklärend hinzu. »Letztes Jahr war ich zwar kurz zu Besuch da, aber … Mir ist gerade klar geworden, dass ich es erst jetzt wirklich wahr gemacht habe. Ich werde zu Weihnachten zu Hause sein.«

»Und nicht nur in deinen Träumen«, ergänzte Ellie.

»Ja.« Eine Weile sahen sie schweigend zu, wie sich das Karussell im Kreis drehte. Einige der Paare, die mitfuhren, küssten sich oder waren gänzlich ineinander versunken. Instinktiv zog Xander Ellie fester an sich und verspürte einen Stich in der Herzgegend, als sie sich vollkommen selbstverständlich an ihn lehnte und ihren Kopf wieder an seine Schulter legte.

»Hast du das eigentlich ernst gemeint, dass mir … uns, meine ich, Amara geschickt worden ist?«

Überrascht sah er sie an. »Irgendwie schon.«

Sie erwiderte seinen Blick nur ganz kurz, bevor sie sich wieder auf das Karussell konzentrierte. Die Musik wechselte zu NSYNCs *All I want is you (This Christmas)*. »Und …« Sie zögerte, sprach dann aber weiter. »Welchen Grund sollte das Universum oder das Schicksal dafür haben, mal abgesehen von meiner Angst vor Hunden? Die hatte ich ja schon durch Sissy und Scottie ganz gut im Griff. Und durch Buddy. Den kennst du noch gar nicht, oder? Das ist der Hund von Lennarts Schwester Lena und ihrem Lebensgefährten Martin.«

»Doch, ich bin ihnen neulich begegnet, als sie in der Oase vorbeigeschaut haben.«

»Ach ja, stimmt, wegen der Sicherheitsanlage!« Ellie nickte. »An dem Tag habe ich im Salon die Stellung gehalten, weil Mama einen Zahnarzttermin hatte. Lena wird aber eh noch mal mit den fertigen Plänen zu uns kommen. Wie auch immer.« Noch einmal sah sie ihm ganz kurz ins Gesicht, dann kuschelte sie sich wieder in dieser verflucht vertrauten Art und Weise an ihn. »Also wäre das mit Amara doch ein bisschen viel Aufwand, nur um mich von dieser Angst zu kurieren. Hat das Universum nicht eigentlich eher größere Pläne?«

»Ich weiß es nicht.« Xander konnte nicht widerstehen und drückte seine Lippen kurz gegen ihren Kopf.

Sie hielt ganz still, reagierte nicht.

Sein Herz machte einen Satz. »Vielleicht wird ja noch eine große Hundeflüsterin aus dir oder so«, versuchte er die Sache durch einen Scherz zu entschärfen.

»Quatsch!« Glucksend wandte sie sich ihm zu. »Jetzt mal im Ernst. Glaubst du an so was? Schicksal? Fügung? Jana würde mir für diese Frage eins überbraten, weil sie absolut überzeugt davon ist, dass alles in unserem Leben irgendwie vorherbestimmt ist, aber ich weiß nicht so recht. Haben wir dann überhaupt noch einen freien Willen?«

Xander versuchte, ihr nicht zu tief in die schokoladenbraunen Augen zu schauen, um sich nicht versehentlich darin zu verlieren. »Ich glaube, den haben wir trotzdem. Du hättest dich zum Beispiel jederzeit an dem Abend neulich entscheiden können, Amara der Tierärztin zu überlassen.«

»Und was dann?«

Er zuckte mit den Schultern. »Dann wäre wahrscheinlich Plan B in Kraft getreten.«

»Das Universum hat einen Plan B?«

»Wie auch immer der ausgesehen hätte.«

»Dann war es also deiner Meinung nach auch vorherbestimmt, dass ich Patrice begegnet bin.«

Er schluckte, nickte dann aber. »Ich nehme an, das gehört auch zum großen Ganzen. Ich meine … wenn er der Richtige ist …«

»Und wenn nicht?« Sie blickte wieder zum Karussell. »Wie soll ich das denn wissen?«

»Wenn …« Er musste sich noch einmal räuspern. »Wenn es so ist, weißt du es.«

Ihr Blick richtete sich wieder auf ihn. »Das klingt, als würdest du aus Erfahrung sprechen.«

Ihm wurde unnatürlich warm, und er konnte seinen Blick nicht von ihren Augen fortlenken. »Vielleicht.«

»Vielleicht?« Sie runzelte die Stirn, sagte aber nichts weiter.

In diesem Moment wechselte die Musik zu *Can you feel the love tonight* aus dem Film *König der Löwen*. In Xanders Magengrube bildete sich ein heißer kleiner Ball. Für eine geraume Weile sahen sie einander nur stumm an. Sein Puls schraubte sich in ungeahnte Höhen.

Hallo? Ihr beiden? Was ist denn mit euch? Ihr seid plötzlich so merkwürdig. Huhu, schnüff, sagt mal was!

Xander zuckte zusammen, als sich Amara unvermittelt zwischen ihn und Ellie quetschte und sie abwechselnd mit ihrer kalten Nase anstieß.

»Amara!« Auch Ellie wirkte kurz erschrocken, kicherte dann aber. »Ist ja schon gut. Ist dir langweilig?«

Nein, eigentlich nicht. Oder vielleicht doch. Ihr wart nur so komisch. Da muss ich doch nachsehen, was los ist.

»Wir haben dich aber auch vollkommen ignoriert, was?« Angelegentlich wuschelte Ellie der Hündin durchs Fell, und Xander fragte sich, ob sie damit etwas überspielen wollte. »Wahrscheinlich ist sie wirklich erschöpft.«

Xander brauchte einen Moment, um dem Themenwechsel folgen zu können. »Kann sein. Es ist ja auch schon spät.« Ein Blick auf seine Armbanduhr verriet, dass es halb elf war.

»Ich hatte auch einen ziemlich anstrengenden Tag.« Ellie winkte Jelena wieder zu. Das Karussell hatte angehalten. Nach und nach stiegen die Fahrgäste aus und versammelten sich um Xander und Ellie.

»Habt ihr Fotos gemacht?«, wollte Jelena wissen.

»Nein.« – »Leider nicht.« Ellie und Xander hatten beide gleichzeitig gesprochen und sahen einander kurz an.

»Och, schade.« Jelena seufzte. »Kein Beweismaterial, dass ich mit dreißig noch mal meinen kleinen Bruder auf das Karussell geschleppt habe. Worüber habt ihr denn die ganze Zeit geredet? Ihr saht so ernst aus.«

»Ist doch egal.« Arian legte sowohl Xander als auch Ellie je einen Arm um die Schultern. »Geht ihr noch mal mit zum Glühweinstand?« Er deutete in die entsprechende Richtung. »Das Gedränge lichtet sich allmählich.«

»Nein, ich denke, ich bringe Amara jetzt nach Hause.« Xander nahm Ellie die Leine ab. »Die Ärmste muss die vielen neuen Eindrücke erst mal verarbeiten.«

»Ja, stimmt wohl.« Arian streichelte Amara über die Ohren. »Du bist so eine Brave! Und so hübsch. Da könnte sogar ich in Versuchung geraten.«

»Was für eine Versuchung?« Jelena, die sich noch mit Jana und Oliver unterhalten hatte, trat auf sie zu.

»Mir einen Hund anzuschaffen.« Arian lachte. »Vielleicht aber lieber doch nicht. Ich bin ja schon froh, mich selbst am Leben erhalten zu können. Ob mir das bei einem Hund auf Dauer gelingen würde?«

»Werd erst mal erwachsen«, schlug seine Schwester grinsend vor.

»Dito, große Schwester.«

»Womit sich das Thema wohl erledigt haben dürfte.« Jelena feixte.

»Exactly.« Arian deutete auf den Rest der Gruppe, der bereits wieder, samt Hunden, auf dem Weg zum Glühweinstand war. »Ich gehe mal mit.«

»Ich auch.« Jelena ergriff Ellies Hand. »Du auch?«

Ellie schüttelte den Kopf. »Ich glaube, für mich wird

es auch Zeit. Der Tag war lang, und Patrice ruft bestimmt morgen Vormittag schon zeitig an, das hat er versprochen.«

»Okay.« Jelena umarmte erst Ellie, dann Xander kurz, aber herzlich. »Dann sehen wir uns spätestens am Montagnachmittag in der Oase, ja?«

»Ja, genau.« Ellie nickte lächelnd.

»Okay, dann bis dann. Macht's gut, ihr beiden, pardon, ihr drei.« Auch Jelena streichelte Amara sanft über Kopf und Ohren. Dann begab sie sich winkend zu den anderen.

»Tja, dann …« Xander wandte sich in Richtung Torbogen.

»Ja.« Ellie schloss zu ihm und Amara auf. »Das war ein schöner Abend.«

»Unbedingt.« Er bemühte sich um eine neutrale Stimme. »Du triffst dich morgen mit Patrice?«

»Wahrscheinlich. Mal sehen. Ich meine, wir haben noch nichts ausgemacht.« Ellie hob die Schultern. »Eigentlich wäre ja heute unser Date mit euch gewesen.«

»Mhm.« Er nickte. Da sie inzwischen ihr Auto erreicht hatten, zog er sie spontan in eine ganz kurze Umarmung. »Bis die Tage dann, ja?« Rasch trat er wieder einen Schritt zurück.

»Ja, klar, bis dann.« Ellie lächelte verhalten. »Bis bald, Amara.« Sie ging in die Hocke und umarmte die Hündin.

Oh, was denn nun? Das gefällt mir aber gut! Amara leckte ihr begeistert über Wange und Ohr.

Kichernd erhob Ellie sich wieder und setzte sich hinters Steuer. »Mach's gut, Xander.«

»Du auch.« Er schloss die Fahrertür für sie, klopfte zweimal kurz aufs Dach und trat dann zurück, damit Ellie den

Mini aus der Parklücke manövrieren konnte. Kurz blickte er ihr noch nach, dann ging er zu seinem Auto, half Amara beim Einsteigen und schnallte sie ordnungsgemäß auf der Rückbank an. Als er endlich hinter dem Steuer saß, zog er die Tür etwas zu heftig zu, schloss die Augen und hätte am liebsten laut geflucht.

14. Kapitel

»Bist du sicher, dass die anderen nichts gegen meine Anwesenheit heute bei eurem Back-Event haben?« Patrice trug zwei Papiertüten in Ellies Küche, in denen sich die Zutaten für verschiedene Plätzchensorten befanden. Ellie hatte ihn gebeten, die Sachen aus dem Supermarkt mitzubringen, weil sie nicht mehr zum Einkaufen gekommen war.

»Warum sollten sie denn etwas dagegen haben?« Ellie steckte ihre Nase in eine der Tüten, nachdem Patrice sie auf der Kochinsel abgestellt hatte. »Sie wollten dich doch schon letzte Woche kennenlernen. Das hat ja bloß wegen dieses blöden Stromausfalls nicht geklappt. Heute ist die perfekte Gelegenheit für einen zweiten Versuch.«

»Okay.« Patrice lächelte verhalten. »Ich will mich nur nicht in eine lieb gewonnene Tradition hineindrängen oder so etwas.«

»Was denn für eine Tradition?« Ellie lachte. »Wir haben seit unserer Schulzeit nicht mehr zusammen gebacken, und auch damals nur, wenn meine Eltern oder die von Jelena und Arian uns alle zusammen irgendwie sinnvoll beschäftigen wollten. Die Idee für den heutigen Backtag habe ich mir bei Melissa und Lennart abgeschaut, die das seit zwei Jahren oder so zusammen mit Lennarts Schwester Lena und Martin machen und auch Jana und Oliver dazu einladen. Und auch sie haben die Idee mehr oder weniger von der Familie Sternbach geklaut, mit der Jana und Oliver eng befreundet sind. Allerdings geht die Legende, dass niemand jemals an den traditionellen Backwahnsinn der Sternbachs heranreichen wird. Du musst wissen, das ist eine Großfamilie, in der am ersten Adventssamstag sämtliche Generationen gleichzeitig in einer Küche ausflippen. Am Ende kommen dann mindestens zwanzig Sorten Plätzchen dabei heraus, also raue Mengen, von denen ein Teil meistens für einen guten Zweck gespendet wird. Schade, dass du sie nicht alle am vergangenen Samstag auf dem Weihnachtsmarkt treffen konntest, dann hätten sie dir selbst davon erzählen können.«

Über die Tatsache, dass Ellie fast den gesamten Besuch des Weihnachtsmarktes über nicht einmal an Patrice gedacht oder ihn vermisst hatte, dachte sie ganz bewusst nicht weiter nach. Sie war einfach zu abgelenkt gewesen, und nur, weil sie jetzt mit Patrice ausging, bedeutete das ja nicht, dass sie nicht auch einmal ohne ihn mit ihren besten Freunden Spaß haben durfte, ohne dabei ein schlechtes Gewissen zu haben.

Auch, dass es ein paarmal so eigenartig zwischen ihr und Xander geworden war, hatte bestimmt nichts weiter zu bedeuten. Der Weihnachtsmarkt war nun mal ein romantischer Ort, hatte Jelena das nicht auch schon gesagt? Außerdem konnte man eine romantische Stimmung auch sehr gut mit besten Freunden genießen, das hatten sie früher schließlich auch oft genug getan. Nur mit dem Unterschied, dass ihr Puls dabei damals nicht so erschreckend außer Kontrolle geraten war. Aber wahrscheinlich lag das am Glühwein. Der war zwar alkoholfrei gewesen, aber wer wusste schon, was da alles an Gewürzen drin war. Sagte man vielen davon nicht sogar eine aphrodisierende Wirkung nach? Bestimmt hatte sie davon bloß eine Überdosis zu sich genommen.

»Du brauchst dir also keine Gedanken zu machen«, fuhr sie deshalb rasch fort. »Es gibt keine Tradition, die du crashen könntest. Das heute ist ein Experiment, aber vielleicht wird ja in der Zukunft eine Tradition daraus, wenn es uns heute allen Spaß macht.«

»Na gut, wenn das so ist.« Patrice wirkte erleichtert. »Ihr seid ja ganz offensichtlich eine eingeschworene Gemeinschaft, und wenn man da als Fremdkörper dazustößt, ist nie gesagt, dass das gut geht.«

»Ach, Quatsch, du bist doch kein Fremdkörper. Ich habe Jelena, Xander und Arian schon eine Menge über dich erzählt.« Wobei sich diese Menge zwar hauptsächlich auf seinen Beruf und die Events bezog, zu denen er sie eingeladen hatte, aber das lag eben daran, dass Patrice nicht so viel über sich selbst sprach und sie bisher auch noch keine rechte Gelegenheit gehabt hatten, tiefgründige Gespräche zu führen. Doch dazu war ja noch Zeit. Im Augenblick hatten sie einfach Spaß bei Unternehmungen miteinander.

»Ich glaube, da kommen sie gerade.« Patrice deutete zum Küchenfenster, durch das Jelenas Wagen zu sehen war, der in der Zufahrt hinter Patrice parkte, und dahinter Xanders SUV.

»Sehr gut.« Ellie hatte inzwischen eine der beiden Tüten ausgepackt. »Kümmerst du dich um die andere Tüte, dann mache ich ihnen auf.« Während sie sprach, war sie bereits auf dem Weg zur Tür und öffnete sie.

Jelena und Arian waren gerade dabei, Einkäufe sowie einen Wäschekorb voller Plastikschüsseln, Handmixer sowie weiterer Backutensilien aus dem Wagen zu klauben, deshalb fiel die Begrüßung zwar laut und fröhlich aus, jedoch ohne die sonst üblichen Umarmungen.

Auch Xander hatte zwei Tragetaschen dabei, als er sich, Amara an der Leine, der Haustür näherte. Amara hüpfte auf und ab und wedelte wild mit der Rute, als sie Ellie erblickte, und preschte so rasch vor, dass ihm die Leine entglitt.

Hallo, hallo, da ist ja meine Ellie! Ich habe dich schon ewig nicht mehr gesehen. Das finde ich gar nicht gut, aber jetzt bist du endlich da, oder vielmehr wir sind da. Komm, begrüß mich mal und streichle mich. Ich habe dich ganz arg vermisst.

»Wow, ein Anblick, den man eigentlich für die Ewigkeit festhalten müsste«, befand Arian lächelnd, jedoch mit hörbarem Erstaunen in der Stimme. »Ellie, die mit einem riesigen weißen Schäferhund knutscht. Es geschehen noch Zeichen und Wunder.«

»Wir knutschen doch gar nicht.« Ellie wuschelte Amara durch das dichte weiße Fell und drückte ihr zur allgemeinen Erheiterung einen Kuss auf den Kopf. »Wir begrüßen uns nur.«

»Ja, klar.« Arian trat neben sie und streichelte Amara ebenfalls. »Hallo, du Schöne.«

Hallo Arian. Danke für das Kompliment. Amara leckte ihm über die Hand. *Ich mag dich.*

»Pass auf, sonst lässt du am Ende noch den Korb fallen.« Grinsend half Jelena ihrem Bruder, der den Wäschekorb auf seiner Hüfte abgestützt hatte, um eine Hand für die

Hündin frei zu haben, indem sie einen Griff packte. »Da ist mein guter Mixer drin. Wenn du den kaputt machst, muss ich dir wehtun.«

Rasch eilte Ellie an den beiden vorbei und hielt ihnen die Haustür weit auf. »Auf der Kochinsel ist noch Platz, da könnt ihr erst mal alles abstellen.«

»Die Betonung liegt auf *noch*.« Xander, der inzwischen Amaras Leine wieder an sich gebracht hatte, stellte seine Taschen zu den Sachen auf der Insel. »Auf den Plätzchenberg, der hieraus entsteht, bin ich jetzt schon gespannt.«

»Und du musst Patrice sein.« Jelena hatte sich dem dritten Mann im Raum zugewandt. »Schön, dich kennenzulernen.« Schon hatte sie seine Hand ergriffen und schüttelte sie.

»Ja, äh, das ist Patrice«, übernahm Ellie rasch das Wort und stellte die Anwesenden einander vor.

Aha, lass mal schnuppern, den Mann kenne ich noch nicht! Amara hatte Patrice ebenfalls entdeckt und beschnüffelte ihn ausgiebig.

»Hallo.« Patrice schien zwar keine Angst vor Amara zu haben, hielt jedoch sicherheitshalber ganz still. »Du bist aber ganz schön groß, Amara.«

Ja, bin ich, na und? Du riechst ganz okay und scheinst nett zu sein.

»Komm her, Amara, lass Patrice mal in Ruhe.« Sicherheitshalber schob Xander, der erst jetzt näher an Patrice herantrat, die Hündin etwas zur Seite und löste dann die Leine von ihrem Geschirr. Danach ergriff er als Letzter Patrice' Hand. »Freut mich.«

»Ebenfalls.« Die beiden Männer musterten einander einen langen Moment schweigend, bevor Patrice erneut das

Wort ergriff. »Wie ich hörte, warst du lange auf Reisen. Das stelle ich mir spannend vor.«

»Das war es … unter anderem.« Xander nickte mit neutraler Miene. »Aber jede Reise ist irgendwann einmal zu Ende. Ich werde ab sofort wieder überwiegend hier in der Stadt leben und nur noch für einzelne kurze Aufträge oder Blogartikel auswärts arbeiten.«

Patrice neigte den Kopf. »Als Fotograf?«

»Als Fotograf, Fotokünstler und Fotoblogger.« Xander lächelte seinem Gegenüber verbindlich zu und wandte sich gleich darauf an Ellie. »Ich habe übrigens auch heute meine Kamera im Auto. Ich dachte, es könnte Spaß machen, unsere Backversuche in Bild und Wort festzuhalten.«

»Für deinen Blog?« Ellie grinste. »Das ist eine klasse Idee!«

»Du willst private Fotos in deinem Blog veröffentlichen?« Patrice runzelte überrascht die Stirn.

»Ich kann dich dabei auslassen, wenn du das nicht möchtest.« Xander wandte sich ihm wieder mit ernster Miene zu. »Meine Follower mögen es, zwischendurch auch mal den privaten Xander Marbach zu sehen.«

»Ich könnte mir vorstellen, dass das heute eher eine alberne … lustige … nun ja, Veranstaltung wird.« Patrice räusperte sich und lächelte in die Runde. »Dagegen ist auch gar nichts einzuwenden. Der Mensch braucht schließlich Spaß. Allerdings muss ich in meinem Beruf und hinsichtlich meiner Klientel darauf achten, was über mich im Netz landet und was besser nicht. Ich hoffe, dafür habt ihr Verständnis.«

»Selbstverständlich.« Xander nickte ihm zu. »Wie gesagt, ich kann die Fotos so auswählen, dass du auf keinem davon zu sehen bist. Deinen Namen brauche ich ebenfalls nicht zu erwähnen, wenn du es nicht möchtest.« Schon war er auf dem Weg zur Haustür.

»Sehr gut, danke.« Auf Patrice' Lippen erschien ein erleichtertes Lächeln. Im nächsten Moment zog er Ellie ein wenig an sich, legte ihr einen Arm um die Hüfte und deutete auf den Wust an Tüten nebst Wäschekorb auf der Kochinsel. »Verrät mir jetzt jemand, wie aus diesem Durcheinander essbare Plätzchen werden sollen?«

»Keine Ahnung.« Jelena begann einfach, in den Tüten zu wühlen und deren Inhalt hervorzuholen. »Haben wir überhaupt ein Backbuch oder müssen wir das Internet bemühen?«

»Ich habe hier zwei Backbücher.« Ellie trat an das Bücherregal im Wohnbereich und entnahm ihm die Bücher. »Die habe ich beide antiquarisch erstanden. Das eine hat meine Mutter auch, daraus haben wir früher immer gebacken, und das andere hat mir Viola empfohlen.«

»Das dicke hier?« Arian nahm ihr ein Buch ab. »Wenn die Sternbachs diese Rezepte schon getestet haben, sind sie auf jeden Fall gut.«

»Hey, das gilt wohl auch für unsere Hausrezepte.« Ellie stieß ihn mit dem Ellenbogen an. »Die sind alle an uns selbst erprobt, und niemand hat sich je beschwert.«

»Na klar, du brauchst nicht gleich handgreiflich zu werden.« Lachend wich Arian ihr aus. »Patrice, dir ist hoffentlich bewusst, was für ein rabiates Frauenzimmer Ellie ist.«

»Ich gebe dir gleich ein rabiates Frauenzimmer!« Mit gespielt grimmiger Miene setzte Ellie ihm nach und tat, als wolle sie ihm eins mit ihrem Backbuch überbraten.

»Siehst du?« Arian ging hinter Jelena in Deckung.

»He, he, ich bin die Schweiz, haltet mich da heraus.« Jelena beeilte sich, aus der Schuss- oder vielmehr der Schlaglinie zu verschwinden.

»Was ist denn hier los?« Xander, der gerade mit seiner Kamera in der Hand wieder zur Haustür hereinkam, blieb überrascht stehen. »Doch nicht etwa schon die erste Schlägerei des Tages?« Rasch schraubte er die Kappe von der Linse. »Nicht ohne Berichterstattung!«

»Arian hat die Backkünste meiner Familie beleidigt.« Ellie ging erneut in Angriffsstellung.

»Habe ich überhaupt nicht.« Arian verdrückte sich breit grinsend hinter die Kochinsel. »Ich habe lediglich angemerkt, dass von den Sternbachs erprobte Rezepte eine gute Wahl sein sollten.«

»Also mir gegenüber musste Ellie noch nie irgendwelche Gewalt ausüben.« Patrice nahm Ellie vorsichtig das Backbuch aus der Hand. »Ich bin sicher, ihre alten Familienrezepte sind ganz hervorragend.«

»Oh, oh.« Jelena duckte sich hinter eine Tüte.

»Warum entwaffnest du mich denn?« Ellie riss das Backbuch wieder an sich. »Das brauche ich noch.« Sie hob das Buch ein wenig an und trat auf Arian zu. »Zum Gefecht!«

»Was für ein Gefecht?« Irritiert blickte Patrice von Ellie zu Arian, der das andere Buch ebenfalls erhoben hatte.

»Geh lieber ein bisschen zur Seite.« Warnend berührte Xander den verdutzten Patrice ganz leicht am Arm und bedeutete ihm, sich zurückzuziehen. Gleichzeitig hob er die Kamera. »En garde!«

Ellie und Arian sprangen aufeinander zu und begannen eine Mischung aus Gefecht und Verfolgungsjagd um die Kochinsel herum, bei der sie die Bücher immer wieder gegeneinanderschlugen.

Amara bellte aufgeregt. *Was ist denn jetzt los? Ein neues Spiel? Das ist ja lustig!*

»Gib's ihm, Ellie!« Jelena klatschte vergnügt.

Ich will auch mitmachen! Wuff!

»Ich dachte, du bist die Schweiz.« Arian ächzte, als Ellie zwei Treffer hintereinander landete.

»Ich bin gerade umgezogen.« Jelena lachte. »Frauenpower!«

Und Hundepower! Fröhlich sprang Amara um die beiden herum.

»Na toll.« Noch einmal musste Arian einen Treffer einstecken.

»Hast du das?«, wollte Ellie in Xanders Richtung wissen.

»Na klar.« Xander drückte ein ums andere Mal auf den Auslöser.

»Gnade, bitte Gnade!« Arian hob sein Buch nur noch als Schutzschild hoch, weil Ellie ihn in eine Ecke gedrängt hatte.

»Sieg!« Jelena hüpfte mit erhobener Faust im Kreis. »Sieg für Ellie!«

Wuff. Amara ließ sich dicht neben Ellie nieder.

»Wollten wir nicht eigentlich Plätzchen backen?«, kam es verunsichert von Patrice.

Sogleich drehten sich alle gleichzeitig zu ihm um. Ellie ließ ihr Buch sinken. »Ja, klar. Entschuldige, wir sind manchmal ein bisschen … Hey!« Sie kreischte empört auf, weil Arian sie von hinten gepackt und hochgehoben hatte. Sie begann, heftig zu strampeln. »Lass mich sofort runter!«

Amara bellte wieder aufgeregt. *Hey, wau, was machst du mit meiner Ellie?*

»Eins zu eins«, konstatierte Jelena und zuckte auf Ellies vorwurfsvollen Blick hin nur mit den Achseln. »Du hättest wissen müssen, dass du Arian nicht den Rücken zudrehen darfst. Er ist der Hinterhältige von uns.«

Hallo, wuff, lass mein Ellie-Frauchen runter!

»Danke für die Blumen.« Arian stellte Ellie wieder auf die Füße. »Sorry«, wandte er sich an Patrice. »So sind wir nun mal. Ich hoffe, du bist jetzt nicht schockiert.« Amara tätschelte er den Rücken. »Tut mir leid, ich wollte Ellie nichts tun.«

Na gut, okay, hab ich verstanden.

»Ach … nein.« Patrice lächelte in die Runde. »Das ist schon okay. Ich meine, ihr kennt euch ja schon ewig und so. Ich gewöhne mich bestimmt schnell daran.«

Ich hoffentlich auch. Das war ja mal was!

»Das wirst du wohl müssen.« Arian legte sein Buch auf der Anrichte ab. »Wahrscheinlich hat Ellie dir bisher verschwiegen, was für ein alberner Haufen wir sein können.«

Also, ich bin gerne albern mit euch.

»Hör nicht auf ihn.« Ellie lachte verlegen. »So schlimm sind wir nun auch wieder nicht.«

»Doch, sind wir.« Xander legte seine Kamera auf dem Frühstückstresen ab, der sich an der Seite der Kochinsel befand.

Ellie hielt inne, und als sich ihre Blicke trafen, kribbelte etwas eigenartig in ihrer Magengrube. Rasch griff sie nach einem Stapel Schüsseln im Wäschekorb. »Okay, ja, sind wir wahrscheinlich.« Sie atmete auf, als Xander ihr auf die ihm typische schalkhaft-warme Weise zulächelte. »Aber wir sollten vielleicht wirklich allmählich anfangen, sonst werden wir am Ende nicht fertig.«

»Alles klar.« Unternehmungslustig griff nun Xander nach dem dicken Backbuch. »Womit fangen wir denn an?«

***

Etwa zwei Stunden später war Ellies Blockhaus von verführerischen Düften erfüllt. Auf dem Couchtisch stapelten sich mehrere randvoll gefüllte Plätzchendosen, aus einem kleinen Bluetooth-Lautsprecher auf dem Frühstückstresen ertönte ein bunter Mix an Weihnachtsliedern, die Ellie von einer Playlist auf ihrem Handy abspielte.

Jelena war gerade dabei, Teig für Ausstechplätzchen auf der Anrichte auszurollen, während Arian Baisermasse vorsichtig auf den Zimtsternen verteilte, die er zuvor unter viel Fluchen und Lachen ausgestochen und auf einem Backblech verteilt hatte. Xander hantierte mit dem Spritzgebäckaufsatz an Ellies Küchenmaschine, und Ellie half Patrice dabei, die erste Ladung Butterplätzchen mit Zuckerguss sowie Dekostreuseln und -perlen zu verzieren. Da Patrice ein Naturtalent darin war, hatte sie sich allerdings darauf verlegt, ihm lediglich die gewünschte Deko anzureichen und regelmäßig nicht zu große Mengen Zuckerguss in verschiedenen Farben anzurühren und in winzige Spritztüten zu füllen, die sie aus Gefrierbeuteln geschnitten hatte.

»Du meine Güte, wollt ihr die im Museum ausstellen?«

Arian warf mit halb erheiterter, halb neidischer Miene einen Blick auf die Kunstwerke, die Patrice bereits erschaffen hatte. »Die sind ja am Ende zu schade zum Essen!«

Apropos Essen. Amara, die bis eben auf Ellies Couch zusammengerollt geschlafen hatte, kam neugierig näher. *Hier riecht es schon seit einer Weile so unglaublich gut! Kriege ich vielleicht auch mal so ein Plätzchen ab?*

»Huch!« Patrice hätte beinahe ein Plätzchen zu Boden geworfen, als Amara ihre Nase an der Kochinsel hochreckte und geräuschvoll schnüffelte. »Ich glaube nicht, dass das etwas für dich ist. Plätzchen sind kein Hundefutter.« Er räuspert sich verhalten. »So ganz hygienisch ist es auch nicht, dass der Hund hier in der Küche ist, oder?«

Ich habe doch bloß Hunger, und bei euch gibt es eindeutig das gute Futter!

»In einem Hundehaushalt kann man so etwas meist nicht verhindern.« Xander schnalzte, um Amaras Aufmerksamkeit zu erregen. Als sie sich daraufhin ihm zuwandte, warf er ihr ein winziges Kügelchen von seinem Spritzgebäckteig zu.

Amara fing es geschickt auf. *Mjam, jawoll, so lasse ich mir das gefallen. Hast du noch mehr davon für mich?* Sie umrundete die Insel und setzte sich dicht neben Xander.

»Das hast du jetzt davon.« Ellie grinste vielsagend.

Xander zuckte nur erheitert mit den Schultern.

»Nun, dann ist es wahrscheinlich ganz gut, dass du keinen Hundehaushalt hast, Ellie«, befand Patrice. »Ich finde Hunde zwar toll, aber beim Kochen oder Backen oder beim Essen haben sie, wie ich finde, nichts zu suchen. Zucker ist übrigens auch sehr schädlich für Hunde.«

»Für Menschen ebenfalls.« Xander schnappte sich ein noch nicht verziertes Butterplätzchen und brach es in zwei Hälften. Dabei suchte er Ellies Blick. »Es ist vielleicht kein richtiger Hundehaushalt, weil Amara offiziell mein Hund ist, aber wir sind ziemlich oft hier zu Besuch. Nicht wahr?« Ehe Ellie darauf reagieren konnte, wanderte sein Blick zu Patrice. »Und wenn nicht wir, dann Jana und Oliver mit Scottie oder Lennart und Melissa mit Sissy oder Lena und Martin mit dem kleinen Buddy. Manchmal auch alle zusammen. Da landen dann schon doch mal ein paar Hundehaare in der Küche.«

»Äh … ja, wahrscheinlich.« Patrice setzte ein joviales Lächeln auf. »Ich meine ja nur. Wahrscheinlich liegt es einfach daran, dass ich nie Haustiere hatte.«

»Braucht jetzt jemand den Ofen?« Arian trat neben Xander und legte ihm locker eine Hand auf die Schulter. »Weil ich nämlich sonst meine Zimtsterne reinschiebe. Die müssen mehr trocknen als backen. Das dauert ein bisschen.«

»Ja, mach mal.« Zustimmend nickte Xander ihm zu. »Ich kann meinen Teig noch ein bisschen kaltstellen.«

»Ich meinen auch. Der ist noch zu weich zum Ausrollen.« Verdrießlich musterte Jelena die Teigreste, die an ihrem Nudelholz klebten.

»Hattest du ihn überhaupt schon im Kühlschrank?« Ellie wandte sich der Freundin zu, froh, der etwas eigenartigen Stimmung zwischen Xander und Patrice entkommen zu können. Oder hatte sie sich alles nur eingebildet?

Als sie zu Xander hinüberschielte, schob er sich gerade die eine Hälfte des Plätzchens in den Mund und verfütterte die andere an Amara.

Patrice hatte sich wieder ans Verzieren begeben und lachte über einen von Arians Scherzen.

»Nein, ich dachte, das müsste auch so gehen.« Jelena seufzte: »Leider wohl doch nicht.«

»Wie wäre es dann jetzt mit einer kleinen Kaffeepause?«, schlug Ellie vor.

»Kaffee klingt nach einer guten Idee.« Überraschend war Patrice wieder neben ihr aufgetaucht und legte ihr wie zuvor schon einen Arm um die Hüften. »Ich glaube, ich habe bereits einen Zuckerschock.«

»Hast du vielleicht Cracker da?« Jelena formte aus ihrem Teig eine Kugel und wickelte sie in Frischhaltefolie. »Ich könnte was Salziges vertragen.«

***

Weitere zwei Stunden später war die Küche wieder leidlich sauber und aufgeräumt. Alle hatten sich erschöpft auf Couch und Sesseln niedergelassen und die Beine weit von sich gestreckt.

»Ich kann nicht mehr.« Jelena hatte die Augen geschlossen. »Bestimmt muss ich die Nacht hier verbringen. Genau hier. Auf diesem Sessel.«

»Ich will nie wieder backen.« Ellie seufzte. Sie saß neben Patrice auf der Couch, der ihr sanft die Schultern massierte. »Zumindest in absehbarer Zeit nicht.«

»Ich weiß gar nicht, was ihr habt. Wir waren doch extrem erfolgreich.« Arian drückte den Rücken durch und zuckte prompt zusammen. »Autsch.«

Es klickte mehrfach, als Xander Fotos von der erschöpften Runde schoss. Ringsum stöhnten alle, mussten dann aber doch lachen.

»Also, ich weiß ja nicht, wie es euch geht.« Arian rieb sich den Rücken. »Aber ich habe Hunger. So richtig, meine ich, auf etwas Herzhaftes. Keine Zuckerbomben mehr.«

»Pizza?« Jelena öffnete die Augen und schielte zu ihrem Smartphone, das auf dem Couchtisch lag.

»Hatten wir zuletzt ziemlich oft«, befand Arian. »Mir kam eher die Idee, noch mal zum Weihnachtsmarkt zu fahren.«

Wieder erhob sich ein Stöhnen, doch Jelena richtete sich interessiert auf, und auch Patrice nickte zustimmend. »Ich hatte sowieso schon überlegt, ob ich dich zu einem Besuch auf dem Weihnachtsmarkt überreden kann«, sagte er dicht neben Ellies Ohr. »Ich hatte zwar nicht einkalkuliert, dass das Backen so lange dauern würde, aber es ist ja trotzdem noch nicht so sehr spät. Was meinst du? Als Wiedergutmachung für das verpasste Treffen vergangenen Samstag?« Er sah in die Runde. »Ich lade euch alle zum Essen ein.«

Sogleich richteten sich alle auf.

»Das ist mal ein Wort.« Jelena grinste. »Absolut nicht nötig, aber ein Wort. Eine doppelte Portion Reibekuchen könnte mich von meiner Lethargie kurieren.«

»Keine Reibekuchen«, entschied Arian. »Dazu gibt es Apfelmus, das ist schon wieder süß. Aber eine Currywurst wäre durchaus nach meinem Geschmack, würde ich sagen.«

»Ein doppelter Cheeseburger mit Fritten von Jupps Burger.« Ellie reckte sich. »Ich bin dabei.«

Patrice lächelte nur und küsste sie auf die Schläfe.

Sagt mal, redet ihr da von Futter? Kriege ich auch was? Amara hatte sich erhoben, schüttelte sich und blickte fragend in die Runde.

»Ich schätze, du hast auch Hunger, was?« Xander streichelte ihr über die Ohren. »Ein Schnitzel natur oder so würde dir bestimmt auch schmecken.«

Ich nehme auch eine Bratwurst. Cheeseburger klingt ebenfalls nicht übel. So gut wie alles, was ihr Menschen esst, ist unsagbar lecker. Amaras freudiges Wedeln reizte wieder alle zum Lachen.

Ellie beugte sich vor und kraulte die Hündin hinter den Ohren. »Du verstehst alles, oder?«

Amara wedelte noch heftiger. *Na klar. Nicht alles, aber alles, was wichtig ist.*

»Tja, dann würde ich vorschlagen, dass wir uns auf den Weg machen, oder?« Patrice erhob sich und zog Ellie sanft auf die Füße. »Du kannst bei mir mitfahren, wenn du möchtest. Ich fahre dich gerne später wieder nach Hause.«

Ellie zögerte – und wusste nicht einmal, warum. Schließlich nickte sie. »Okay. Aber zuerst müssen wir noch die ganzen Plätzchen aufteilen. Ihr sollt ja alle euren Anteil mitnehmen.«

15. Kapitel

»Es war wirklich nicht nötig, dass du für uns alle bezahlt hast.« Xander stellte das Bambusgeschirr auf dem Bierzelttisch zusammen. »Wir hätten doch zusammenlegen können.«

»Ach was, ist schon in Ordnung.« Patrice winkte lächelnd ab. »Seht es als so etwas wie meinen Einstand. Der Tag hat mir viel Spaß gemacht, und ich habe mich sehr gefreut, Ellies gute Freunde kennengelernt zu haben. Bestimmt ergibt es sich irgendwann noch mal, dass wir alle gemeinsam etwas unternehmen. Oder?« Fragend sah er Ellie an, die neben ihm saß.

»Mhm.« Sie nickte nur, weil sie gerade den letzten Schluck ihrer Fassbrause im Mund hatte.

»Na gut.« Xander erhob sich. »Dann nochmals danke. Ich bringe das Zeug mal schnell weg.« Er schnappte sich das Geschirr und brachte es zur Sammelstelle. Das gab ihm die Gelegenheit, sich auch selbst ein wenig zu sammeln. Es war ihm alles andere als leichtgefallen, Ellie und Patrice den ganzen Nachmittag und nun auch den Abend über zusammen zu sehen – insbesondere die vielen kleinen Gesten, mit denen Patrice ganz deutlich sein Revier absteckte. Dabei gab es im Grunde nichts, was Xander ernsthaft gegen ihn hätte anführen können. Patrice war ein netter Kerl, gebildet, hatte gute Manieren und schien Ellie wirklich gern zu haben. Wenn sie ihn ebenfalls mochte, durfte er wohl der Allerletzte sein, der etwas dagegen haben sollte. Gefühle waren nun einmal unberechenbar und ließen sich weder erzwingen noch herbeiwünschen.

»Sag mal, wie lange willst du dir das eigentlich noch tatenlos ansehen?« Arian war unvermittelt neben ihm aufgetaucht und stellte die leeren Getränkeflaschen in die dafür aufgestellten Kästen.

»Wie bitte?« Verblüfft starrte Xander seinen Freund an. In seiner Magengrube bildete sich ein Knoten. »Was meinst du?«

»Komm schon, Mann, das weißt du ganz genau.« Arian warf einen vielsagenden Blick in Ellies Richtung, die inzwischen ebenso aufgestanden war wie Patrice und Jelena. Die drei lachten gerade über irgendetwas; Patrice hatte wieder einmal den Arm um Ellies Hüfte gelegt. »Sag mir auch nur ansatzweise glaubhaft ins Gesicht, dass du Patrice nicht liebend gerne zum Teufel jagen würdest.«

Der Knoten wuchs. »Warum sollte ich das tun wollen? Ellie … ist doch glücklich mit ihm.«

Arian hustete. »Einen feuchten, du weißt schon was, ist sie. Wenn *ihr beide* zusammen seid, dann ja. Das heute war über weite Strecken ein einziger Krampf. Du wolltest Patrice am liebsten insgeheim erwürgen, und sie scheint aus irgendeinem unerfindlichen Grund entschlossen zu sein, es unbedingt mit ihm versuchen zu müssen. Weiß der Geier … Dabei kann der sprichwörtliche Blinde mit seinem Krückstock sehen, dass …«

»Dass was?«, unterbrach Xander ihn nicht wenig erschrocken. »Was kann man sehen?«

»Dass ihr ein Kopp und ein A… Hinterteil seid. Eine Einheit.« Arian musterte ihn vielsagend. »Wart ihr schon immer, auch wenn ihr es nicht gemerkt habt – und wir auch irgendwie nicht. Mann, wir haben damals sogar blöde Witze darüber gemacht. Egal. Ich wusste es jedenfalls in dem Moment, als dir neulich die Gesichtszüge entgleist sind, während Jelena uns erzählt hat, dass Ellie Patrice kennengelernt hat.«

Xander schloss für einen Moment die Augen. »Ich wusste nicht, dass es so offensichtlich ist. Weiß Jelena …?«

»Klar, sie ist ja nicht blind.« Arian legte ihm eine Hand auf die Schulter. »Sie wird mir den Kopf abreißen, weil ich mich eingemischt habe, aber ich musste etwas sagen. Das kann doch so nicht weitergehen.«

»Es muss wohl irgendwie.« Xander hob die Schultern. »Was soll ich denn machen?«

»Hast du schon mal daran gedacht, ihr zu sagen, was du … na ja, für sie empfindest?«

»Damit setze ich unsere Freundschaft aufs Spiel.«

»Wenn du es nicht tust, schnappt Patrice sie sich.«

Xander schluckte. »Doch nur, wenn sie das auch will, und wenn das so ist, habe ich nicht das Recht, dazwischenzufunken.«

»Heiliges Universum!« Arian verdrehte die Augen. »Das ist doch alles nicht echt. Glaube ich jedenfalls nicht. Nicht, wenn man euch beide im Vergleich dazu sieht.«

»Wir sind ja auch schon ewig befreundet.«

Arian verdrehte die Augen. »Fängst du jetzt auch noch an, dir Bullshit einzureden? Sprich mit ihr! Wollt ihr nicht morgen zusammen Weihnachtsbäume aussuchen?«

Als Xander vage nickte, drückte Arian noch einmal seine Schulter. »Beste Gelegenheit.«

»Was ist, kommt ihr noch mit zum Glühweinstand?« Patrice winkte Xander und Arian heran. »Ellie und ich drehen auch noch eine Runde über den Platz.«

»Ich nicht mehr.« Arian warf Xander noch einen kurzen, aber beredten Blick zu. »Ich würde gerne mal ausnahmsweise zeitig in die Heia gehen.«

»Ich auch.« Jelena hob die Schultern. »Backen ist anstrengend.«

»Ich mache mich auch vom Acker.« Xander ignorierte Arians verärgerten Seitenblick geflissentlich und nahm stattdessen Ellie die Hundeleine ab, die sie schon vor einer Weile übernommen hatte. »Für Amara wird es ja auch bald Zeit.«

Für mich? Zeit für was? Oh, gehen wir irgendwohin? Kommt Ellie mit? Nein? Das ist aber schade.

»Mach's gut, Amara, okay?« Ellie ging vor der Hündin in die Hocke und umarmte sie, was den Knoten in Xanders Magengrube erneut wachsen ließ. »Wir sehen uns morgen. Dann gehen wir zusammen in den Wald.«

Ach ja? Wald klingt super, da kann man toll spazieren gehen. Also … inzwischen finde ich das wieder toll, weil ich jetzt ein neues Zuhause habe, in das ich nach dem Spazierengehen zurückkehren darf. Amara wedelte freudig und leckte Ellie über die Wange.

»Hey!« Kichernd hielt Ellie sich an Amara fest, kippte dann aber doch hinten über und wäre beinahe auf ihrem Hinterteil gelandet. Xander fing sie gerade noch auf und zog sie zurück auf die Füße.

»Danke.« Sie grinste erheitert. »Das war knapp.«

»Alles okay mit dir?« Patrice berührte sie sichtlich sorgenvoll am Arm. »So ein großer Hund hat ganz schön viel Kraft. Das ist nicht ungefährlich.«

Ellie wurde kurz wieder ernst. »Ich weiß. Keine Sorge, das kann ich schon einschätzen. Immerhin …« Sie berührte wie unbewusst die Stelle an ihrem Oberarm, wo sich die Narben befanden. »Es ist nichts passiert«, fuhr sie fort und streichelte Amara noch einmal am Kopf.

»Du wurdest schon mal angefallen.« Patrice senkte betroffen den Kopf. »Entschuldige, ich wollte nicht …«

»Schon gut, alles okay.« Ellie trat auf Jelena und Arian zu und umarmte beide kurz. »Wir sehen uns am Montag in der Oase, ja?« Dann umarmte sie auch Xander ganz kurz. »Bis morgen, okay? Wie ausgemacht um zwei am Waldrand?«

Xander nickte. »Ich bringe eine Säge mit.«

»Wir suchen für mein Haus sowie für Xander und seine Schwester je einen Weihnachtsbaum. Drüben im Wald gibt es eine Plantage, die unser Förster Leon Marbach freigegeben hat. Da darf man selbst Bäume schlagen oder vielmehr absägen.«

»Leon Marbach?« Patrice sah Xander fragend an. »Ein Verwandter?«

»Nein.« Xander kraulte Amara hinter den Ohren. »Der Nachname ist hier nur sehr verbreitet, wie du ja wissen müsstest.«

»Natürlich, gerade deshalb habe ich ja gefragt.« Patrice lächelte wieder einmal jovial. »Es ist fast schon ein Wunder, wenn man mal zwei Marbachs trifft, die tatsächlich miteinander verwandt sind.«

»Leon und ich sind es jedenfalls nicht.« Da Amara unruhig wurde, fasste Xander ihre Leine etwas kürzer. »Aber mit Margaret Marbach bin ich verwandt.« Auf Patrice' Stirnrunzeln hin fügte er erklärend hinzu: »Tante Maggie gehört der örtliche Baumarkt.«

»Aha.« Patrice nickte wieder. »Also …« Er sah Ellie fragend an. »Dann bleiben wohl nur wir zwei. Wollen wir also los?«

»Klar.« Ellie warf Xander noch einen kurzen Blick zu und hakte sich dann bei Patrice unter. Mit einem kurzen Winken folgte sie ihm ins Getümmel.

»Rede mit ihr.« Arian maß ihn mit einem vielsagenden Blick. »Komm, Jelena, machen wir uns auf den Heimweg.«

Jelena schloss rasch zu ihrem Bruder auf. Nach einigen Schritten warf sie Xander über die Schulter einen kurzen Blick zu und sagte etwas sehr eindringlich zu Arian.

Xander blickte teils ergeben, teils besorgt zum abendlichen Himmel hinauf, an dem heute unzählige Sterne funkelten. Die Luft war klar und eiskalt. Irgendwo tönte die Titelmelodie von *Drei Haselnüsse für Aschenbrödel* aus einem Lautsprecher.

»Na, sag mal, ist das etwa Xander Marbach?« Eine schlanke Frau mit langem blonden Haar kam mit einem strahlenden Lächeln auf ihn zu. »Tatsächlich! Mensch, wie lange ist das schon her? Vier Jahre oder fünf? Gut siehst du aus! Sag mal, stimmt es, dass du endlich wieder dauerhaft im Lande bist?«

»Hallo Danielle!« Überrascht erwiderte er die Umarmung seiner ehemaligen Kollegin aus der Zeit, als er nebenher regelmäßig Artikel für das Lifestyle-Magazin

Zeitschritte verfasst hatte. »Das ist ja wirklich eine Überraschung.«

***

Patrice war an einem Süßigkeitenstand stehen geblieben, was Ellie die Gelegenheit gab, noch einmal in Richtung des Zeltes zu blicken, wo sie Xander und Amara eben zurückgelassen hatten. Das leise Bedauern, das sie darüber empfand, irritierte sie. Immerhin würde sie beide morgen Nachmittag bereits wiedersehen, also konnte sie doch den heutigen Abend in Patrice' Gesellschaft genießen. Sie waren beide beruflich so stark eingebunden, dass ihnen fast nur die Wochenenden blieben, um etwas miteinander zu unternehmen.

Den heutigen Nachmittag verbuchte sie trotz einiger holpriger Momente vorsichtig als Erfolg. Alle Seiten hatten sich bemüht, aufeinander zuzugehen und Spaß miteinander zu haben. Das war für den Anfang schon vielversprechend. Dass sie nicht unbedingt das Bedürfnis hatte, das Experiment möglichst bald zu wiederholen, lag vermutlich daran, dass sie reichlich erschöpft war.

Nach einem Moment entdeckte sie Xander, der noch immer vor dem Zelt stand und zum Himmel hinaufblickte. In diesem Augenblick tauchte neben ihm eine Frau um die dreißig mit meterlangen Beinen in engen Jeans, feuerrotem Steppkurzmantel sowie mit wallendem blonden Haar auf und fiel ihm sichtlich begeistert um den Hals. Ein unangenehmer und ganz sicher unangemessener Stich durchfuhr sie, als sie sah, wie Xander die Umarmung erwiderte und lachte, als die Frau fröhlich auf ihn einredete. Ein zweiter schmerzhafter Stich folgte, als die Blondine die freundlich wedelnde Amara begrüßte und streichelte, sich dann bei Xander unterhakte und ihn, weiter begeistert auf ihn einredend, mit sich von dem Zelt fortzog, sodass er ihr lachend hinterherstolperte. Amaras kurzes heiteres Wuffen war genau zu vernehmen, als sie neben ihrem Herrchen hertrabte.

»Entschuldige bitte, es hat einen Moment gedauert, aber dafür habe ich etwas für dich.« Patrice war auf Ellie zugetreten und hielt ihr mit einem breiten Lächeln ein großes Lebkuchenherz mit weißer Verzierung und rosafarbenem Schriftzug hin. *Ich bin zuckersüß* stand darauf. »Warte, ich helfe dir.« Er hängte ihr das Herz mit einem breiten Lächeln um. »Passt perfekt.«

Etwas perplex sah Ellie auf das Herz hinab, dann lächelte sie. »Du findest, dass ich zuckersüß bin?«

»Aber klar! Nach dem heutigen Zuckerexzess ganz besonders.« Gut gelaunt küsste Patrice sie auf die Nase. »Du warst ja schon mal hier, also erzähl: Welche Stände lohnen sich und welche lassen wir lieber aus?«

Unwillkürlich blickte Ellie noch mal zu dem Zelt, doch von Xander, Amara und dem blonden Vamp war weit und breit nichts mehr zu sehen. Sie riss sich zusammen. Immerhin war sie mit Patrice hier: »Das kommt darauf an, wie hoch deine Schmerzschwelle für Kitsch ist.«

»Nicht allzu hoch.« Patrice verzog leicht die Lippen. »Aber vielleicht finde ich ja ein Weihnachtsgeschenk für meine Sekretärin und für meinen neuen Referendar. Ina ist eine totale Kerzenliebhaberin und Josef, soweit ich das beurteilen kann, ein Katzenfan. Zumindest erzählt er oft von den drei Katzen, die er und sein Lebensgefährte aus dem Tierheim adoptiert haben. Und beide mögen Weihnachten. Meinst du, da findet sich hier etwas?«

»Ganz sicher sogar. Ich weiß einen Stand mit ganz tollen selbst gezogenen Kerzen, und am Stand der Sozialstation verkaufen sie dieses Jahr total witziges Katzenspielzeug, das die Auszubildenden der Schneiderei angefertigt haben.«

Anerkennend nickte Patrice. »Klingt ausgezeichnet, dann mal los!«

Nachdem sie sowohl für Josef als auch für Ina etwas Passendes gefunden hatten, blieben sie noch bei der Losbude stehen und kauften beide jeweils zehn Lose. Bei Ellie reichten die Punkte für einen etwa handspannenlangen lustigen Stoffwichtel mit roter Kochmütze, der perfekt zu ihrer übrigen Wichtelsammlung passte. Patrice konnte sich für neun seiner Lose zunächst nur einen Kugelschreiber mit Weihnachtsmotiv aussuchen, doch das zehnte war ein Hauptgewinn.

»Sieh dir das an! Zwei Karten für die morgige Aufführung des Weihnachtstheaterstücks der Sozialstation.« Überrascht hielt er Ellie das Los hin. »Ich wusste gar nicht, dass es dort neuerdings eine Theatergruppe gibt.«

»Ich auch nicht.« Neugierig musterte sie es und reichte es dann dem Losverkäufer, einem Mann ungefähr Mitte siebzig mit langem, gepflegtem weißen Bart, der einen Ledermantel mit dem Aufdruck einer Heavy-Metal-Band trug. Dieser nahm es entgegen, blickte darauf und drückte sofort einen Knopf an seiner Musikanlage, woraufhin ein lauter Tusch ertönte. »Und wieder ein Hauptgewinn, das nimmt ja heute gar kein Ende«, verkündete er in bester

Schaustellermanier in sein Mikrofon. »Herzlichen Glückwunsch, herzlichen Glückwunsch! Wollen auch Sie zu den glücklichen Gewinnerinnen und Gewinnern zählen? Dann kommen Sie, kaufen Sie! Jedes Los ist ein Gewinn. Nieten gibt es bei mir nicht.« Noch während er sprach, holte er aus einem Kästchen unter seiner Kasse die beiden Eintrittskarten hervor und reichte sie Ellie.

»Das ist das erste Mal, dass ich einen Hauptgewinn gezogen habe.« Patrice nahm Ellie eine Karte ab und studierte sie. »Die Vorstellung ist morgen um 15 Uhr. Eigentlich bin ich bei meinen Eltern eingeladen, Adventskaffee, du weißt schon, aber sie haben bestimmt Verständnis dafür, dass wir lieber ins Theater gehen. Es findet in der Stadthalle statt.« Er sah sie hoffnungsvoll an. »Du kommst doch mit? Immerhin hast du mir Glück gebracht. Ohne dich wäre ich heute gar nicht hier und hätte die Karten also auch nicht gewinnen können.« Sanft zog er sie näher zu sich heran. »Sag ja.«

»Ja, also …« Ellie zögerte. »Ich bin doch eigentlich schon mit Xander verabredet. Wegen unserer Weihnachtsbäume.«

»Ach ja, Mist.« Patrice runzelte die Stirn. »Das ist natürlich dumm. Aber die Weihnachtsbäume laufen ja eigentlich nicht weg, oder? Ich bin sicher, ihr findet auch später noch einen. So lange geht das Stück ja wohl nicht. Zwei Stunden vielleicht oder so. Wie lange kann man denn sonntags bei dieser Weihnachtsbaumplantage aufschlagen? Ich könnte vielleicht auch mitkommen, als Packesel. Tannenbäume sind ja durchaus schwer.«

»Also … ich weiß nicht.« Der Gedanke, dass Patrice sie begleiten wollte, passte ihr nicht so recht. »Ich glaube, da ist gegen achtzehn Uhr Schluss.«

»Eine Stunde … hm.« Nachdenklich rieb Patrice sich übers Kinn. »Also, wenn man annimmt, dass das Stück um siebzehn Uhr zu Ende ist. Dann noch nach Hause und umziehen, das wird vielleicht doch zu knapp.« Seine Miene hellte sich auf. »Warte mal, dieses Wochenende findet doch der Lichter- und Glühweinzauber in der Baumschule Kilian statt. Mein Bruder will mit der Family auch dorthin. Die Veranstaltung geht von zehn bis einundzwanzig Uhr, soweit ich weiß, und in der Baumschule gibt es auch immer sehr schöne Weihnachtsbäume. Vielleicht könnt ihr ja umdisponieren?«

Ellie dachte über diesen Vorschlag nach, dann nickte sie zögernd. »Ich müsste Xander fragen, was er davon hält.«

»Dann mach das doch am besten gleich. Ruf ihn an, damit ihr das klären könnt.«

Ellie nickte, entschied sich dann aber dafür, Xander eine Textnachricht zu schicken. Irgendwie gefiel ihr der Gedanke nicht, während eines Telefonats womöglich die blonde Frau im Hintergrund zu hören. Vielleicht waren die beiden sogar gerade … beschäftigt. Zwar hatte er diese Bekannte oder was immer sie war bisher noch nie erwähnt, aber das musste ja nichts heißen. Also öffnete sie rasch die Textnachrichten-App.

Ellie: Patrice hat gerade beim Losverkauf
2 Karten für das Theaterstück der Sozialstation
morgen Nachmittag in der Stadthalle gewonnen.

Sie fügte ein Lach-Emoji hinzu und einen goldenen Pokal, dann tippte sie auf Senden.

Ellie: Die Vorstellung beginnt um 15 Uhr, und Patrice hat mich eingeladen. Können wir die Sache mit den Weihnachtsbäumen auf abends verschieben?

Sie fügte betende Hände und das Emoji mit dem Heiligenschein hinzu.

Ellie: In der Baumschule Kilian findet morgen so eine Lichter- und Glühwein-Veranstaltung statt. Da finden wir bestimmt auch schöne Bäume.

Sie fügte zwei geschmückte Tannenbäume hinzu und wartete einen Moment, bevor sie ein drittes Mal auf Senden tippte.

Eine Weile starrte sie auf die verschickten Nachrichten. Sie konnte sehen, dass sie alle drei angekommen waren, doch Xander hatte sie offenbar noch nicht gelesen. Vielleicht war er abgelenkt oder eben … beschäftigt. Zögernd schob Ellie ihr Smartphone zurück in ihre Tasche. »Er wird sich bestimmt bald melden.«

»Gut, also … Was stellen wir jetzt noch an?« Unternehmungslustig blickte Patrice sich um, bemerkte dann aber offenbar ihre ernste Miene. »Oder bist du müde? Ich kann dich auch nach Hause bringen, wenn du möchtest.«

Energisch riss Ellie sich von den höchst unwillkommenen Bildern los, die vor ihrem inneren Auge abliefen. »Ich bin nicht müde – oder zumindest nicht sehr.«

»Weißt du was?« Patrice ergriff ihre Hand. »Abends gibt es doch diese romantischen Karussellfahrten. Was hältst du davon, wenn wir da auch mal mitfahren? Wir waren heute beide lange auf den Beinen, und auf dem Karussell könnten wir gemütlich sitzen.«

»Klar, warum nicht.« Bereitwillig ließ Ellie sich von Patrice zum Kassenhäuschen des Karussells ziehen, in dem heute eine brünette Frau um die vierzig saß, eine Verwandte von Klaus, soweit Ellie wusste. Klaus selbst war heute nicht zu sehen. Vermutlich gönnte er sich auch einmal einen freien Abend.

Die Kassiererin, auf ihrem Namensschild stand Judith, bestätigte denn auch, dass Klaus und seine Frau heute ihren sechsunddreißigsten Hochzeitstag feierten und zu diesem Anlass ein paar Tage in Urlaub gefahren waren. »Ich habe mich bereit erklärt, am Wochenende auszuhelfen«, fuhr Judith lächelnd fort, während sie Patrice die Fahrkarten reichte. »Auch um die Musik kümmere ich mich. Ich muss gleich mal eine neue Playlist einstellen. Klaus sagt zwar immer, die Anlage habe ein seltsames Eigenleben, aber bei mir funktioniert bisher alles fehlerlos. Also, viel Spaß Ihnen beiden, die Fahrt geht gleich los. Sie dürfen sich schon mal einen Platz aussuchen.«

»Danke.« Freundlich lächelte Patrice Judith zu und legte Ellie einen Arm um die Schultern. »Du darfst wählen. Welche Gondel nehmen wir?« Da bereits einige Paare auf die freien Plätze zusteuerten, deutete sie rasch auf eine gründoldene Gondel. Auf der Sitzbank lag eine gefaltete Wolldecke, die sie über ihre und Patrice' Beinen ausbreitete. Die Gondeln waren geräumig und bequemer, als sie es aus ihrer Kinderzeit in Erinnerung hatte.

Patrice rückte an sie heran und legte ihr wieder einen

Arm um die Schultern. »Hast du es gemütlich? Ich muss zugeben, das ist das erste Mal, seit meine Nichte klein war, dass ich hier wieder mitfahre.« Er ergriff ihre Hand und drückte sie leicht. »Ist doch wirklich romantisch, nicht wahr?«

Da sich in diesem Moment das Karussell mit einem kleinen Ruck in Bewegung setzte, nickte Ellie nur.

»Die Musik ist natürlich auch angepasst«, stellte er sichtlich amüsiert fest. »Den Song kenne ich allerdings gar nicht. Klingt aber nett.«

»Das ist *A perfect Christmas* von Jose Mari Chan.« Ellie schloss für einen Moment die Augen. »Den Song habe ich schon ewig nicht mehr gehört. Wir haben dazu mal bei einer Schulaufführung in der zehnten Klasse getanzt.«

»Wer ist wir? Eure ganze Klasse?«

»Ja, fast. Es war ein Musical. Xander und ich und noch zwei andere hatten bei diesem Song den Hauptpart.« Die Erinnerung ließ sie lächeln. »Wir haben wochenlang geübt, bis alles perfekt saß. Danach konnten wir das Lied nicht mehr hören.«

»Ganz schön … romantisch für eine zehnte Klasse«, befand Patrice.

»Kann schon sein. Wir wollten dieses Stück unbedingt aufführen. Es hieß auch genau wie der Song. *A perfect Christmas.* Es geht darin um Liebe und Familie und darum, mit den richtigen Menschen Weihnachten zu feiern anstatt mit solchen, denen man sich bloß verpflichtet fühlt. Eigentlich war es zu anspruchsvoll für uns, aber es ist richtig toll geworden. Wir waren sogar damit in der Zeitung und hatten einen kurzen Bericht im Lokalfernsehen.«

Patrice antwortete nicht darauf, lächelte ihr aber wieder zu.

Schweigend lauschten sie dem Song, bis er in den nächsten überging. Jon Bon Jovi sang *Please come home for Christmas.*

Warum in aller Welt musste Ellie schon wieder an Xander denken? Vielleicht, weil sie sich in den vergangenen Jahren mehr als einmal gewünscht hatte, dass Xander zu Weihnachten da gewesen wäre. Vergangenes Jahr hatte es geklappt und er hatte ihnen einen mehrtägigen Besuch abgestattet, und diese Weihnachten war er für immer zurückgekehrt.

»Einen Euro für deine Gedanken.«

»Wie bitte?« Ellie wandte sich verblüfft Patrice zu und lächelte verlegen. »Entschuldige, ich war mit meinen Gedanken gerade irgendwo … versunken.«

»Vielleicht sollte ich sie wieder auf das Hier und Jetzt lenken.« Lächelnd näherte Patrice seinen Mund dem ihren. »Immerhin gehört das zu einer romantischen Karussellfahrt dazu, nicht wahr?«

Ellie lächelte ebenfalls. »Ja, wahrscheinlich.« Sie erwiderte den Kuss, als seine Lippen auf ihre trafen, und lauschte in sich hinein. Sie mochte es, wie Patrice sie küsste. Warm, sanft, nicht aufdringlich. Angenehm.

Das Handy in ihrer Gesäßtasche gab einen leisen Signalton von sich und vibrierte leicht, was ihr verriet, dass Xander auf ihre Textnachrichten geantwortet hatte. Sie unterdrückte den Impuls, sofort nachzusehen, sondern zog den Kuss bewusst in die Länge. Schließlich war sie mit Patrice hier, und er verdiente ihre volle Aufmerksamkeit.

Allerdings unterbrach er schließlich von sich aus den Kuss. »Willst du nicht nachsehen, was für eine Nachricht du erhalten hast? Es könnte wichtig sein.«

Ellie verrenkte sich ein wenig, um ihr Smartphone aus der Tasche zu fischen. Inzwischen hatte die Musik zu *All I want is you (This Christmas)* von NSYNC gewechselt und verursachte Ellie ein seltsames Déjà-vu. Rasch entsperrte sie das Display und rief die Kurznachrichten-App auf.

Xander hatte lediglich ein Daumen hoch geschickt, nichts weiter. Doch noch während Ellie diese Nachricht aufrief, kam eine weitere herein.

Xander: Glückwunsch zum Gewinn.

Xander: Gegen sechs bei der Baumschule?

»Siehst du, klappt doch wunderbar.« Patrice küsste sie auf die Schläfe.

Ellie überlegte, was sie antworten sollte, entschied sich dann aber auch nur für ein Daumen hoch. Was sollte sie auch sonst schreiben? Rasch schob sie das Handy unter neuerlichen Verrenkungen in ihre Gesäßtasche zurück. In diesem Moment ruckelte das Karussell wieder ein wenig und hielt an.

***

Eine knappe halbe Stunde später schloss Ellie ihre Haustür hinter sich und lehnte sich ermattet dagegen, während sie auf das sich entfernende Motorengeräusch von Patrice' Wagen lauschte. Sie hätte ihn heute Abend hereinbitten können. Vielleicht, nein, wahrscheinlich hatte er sogar darauf gehofft. Doch sie hatte es nicht getan, weil … ja, warum eigentlich? Weil sie noch nicht bereit dazu war. Sie war schon sehr lange nicht mehr mit einem Mann zusammen gewesen und fühlte sich fürchterlich aus der Übung. Außerdem war sie schon immer sehr zurückhaltend gewesen. Sie brauchte einfach noch etwas Zeit. Das war schließlich ihr gutes Recht. Und morgen war auch wieder ein Tag.

Anstatt ins Bett zu gehen, kuschelte sie sich unter die weiche Decke auf der Couch und schaltete über einen Streamingdienst *Drei Haselnüsse für Aschenbrödel* ein. Am Boden entdeckte sie eines von Amaras Plüschtieren, das Xander offenbar vergessen hatte. Es handelte sich um eine gelbe Ente mit orangefarbenem Schnabel. Ducky nannte Xander sie, damit Amara den Namen verinnerlichte und wiedererkannte.

Ellie schob sich die Ente unter die Wange und sog automatisch die Mischung aus Hundesabber und -mief ein. Mit einem unangenehmen Brennen in den Augen zog sie die Decke bis zum Kinn hoch und richtete ihre Aufmerksamkeit auf den Film. Etwa an der Stelle, als der Prinz dem vermeintlichen jungen Jäger durch den Schnee nachsetzt, schlief sie ein.

16. Kapitel

»Ja, ja, ja, ich komme doch schon!« Noch in Mantel und Mütze gehüllt, eilte Santa Claus in sein Büro, in dem das Gefühlsradar schrille Warntöne von sich gab.

»Was ist das denn Schreckliches? Das tut ja in den Ohren weh. Fast so schlimm wie letztes Jahr, als hier so ein grässlich weinendes Singen bis in unseren Stall hinaus zu hören war.« Rudolph, das Rentier mit der roten Nase, war dem Weihnachtsmann neugierig gefolgt und streckte nun, die Ohren flach an den Kopf angelegt, seine Nase ins Büro.

»Das ist das Gefühlsradar.« Santa Claus hatte die Lautstärke bereits auf ein erträgliches Maß heruntergeregelt und prüfte nun die Ausschläge auf dem Display.

»Rudolph! Was hast du denn schon wieder im Haus zu suchen?« Santas Ehefrau erschien ebenfalls in der Bürotür und musterte das Rentier mit strenger Miene. »Ihr Rentiere sollt doch nicht einfach ohne Erlaubnis ins Haus kommen. Schau dir nur mal an, wie viel Schnee du hereingetragen hast!«

»Tschuldigung.« Schuldbewusst senkte Rudolph den Kopf. »Santa ist nur so schnell ins Haus gerannt, obwohl wir eigentlich für eine Testfahrt mit dem frisch überholten Schlitten angespannt werden sollten. Dasher und Blitzen und Dancer meinten, ich soll ihm hinterherlaufen und nachsehen, was los ist.«

»Diese drei nun wieder.« Santas Frau warf Rudolph einen vielsagenden Blick zu. »Du weißt doch, dass sie dich immer vorschicken, damit sie selbst keinen Ärger bekommen. Steckt Vixen auch mit ihnen unter einer Decke?«

»Wo stecke ich unter einer Decke?« Das Rentier Vixen tauchte hinter Rudolph auf. »Ist hier alles in Ordnung? Wir dachten schon, es gäbe einen Notfall, weil Santa so plötzlich ins Haus gerannt ist.«

»Du jetzt auch noch!« Die Frau des Weihnachtsmanns verdrehte ergeben die Augen. »Seht euch nur mal den Fußboden an. Überall schmelzende Schneehufabdrücke.«

»Oh, Verzeihung.« Auch Vixen zog den Kopf ein. »Das war nicht meine Absicht.«

»Ich weiß.« Sandas Frau seufzte. »Aber ihr beide helft mir gleich, das alles wieder wegzuwischen.«

»Na klar, das machen wir.« Rudolph und Vixen nickten eifrig.

»Dürfen wir vorher erfahren, was los ist?«, fragte Rudolph. »Das muss doch so was wie ein Notfall gewesen sein, weil das Gerät dort so einen lauten Alarm von sich gegeben hat.«

»Das Gefühlsradar?« Nun ebenfalls alarmiert blickte die Frau des Weihnachtsmannes zuerst zu dem Radar, dann zu den Videobildschirmen an der Wand, vor denen Santa Claus sich inzwischen aufgebaut hatte. »Ist etwas vorgefallen?«

Er strich sich ein ums andere Mal durch den Rauschebart. »Ich bin mir nicht sicher. Eigentlich läuft alles nach Plan.«

»Nach Plan?« Misstrauisch trat sie näher und studierte die Ereignisse, die sich auf der Erde abspielten. Sie spulte sogar ein wenig zurück und rang nach Atem, als sie sah, was sich bei Ellie, Patrice und Xander in der jüngsten Vergangenheit ereignet hatte. »Um Himmels willen, was hast du dir denn dabei gedacht? Mein Lieber, das ist doch viel zu gefährlich! Du spielst da nicht nur mit dem Feuer, sondern auch mit den Gefühlen der Menschen. Was soll denn das bringen? Und sehe ich das richtig? Elf-Zwei und Elfe-Acht haben den Lostopf manipuliert, sodass Patrice die Eintrittskarten für dieses Theaterstück gewonnen hat? Wie in aller Welt soll das dazu beitragen, dass Xanders Weihnachtswunsch erfüllt wird? Erreichst du damit nicht das genaue Gegenteil?«

»Aber nein, mein Schatz, keine Sorge.« Der Weihnachtsmann lächelte leicht. »Wie gesagt, alles läuft bisher ganz genau nach Plan. Ein wirklich genialer Plan, wenn ich das mal so sagen darf.«

»Genial.« Seine Frau musterte ihn zweifelnd. »Und warum schlägt das Gefühlsradar dann Alarm?«

»Das weiß ich nicht genau.« Santa Claus hob die Schultern. »Ich meine, mit etwas Gefühlsaufruhr hatte ich zwar schon gerechnet, aber der Alarm war doch sehr heftig.« Während er sprach, trat er erneut in die Zimmerecke, prüfte noch einmal die Ausschläge des Radars und kehrte gleich darauf zur Videowand zurück, um die aktuellen Ereignisse anzusehen. »Vielleicht werden die Gefühle von Xander und Ellie noch von etwas anderem beeinflusst, was ich bislang nicht auf dem Schirm hatte. Ich werde das im Auge behalten, damit weiterhin alles glattläuft. Immerhin ist es nicht mehr lange hin bis Weihnachten, und zusätzliche Komplikationen können wir natürlich nicht brauchen.«

»Bei den Menschen gibt es doch so gut wie immer zusätzliche Komplikationen«, befand seine Frau besorgt. »Das musst du doch inzwischen wissen und mit einkalkulieren.« Sie hielt inne. »Könnten es vielleicht Patrice' Gefühle sein? Wenn er sich ernsthaft in Ellie verliebt hat und sie sich vielleicht auch in ihn, dann dürfen wir die beiden nicht einfach zu trennen versuchen, nur um Xanders Wunsch zu erfüllen. Das geht gegen alle himmlischen Gesetze. Du darfst keinen ...«

»... keinen Wunsch erfüllen, wenn dadurch ein anderer Mensch massiv zu Schaden kommt, gleich ob körperlich, seelisch oder materiell«, vollendete Santa Claus den Satz. »Keine Sorge, das ist mir vollkommen bewusst. Ausnahmen bestehen nur bei Menschen, die selbst anderen Menschen willentlich und absichtlich Schaden zufügen oder zufügen wollen.«

»Was bei Patrice ja nun wirklich nicht der Fall ist«, setzte seine Frau hinzu. »Wenn ihm durch deinen Plan also ein massiver Herzschmerz zugefügt würde, darfst du auf keinen Fall weitermachen, sondern musst einen anderen Weg finden, Xanders Wunsch zu erfüllen – falls das überhaupt möglich ist.«

»Das ist mir alles bewusst.« Der Weihnachtsmann tippte sich mit dem Zeigefinger nachdenklich gegen die Lippen. »Meine Recherchen besagen allerdings ...« Was er herausgefunden hatte, verschwieg er jedoch. »Ich werde die Sache scharf im Auge behalten«, wiederholte er schließlich. »Im Augenblick sehe ich keinen Anlass, von meinem Plan abzuweichen. Aber ich werde Elfe-Sieben, sobald sie aus der Geschenkefabrik zurück ist, damit beauftragen, weitere

Nachforschungen anzustellen, nur um sicherzugehen. Und ich schicke Elfe-Acht und Elf-Zwei los, damit sie vor Ort Erkundigungen einziehen. Jetzt muss ich aber los. Die Rentiere müssen für die Schlittentestfahrt angespannt werden.«

»Au ja, endlich!« Vixen und Rudolph klapperten begeistert mit den vorderen Hufen. »Wir freuen uns schon so auf den Ausflug.«

»Halt, stopp, ihr beiden!« Gebieterisch hob Santas Frau beide Hände. »Zuerst helft ihr mir dabei, das Wasser aufzuwischen, zu dem der Schnee inzwischen geschmolzen ist, den ihr hier hereingetragen habt.« An ihren Mann gerichtet fügte sie hinzu: »So lange musst du dich leider gedulden.«

Santa Claus nickte schmunzelnd. »Selbstverständlich. Ordnung muss sein. Ich gebe derweil den Elfen Bescheid.«

17. Kapitel

Unruhig blickte Ellie immer wieder auf ihre Armbanduhr. Es war bereits Viertel vor sechs und das Theaterstück immer noch nicht vorbei. Sie hatten nicht gewusst, dass die Uhrzeit auf den Karten zwar den Beginn der Veranstaltung angegeben hatte, jedoch nicht, dass es vor dem Stück einen Sektempfang mit mehreren Ansprachen geben würde, in denen auch darauf hingewiesen worden war, dass alle Spenden, die heute eingenommen wurden, den verschiedenen sozialen Projekten der städtischen Sozialstation zugutekommen würden. Eine stille Versteigerung hatte es auch gegeben, bei der man sich für verschiedene gespendete Kunstgegenstände und Dinge, die in den Lehrwerkstätten der Station hergestellt worden waren, als Bieter in Listen eintragen konnte. Patrice hatte gleich für mehrere Sachen geboten, was bedeutete, dass sie wohl oder übel würden bleiben müssen, bis die Gewinner der Auktion verkündet worden waren. Gleich nachdem sie den Aushang mit dem Ablauf der Veranstaltung entdeckt hatte, war Ellies schlechtes Gewissen bereits aufgeflammt, weil sie Xander hatte mitteilen müssen, dass es etwas später werden würde. Nun meldete es sich erneut. Die Pause nach dem zweiten Akt war viel länger gewesen als veranschlagt, was außer ihr niemanden zu stören schien. Es war ein lustiges Stück, und die Schauspielerinnen und Schauspieler waren wirklich talentiert. Unter anderen Umständen hätte Ellie den Nachmittag sehr genossen. Doch allmählich dämmerte ihr, dass sie vermutlich auch zu dem nach hinten verschobenen Treffen mit Xander nicht pünktlich würde sein können. Dabei hatten sie das gemeinsame Aussuchen der Tannenbäume schon ausgemacht, bevor Patrice die Theaterkarten gewonnen hatte. Sie hätte einem von beiden absagen sollen, und um der Gerechtigkeit willen hätte es Patrice sein müssen.

Selbst ohne das erweiterte Programm, das die Sozialstation heute bot, wäre es zeitlich eng geworden. Zwei Dates an einem Tag waren bescheuert. Und es waren zwei Dates, ganz egal, wie sehr Ellie sich einzureden versuchte, dass nur das Zusammensein mit Patrice als Date bezeichnet werden sollte. Sie war fest mit Xander verabredet, mit ihrem besten Freund seit ... Ewigkeiten. Sie hatte nicht das Recht, diese Verabredung als zweitrangig abzutun. Womöglich lag hier sogar der Knackpunkt. Xander und ihre Freundschaft waren ihr immer besonders wichtig gewesen, nun aber versuchte sie anscheinend mehr oder weniger unterbewusst, ihm einen niedrigeren Platz einzuräumen. Warum das so war, darüber traute sie sich kaum nachzudenken. Irgendetwas stimmte nicht mit ihr, das stand fest. Jedes Mal, wenn sie über den bevorstehenden Abend mit ihm nachdachte, verspürte sie ein eigenartiges Ziehen in der Magengrube, so als würde ihr Innerstes an einem Gummiband in die Tiefe gezogen und dann losgelassen, sodass es mit großer Geschwindigkeit in die Höhe katapultiert wurde.

Sie konnte diese Empfindung nicht richtig einordnen. Rührte sie von ihrem schlechten Gewissen oder von etwas ganz anderem? Denn irgendwie war sie schon vorher da gewesen, nur nicht so aufdringlich. Und jetzt hatte sie regelrecht Bammel davor, sich mit Xander zu treffen, weil sie nicht wusste, wie sie mit ihren verwirrten Gefühlen umgehen sollte, geschweige denn, was sie bedeuten mochten. Außerdem war es sicher besser, wenn Xander nichts davon mitbekam, damit nicht alles noch komplizierter wurde und er sie womöglich auslachte. Wieder schielte Ellie auf die Armbanduhr.

»Eine tolle Aufführung, nicht wahr?« Patrice begann zu klatschen, weil nun endlich der Vorhang fiel und der gesamte Saal in frenetischen Applaus ausbrach. Die Leute standen sogar von ihren Plätzen auf, um die einzelnen Schauspieler und Schauspielerinnen zu feiern, die nun nach und nach einzeln vor den Vorhang traten und sich verbeugten.

»Ja, auf jeden Fall.« Auch Ellie hatte sich erhoben und applaudierte. Das Stück hatte ihr gefallen, keine Frage, und es hatte ein süßes Happy End gehabt, auch wenn sie ihrer abdriftenden Gedanken wegen am Schluss nicht mehr ganz bei der Sache gewesen war.

»Das war wirklich mal ein Gewinn ganz nach meinem Geschmack.« Patrice lächelte ihr zu. »Jetzt bin ich aber noch gespannt, ob ich bei der Auktion Glück hatte. Ich glaube, erst mal stürmen wir aber das Büfett, oder?«

»Das Büfett?« Ellie hatte gänzlich verdrängt, dass es auch noch etwas zu essen geben würde. Verlegen hob sie ihren linken Arm und deutete auf die Uhr. »Es ist schon viel später als gedacht. Ich muss mich bald auf den Weg machen, sonst komme ich zu spät zur Baumschule Kilian.«

»Zur Baumschule?« Leicht irritiert runzelte Patrice die

Stirn. »Hattest du Xander nicht geschrieben, dass es etwas später wird?«

»Ja, schon, aber bis ich mich umgezogen habe und so …« Sie hob die Schultern. »Lange kann ich hier nicht mehr bleiben.«

»Ach, komm, für einen Happen vom Büfett reicht es doch bestimmt allemal.« Unbekümmert ergriff Patrice ihre Hand und zog sie sanft mit sich aus dem Theatersaal in den benachbarten Raum, in dem neben einem großen kalt-warmen Büfett auch viele kleinere und größere Tische standen, alle feierlich gedeckt und mit Kerzenlicht erleuchtet.

»Das ist ja richtig stilecht und romantisch«, schwärmte Patrice. »Wo setzen wir uns denn hin? Hier vorne an den Sechsertisch? Dann haben wir beim Essen nette Gesellschaft.« Er hängte sein Sakko über die Lehne eines Stuhls und zog den danebenstehenden galant für Ellie hervor. »Ich glaube, es gibt noch mal eine Rede, bevor das Büfett eröffnet wird.«

***

»Na, Amara, was meinst du? Dieser Baum hier für uns und der dahinten für Ellie?« Xander schlenderte, während er die Hündin an der Leine dicht neben sich führte, langsam zwischen den Weihnachtsbäumen auf dem großen Hof vor der Baumschule Kilian hin und her. »Vielleicht möchte sie aber auch einen kleineren Baum, mal abwarten. Sie wird ja gleich hier sein.«

Leider habe ich nicht die geringste Ahnung, was du meinst, Herrchen. Amara blickte wedelnd zu Xander auf.

Was ist denn mit den ganzen Bäumen hier? Die sind alle abgesägt, also gar nicht wie im Wald. Ich sehe immer wieder Menschen, die so einen Baum wegtragen. Was sie wohl damit machen? Vielleicht auch so buntes Zeug und Lichter dran festmachen? Ich entdecke hier, aber auch sonst fast überall, wohin wir auch gehen, solche bunten Bäume. Geschmückt heißt das wohl. Wozu das gut sein soll, erschließt sich mir überhaupt nicht. Ein Baum ist doch ein Baum, oder etwa nicht? Ich erinnere mich zwar, dass meine frühere Familie auch so einen Baum hatte, aber trotzdem weiß ich nicht, was es damit und mit diesem Weihnachten auf sich hat. Und was ist mit Ellie? Ich sehe sie nirgendwo.

»Wenn sie die Wichtelarmee da vorne entdeckt, wird sie nicht mehr zu halten sein«, redete Xander leise weiter auf Amara ein. »Wahrscheinlich wird sie mindestens einen in jeder Größe kaufen wollen.« Er runzelte die Stirn, als in diesem Moment ein Signalton verriet, dass eine Textnachricht von Ellie eingetroffen war. »Hoffentlich steht sie nicht im Stau«, witzelte er mit ungutem Bauchgefühl und öffnete die Textnachrichten-App auf seinem Smartphone.

Ellie: Sorry, es wird leider noch ein bisschen später. Das Stück hat noch länger gedauert als gedacht. Bin voraussichtlich gegen halb acht da. Freue mich schon!

Xander warf einen Blick auf die Uhrzeit auf dem Display. Es war kurz vor sieben. »Sie kommt ein halbes Stündchen später«, erklärte er an Amara gerichtet.

Wer? Ellie? Was ist eine halbe Stunde? Egal, ich freue mich. Wo ist sie denn?

Das Tänzeln der Hündin ließ Xander schmunzeln. »Du hast keine Ahnung, was eine halbe Stunde ist, schon klar. Nein, Amara, Ellie ist noch nicht hier. Das dauert noch ein bisschen.«

Na gut, dann warte ich eben. Hoffentlich nicht zu lange.

Nachdenklich sah Xander sich um. Sollte er die halbe Stunde hier herumlungern? Besser war es bestimmt, sich die Zeit anderweitig zu vertreiben. »Weißt du was, Amara, wir machen einen Spaziergang. Vorher muss ich aber schnell noch etwas erledigen.«

Okay, spazieren klingt gut. Da bin ich gerne dabei.

***

Mit Mühe und Not hatte Ellie ein wenig Nudelsalat und eine Scheibe Baguette mit Butter hinuntergewürgt. Von Minute zu Minute fühlte sie sich unwohler. Es war bereits kurz vor halb acht. Von dem Vorhaben, sich zu Hause noch umzuziehen, hatte sie sich bereits verabschiedet. Aber sie würde Xander gleich eine weitere Nachricht schicken müssen, dass es noch später werden würde. Sie wollte schon nach ihrem Smartphone greifen, als auf dem kleinen Podium an der Kopfseite des Raumes ein hochgewachsener Schwarzer von etwa Mitte oder Ende fünfzig erschien und das Mikrofon einschaltete.

Sogleich verstummten ringsum die Gespräche.

Arthur Mondoli, der Leiter der Sozialstation und Mitinitiator dieser Veranstaltung, lächelte fröhlich in die Runde. »Meine lieben Freundinnen und Freunde und alle, die unsere Sozialstation mit ihrer Anwesenheit und Zeit sowie ihrer Brieftasche heute so großzügig unterstützen: noch einmal vielen herzlichen Dank. Ich habe nun die ehrenvolle Aufgabe, Ihnen und euch die Gewinnerinnen und Gewinner der stillen Auktion vorzustellen. Hierzu werden mir meine beiden Töchter Francesca und Belinda gleich abwechselnd die jeweiligen Bieterlisten zu jedem versteigerten Gegenstand aushändigen. Belinda, Francesca, kommt bitte zu mir, damit ich euch kurz vorstellen kann. Immerhin war die stille Auktion ursprünglich eure Idee.«

Im Saal erklang Applaus, als zwei junge Frauen, eine etwa Mitte zwanzig, die andere vielleicht um die neunzehn, nach vorne traten. Beide hielten je ein Clipboard in Händen und lächelten in die Runde, als ihr Vater etwas über sie erzählte.

Ellie fasste sich an den Kopf. »Das kann ja noch ewig dauern.«

»Na ja, einfach schnell durchhecheln werden sie es wohl nicht.« Patrice sah sie leicht befremdet von der Seite an. »Es ist ja schließlich ein feierlicher Anlass.«

»Aber ich kann nicht so lange bleiben.« Ellie tippte auf ihre Armbanduhr. »Ich müsste jetzt schon bei der Baumschule sein.«

»Nun … Das tut mir wirklich leid.« Patrice lächelte schmal. »Ich konnte auch nicht ahnen, dass das heute so lange dauern würde.«

»Ich auch nicht.« Sie zog die Schultern hoch.

»Jetzt ist es aber nun mal so, und die Höflichkeit gebietet es uns, bis zum Schluss hierzubleiben.«

»Die Höflichkeit?« Ellie runzelt die Stirn.

»Ja, denn was würde das sonst für einen Eindruck machen?«

»Und der Eindruck ist dir immer am wichtigsten, oder?« Ellie schluckte und fragte sich, woher dieser Gedanke so plötzlich gekommen war.

»Was soll das denn heißen?« Prompt zeigten sich auch auf Patrice' Stirn Falten.

Ellie winkte ab. »Vergiss es. Ich muss jetzt wirklich los.«

»Ich habe aber extra etwas nur für dich ersteigert.« Patrice legte ihr beschwichtigend eine Hand auf den Arm. »Oder es zumindest versucht. Ich war sehr großzügig und hoffe, dass niemand es gewagt hat, mich zu überbieten.«

Irritiert hielt Ellie inne. »Du hast etwas für mich ersteigert?«

»Ja.« Das Lächeln kehrte auf Patrice' Lippen zurück. »Diese wunderschöne korallenrote Glaskette. Ich weiß ja, dass du die Werke deiner Schwester kennst und magst, und du schienst mir sehr angetan von der Kette zu sein. Indem ich sie für dich ersteigere, schlage ich sogar zwei Fliegen mit einer Klappe. Ich mache dir eine Freude und spende gleichzeitig ordentlich für einen guten Zweck. Das kann ich sogar steuerlich absetzen.«

»Ach.« In Ellie wuchs ein unerklärlicher Widerwille. Inzwischen hatte Arthur Mondoli begonnen, alle Objekte aufzuzählen, und zwar der Reihe nach, in der die Namen der Meistbietenden verlesen werden würden. Die Glaskette tauchte sehr weit hinten auf.

»Das wird wirklich spät«, stellte Patrice fest. »Damit hatte ich tatsächlich nicht gerechnet. Allerdings gehen solche Benefizveranstaltungen meistens länger als gedacht, daran musst du dich wohl gewöhnen.«

»So, muss ich das?« Aus dem Widerwillen erwuchs Ärger.

Patrice schien es nicht zu bemerken. »Ich werde häufig zu solchen Events eingeladen. Wahrscheinlich wäre es von vorneherein besser gewesen, wenn du Xander für heute abgesagt hättest. Dann müsstest du es jetzt nicht tun. Ich kann verstehen, dass dir das unangenehm ist. Aber er hätte bestimmt Verständnis gezeigt und diese Sache mit den Bäumen auf ein andermal verschoben. Ich meine, Weihnachtsbäume gibt es wie Sand am Meer und ganz sicher morgen oder übermorgen auch noch. Dieses Theaterstück und der daraus resultierende schöne Nachmittag und Abend sind hingegen eine einmalige Sache. Der Abend muss ja nach dieser Veranstaltung auch noch nicht zu Ende sein. Wir könnten …«

»Nein.« Geräuschvoll schob Ellie ihren Stuhl zurück und erhob sich. »Ich gehe jetzt.« Ohne auf Patrice zu achten, schnappte sie sich ihre kleine Handtasche und strebte der Tür zu, die zu den Garderoben und dem Ausgang führte.

»Ellie, warte doch mal!« Patrice war ihr auf dem Fuß gefolgt und hielt sie, als sie die Garderobe erreicht hatte, sanft an der Schulter fest. »Was hast du denn auf einmal? Ich sagte doch, dass es mir leidtut, dass das heute mit den Weihnachtsbäumen nicht klappt. Aber wir können jetzt nicht einfach so hier weg, das gehört sich nicht.«

»Du kannst vielleicht nicht hier weg, ich aber sehr wohl.« Ellie reichte dem jungen Mann an der Garderobe das Zettelchen mit der Nummer, das sie für ihren Mantel erhalten hatte. »Ich habe schließlich nichts ersteigert.«

»Aber …«

»Und eigentlich hätte ich nicht Xander absagen müssen, sondern dir.«

Perplex starrte Patrice sie an. »Mir?«

»Ja, weil die Verabredung mit Xander zuerst bestand.«

»Aber ... Das ist doch etwas anderes.« Patrice griff nach ihrer Hand, musste sie jedoch gleich wieder loslassen, weil Ellie ihren altrosa Plüschmantel entgegennahm und sogleich hineinschlüpfte. »Ich dachte ... Wir sind doch jetzt ... ein Paar, oder nicht? Wir verbringen so viel Zeit wie möglich miteinander, haben so viel Spaß zusammen.«

»Ja, schon.« Ellie knöpfte den Mantel zu. »Trotzdem stand die Sache mit den Bäumen schon länger. Ich weiß auch nicht, warum ich dir nicht gleich gesagt habe, dass ich heute keine Zeit habe. Ich dachte ...« Sie stockte. Was genau hatte sie sich überhaupt gedacht? »Ich lasse Xander jedenfalls nicht noch länger warten.« Sie blickte auf ihre Uhr und erschrak. »Falls er überhaupt noch dort ist.« Sie wandte sich zum Ausgang. »So oder so schulde ich ihm eine Entschuldigung.«

Wieder war Patrice sofort bei ihr. »Du willst jetzt wirklich gehen? Einfach so? Obwohl ich dir gesagt habe, dass ich die Kette für dich ersteigert habe? Das sollte eigentlich eine Überraschung sein.«

»Ich muss weg.« Ellie entzog sich ihm. »Lass uns ein andermal darüber reden.« Mit großen Schritten eilte sie los und wurde sich gleichzeitig bewusst, dass Patrice sie hergefahren hatte und sie nun wohl zu Fuß zur Baumschule gehen musste, denn bis zu ihr nach Hause war es zu weit.

»Das ist nicht okay, Ellie!«, rief Patrice ihr deutlich verärgert nach, doch sie reagierte nicht darauf. Stattdessen zog sie ihr Handy hervor und tippte mit fliegenden Fingern eine Nachricht an Xander.

Ellie: Bin auf dem Weg. Sorry, sorry, sorry. Dauert nicht mehr lange.

Sie behielt das Smartphone in der Hand, für den Fall, dass Xander ihr eine Antwort schreiben würde. Er tat es jedoch nicht. Sie sah, dass er die Nachricht abgerufen hatte, doch er schickte nicht einmal ein Daumen hoch. Ihr Magen senkte sich um gefühlt mehrere Meter ab. Fluchend rannte sie los.

18. Kapitel

Ellie war vollkommen außer Atem, als sie bei der Baumschule Kilian ankam. Schwer nach Luft ringend sah sie sich auf dem großen Hof vor dem mehrflügeligen Gebäude des Gartencenters um. Rechter Hand war das Areal abgesteckt, auf dem die Weihnachtsbäume verkauft wurden. Da es mittlerweile dunkel geworden war, leuchteten überall die bunten und warm weißen Lichterketten und LED-Kerzen in großen Holzlaternen. Ein paar Schritte weiter hatte sich eine Menschentraube um den Glühweinstand gebildet, dessen typischen Duft man bereits auf der Straße wahrnehmen konnte. Auch ein Imbissstand war vorhanden, der Currywurst, Spießbraten, Pommes und vegane Nuggets anbot.

Ellie hob sich ein klein wenig der Magen. Sie hätte gar nichts mehr in der Stadthalle essen dürfen, sondern gleich nach Ende des Stücks hierherkommen sollen.

Bei den Weihnachtsbäumen war kaum noch etwas los und die Auswahl inzwischen ausgesprochen bescheiden. Xander war allerdings nicht zu sehen, auch nicht beim Glühwein- oder Imbissstand. Nirgendwo. Bei dieser Erkenntnis senkte sich diesmal nicht nur ihr Magen ab, sondern nahm auch gleich ihr Herz mit.

Fahrig zog sie das Smartphone hervor und öffnete die Textnachrichten-App. Immer noch keine Nachricht von ihm, die sie möglicherweise verpasst haben könnte.

Seltsamerweise traute sie sich nicht, ihn einfach anzurufen. Wenn er gegangen war, dürfte er wütend auf sie sein, weil sie ihn versetzt hatte – zum allerersten Mal überhaupt in ihrem ganzen Leben.

Ratlos sah sie sich um. Ob sie es bei ihm zu Hause versuchen sollte? Doch zu Fuß war das ziemlich weit. Also würde sie sich wohl ein Taxi nehmen müssen oder nachsehen, ob um diese Zeit noch ein Bus fuhr. Die Haltestelle war ein wenig seitlich neben dem großen Kundenparkplatz, der sich rechts neben der Gebäudeanlage befand. Zögernd wandte sie sich in diese Richtung.

Als sie den Parkplatz halb überquert hatte, erblickte sie Xander, der, die Arme locker verschränkt, mit dem Rücken an seinem Wagen lehnte. Neben ihm lag Amara auf dem Boden und schien zu dösen.

Abrupt blieb Ellie stehen; ihr Herz machte einen schmerzhaften Satz. Xander hatte einen Anhänger mitgebracht, auf dem zwei Nordmann-Tannen verschnürt lagen. Für einen langen Moment sahen sie einander nur schweigend an, bis Amara auf Ellie aufmerksam wurde, mit einem freudigen Bellen aufsprang und auf sie zustrebte. Xander ließ die Leine los, sodass die Hündin Ellie problemlos erreichen und begeistert umkreisen konnte.

Ellie, hallo, da bist du ja. Xander-Herrchen hat zwar gesagt, dass wir dich heute sehen, aber so richtig geglaubt habe ich es nicht, weil es so lange gedauert hat. Egal, jetzt bist du ja da. Lass dich mal beschnüffeln. Irgendein komischer Geruch hängt in deinen Kleidern, und außerdem rieche ich andere Menschen und Essen. Hast du mir etwas mitgebracht? Nicht? Wie schade. Dann schlecke ich halt dich ab.

»Hey, Amara, meine Süße, da bist du ja.« Weil sie sich nicht nur schuldig fühlte, sondern auch schrecklich verlegen war, konzentrierte Ellie sich ganz darauf, die aufgeregte Hündin zu begrüßen und zu streicheln. »Ich dachte schon, ihr wärt bereits nach Hause gefahren.« Auch diese Worte richtete sie sicherheitshalber an Amara. »Da habe ich ja Glück, dass ihr doch noch hier seid.«

Wuff, ja, schön, dass wir uns sehen. Obwohl es doch ganz schön kalt geworden ist. Ich hätte nichts dagegen, jetzt nach Hause zu fahren.

Da Xander immer noch schwieg und sich auch nicht bewegt hatte, richtete Ellie sich nun doch auf und sah ihn an. Bei seiner ernsten Miene wurde ihr sofort wieder das Herz schwer. »Tut mir leid«, setzte sie an und begriff, dass sie gar nicht wusste, was sie sagen sollte. »Ich hätte … Ich wollte schon viel früher …« Seufzend brach sie ab. »Bist du mir sehr böse?«

»Was glaubst du denn?« Xander stieß sich vom Wagen ab und umrundete ihn, um ihr die Tür zu öffnen. »Sollte ich böse sein?«

»Nein … Ja, Mist, solltest du.« Ellie ging ebenfalls auf die Beifahrerseite und sah von dort aus zu, wie er Amara auf der Rückbank mit dem Hundegurt sicherte. »Ich habe dich versetzt. Du darfst so wütend auf mich sein, wie du willst.«

»Dann wäre das ja geklärt.« Ohne Umschweife ging Xander zur Fahrerseite. »Steig ein. Die machen eh in einer halben Stunde oder so hier zu.« Er klemmte sich hinters Steuer.

Ellie beeilte sich, seiner Aufforderung nachzukommen, und er fuhr bereits los, noch bevor sie die Tür richtig hinter sich zugezogen hatte. »Du hast zwei Bäume auf dem

Anhänger.« Sie ärgerte sich maßlos, dass ihr nichts anderes einfiel, was sie hätte sagen können.

»Einen für uns und einen für dich, wie wir es ausgemacht hatten.« Seine Stimme klang neutral, er sah sie aber nicht an, sondern hielt seinen Blick starr auf die Straße gerichtet. »Deiner ist ungefähr zwei Meter hoch und ziemlich gleichmäßig gewachsen. Ich wusste nicht, ob dir das zu groß ist, aber er sah ganz gut aus und dürfte genau vor die große Fensterfront in deinem Wohnzimmer passen. Links neben der Terrassentür.«

»Ah … ja.« Ellie nickte und fühlte sich schrecklich dabei. Ihre Kehle verengte sich. »Er gefällt mir bestimmt. Also, du kennst mich ja. Bestimmt ist es ein toller Baum.« Sie hätte sich am liebsten die Zunge abgebissen. Jetzt redete sie auch noch kompletten Nonsens!

»Hast du einen Weihnachtsbaumständer? Ich kann dir helfen, das Teil aufzustellen. Allein wird das vermutlich nicht ganz einfach. Der Baum ist ziemlich schwer und unhandlich.«

»Ja … Danke, das wäre lieb von dir.« Ellie schluckte gegen die verflixte Enge in ihrer Kehle an. Sie hatte dieses nette Angebot gar nicht verdient. »Aber … nur, wenn es dir nichts ausmacht.«

»Tut es nicht.«

»Ich habe ja früher auch schon alleine Weihnachtsbäume aufgestellt. Nicht ganz so große zwar, aber das kriege ich auch irgendwie hin.«

»Ich sagte, ich helfe dir.« Nun klang doch ein ungehaltener Unterton bei ihm durch. »Wenn ich sowieso schon dort bin, ist das ja kein großer Akt.«

»Okay.« Ellie senkte den Blick auf ihre Hände, die sie in ihrem Schoß verschränkt hatte, und den Rest des Weges zu ihrem Blockhaus schwiegen sie beide.

***

Xander schwieg, weil er nicht wusste, was er sagen sollte. Es fiel ihm einfach nichts ein, nicht während der Autofahrt und auch nicht, während sie den Baum gemeinsam ins Haus trugen und in dem massiven Metallständer befestigten, den Ellie aus dem Keller holte. Auch die Tatsache, dass Amara sich bei Ellie wie zu Hause fühlte, sich sofort auf einem Sessel zusammenkringelte und ein äußerst dekoratives Bild abgab, ließ ihn stumm bleiben.

Möglicherweise war es diese Selbstverständlichkeit, mit der die Hündin sich hier ihren Platz genommen hatte, die ihn in seiner ungewohnten Wortkargheit sogar ganz besonders bestärkte.

Als der Baum schließlich sicher vor der Fensterfront zum Garten stand, wollte er schon nach seinem Mantel greifen, den er neben den von Ellie über die Rückenlehne der Couch gelegt hatte, als sie schließlich die drückende Stille zwischen ihnen brach. »Wirst du je wieder ein Wort mit mir reden?«

Mitten in der Bewegung hielt er inne. »Was soll ich denn deiner Meinung nach sagen?«

»Ich weiß nicht.« Ellies Stimme klang gepresst. »Dass du sauer bist und dass ich ein schlechter Mensch bin …«

»Das ist Bullshit.«

»Aber eine miese Freundin bin ich«, sprach sie unbeirrt weiter. »Patrice hatte recht.«

»Ach ja?« Der Name bekam ihm im Augenblick überhaupt nicht.

»Ja. Ich hätte wissen oder zumindest ahnen müssen, dass solche Benefizveranstaltungen nicht bloß anderthalb Stunden dauern. Ich hätte …«

»Du hättest mir gleich absagen sollen, dann hätten wir einen anderen Tag ausmachen können«, schlug er vor.

»Ja. Nein!« Vehement schüttelte sie den Kopf. »Das hat Patrice auch gesagt, aber das stimmt nicht.«

»Warum nicht?« Erstaunt hob er den Kopf.

»Weil ich …« Sie griff mit beiden Händen in ihre Haare und zerrte ein wenig daran. »Ich hätte *ihm* nicht zusagen dürfen. Du warst schließlich zuerst da, also vielmehr unser … unsere Verabredung für heute. Ich hätte ihm einfach sagen müssen, dass ich keine Zeit habe, weil wir verabredet sind, du und ich.«

»Aber das hast du nicht getan.«

Bitter lachte sie auf. »Ganz offensichtlich nicht.«

»Warum nicht?« Er fluchte innerlich. Auf dieses dünne Eis hätte er sich nicht begeben dürfen. Doch nun ließ die Frage sich nicht mehr zurücknehmen.

Ellie hob den Kopf und sah in seine Richtung, doch es wirkte, als blickte sie durch ihn hindurch oder an ihm vorbei. »Ich weiß es nicht. Ich dachte … Ich wollte …«

»Du wolltest unbedingt Zeit mit ihm verbringen, aber mich gleichzeitig nicht vor den Kopf stoßen.« Es fiel ihm nicht leicht, sich einen gleichmütigen Anschein zu geben, doch es war notwendig, um ihrer langen Freundschaft willen.

»Das habe ich mir auch versucht einzureden.« Sichtlich nervös begann sie, neben der Couch auf und ab zu gehen.

»Aber es ist nicht … Ich glaube, es ist anders, aber ich weiß nicht genau, was anders ist – und wie. Ich weiß nur, dass ich ihm für heute nicht hätte zusagen dürfen, aber ich habe es getan, und jetzt ist mein bester Freund wütend auf mich, weil ich so blöd war zu glauben, dass ich es rechtzeitig zur Baumschule schaffen würde. Wenn du mich jetzt hasst, ist das vollkommen okay. Das habe ich verdient.«

Wider Willen hätte er beinahe gelacht. »Ich hasse dich nicht. Ich dachte immer, deine Schwester wäre die dramatische von euch.«

Ihre Augen weiteten sich, als ihre Blicke sich trafen. Unsicher, wie er sich verhalten sollte, trat er einen Schritt auf sie zu. »Ich könnte dich nie hassen – werde dich nie hassen«, verbesserte er sich. »Schon gar nicht wegen …« Nein, er würde den Namen nicht aussprechen. »Schon gar nicht wegen so etwas.«

Ellie schluckte, senkte den Blick wieder. »Aber du bist zu Recht böse auf mich. Ich würde es gerne ungeschehen oder wiedergutmachen, aber das eine ist unmöglich und das andere dürfte auch nicht funktionieren.«

Darauf fiel ihm nichts Kluges ein.

»Glaubst du mir wenigstens, wenn ich verspreche, dass so etwas nie, nie, niemals wieder passieren wird?«

Um nichts Falsches zu tun, verschränkte er die Arme vor der Brust, fühlte sich damit jedoch unwohl und versenkte stattdessen die Hände in den Taschen seiner Jeans. »Ich glaube dir, dass du glaubst, es wird nicht wieder passieren, und dass du sogar fest entschlossen bist, es nicht wieder passieren zu lassen.« Seine Stimme klang rau und kratzig, aber daran ließ sich nichts ändern.

Ellies Kopf hob sich erneut, diesmal ruckartig. »Was meinst du damit?«

»Das, was ich gesagt habe. Deine guten Vorsätze in allen Ehren, aber wenn du jetzt mit … ihm zusammen bist, werden sich deine Prioritäten ganz von selbst verschieben.«

»Nein, werden sie nicht.«

»Doch, das werden sie, Ellie. Das ist wohl auch ganz normal. Ich …« Ihm wurde ein wenig übel. »Ich kann das akzeptieren – dich mit ihm. Ich wusste nur nicht, dass es mir so schwerfallen würde, dich und mich dabei auch zu verlieren. Ich hatte gehofft, wir halten das aus, aber wahrscheinlich funktioniert so etwas nicht. Also grundsätzlich. Drei sind nun mal einer zu viel.«

»Nein! Was redest du denn da?« Entgeistert starrte Ellie ihn an. »Du bist immer noch mein bester Freund, und du bleibst es auch.«

»Vielleicht ist das so, aber du wirst deine Zeit immer zwischen uns aufteilen müssen, und da werde ich von ganz allein das Nachsehen haben. Das habe ich heute begriffen, das ist alles. Ich hätte es schon früher sehen können, aber vielleicht war ich zu naiv oder hatte gehofft … Egal.«

»Was gehofft?«, hakte sie nach.

Er schüttelte den Kopf. »Das ist jetzt nicht wichtig. Ich muss der Realität ins Auge sehen, nicht mehr und nicht weniger. Und du ebenfalls. Du kannst … Du brauchst nicht zwanghaft auf zwei Hochzeiten zu tanzen. Wenn du mit deinem … mit ihm zusammen sein willst, dann kannst du mir das offen sagen. Ich bin schon groß und komme damit klar. So ein Eiertanz wie heute ist weder nötig noch sinnvoll. Und er schadet unserer Freundschaft.«

»Ich weiß. Ich …« Ellie blinzelte mehrfach, dann stieß sie einen Fluch aus und wandte sich abrupt ab. Ihre Schultern zuckten verdächtig.

Xander hätte sich am liebsten selbst einen Kinnhaken verpasst. Gleichzeitig wusste er, dass er in der Zwickmühle saß. Ganz egal, wie er sich verhielt und was er tat, er würde sich um Kopf und Kragen bringen. »Ellie …« Er entschied sich für die naheliegendste Variante seines Untergangs und trat dicht hinter sie. Vorsichtig legte er ihr seine Hände auf die Schultern und spürte, wie sie zusammenzuckte und sich versteifte. »Es ist okay. Ich bin dir nicht … mehr … böse.«

»Doch, bist du.« Ihre Stimme klang erstickt. »Du brauchst dich nicht zu verstellen, bloß weil ich heule.«

»Nein, bin ich nicht, und ich verstelle mich auch nicht, das müsstest du eigentlich wissen.« Dass er ihr gerade die größte Lüge seines Lebens aufgetischt hatte, machte die ganze Angelegenheit nicht eben besser.

»Na gut, dann bist du eben nicht böse, sondern verletzt, und das ist noch viel schlimmer.«

Darauf gab es keine Antwort.

Ellie drehte sich zu ihm um. Auf der Innenseite ihrer Brille hatten ihre Tränen Spuren hinterlassen, wohl weil ihre Wimpern beim Blinzeln die Flüssigkeit verteilt hatten. Ungehalten zog sie die Brille aus und legte sie auf der Rückenlehne der Couch ab. »Blödes Ding«, murmelte sie dabei, und Xander war sich nicht ganz sicher, ob sie die Brille meinte oder sich selbst. »Ich weiß nicht, was in letzter Zeit mit mir los ist.« Wieder blinzelte sie heftig. »Seit du wieder hier bist, ist alles so durcheinander. Dabei hätte alles wieder gut sein sollen, so wie früher. Und dann bin ich Patrice begegnet, und dann noch die Sache mit Amara …«

Sie blickten beide gleichzeitig zu der Hündin hinüber, die es sich auf dem Sessel bequem gemacht hatte, nun aber argwöhnisch den Kopf hob.

Was denn? Stimmt etwas nicht? Geht es um mich? Soll ich etwas tun? Nein, anscheinend nicht. Seltsam manchmal, meine Menschen. Amara ließ den Kopf wieder auf die Pfoten sinken, blickte jedoch weiterhin semi-wachsam zu ihnen herüber.

Fast gleichzeitig wandten sie sich einander wieder zu. Xander versuchte sich an einem Lächeln, doch es gelang ihm nicht, denn Ellie weinte wieder – oder immer noch. »Hör mal, Ellie«, begann er, ohne wirklich zu wissen, was er sagen sollte.

»Du bist mir wichtig.« Ellie kämpfte sichtlich um Fassung. »Und ich dachte, wenn ich mit Patrice ausgehe, bleibt alles beim Alten, aber …«

»Aber das funktioniert nicht.«

»Nein, weil …« Sie presste die Lippen aufeinander, ihr Kinn zitterte leicht. »Nichts ist mehr so, wie es mal war. Gar nichts.«

»Ich weiß.« Er gab sich selbst den Todesstoß, indem er sie in seine Arme zog und ihr Gesicht an seiner Schulter barg, während sie leise schluchzte und schniefte. »Ich weiß.« Sein Herz fühlte sich an, als würde ein Messer ganz langsam darin herumgedreht. Gleichzeitig schien es in lodernden Flammen zu stehen.

»Wie kannst du das wissen?« Ihre Stimme klang dumpf,

weil sie gegen seine Schulter sprach. »Ich weiß doch selbst nicht, was los ist und wie …« Sie stockte, wurde mit einem Mal ganz still, bewegte sich nicht. »Was hast du damit gemeint, du könntest es akzeptieren – also mich und … ihn?«

Die Übelkeit war sofort wieder da und mit ihr ein Anflug von Panik.

»Was hast du damit gemeint?« Diesmal hatte ihre Frage mehr Nachdruck. »Du hast gesagt, du hättest nicht erwartet, dich und mich dabei auch zu verlieren.«

Ja, verdammt, das hatte er unvorsichtigerweise gesagt, und jetzt saß er in der Falle.

»Warum *auch*?« Sie versteifte sich ein wenig in seinen Armen. »Warum *auch*?«, wiederholte sie. »Was … verlierst du denn sonst noch?« Nun hob sie den Kopf und suchte seinen Blick.

***

Als sie in Xanders graublaue Augen blickte, stockte ihr für einen Moment der Atem; ihr Blutdruck schoss in ungesunde Höhen, sodass ihr regelrecht schwindelig wurde. Tief in ihrer Magengrube begann es wild zu kribbeln. »Was?«, wiederholte sie tonlos.

Xander antwortete nicht, doch die Emotionen, die sie in seinen Augen erkennen konnte, ließen sie schwanken, und sie wäre womöglich umgekippt, wenn er sie nicht so fest in seinen Armen gehalten hätte. Ein Anflug von Erkenntnis streifte sie, doch sie war nicht bereit dafür. Trotzdem hakte sie noch einmal nach. »Sag es mir.«

Er holte tief Luft, setzte zu einer Antwort an, schloss

dann aber die Augen und schüttelte leicht den Kopf, so, als müsse er sich gewaltsam von irgendetwas abhalten.

Zorn stieg in Ellie auf, ob auf ihn oder sich selbst, wusste sie nicht einmal. Sie wollte die Wahrheit. Jetzt. Auch wenn sie nicht bereit war und erst recht nicht wusste, wie sie damit umgehen sollte, was auch immer diese Wahrheit sein mochte.

Xander setzte erneut zu einer Antwort an, doch Ellie ließ ihn nicht zu Wort kommen. Stattdessen stellte sie sich auf die Zehenspitzen und presste ihren Mund auf seinen. Ein wilder Stich durchzuckte sie vom Herzen quer durch ihr Innerstes bis hinab zu den Zehen. Rasch zog sie sich wieder zurück, suchte seinen Blick. Ihr Herz raste geradezu, als sie zweierlei in seinen Augen las: Verblüffung und Sehnsucht.

Sie vergaß völlig, wie man atmet, als ihre Blicke sich verhakten, er sich ihr ganz langsam wieder näherte, der Abstand zwischen ihnen immer kleiner und kleiner wurde. Der Stich, der sie durchfuhr, als ihre Lippen erneut aufeinandertrafen, war noch härter, noch schmerzlicher und ging in ein nicht enden wollendes zehrendes, sehnsüchtiges Ziehen über.

Sein Mund war warm, fest, zugleich aber auch so zärtlich, dass sich davon alles in ihrem Kopf zu drehen begann. Sie klammerte sich an seinen Oberarmen fest, spürte die Muskeln unter dem Stoff seines dunkelgrauen Sweatshirts. Ihr Herz überschlug sich geradezu, das Pochen war bis in ihre Kehle hinauf zu spüren. Als er ihr Gesicht mit beiden Händen sanft umschloss, rann ihr eine Gänsehaut über den Rücken. Und sie begriff.

»Nein, oh Gott!« Entsetzt über ihn – und über sich

selbst – fuhr sie zurück, brachte zwei Schritte Abstand zwischen sie beide, starrte ihn einen Moment lang nur an. »Was …?« Was wollte sie eigentlich fragen?

»Ellie …« Seine Stimme klang so rau und tief, wie sie es zuvor noch nie gehört hatte. »Bitte …«

»Nein!« Vehement schüttelte sie den Kopf, in dem sich die Gedanken immer noch wie irrsinnig umeinander drehten. »Wag es nicht, dich zu entschuldigen.«

»Aber …« Ein konfuser Ausdruck huschte über seine Miene. »Ich wollte nicht …«

»Ach nein?« Irgendein verrücktes Teufelchen musste in sie gefahren sein. »Was denn dann?« Sie trat erneut nah an ihn heran. »Sag schon!«

»Ellie …« Er schien nach Worten zu suchen.

»Weil …«, unterbrach sie ihn. »Wenn du das hier willst«, sie drängte sich an ihn und hatte sofort wieder das Gefühl, regelrecht unter Strom zu stehen, »dann weiß ich wenigstens, dass ich mir die ganze Zeit nicht bloß eingebildet habe, dass mit uns etwas nicht stimmt.«

»Ellie …«

»Und ich will jetzt sofort wissen, was genau das ist, weil ich sonst nämlich irre werde.« Bevor er auch nur Luft holen oder sie es sich anders überlegen konnte, küsste sie ihn erneut.

Sogleich war das zehrende Sehnen wieder da, und ihr Herzschlag beschleunigte sich erneut so rasant, dass sie nach Atem rang.

***

Xander erwiderte den Kuss reflexartig, obwohl in seinem Kopf ein Alarm schrillte. Was sie hier taten, war nicht mehr rückgängig zu machen. Er wusste nicht genau, wie es überhaupt so weit hatte kommen können, doch nun war er nicht mehr fähig, etwas anderes zu wollen. Als Ellie nach Atem rang und ihr Mund sich ein wenig öffnete, trafen ihre Zungen sofort aufeinander. Hitze stieg in ihm und zwischen ihnen auf. Begehren. Jegliche zusammenhängenden Gedanken flohen aus seinem Kopf. Wieder umfasste er ihr Gesicht mit beiden Händen, spürte ihre weiche Haut an den Handflächen, bog ihren Kopf ein wenig zurück, um den Kuss noch weiter vertiefen zu können. Dann ließ er seine Finger in ihr kurzes, seidiges Haar gleiten, was weitere heiße Schauer in ihm hervorrief. Er wollte sie. Verdammt, er wollte sie schon so lange! Er spürte, wie ihre Hände sich unter sein Sweatshirt stahlen und das weiße T-Shirt, das er darunter trug, aus dem Bund seiner Jeans zerrten. Als er ihre warmen Hände auf seinem Rücken spürte, erschauerte er erneut – und wurde hart.

Schwer atmend löste er seine Lippen so weit von ihren, dass er den Versuch zu sprechen wagen konnte. »Ellie, warte!« Seine Stimme kratzte fremd und rau in seiner Kehle. »Bist du sicher, dass du das hier willst? Wir …«

»Ja.« Sie versuchte erneut, ihn zu küssen, aber er wich ihr ein klein wenig aus.

»Ich will kein Spielverderber sein …«

»Ach nein?« Auf ihrer Stirn entstanden mehrere Falten.

»Nein, ich …« Er schluckte hart. »Ich muss erst … zum Auto.«

»Zu deinem Auto?« Die Furchen vertieften sich.

»Darin liegt ein Päckchen Kondome.«

»Oh.« Plötzlich grinste sie. »Im Auto?«

Er konnte sich ein Grinsen ebenfalls nicht verkneifen. »Notvorrat. Sind hoffentlich noch haltbar. Ich kaufe einmal im Jahr oder so neue, nur zur Sicherheit. Ein Päckchen für zu Hause und eins fürs Auto.« Er hüstelte. »Als ich fünfzehn geworden bin, haben meine Eltern mir gedroht, sie würden mich enterben und mit einem Voodoofluch belegen, wenn ich jemals ohne einen Kondomvorrat auf der Erde wandle. So oder so ähnlich haben sie sich ausgedrückt. Sie meinten wohl, das gilt, solange ich Single bin, und seitdem halte ich mich tunlichst daran.«

Ellie gluckste. »Das mit dem Fluch klingt ganz nach deinem Vater.«

»Er liebt Hexen- und Voodoozauber.« Xander lächelte leicht.

»Du brauchst nicht nach draußen zu gehen.« Ellie deutete in Richtung der Treppe. »Ich habe eine große Schwester, die mich seit meiner Teenagerzeit mit guten Ratschlägen versorgt. Einer der ersten und wichtigsten davon war, stets Kondome im Haus zu haben, ob man plant, sie zu benutzen, oder nicht.«

Sanft zog er sie wieder an sich. »Das hier war nicht geplant.«

»Nein, ganz sicher nicht.« Erneut schob sie ihre Hände unter sein T-Shirt. »Aber ich will jetzt auch nicht großartig darüber nachdenken.«

Er war geneigt, ihr zuzustimmen, obwohl er wusste, dass es ein Fehler war. Doch ihre Hände auf seiner Haut brachten ihn schon wieder um den Verstand. »Oben?«, fragte er deshalb nur und ließ sich, als sie nickte, von ihr an der Hand ins Obergeschoss ziehen, wo sich zum Garten hinaus ihr Schlafzimmer befand.

Das eins sechzig breite Bett war nur halbherzig gemacht, auf der Wäschebox lag ein blauer Pullover und auf dem halbhohen Sideboard neben der Tür drängten sich schiefe Stapel von Büchern und Zeitschriften neben einem uralten Teddy und einem Bilderrahmen, auf dem sie beide zusammen mit Arian und Jelena in einem Boot auf einem See zu sehen waren. Das Foto war bei einer Klassenfahrt ins Allgäu entstanden, als sie in der elften Klasse gewesen waren.

Xander räusperte sich und klappte den Rahmen um, sodass die vier lachenden Gesichter nicht mehr ins Zimmer blicken konnten.

Ellie gluckste unterdrückt, sagte aber nichts dazu. »Ich habe nicht gerade aufgeräumt.«

»Hast du doch nie.« Vorsichtig trat er wieder an sie heran, stets auf der Hut, ob sie ihre Meinung nicht vielleicht doch noch ändern würde.

»Stimmt auffallend.« Diesmal schob sie nicht nur ihre Hände unter sein Shirt, sondern half ihm, es auszuziehen. Gleich darauf trat sie zurück und öffnete die Knöpfe an ihrer weinroten Rüschenbluse, die sie zu einer schmalen schwarzen Stoffhose trug. Ihm stockte sprichwörtlich der Atem, als sie die Bluse Augenblicke später zu Boden warf und das einfache schwarze Seidenhemdchen gleich darauf folgen ließ. Der schwarze Spitzen-BH war raffiniert geschnitten und brachte ihre kleinen Brüste äußerst reizvoll zur Geltung.

Wieder wurde ihm sehr warm; sein Körper, der sich

kurzfristig beruhigt hatte, reagierte brutal auf den Anblick. Schon war er bei ihr, zog sie fest in seine Arme und suchte ihren Mund mit seinem. Ihre Zungen trafen augenblicklich aufeinander und begannen einen hitzigen Tanz.

Er stand unter Strom, anders waren die berauschenden Empfindungen, die seinen Körper durchflossen, nicht zu beschreiben. Ein Wort taumelte wie ein Blatt im Wind durch sein Bewusstsein: Endlich! Dabei wusste er genau, welcher Gefahr sie sich mit dem, was sie hier taten, unweigerlich aussetzten. Es stand alles – alles! – auf dem Spiel, doch ein Zurück gab es nicht.

Sie streiften beide hastig ihre Schuhe ab und taumelten gleich darauf Richtung Bett, landeten darauf, er auf dem Rücken, Ellie halb auf, halb neben ihm. Ihr Mund verließ den seinen und strich über seine Wange bis zu seinem Ohr. Ihr warmer Atem an seiner Ohrmuschel ließ ihn wohlig erschauern. Doch ihr Mund wanderte bereits weiter, zu seinem Kinn, seinem Hals, seiner Schulter; gleichzeitig glitten ihre Finger federleicht über seinen Brustkorb, und als sich seine Brustwarzen zusammenzogen, beugte sie sich vor und strich sachte mit der Zunge darüber.

Ein brennender Strahl schoss hinab bis in seine Lendengegend, und seine Hose wurde ihm schmerzhaft zu eng, als sie die süße Tortur wiederholte. Er rang nach Atem, wollte etwas sagen, schloss dann aber doch nur die Augen und gab sich für einen Moment den unbekannten, ungewohnt heftigen Empfindungen hin.

Allzu lange hielt er die Passivität allerdings nicht aus. Als ihre Hand über seinen Bauch bis zum Gürtel seiner Jeans glitt, fing er sie rasch auf und hielt sie fest. »Gefährlich«, raunte er und drückte sie nun seinerseits rücklings auf die Matratze, eroberte erst ihren Mund und erkundete danach seinerseits ihr Gesicht, ihren Hals. Ihr leises wohliges Seufzen gab ihm Richtung und Tempo vor, während er gleichzeitig mit den Fingerspitzen ihren Arm entlangfuhr, dort, wo sich die zwar längst verblassten, jedoch trotzdem gut sicht- und fühlbaren Narben befanden. Er kannte den Anblick, hatte sie auch früher schon an dieser Stelle berührt, wenn sie getanzt, sich gebalgt oder im Schwimmbad herumgetobt hatten. Die Narben, auch die an ihrer Hüfte und auf ihrem Rücken, waren ihm so vertraut, als wären es seine eigenen, und dennoch sah er sie jetzt mit anderen Augen. Sie entstellten Ellie nicht, sie machten sie einzigartig und erzählten ihre Geschichte auf sehr nachdrückliche Weise. Trotzdem oder vielmehr genau deswegen war Ellie für ihn die schönste Frau, die er je gesehen hatte.

Ohne weiter darüber nachzudenken, ließ er seine Lippen seinen Fingerspitzen folgen, küsste und liebkoste jeden Zentimeter ihrer Haut, erst an ihrem Arm, dann wechselte er zu ihrem Bauch und bis hinab zu ihrer linken Seite, an der ein wenig Narbengewebe oberhalb ihres Hosenbundes zu sehen war. Ellie sog hörbar die Luft ein.

Sofort hielt Xander inne. »Stimmt etwas nicht?«

»Ich weiß nicht.« Ellie wirkte verlegen. »Es ist nur … So viel Aufmerksamkeit musst du den blöden Narben nicht schenken.«

»Warum nicht?«

Sie hob die Schultern. »So schön sind sie ja nun nicht, oder?«

Sachte streichelte er über den Teil der Narbe, der aus der

Hose herausschaute. »Aber auch nicht so hässlich, dass man sie vernachlässigen möchte.« Ohne ihren Blick mit dem seinen zu verlassen, öffnete er Knopf und Reißverschluss an ihrer Hose und zog sie ihr über die Hüfte hinab, dann mit ihrer Hilfe ganz aus. Zum Vorschein kam darunter der passende schwarze, mit Spitzen besetzte Slip und viel, viel Haut. Er drehte sich ein wenig, um mit seinem Körpergewicht weniger Druck auf seine Erektion auszuüben.

Prompt griff Ellie nach seinem Gürtel und öffnete ihn.

»Warte.« Die Knöpfe an seiner Jeans öffnete er tunlichst selbst und streifte die Hose zusammen mit seinen Socken ab. Auch Ellie hatte sich rasch ihrer Strümpfe entledigt und warf sie achtlos zu Boden. Augenblicke später prallten ihre Körper erneut aufeinander, fanden sich ihre Lippen und Zungen.

***

Je leidenschaftlicher sie sich küssten, desto mehr fühlte Ellie sich wie in einem Rausch oder einem Wirbelsturm, der sie gnadenlos mit sich riss. Sie hatte nie, nein, wirklich nie darüber nachgedacht, wie es wohl sein mochte, mit Xander Sex zu haben. Zumindest nicht ernsthaft. Wie oft hatten sie in der Vergangenheit darüber gewitzelt und zugleich alle, die angedeutet hatten, dass sie ein hübsches Paar abgeben würden, für bescheuert erklärt. Das war es ja auch: schlichtweg bescheuert. Und irrsinnig. Sie waren kein Paar. Sie waren … Die Gedanken verwirbelten in ihrem Kopf, als Xander nach dem Verschluss ihres BHs tastete, ihn öffnete und ihr das Kleidungsstück abstreifte.

Nur einen Moment später löste er seinen Mund von ihrem und begann so zärtlich mit Lippen und Zunge ihre Brüste zu liebkosen, dass sie nicht mehr wusste, wohin mit sich. Wie Hunderte kleine köstliche Nadelstiche durchzuckten sie Schockwellen. In ihrer Körpermitte pulsierte es aufregend. Die Empfindungen verstärkten sich noch, als er mit den Fingerspitzen verschlungene Pfade über ihren Bauch zog und schließlich auch über die blöden Narben an ihrer Hüfte.

Sie hatte beileibe nicht viel Erfahrung mit Sex; die Männer, mit denen sie welchen gehabt hatte, konnte sie an einer Hand abzählen und benötigte dazu nicht einmal alle Finger. Sie ließ sich nicht so leicht auf Intimitäten ein. Was sie aber gelernt hatte, war, dass alle diese Männer mehr oder weniger unbewusst einen Bogen um die Narben gemacht hatten. Sie hatten getan, als wären sie nicht da, hatten sie aber auch nicht berührt, wenn es sich vermeiden ließ.

Xander kannte die Narben, sogar noch aus der Zeit, als sie ganz frisch gewesen waren und weitaus hässlicher als heute. Berührungsängste hatte er nie gezeigt. Dass er sie jetzt bewusst und ausgiebig genau dort anfasste und streichelte – Himmel, er benutzte auch wieder Lippen und Zunge! –, kam ihr unwirklich vor, aber irgendwie auch richtig. Er durfte das tun, weil er der Einzige war, der sie in- und auswendig kannte und die Narben nie einfach ignoriert hatte.

Als er die Position erneut änderte, um ihre Lippen zu erreichen, spürte sie nun auch noch viel eindrücklicher seine Erektion, die sich an ihr rieb und ihr deutlich zeigte, wie sehr er sie in diesem Moment begehrte. Es war ein irrwitziger Gedanke, eine vollkommen surreale Situation. Ihr eigenes Begehren wuchs sprunghaft an, bis sie es kaum noch aushielt.

»In der untersten Schublade, links«, murmelte sie zusammenhanglos gegen seinen Mund und wusste, dass er genau verstanden hatte, denn er rückte ein wenig nach links, um das Nachtschränkchen zu erreichen, riss die Schublade auf und wühlte kurz darin, bis er das Päckchen Kondome gefunden hatte.

Ellie nutzte die Gelegenheit und schob ihm die engen Shorts über die Hüften nach unten. Er half ihr und warf dieses letzte Kleidungsstück zu den anderen auf dem Boden. Ellie griff derweil nach der Schachtel, öffnete sie und entnahm ihr eines der quadratischen Tütchen, schloss dann aber die Faust darum und krallte sich in die Decke, auf der sie lag, denn Xander hatte ihr mit einer flinken Bewegung ebenfalls den Slip ausgezogen und erforschte sie bereits fast gleichzeitig mit den Fingerspitzen. Sein schwerer Atem verriet ihr, dass er um Beherrschung kämpfte, und ihr ging es ganz ähnlich. Sie spürte, wie ihre feuchte Hitze gegen seine Finger brandete, und war sich sicher, noch niemals einen Mann so unbedingt gewollt zu haben. Jetzt. Sofort.

Hatte sie die Worte nur gedacht oder laut ausgesprochen? Sie war sich nicht ganz sicher. Vielleicht dachte Xander auch nur gerade exakt dasselbe, denn er nahm ihr das Tütchen ab, riss es auf und streifte sich das Kondom eilig über. Dann war er auch schon bei ihr, über ihr. Bereitwillig nahm Ellie die Schenkel auseinander und hob ihm ein wenig das Becken entgegen. Ihr Herz machte einen heftigen Satz, als sie ihn spürte, in sich aufnahm, tiefer und tiefer.

Ihre Blicke verwoben sich miteinander, er hielt inne, lehnte seine Stirn gegen die ihre.

Ellie spürte eine Gänsehaut am ganzen Körper, ein wildes, unkontrollierbares Pochen und Pulsieren in ihrer Mitte – und im nächsten Moment, als Xander sich ein wenig zurückzog und sie gleich darauf erneut eroberte, einen messerscharfen Orgasmus.

Erschrocken rang sie nach Atem und klammerte sich an seine Schultern. Die Lustwellen stachen geradezu schmerzhaft und wurden von neuer Erregung angefacht, als er sich in ihr bewegte, erst noch träge, dann jedoch fordernder. Sie rollten auf dem Bett hin und her, wechselten fieberhaft immer wieder die Stellung, küssten sich gierig und berührten einander überall. Überall.

Nicht nur ihre Körper verschmolzen, sondern noch viel mehr – so viel mehr, dass Ellie es fast nicht ertragen konnte. Was geschah mit ihr? Wo kam diese unbändige, gierige Lust her? Woher das geradezu unstillbare Verlangen? Und warum Xander? Warum …?

Die Gedanken verflüchtigten sich, als er sie nun wieder mit seinem vollen Gewicht in die Matratze drückte, sie nahm, ihren Blick suchte, fand und sie weiter und immer weiter antrieb.

Wie in einem verdammten Film oder einem Traum griff er nach ihren Händen, verschränkten sich ihre Finger links und rechts neben ihrem Kopf fest miteinander. Wieder und wieder stieß er in sie, küssten sie sich tief, leidenschaftlich, rieb sie sich an ihm, kam ihm entgegen. Diese Stellung hatte sie bisher nie als besonders empfunden, doch das hier war anders. Sie fühlte sich ihm ausgeliefert, sah ihm jedoch an, dass es ihm umgekehrt ganz genauso ging. Und irgendwie passte sich ihr Körper dem seinen geradezu perfekt an, produzierten seine Stöße genau das richtige Maß an Reibung und genau dort, wo sie es brauchte.

Das Pulsieren nahm erneut zu, die Kontrolle entglitt ihr, ohne dass sie es verhindern konnte – oder wollte. Wie zuvor breitete sich eine Gänsehaut auf ihrem gesamten Körper aus.

Als Xander sie tief, gierig küsste, mischte sich sein raues Stöhnen mit ihrem, wurden sie gänzlich eins. Sie konnte genau spüren, wie er vom Höhepunkt erfasst wurde, umkrampfte ihn reflexartig mit den Muskeln in ihrem Inneren, um jede Sekunde, jede Empfindung auszukosten, und stieß einen erschrockenen Laut aus, weil ihr eigener Höhepunkt sie schneller als erwartet ebenfalls mit sich riss.

***

Verdammt, verdammt, verdammt! Xander ballte eine Hand zur Faust, mit der anderen hielt er Ellie so nah und fest bei sich, wie er nur konnte. Er hatte gerade das schönste, wildeste und wahnsinnigste Ereignis seines bisherigen Lebens hinter sich und noch niemals so große Angst vor den Konsequenzen seines Handelns gehabt.

Er kannte Ellie gut genug, um zu wissen, dass das hier nicht ihre Art war. Es war alles viel, viel zu schnell gegangen und noch dazu aus den falschen Gründen. Sie hatten sich gestritten oder zumindest so etwas Ähnliches. Emotionen waren hochgekocht. Er räuspert sich und setzte sich auf, auch wenn das bedeutete, sie loszulassen, womöglich für immer. »Ich fürchte, das war …«

»… ein Fehler«, vollendete sie den Satz und setzte sich ebenfalls auf. »Ja, wahrscheinlich schon.« Sie zupfte an ihrem zerzausten Haar herum. »Ich … Wir … Also …«

»Ich muss weg.« Er fluchte innerlich über seinen vollkommenen Mangel an Zartgefühl, aber die Panik vernebelte ihm das Gehirn. »Arbeiten, meine ich.« Himmel, jetzt redete er auch noch in unverständlichen Halbsätzen! »Ich habe einen Auftrag für das Magazin *Zeitschritte* angenommen. Oben an der Küste. Da kann ich bei meinen Eltern in Lichterhaven wohnen.«

»Einen Auftrag?« Verwirrt runzelt sie die Stirn und angelte dann, genau wie er, nach ihrer Bekleidung. »An der Küste?«

»Ich habe gestern auf dem Weihnachtsmarkt zufällig eine frühere Kollegin getroffen. Sie hat wie ich als Fotojournalistin angefangen, ist inzwischen aber stellvertretende Chefredakteurin in der Sparte Jahreszeiten und Natur bei *Zeitschritte*.«

Flink schlüpfte Ellie in ihren Slip und den BH. »Eine Kollegin war das? Die Blondine gestern? Ich dachte …«

Als sie nicht weitersprach, sondern sich ihre Bluse überwarf, hakte er nach: »Was dachtest du?«

»Nichts.« Sie winkte ab. »Sie hatte also ein Angebot für dich?«

»Ja, offenbar gibt es einen interessanten Brauch in Lichterhaven, zur Weihnachtszeit den Museumshafen besonders weihnachtlich zu schmücken und mit den noch fahrtüchtigen alten Schiffen so was wie Glühweinfahrten zu machen. Es gibt dort auch noch weitere Veranstaltungen im Advent, die es so in anderen Küstenorten nicht gibt. Meine Eltern hatten mir auch schon davon erzählt.« Er kämpfte, während er sprach, erst mit seinen Socken, dann mit seiner Jeans. Das Kondom hatte er verknotet und warf es nun, als Ellie ihm einen winzigen Kosmetikmülleimer hinhielt, dort hinein. »Ich werde wohl ungefähr zwei Wochen dort verbringen. Eigentlich hatte ich ja nicht vor, wieder so große Aufträge anzunehmen und herumzureisen, aber die Bezahlung ist exorbitant gut, und ich kann nebenher noch Bilder von der Nordsee, der Stadt und den Menschen für meinen Blog aufnehmen. Ich habe lange genug Urlaub gemacht, wenn man das so nennen will, und muss mich allmählich wieder dem Alltag stellen. Zwar habe ich noch kein passendes Atelier gefunden, aber vielleicht dann nach diesem Auftrag.«

»Aha, hm …« Ellie strich ihre Hose glatt. »Wann fährst du los? Nimmst du Amara mit?«

Xander, der mit Mühe in seine Schuhe geschlüpft war, ließ sich etwas kraftlos zurück auf das Bett sinken. »Ich glaube nicht, dass ich ihr das jetzt schon zumuten sollte. Sie ist schon wieder ganz fit und kräftig, aber so ein Stress ist bestimmt noch nichts für sie. Eigentlich hatte ich vorgehabt, dich zu fragen, ob du dich für die zwei Wochen um sie kümmern könntest.«

»Ach.« Ellie lief im Zimmer hin und her, stellte das gerahmte Foto wieder auf, rückte an den Bücherstapeln herum. »Klar, das kann ich natürlich machen. Für … die zwei Wochen. Das geht schon. Was ist denn mit dem Termin mit der Züchterin?«

»Bis dahin bin ich wieder zurück. Ganz bestimmt«, setzte er hinzu, und er war sich nicht ganz sicher, ob er sie oder sich selbst damit überzeugen wollte.

»Ja also … gut.« Ellie lächelte ihm zu, wenn auch sichtlich angestrengt. »Dann bring sie am besten einfach zu mir, bevor du losfährst.«

»Ja.« Er folgte ihr, als sie die Tür aufstieß und vor ihm das Schlafzimmer verließ. »Danke.«

»Keine Ursache. Amara und ich werden bestimmt gut miteinander auskommen.«

»Sie hat kommenden Donnerstag um sechzehn Uhr einen Kontrolltermin bei Frau Dr. Sahler.«

»Kein Problem.« Inzwischen waren sie im Wohnzimmer angekommen, und Ellie reichte ihm zuvorkommend seinen Mantel. »Das kriegen wir hin.«

Was kriegen wir hin? Amara, die aus tiefem Schlaf erwacht war, sprang vom Sessel und schüttelte sich. *Wo kommt ihr den jetzt überhaupt her? Ihr seid so plötzlich nach oben verschwunden. Ich wollte schon nachsehen, wo ihr seid, aber dann bin ich wohl eingeschlafen. Und jetzt? Gehen wir noch mal raus? Keine schlechte Idee, ich muss nämlich mal. Hunger hätte ich übrigens auch.*

Xander befestigte rasch die Leine an Amaras Halsband. »Komm, Süße, wir fahren jetzt nach Hause.«

Ach, wirklich? Jetzt noch? Schade, auf dem Sessel hätte ich auch sehr gut übernachten können.

»Ich gebe dir morgen Bescheid, wann ich losfahre«, wandte er sich an Ellie. »Und wann ich Amara herbringe.«

»Du kannst sie auch einfach gleich morgen früh herbringen – mit all ihren Sachen und so. Ich muss erst um zehn im Salon sein.«

Xander nickte. »Dann könnte ich morgen ganz früh losfahren.«

»Genau.« Sie lächelte wieder dieses angestrengte Lächeln. »Glückwunsch zum Auftrag. Das ist bestimmt gut für deine Karriere und so.«

»Zumindest schadet es nicht.« Auch er versuchte sich an einem Lächeln, das für sein Gefühl jedoch kläglich scheiterte. »Ich melde mich.«

»Mhm.« Ellie nickte knapp.

»Komm, Amara, zum Auto.«

Klar, aber was ist mit Ellie? Wuff?

»Bis morgen dann.« Ellie ging ins Haus zurück und schloss die Tür hinter sich.

Xander brachte Amara zu seinem Wagen, schnallte sie auf der Rückbank an, setzte sich hinters Steuer und fuhr den Schotterweg langsam bis zu der Kreuzung, an der man halbrechts zur Sternbach'schen Feriensiedlung am See abbiegen konnte und halb links zur Landstraße Richtung Stadt gelangte. Dort hielt er an, schaltete den Motor aus und legte den Kopf in den Nacken. Er wollte nur noch schreien. Stattdessen kämpfte er gegen die aufsteigenden Tränen an.

19. Kapitel

»Nein, nein, nein, nein, nein!« Elfe-Sieben raufte sich verzweifelt die Haare. »Was machen wir denn jetzt bloß? Santa, ich fürchte, all unsere Bemühungen waren vergebens.«

»Um Himmels willen, was ist denn passiert?« Santa Claus sprang so schnell von seinem Platz auf, dass sein Schreibtischstuhl laut über den Boden nach hinten ratterte und gegen das Regal mit dem Gefühlsradar krachte. Ohne auch nur darauf zu achten, stürzte er zur Videowand, auf der sich offenbar etwas Schlimmes abgespielt haben musste.

»Sieh dir das bloß mal an!« Seine Assistentin spulte die Ereignisse bei Ellie und Xander etwas zurück. »Oh nein, nicht das. Das war zu weit.« Errötend rückte die Elfe den Cursor wieder etwas vor. »Das geht uns ja überhaupt nichts an. Aber hier, schau!« Als sie die richtige Stelle gefunden hatte, tippte sie aufgeregt gegen den Bildschirm. »Ich glaube, jetzt ist alles verloren.«

»Na, dann lass mal sehen.« Interessiert verfolgte der Weihnachtsmann, was sich auf der Erde ereignet hatte. »Soso.« Ein verschmitzter Ausdruck trat auf sein Gesicht. »Das läuft ja wie am Schnürchen.«

»Wie bitte?« Entgeistert starrte Elfe-Sieben ihn an. »Das ist doch wohl nicht dein Ernst, Santa! Da ist doch gerade das Schlimmste überhaupt passiert. Jetzt ist alles aus.

Unsere Chance, Xander seinen Wunsch zu erfüllen, und obendrein Xanders und Ellies Freundschaft. Wie kannst du da so fröhlich grinsen?«

»Ich grinse nicht, ich lächle«, korrigierte Santa Claus, »und zwar, weil mein Plan genau so aufgeht, wie ich es mir erdacht hatte.«

»Diese schreckliche Wendung der Ereignisse hast du geplant?« Die kleine Elfe stolperte rückwärts und ließ sich auf ihren Drehstuhl sinken. »Jetzt verstehe ich gar nichts mehr. Ich dachte, wir möchten, dass die beiden einander ihre Gefühle eingestehen.«

Der Weihnachtsmann schmunzelte erneut. »Ich würde sagen, das haben sie soeben getan, oder etwa nicht?«

»Ja, schon, aber … nein, doch nicht so!« Die Elfe sprang wieder auf und lief erregt im Büro auf und ab. »Das war, wie ich glaube, eine ziemliche Explosion von … von …«

»Hormonen?«, half Santa Claus erheitert nach.

»Ja, und auch von Gefühlen.« Elfe-Sieben blieb abrupt stehen. »Aber jetzt haben sie sich wieder getrennt, und Xander geht weg, und zwar für wer weiß wie lange und …«

»Für etwa zwei Wochen.«

Elfe-Sieben bedachte ihn mit einem beredten Blick. »Vielleicht kommt er auch nie wieder zurück.« Sie zupfte sich ihre spitze Mütze vom Kopf, schüttelte sie fahrig aus und setzte sie wieder auf. »Und jetzt behauptest du, das hättest du so geplant?«

»Erdacht, nicht geplant.« Der Weihnachtsmann kehrte zu seinem Stuhl zurück, zog ihn von dem Regal fort und setzte sich darauf. »Mit den Gefühlen der Menschen kann man schwerlich wirklich planen, dazu sind sie zu komplex und unberechenbar. Doch nach so vielen Jahren, in denen ich den Menschen ihre Weihnachtswünsche erfülle, habe ich doch gelernt, sie zumindest einigermaßen einzuschätzen. Bei Xander und Ellie war das überdies nicht allzu schwierig. Von Xander wussten wir ja bereits, wie er für Ellie empfindet, und nun bin ich mir bei Ellie ebenfalls ganz sicher.«

»Ach?« Elfe-Sieben runzelte die Stirn.

»Ja.« Der Weihnachtsmann nickte. »Sie liebt Xander, und zwar nicht nur als ihren besten Freund.«

»Das sah aber ganz anders aus.« Auch Elfe-Sieben setzte sich wieder, wippte aber nervös mit den Beinen. »Sie hat ihn doch praktisch rausgeworfen, gleich nachdem die beiden … Du weißt schon.«

»Das hat sie getan.« Zustimmend nickte Santa Claus.

»Und das bereitet dir überhaupt keine Sorgen?«

»Genau damit hatte ich gerechnet.«

Als Elfe-Sieben aufbrausen wollte, hob er beschwichtigend eine Hand. »Ellie weiß meiner Meinung nach noch nicht, dass sie Xander liebt.«

»Nach allem, was gerade passiert ist?« Verblüfft hob Elfe-Sieben den Kopf. »Wie kann sie das nicht wissen?«

»Ihr Herz und ihre körperlichen Bedürfnisse sind ihr vorausgeprescht.« Der Weihnachtsmann faltete die Hände im Schoß, löste sie jedoch gleich wieder voneinander, um ein wenig zu gestikulieren. »Sie hat noch nicht begriffen, was all das zu bedeuten hat. Immerhin war genau das zeit ihres bisherigen Lebens nie ein Thema. Im Gegenteil. Dass sie jetzt verwirrt reagiert, ist doch nur natürlich.«

»Aber wenn Xander jetzt auf unbestimmte Zeit an die Nordseeküste fährt, und Ellie bleibt allein hier zurück …«

Die Elfe rang erschrocken nach Atem. »Und dann ist da auch noch Patrice, du liebe Zeit. Den hatte ich beinahe vergessen.«

»Ellie anscheinend auch.« Santa Claus grinste, wurde aber gleich wieder ernst. »Ich behaupte ja nicht, dass die Situation gerade besonders schön für die beiden ist, aber sie war zu erwarten. Auch Xanders Reaktion. An uns ist es jetzt, meinen Plan konsequent fortzuführen, damit hoffentlich am Ende alles gut wird.«

»Nur hoffentlich?« Argwöhnisch musterte die Elfe den Weihnachtsmann.

»Ein kleines Restrisiko besteht bei den Menschen immer.« Santa Claus hob die Schultern. »Aber glaub mir, ich habe alles genau durchdacht. Wir benötigen für den nächsten Schritt meines Plans noch mal die geballte Elfenpower und nach Möglichkeit auch Amaras Hilfe, auch wenn sie Ellie wahrscheinlich nur emotional zur Seite stehen können wird. Aber das ist ja auch schon viel wert. Ich habe nämlich zufällig herausgefunden, dass sich Ellie als kleines Kind, noch vor dem Hundeangriff auf sie, beim Christkind einen Hund gewünscht hat.«

»Ist nicht dein Ernst!« Verblüfft starrte Elfe-Sieben ihn an.

»Doch, das Christkind hat mir den Wunsch kürzlich zukommen lassen. Er konnte nie erfüllt werden, weil Ellie verständlicherweise lange Zeit um Hunde einen weiten Bogen gemacht hat, aber nun ist die Gelegenheit, ihn zu erfüllen, so günstig wie noch nie.«

Elfe-Sieben blieb weiterhin skeptisch. »Okay, das mag vielleicht sein, aber verrätst du mir vielleicht, wie genau dein Plan hinsichtlich Ellie und Xander aussieht?«

Der Weihnachtsmann nickte lächelnd. »Selbstverständlich. Aber ruf bitte zuerst die Elfenbrigade zusammen, damit ich nicht alles zweimal erzählen muss.«

Nun doch amüsiert erhob sich die Elfe und ging zur Tür. »Jetzt machst du es aber spannend.«

»Aber klar doch.« Santa Claus zwinkerte ihr verschwörerisch zu. »Das ist schließlich meine Spezialität.«

20. Kapitel

»No, I can't forget this evening, nor your face as you were leaving …« Mariah Careys Stimme hallte durch das Blockhaus, während Ellie auf einem Sessel saß, die Arme um die angezogenen Knie geschlungen, und angestrengt versuchte, nicht zu weinen. Wer in aller Welt hatte dieses verfluchte Lied in ihre Hausarbeits-Playlist gepackt? Darin waren sonst nur fröhliche, flotte, motivierende Songs enthalten. Ganz sicher nicht *Without you*! Warum hatte sie überhaupt schon beim ersten Vers an Xander denken müssen? Es war ja schließlich nicht so, als ob er sie für immer verlassen hätte. Er hatte sie überhaupt nicht verlassen, denn dazu hätten sie ja wohl so etwas wie … zusammen sein müssen. Das waren sie aber nicht. Sie waren beste Freunde, und an diesem Status hatte sich nichts geändert. Zumindest hatte er nichts dergleichen zu ihr gesagt und sie auch nicht zu ihm, als er am Morgen Amara samt ihren Sachen und ihrem Futter bei ihr abgeliefert hatte.

Er war nicht für immer weg. Oder? Nein. Nur für zwei Wochen. Danach würde wieder alles beim Alten sein. Es bestand also kein noch so geringer Grund für den schmerzhaften Kloß in ihrem Hals und das Brennen in ihren Augen. Kein! Grund!

»Verdammt.« Die ersten Tränen rannen ihr heiß über die Wangen. Wie hatte alles innerhalb eines Abends vorbei sein können? Was war da geschehen? Sie fand keine Erklärung für diese plötzliche Explosion zwischen ihnen. Verwirrte Hormone vielleicht? Eine Kurzschlusshandlung, weil sie beide so aufgebracht gewesen waren? Aufgebracht worüber? Sie hatten sich auch früher schon mal gestritten und waren deswegen oder danach nie zusammen im Bett gelandet, und ihre Freundschaft hatte auch nie auf der Kippe gestanden. Was sie gestern Abend getan hatten, war unverzeihlich. Irrsinnig. Falsch. Weshalb hatte es sich dabei aber so richtig angefühlt? So … wundervoll?

Sie wusste, sie würde noch verrückt werden, wenn sie noch viel länger darüber nachdachte. Was geschehen war, war geschehen. Ein Fehltritt, das hatten sie ja beide gleich gewusst. Es war richtig und wichtig gewesen, die Sache gleich im Keim zu ersticken, bevor es womöglich zu noch weiteren Verwirrungen kommen konnte.

Ein Signalton an ihrem Smartphone verriet ihr, dass sie eine Textnachricht erhalten hatte. Froh um die Abwechslung, dabei gleichzeitig enttäuscht und erleichtert, dass, wie sie am Ton bereits erkannt hatte, die Nachricht nicht von Xander kam, angelte sie das Mobiltelefon vom Couchtisch und entsperrte es, um die App aufzurufen.

Patrice: Alles okay bei dir? Ich dachte, du meldest dich heute, aber wahrscheinlich hattest du einen stressigen Tag, genau wie ich. Ich hoffe, ihr habt einen schönen Baum für dein Haus gefunden. Ich habe die Kette tatsächlich ersteigert und würde sie dir gerne vorbeibringen. Sag mir einfach, wann es dir passt.

Es folgten ein lächelndes Emoji und ein grünes Herz.

Ein grünes Herz? Ellie runzelte die Stirn. Und kein Wort über ihren Streit oder was das am gestrigen Abend auch immer gewesen sein mochte. Im ersten Impuls wollte sie eine knappe, möglicherweise sogar patzige Antwort tippen, doch dann fiel ihr ein, dass sie gestern Abend mit Xander geschlafen hatte. Bedeutete das, sie hatte Patrice betrogen?

»Verdammt!«, wiederholte sie und warf das Smartphone auf die Couch. Sie hatte gestern wirklich alles falsch gemacht. Erst dieses dämliche Theaterstück, dann der Streit mit Patrice wegen Xander, dann der Streit mit Xander wegen … wegen … Patrice? Dann Sex mit Xander, und jetzt hatte sie ein schlechtes Gewissen Patrice gegenüber, und ihr Herz tat scheußlich weh.

Dass sie bis eben nicht eine Sekunde an Patrice gedacht hatte, machte die Sache nicht gerade einfacher oder gar besser. Die Tränen kehrten zurück und mit ihnen neben einem neuen Kloß im Hals auch unangenehm heftiges Herzklopfen.

Umständlich beugte sie sich vor, um das Handy erneut an sich zu bringen. Fast eine Minute lang starrte sie auf die Nachricht, dann legte sie das Gerät wieder auf den Couchtisch. Sie wusste einfach nicht, was sie Patrice antworten sollte. Sie musste es tun, aber nicht jetzt sofort. Erst einmal musste sie nachdenken. Und ihre Hausarbeit erledigen. Deshalb ja die Playlist, die inzwischen wieder die richtige Musik spielte. *Entertain you* von Robbie Williams lief gerade. In Gedanken erhob sich Ellie mit Schwung und widmete sich der Wäsche im Wäschekorb, die sie hatte nach oben tragen und zusammenlegen wollen. Tatsächlich aber blieb sie auf dem Sessel sitzen, umschlang erneut ihre angezogenen Beine und presste das Gesicht gegen die Knie.

Hallo? Ellie-Frauchen? Was ist denn mit dir los? Amara hatte bereits eine ganze Weile auf ihrem dunkelroten ovalen Schlafkissen gelegen und Ellie beobachtet. Nun erhob sie sich und tappte zum Sessel. *Du bist so seltsam und scheinst traurig zu sein.* Sachte stupste die Hündin Ellies Arm mit der Nase an.

Erschrocken zuckte Ellie zusammen und hob den Kopf. »Amara! Was ist denn?« Sie warf einen Blick auf ihre Armbanduhr. »Musst du mal raus?«

Nein, eigentlich nicht. Ich meine, ich gehe gerne mit, wenn du das willst, aber nötig ist es gerade nicht.

»Anscheinend nicht, sonst wärst du aufgeregter.« Unsicher musterte Ellie die Hündin. Dabei wurde ihr bewusst, dass sie zum ersten Mal vollkommen allein für Amara verantwortlich war. Der Gedanke hatte plötzlich etwas Unheimliches. Sie war einfach davon ausgegangen, dass sie mit der Situation klarkommen würde. Wenn sie die Hündin nun betrachtete, wie sie mit aufgerichteten Ohren und fragendem Blick vor ihr stand, sah sie erst, wie groß und kräftig dieses Tier war. Immer noch etwas dünn, aber das tat wenig zur Sache. Hoffentlich hatte sie sich nicht zu allem Überfluss auch noch zu viel zugemutet, als sie versprochen hatte, auf Amara aufzupassen, bis Xander wieder aus Lichterhaven zurück war.

Falls er noch einmal zurückkam.

»Hör auf, verdammt noch mal!« Ellie erschrak, weil sie die Worte laut ausgesprochen hatte.

Was? Womit denn? Ich habe doch gar nichts gemacht. Amara wich zwei Schritte zurück und setzte sich. Dabei duckte sie sich ein wenig.

»Doch nicht du!« Ellie fasste sich an die Stirn.

Hat sich aber so angehört. Amara winselte leise.

»Herrgott noch mal, kann ich denn gar nichts mehr richtig machen?« Am liebsten hätte Ellie sich selbst geohrfeigt. Stattdessen begann sie schon wieder zu weinen. »Shit!« Sie schniefte. »Ich hab sie echt nicht mehr alle.«

Ellie-Frauchen? Was ist denn jetzt los? Warum weinst du denn schon wieder? Ich wollte dich nicht traurig machen. Amara winselte erneut, stand auf und tänzelte unsicher hin und her. *Herrje, was mache ich denn nur? Ich fühle mich gar nicht wohl, wenn Ellie so unglücklich ist.* Suchend sah die Hündin sich um, bis ihr Blick auf die Holzkiste fiel, in der all ihr Spielzeug verstaut war. Xander hatte sie neben der Couch abgestellt, dort, wo an ihrem ersten Abend die Decke für sie gelegen hatte. *Oh ja, ich glaube, ich weiß was!*

Verblüfft starrte Ellie Amara an, als diese mit einem Plüschdino in der Schnauze an den Sessel herantrat und ihr das Spielzeug geradezu aufdrängte.

»Was denn jetzt?« Unsicher nahm sie den grünen Dino entgegen und musterte ihn von allen Seiten. »Willst du etwa spielen?«

Na klar, wenn dich das aufheitert. Amara wedelte freudig mit der Rute und tat, als wolle sie Ellie den Dino wieder wegnehmen.

Reflexartig brachte Ellie das Plüschtier außer Reichweite. »Nichts da, das ist jetzt meins. Du hast mir Dino geschenkt!«

Habe ich überhaupt nicht. Wuff! Nur geliehen, also gib schon wieder her. Aufgeregt hüpfte Amara auf und ab und haschte nach dem Dino.

»Hey, nicht so wild!« Unwillkürlich musste Ellie lachen, auch wenn sie sich im ersten Moment erschreckt hatte. Sicherheitshalber warf sie das Plüschtier quer durch den Raum in Richtung Küche, wo es an einem der gepolsterten Hocker beim Frühstückstresen abprallte und zu Boden fiel.

Amara raste, auf dem Fliesenboden in Holzoptik leicht schlitternd, hinterher, schnappte sich den Dino und brachte ihn hocherhobenen Hauptes wieder zurück.

Ellie lächelte, als die Hündin ihr das Spielzeug erneut aufdrängte, verzog aber gleichzeitig das Gesicht. »Igitt, du hast Dino angesabbert. Er ist ganz nass.«

Na und? Mir doch egal. Los, wirf noch mal! Amara tänzelte wieder. *Das macht Spaß.*

»Noch mal?« Ellie warf den Dino erneut. Diesmal allerdings so ungeschickt, dass er auf dem Frühstückstresen landete und dort nur von dem Korb mit Schmutzwäsche gestoppt wurde, den Ellie vorhin aus dem Schlafzimmer mitgebracht hatte.

»Oh nein!« Erschrocken wollte Ellie schon aufspringen, doch Amara war bereits erneut losgeprescht, kletterte mit den Vorderpfoten am Frühstückstresen hoch und reckte den Hals so weit, dass sie das Plüschtier gerade so erreichen konnte. Stolz brachte sie es Ellie erneut zurück, warf es ihr vor den Sessel, nahm es gleich wieder auf und drückte es ihr in die ausgestreckten Hände. Dann tänzelte sie wild wedelnd zwei, drei Schritte rückwärts, den Blick fest auf das Spielzeug gerichtet.

Na los, worauf wartest du? Wirf noch mal!

»Äh ...« Ellie zögerte. »Echt noch mal?«

Wuff! Ich meine ja!

»Also gut, aber diesmal ...« Ellie warf den Dino in Richtung Haustür, wo er auf dem Boden landete.

Amara sauste hinterher, bremste zu spät und donnerte mit voller Breitseite gegen die Tür. Sie bellte empört, schnappte sich den Dino und kehrte eilig zu Ellie zurück.

»Liebe Zeit, hast du dir wehgetan?« Besorgt beugte Ellie sich vor und beäugte die Hündin, doch diese drückte ihr nur begeistert das Plüschtier gegen die Brust.

Noch mal, noch mal!

»Ich glaube, das reicht jetzt erst mal.« Ellie stopfte sich den Dinosaurier in den Rücken. »Sonst demolieren wir noch die Einrichtung.«

Menno! Es ist doch gerade so lustig. Wo hast du meinen Dino denn hingetan? Warte, ich schnüffle mal, dann finde ich ihn schon. Amara schnupperte laut an Ellies Beinen und Händen. Schließlich krabbelte sie mit den Vorderpfoten auf die Armlehne des Sessels und schob schnaufend und prustend ihre Nase zwischen Ellie und die Rückenlehne.

»He, was machst du denn da?« Halb erschrocken, halb erheitert versuchte Ellie, Amara auszuweichen, musste dann aber laut lachen. »Hör auf, das kitzelt! Amara!«

Was denn? Ich habe Dino gefunden. Er ist da hinter dir eingeklemmt. Gib schon her, ich will ihn haben!

»Nichts da, das ist jetzt meiner.« Ellie japste, weil sich die feuchte Hundenase in ihre Seite bohrte und ihre weiße Bluse durchnässte. »Bäh, ist das eklig, du sabberndes Untier.« Haltlos kichernd brachte Ellie das Plüschtier in

Sicherheit, indem sie es so hoch in die Luft hielt, wie sie nur konnte. »Jetzt ist meine gute Arbeitsbluse eingesaut. Wehe, die Flecken gehen nicht mehr raus.«

Egal, egal, egal. Ich will meinen Dino! Amara versuchte, an das Plüschtier zu gelangen, indem sie kurzerhand auf die Couch sprang.

Ellie erschrak. »Hey, Schluss jetzt. Runter da, Amara!« Ihr Herz pochte wieder viel zu schnell, doch zu ihrer Überraschung wie Erleichterung hüpfte Amara sofort wieder auf den Boden.

Oops. Ich darf ja gar nicht auf die Möbel springen. Zumindest nicht ohne Erlaubnis. Das hatte ich glatt vergessen. Bist du jetzt böse mit mir? Die Hündin setzte sich brav hin.

»So ist es fein.« Ellie lächelte und atmete einmal tief durch. »Hier hast du deinen Dino zurück. Aber apportiert wird hier drinnen heute nicht mehr.«

Oh, gut, du bist nicht verärgert. Amara nahm Ellie das Plüschtier vorsichtig aus der Hand und brachte es zu ihrem Kissen. Dort legte sie es ab, kehrte dann aber gleich wieder zu Ellie zurück, die ihre Füße nun auch auf den Boden gestellt hatte. *Bist du jetzt nicht mehr traurig?*

»Oh Gott, was denn jetzt?« Überrascht lehnte Ellie sich im Sessel so weit zurück, wie es ging, denn Amara war ihr auf den Schoß geklettert, sodass nur noch ihre Hinterläufe auf dem Boden standen. Sie schnüffelte an ihrem Hals und Gesicht und leckte ihr schließlich sogar über die Wange.

Du schmeckst ja ganz salzig, wie merkwürdig. Lass mich noch mal probieren.

»Igitt.« Ellie musste kichern. »War das etwa ein Hundekuss?«

Wenn du es so nennen möchtest. Ich will nur wissen, ob es dir wieder gut geht.

»Du bist ja ein richtiges Schmusetier.« Gerührt, weil Amara sie noch einmal anstupste und abschleckte, wuschelte sie ihr durch das weiche Fell am Hals und hinter den Ohren.

Au ja, unbedingt, wenn ich so schöne Streicheleinheiten bekomme. Bitte mach weiter! Schnaufend und prustend kuschelte sich Amara ganz fest an Ellie.

Vor Rührung wusste Ellie im ersten Moment gar nicht, wie sie reagieren sollte, doch dann schlang sie einfach ihre Arme um die Hündin und vergrub ihr Gesicht in dem dichten weißen Fell. »Du riechst ein bisschen wie leicht angebranntes Popcorn«, stellte sie fest.

Ich habe keine Ahnung, was Popcorn ist, aber wenn du es sagst, wird es wohl stimmen. Haaach, kuscheln mit dir ist ganz, ganz toll. Schnüff.

Für eine ganze Weile verharrten die beiden so, bis Ellie der Gedanke kam, diesen Moment als Erinnerung festzuhalten. Umständlich angelte sie wieder einmal nach dem Smartphone auf dem Tisch und verrenkte sich ein wenig, um ein Selfie von sich und Amara zu machen. Es brauchte sieben Versuche, bis sie mit dem Ergebnis zufrieden war. »Ich glaube, jetzt sind wir richtige Freundinnen, oder?« Sie legte das Handy auf der Armlehne ab und streichelte noch einmal über Amaras Fell.

Klar sind wir das. Wie zur Bestätigung leckte Amara ihr übers Kinn. *Auch wenn ich keine Ahnung habe, was du da mit dem eckigen Kästchen gemacht hast. Aber solange wir dabei kuscheln und ich gestreichelt werde, ist es mir im Grunde egal. Ich mag dich sehr!*

Ellie lachte, als Amara sich mit ihrem vollen Gewicht gegen sie lehnte. »Du bist ganz schön schwer!«

Na und?

»Also runter jetzt, sonst zerdrückst du mich noch!«

Echt jetzt? Wie schade. Amara gehorchte zwar, blickte Ellie aber mit großen Hundeaugen an.

Ellie gluckste. »Guck doch nicht so! Da kriege ich ja Zustände wegen schlechten Gewissens.«

Sollst du auch. Jawohl. Einfach so mit dem Kuscheln aufzuhören, das geht doch nicht! Wuff.

»Du bist schon eine Marke.« Spontan beugte Ellie sich vor, umfasste Amaras Kopf sanft mit beiden Händen und gab ihr einen Kuss auf den Kopf.

Bin ich das? Ist das was Gutes? Anscheinend. Das freut mich aber. Amara wedelte mit der Rute. *Offenbar ist das Spielen und Schmusen jetzt vorbei. Na gut, dann lege ich mich wieder auf das Kissen.*

Bewegt sah Ellie der Hündin nach, die zu ihrem Schlafkissen ging und sich darauf zusammenrollte. Den Kopf bettete sie auf den Dino.

In diesem Moment wurde ihr Bedürfnis, den Augenblick mit Xander zu teilen, so mächtig, dass Ellie schon erneut nach ihrem Handy griff, um ihm das Selfie zu schicken, doch noch bevor sie das Foto aus der Galerie herausgesucht hatte, hielt sie inne. Das Herz zuckte ihr unangenehm in der Brust. Sie hatte nicht die geringste Ahnung, wie er reagieren würde oder ob überhaupt. Waren sie noch Freunde? Beste Freunde?

Rasch schloss sie die Bildergalerie wieder und öffnete stattdessen die Textnachrichten-App. Eine ganze Weile starrte sie auf die Nachricht, die Patrice ihr geschickt hatte. Nach einem kurzen Blick auf die Uhr, der ihr verriet, dass es erst acht Uhr war, also noch nicht sehr spät, tippte sie eine Antwort.

Ellie: Hast du heute Abend Zeit? Können wir uns irgendwo in der Stadt treffen?

Es dauerte fünf Minuten, bis die Antwort eintraf.

Patrice: Heute noch? Es regnet.

Sie runzelte die Stirn, doch da kam bereits eine weitere Nachricht.

Patrice: Ich kann zu dir kommen. Oder du zu mir.

Ellie: Ich habe Amara hier.

Patrice: Warum?

Patrice: Vergiss es. Ich bin in einer Viertelstunde da, wenn es dir recht ist.

Ellie zögerte. Recht war es ihr eigentlich nicht. Sie hätte sich lieber auf neutralem Boden mit ihm getroffen. Dass es tatsächlich heftig regnete, ein Wetter, dass Amara ganz und gar nicht mögen würde, bemerkte sie jetzt erst, als eine Windbö das Wasser plaudernd gegen das Küchenfenster und die Haustür trieb.

Ellie: Okay, dann bis gleich.

***

So schnell hatte Ellie das Haus noch nie aufgeräumt, die Schmutzwäsche in den Keller und die saubere Wäsche ins Obergeschoss getragen. Amara sah ihr mit milder Verwunderung zu, wie sie hin und her eilte, alles einsammelte und wegräumte, was offen herumlag. Warum sie dieses Bedürfnis hatte, wusste sie nicht einmal. Es war völlig irrational.

Das Brummen und gleich darauf Verstummen eines Automotors exakt eine Viertelstunde später ließ sie innehalten. Bedachtsam legte sie den bunten Stapel Bücher und Zeitschriften auf den Couchtisch zurück, strich ihre Bluse glatt, entdeckte den bräunlichen Sabberfleck, den Amara darauf hinterlassen hatte, und seufzte innerlich. Dann ging sie zur Haustür und öffnete sie, noch bevor Patrice den Weg von der Zufahrt her ganz zurückgelegt hatte.

Nanu, kriegen wir heute noch Besuch? Amara sprang auf und rannte zu Ellie. *Wer ist es denn? Oh, Patrice, der ist nett.* Wedelnd tappte die Hündin durch die Tür, doch Ellie hielt sie rasch am Halsband zurück.

»Stopp, Amara. Nicht so wild.«

Ich bin doch gar nicht wild.

»Sitz.«

Okay. Bereitwillig gehorchte die Hündin, reckte aber den Hals, um zu schnuppern, als Ellie ein wenig beiseitetrat, um Patrice einzulassen.

»Hallo Ellie.« Lächelnd ging Patrice auf Ellie zu, nachdem sie die Tür geschlossen hatte, hielt sich jedoch etwas auf Abstand, weil Amara ihn neugierig beschnüffelte. »Hallo Amara, du gehorchst ja schon ganz gut.«

Hallo Patrice. Ja, wenn mein Ellie-Frauchen es so haben will. Schade, dass ich dich nicht so richtig begrüßen kann.

Ellie hatte den Eindruck, dass Patrice sie gerne geküsst hätte, es aber wegen der Hündin unterließ – und das war ihr im Augenblick ganz recht. Sie war zu einer Erkenntnis gelangt, die eine sofortige Reaktion verlangte, möglichst ohne Komplikationen.

»Hier.« Patrice zog eine weiß-goldene Schachtel aus seiner Manteltasche. »Die Kette. Wie schon gesagt, es hätte eine Überraschung werden sollen, aber … nun ja. Sie ist für dich.«

Also doch Komplikationen. Ellie hob abwehrend die Hand. »Bitte … Ich kann das nicht annehmen.«

Verwirrung zeichnete sich auf seiner Miene ab. »Warum denn nicht? Bist du noch wütend wegen unseres kleinen Disputs gestern?«

»Nein.« Sie schob die Hände in die Taschen ihrer schwarzen Stoffhose und bemerkte bei einem Blick an sich hinab, dass ihre Hosenbeine von weißen Hundehaaren übersät waren und ebenfalls helle Sabberflecke aufwiesen. Rasch richtete sie ihren Blick wieder auf Patrice. »Ich bin nicht wütend. Verärgert vielleicht über dein Verhalten, aber deswegen habe ich dich nicht gebeten, dich mit mir zu treffen.«

»Sondern?« Da Ellie keinerlei Anstalten machte, die Schachtel anzunehmen, wollte Patrice sie auf dem Frühstückstresen ablegen, doch Ellie fiel ihm in den Arm.

»Nicht.« Sie schluckte gegen das plötzliche Herzklopfen an. »Nimm sie bitte wieder mit.«

»Mitnehmen soll ich sie?« Auf seiner Stirn entstanden mehrere Furchen. »Ich bin doch gerade erst hier angekommen.« Er verzog die Lippen. »Was soll das werden, wenn ich fragen darf?«

Weil sie nicht wusste, wie sie beginnen sollte, wippte sie zwei-, dreimal auf den Fußballen. »Ich glaube, es ist besser, wenn wir uns nicht mehr sehen, Patrice.«

»So, glaubst du.« Milde Verwunderung schwang in seiner Stimme mit. »Und warum glaubst du das? Wenn du willst, dass ich mich entschuldige, kann ich das gerne tun.«

»Nein, das ist nicht nötig.« Immer noch suchte sie nach den richtigen Worten. »Das hat nichts mit gestern zu tun.« Ein flaues Gefühl stieg in ihr auf. »Oder nicht nur«, korrigierte sie sich. »Es hätte mir schon viel früher auffallen müssen. Vielleicht war es auch so, aber ich habe es ignoriert, weil …«

»Was hast du ignoriert?«, unterbrach er sie.

»Dass das mit uns nicht … nicht das ist, was wir uns vielleicht erhofft hatten.« Sie atmete tief durch. »Für mich gilt das zumindest. Für dich kann ich natürlich nicht sprechen, und ich will auch nicht, dass es dir, also … dass du …« Sie brach ab und setzte erneut an: »Wir hatten viel Spaß zusammen.«

»Das dachte ich auch.« Die Furchen auf seiner Stirn vertieften sich noch. »Aber du machst trotzdem Schluss?«

Sie atmete noch einmal durch, dann nickte sie. »Trotzdem oder vielleicht auch ein bisschen genau deswegen.« Auf seinen perplexen Gesichtsausdruck hin erklärte sie: »Wir hatten jede Menge Spaß, aber nicht ein einziges tiefer gehendes Gespräch.«

»Wir haben uns doch über Gott und die Welt unterhalten«, widersprach er verblüfft. »Das hat die Sache doch so angenehm gemacht, dass wir uns über alles Mögliche so gut unterhalten können.«

»Ja, über alles Mögliche, Gott und die Welt«, stimmte sie zu und begriff erst jetzt, dass sie sich wirklich etwas vorgemacht hatte. »Aber über unsere Gedanken, also die wirklich wichtigen, über unsere Gefühle und über dich und über mich haben wir nie geredet. Weißt du überhaupt irgendetwas über mich, das nicht auch auf meinem Instagram-Profil zu finden ist?« Sie schluckte gegen das neuerliche Herzklopfen an. »Wir gehen jetzt seit einigen Wochen miteinander aus, aber ich kenne weder deine Lieblingsfarbe …«

»Grün.«

»Noch dein Lieblingsessen …«

»Lasagne.«

Sie seufzte. »Das ist doch nicht der Punkt.«

»Was dann?« Er wirkte vollkommen verwirrt.

»Ich weiß fast nichts von dir, außer die Dinge, die du auch auf einer Litfaßsäule veröffentlichen würdest. Und nicht mal davon weiß ich alles. Was ich damit sagen will: So viel Spaß unsere Dates auch gemacht haben, sie sind die ganze Zeit über oberflächlich geblieben. Weder du noch ganz offensichtlich ich hatten das Bedürfnis, uns wirklich näher kennenzulernen. Ich weiß nicht, ob das generell deine Art ist oder ob du einfach nur ein begrenztes Interesse daran hast, mich richtig kennenzulernen. Bestimmt gibt es ganz viele Frauen, die sich unheimlich gerne von dir zu all den schönen Veranstaltungen und in tolle Restaurants ausführen lassen und denen das vollkommen ausreicht. Aber für mich ist das auf Dauer nichts. Es … hat einfach nicht gefunkt.«

»Aha.« Patrice lächelte schmal. »Du brauchst nicht so zerknirscht zu gucken. Ich kann schon damit umgehen. Gefällt mir deine Entscheidung? Ganz sicher nicht. Aber wenn du es so siehst, kann ich daran wohl nichts ändern. Wir hatten eine schöne Zeit, also … Ich bin nicht nachtragend oder so. Es hätte gut werden können mit uns, aber vielleicht hast du recht und wir passen doch nicht so zusammen, wie wir … wie ich dachte. So was kommt vor.« Er hob die Schultern.

Nun war es an ihr, ihn überrascht zu mustern. »Du siehst das ja sehr sportlich.«

»Was soll ich denn machen?« Er lächelte wieder, aber sein Blick blieb ernst. »Zu einer Beziehung gehören immer noch zwei. Wenn dir nicht genug ist, was ich dir zu bieten habe, muss ich das akzeptieren.« Er hielt kurz inne. »Du wolltest gestern schon Schluss machen, oder? Deshalb der Streit?«

Sie dachte über seine Frage nach. »Ich weiß es nicht. Vielleicht. Es war irgendwie alles nicht mehr richtig.«

»Okay.« Er wandte sich zur Tür. »Dann … werde ich wohl mal wieder fahren, schätze ich.«

»Ja.« Sie biss sich auf die Unterlippe. »Deshalb wollte ich dich irgendwo in der Stadt treffen und nicht hier.«

»Auf neutralem Boden.« Er nickte. »Ist schon in Ordnung.« Er warf Amara einen Blick zu, die nach wie vor schräg neben Ellie saß und weder ihn noch ihr Frauchen aus den Augen ließ. »Ein schönes Tier. Ihr scheint euch ja inzwischen gut zu verstehen. Man merkt gar nicht, dass du mal Angst vor Hunden hattest.« Er zögerte, bevor er weitersprach. »Warum ist sie hier und nicht bei Xander? Ich dachte, er wollte sie adoptieren.«

»Er musste für eine Weile weg. An die Nordsee«, setzte sie hinzu. »Für eine Fotoreportage.« Ihre Miene musste sich irgendwie verändert haben, denn Patrice musterte sie mit einem merkwürdigen Blick. »Eine Weile?«

Sie nickte vage. »Zwei Wochen … oder so.«

»Aha.« Er öffnete die Tür und trat nach draußen, drehte sich aber noch einmal zu ihr um. »Also dann … Alles Gute für dich, Ellie. Hoffentlich findest du eines Tages das, was du dir … erwartest.« Er nickte ihr noch einmal knapp zu und eilte dann mit eingezogenem Kopf durch Wind und Regen zu seinem Auto.

Nanu, wo will Patrice denn jetzt hin? Das war aber ein kurzer Besuch. Amara stieß ein knappes Schnaufen aus und kehrte zu ihrem Kissen zurück. *Dann kann ich jetzt wohl ein Nickerchen halten.*

Ellie sah noch zu, wie Patrice ins Auto einstieg, doch als eine Windbö ihr eisigen Regen ins Gesicht peitschte, kehrte sie rasch ins Haus zurück und schloss die Tür hinter sich. Durch das ovale Glas in der Tür konnte sie erkennen, dass er noch mindestens zwei Minuten wartete, bis er den Motor anließ.

Erst als der Wagen davongerollt war, kehrte sie ins Wohnzimmer zurück und setzte sich auf die Couch. Sie fühlte sich ganz seltsam. Wie betäubt und zugleich erleichtert. Ihre Entscheidung war richtig gewesen. An Patrice' nur milde überraschter Reaktion konnte sie ablesen, dass schlimmstenfalls sein Stolz verletzt worden war. Verliebt war er wohl ebenso wenig in sie gewesen wie sie in ihn.

Eine Trennung war nie angenehm, aber in diesem Fall war sie sich ziemlich sicher, dass keine tieferen Gefühle verletzt worden waren. Sie mochte vielleicht nicht viel über Patrice wissen, dennoch besaß sie genügend Menschenkenntnis, um zu erkennen, dass er bald über sie hinweg sein würde.

Nachdenklich griff sie nach ihrem Smartphone. Es war inzwischen kurz vor neun. Sie fühlte sich wirklich merkwürdig. Allein. Nein. Einsam. Oder verlassen?

»Nein!« Verärgert schüttelte sie den Kopf über sich. »Niemand hat mich verlassen.«

Sie suchte Jelenas Kontakt heraus und schrieb ihr eine Nachricht.

Ellie: Ich habe gerade mit
Patrice Schluss gemacht.

Die Antwort traf nur wenige Augenblicke später ein.

Jelena: Ach du Sch…! Was ist passiert? Soll ich
zu dir kommen? Ich sage Arian Bescheid.

Ellie: Nein, brauchst du nicht. Ich übernachte
heute bei meinen Eltern. Wir reden morgen,
ja? Ich wollte dir nur Bescheid geben.

Jelena: Okay …

Jelena: Morgen sehen wir uns nicht, da habe ich doch die Fortbildung. Und Arian ist auch den ganzen Tag nicht da. Bist du sicher, dass du zurechtkommst?

Ellie: Ja, geht schon. Dann übermorgen.

Ellie: Guck mal.

Sie hängte das Selfie mit Amara an.

Jelena: Zucker!

Eine ganze Reihe von roten Herzchen folgte.

Jelena: Du kommst also klar?

Ellie: Ja. Wirklich.

Auch sie hängte mehrere rote Herzchen an, dann erhob sie sich und ging zum Garderobenschrank, um einen Rucksack herauszunehmen, in dem sie die wichtigsten Utensilien für eine Übernachtung zusammenpackte. Als das erledigt war, schnalzte sie, um Amaras Aufmerksamkeit zu erlangen. »Komm, Süße, wir schlafen heute Nacht bei Mama und Papa.«

21. Kapitel

»Guten Morgen, mein Schatz. Es ist Zeit aufzustehen.«

»Mh mh.« Ellie presste ihr Gesicht in das weiche Kissen und hätte sich am liebsten die Decke über den Kopf gezogen, ganz so wie manchmal als Kind und Jugendliche, wenn sie keine Lust auf die Schule gehabt hatte. Sie spürte, wie ihre Mutter neben das Gästebett trat, das inzwischen seit Jahren in Ellies ehemaligen Zimmer stand, sich schließlich auf die Kante setzte und ihr sanft eine Hand auf die Schulter legte. »Es gibt mein gutes, selbst gebackenes Haferbrot zum Frühstück und Rührei, wenn du möchtest.«

»Mh.« Aus unerfindlichem Grund fiel Ellie keine andere als diese Antwort ein.

Ihre Mutter schwieg einen langen Moment, bevor sie erneut das Wort ergriff. »Wir haben uns Sorgen gemacht, als du gestern Abend so plötzlich mit Amara vor unserer Tür standest. Willst du uns nicht verraten, was passiert ist?«

»Uns?« Verblüfft hob Ellie den Kopf aus dem Kissen und erblickte in der Zimmertür ihren Vater. »Oh.«

»Ja, oh.« Helge Weißmüller betrat das Zimmer und zog sich den kleinen Sessel aus der Zimmerecke heran. Den Rucksack, den Ellie darauf abgelegt hatte, stellte er sorgsam neben dem Bett ab, bevor er sich setzte. »Es kommt schließlich nicht alle Tage vor, dass eine unserer Töchter abends bei Wind und Wetter bei uns Asyl sucht.«

»Ich habe doch nicht …« Ellie stockte. Doch, sie hatte bei ihren Eltern Asyl gesucht, weil sie nicht mit sich und ihren verwirrenden Gefühlen und Gedanken hatte allein sein wollen.

Sagt mal, was ist denn los? Geht es meinem Frauchen nicht gut? Lasst mich mal nach ihr sehen! Amara, die auf einer Decke auf der anderen Seite des Bettes am Boden geschlafen hatte, erhob und schüttelte sich, tappte um das Fußende herum und schnüffelte an Ellies Decke. *Irgendwas stimmt nicht mit ihr. Ob ich ihr helfen kann? Hey, Ellie, wie kann ich dich denn aufheitern?*

»Ach du liebe Zeit, was macht sie denn jetzt?« Helge wollte schon aufspringen, weil Amara mit den Vorderpfoten auf das Bett und halb auf Ellie geklettert war und versuchte, mit der Nase ihr Gesicht zu erreichen.

»Schon gut, Papa.« Ellie war zwar verblüfft, musste jedoch unwillkürlich kichern, als sie die eiskalte Hundenase sowie die nasse Zunge am Kinn spürte. »Nicht, Amara, ich kann mich selbst waschen!«

Ich wollte dich gar nicht waschen, sondern knuuutschen, damit du wieder lachst. Hat offensichtlich funktioniert. Ich bin gut! Amara wedelte so heftig, dass Sabine in Deckung ging.

»Du hast ja vielleicht ein Temperament!«

Kann schon sein. Wuff. Mit einem Satz war Amara auf dem Bett.

»He!« Ellie ächzte, weil nun drei von vier Hundepfoten auf ihr herumtrampelten.

Im nächsten Moment ließ die Hündin sich ganz dicht an sie gedrängt fallen.

»Entschuldige bitte, Mama.« Sie verzog verlegen die Lippen. »Eigentlich soll sie nicht aufs Bett. Soll ich sie runterwerfen?«

»Ach was.« In einer Mischung aus Verwunderung und Stolz blickte ihre Mutter zwischen Ellie und Amara hin und her. Dann setzte sie sich wieder auf die Bettkante und streichelte der Hündin über den Kopf. »Ihr scheint ja gute Freundinnen geworden zu sein. Die Bettwäsche kann man waschen, das ist nicht so schlimm.«

Auch Ellie streichelte Amara sachte über den Rücken. »Wir verstehen uns immer besser.«

»Es scheint fast so, als ob sie dich aufheitern wollte«, befand ihr Vater, der sich nun auch wieder entspannt hatte.

»Was mich zu meiner Frage zurückführt«, ergänzte Sabine. »Was ist passiert?«

Ellie wand sich ein wenig unter ihrer Decke, um Zeit zu gewinnen, sah dann aber ein, dass das nichts brachte. »Ich habe gestern Abend mit Patrice Schluss gemacht.«

»Aha.« Sabine nickte leicht und wechselte einen kurzen Blick mit Helge. »Hat er …« Sie räusperte sich. »Bist du sehr unglücklich deswegen?«

Ellie runzelte die Stirn. Die Reaktion ihrer Eltern war irgendwie seltsam. »Nein«, gab sie schließlich zu. »Er hat mir nicht das Herz gebrochen, falls du das meinst.« Sie hielt kurz inne. »Ich ihm wohl auch nicht.«

»Aha«, kam es erneut von ihrer Mutter. »Es geht dir aber trotzdem nicht gut. Trennungen sind nie schön, selbst wenn sie einvernehmlich stattfinden. Es scheint doch einvernehmlich gewesen zu sein?«

»Ja … Nein.« Ellie setzte sich halb auf. »Er hat, glaube

ich, nicht damit gerechnet. Aber er war auch nicht sauer oder so.« Sie dachte an die Ereignisse des vergangenen Abends zurück und versuchte, sie einzuordnen. »Er ist generell nicht der Typ, der schnell wütend oder böse wird oder sich gerne streitet.«

»Aha«, kam es ein drittes Mal von ihrer Mutter.

»Warum hast du mit ihm Schluss gemacht?« Helge beugte sich ein wenig vor und musterte sie eingehend. »War er dir zu … langweilig?«

»Helge!« Empört, jedoch mit einer Spur Erheiterung blickte Sabine zu ihm hinüber.

»Was denn? Ist das keine legitime Frage?« Helges Augenbrauen wanderten in Richtung seines Haaransatzes. »Sie hat doch gerade gesagt, dass er sich nicht gerne streitet.«

»Das macht ihn nicht langweilig, sondern höchstens langmütig – und klug.« Sabine erwiderte seinen Blick streng.

»Ein kleiner Streit unter Frischverliebten hat noch selten geschadet.« Helge lächelte schmal. »Aber von frisch verliebt scheint ja nun nicht gerade die Rede zu sein. Dabei hast du«, er wandte sich wieder Ellie zu, »doch immer erzählt, wie viel Spaß ihr miteinander hättet.«

»Hatten wir ja auch.« Ellie seufzte unterdrückt. »Er hat mich immer in Restaurants ausgeführt und zu allen möglichen Veranstaltungen eingeladen und so, aber …«

»… aber das bist du nicht«, fiel ihre Mutter ihr ins Wort. »Du bist noch nie viel ausgegangen und ins Theater oder zu Brunches und all so was.«

»Nein, ich meine, ja.« Ellie hob die Schultern. »Es war nicht übel, wie gesagt, wir hatten Spaß und haben uns immer gut unterhalten.«

»Worüber denn?«, hakte ihre Mutter nach.

Ellie seufzte. »Gott und die Welt.«

»Das hört sich nach einer Menge an«, konstatierte ihre Mutter mit einem Schmunzeln.

»Ja.« Sanft kraulte Ellie Amara hinter den Ohren. »Aber wir haben nicht ein einziges Mal …« Sie hob den Kopf, als ihr Vater entsetzt hustete. »Papa!« Fast hätte sie gelacht. »Nicht ein einziges Mal *richtig* miteinander geredet. Ich weiß nicht mal ansatzweise, was er wirklich denkt.« Mit der freien Hand zupfte sie an der Bettdecke herum. »Was ihn bewegt. Ich weiß nicht, wie ich es ausdrücken soll. Und er hat sich irgendwie auch nie wirklich für mich interessiert. Klar, für die Oberfläche.« Sie schielte zu ihrem Vater. »Nicht das, was du jetzt wieder denkst.«

»Schon gut, schon gut.« Helge sah verlegen zu Boden. »Ein Vater ist nun mal empfindlich, wenn es um gewisse Aspekte im Leben seiner Töchter geht.«

»Es hat also einfach nicht gepasst«, fasste Sabine zusammen. »So etwas kommt vor.«

»Ja, sicher.« Ellie nickte vage. »Wir haben richtig gut harmoniert, aber eben nur …«

»… an der Oberfläche.« Ihre Mutter griff nach ihrer Hand und drückte sie. »Auch solche Erfahrungen gehören zum Leben und zum Menschsein dazu.« Sie neigte den Kopf etwas zur Seite. »Das ist aber nicht der Grund, warum du hergekommen bist. Zumindest nicht nur, oder? Da ist noch etwas.«

Innerlich wand sich Ellie. Ihre Eltern kannten sie einfach zu gut, als dass sie vor ihnen lange ein Geheimnis bewahren konnte. Schon gar nicht, wenn ihr unvermittelt schon wieder Tränen in die Augen stiegen.

»Ach, Ellie-Kind!« Betroffen zog ihre Mutter sie in die Arme. »So schlimm?«

»Ich weiß es nicht.« Ellie kämpfte vergeblich gegen diese verflixten Tränen an. Als sich nun auch noch ihr Vater auf die Bettkante setzte und ihr übers Haar strich, presste sie ihr Gesicht fest gegen die Schulter ihrer Mutter. »Es ist alles so ... Ich bin blöd.«

»Nein, bist du nicht!«, protestierte ihre Mutter. »So etwas darfst du nicht einmal denken.« Sie küsste Ellie auf die Schläfe. »Hast du dich mit Xander gestritten?«

»Was?« Viel zu abrupt hob Ellie den Kopf und starrte ihre Mutter erschrocken an.

Sabine erwiderte ihren Blick ruhig. »Nur eine Vermutung. Wart ihr nicht am Sonntag verabredet, um Weihnachtsbäume zu besorgen? Dann kam diese Verabredung mit Patrice dazwischen. So viel hattest du uns ja am Sonntagmorgen noch am Telefon erzählt. Ich rate jetzt einfach mal, dass das bei Xander nicht gut angekommen ist. War er eifersüchtig?«

»Nein!« Ellie schluckte hart. War Xander eifersüchtig auf Patrice gewesen? »Nein«, wiederholte sie etwas ruhiger, auch wenn sie sich dieser Sache alles andere als sicher war. »Es war anders. Es war ... Ich war zu spät, hätte ihn beinahe versetzt, weil es nach dem Theaterstück noch so eine stille Versteigerung gab, bei der Patrice unbedingt mitmachen musste. Ich wollte eigentlich gleich weg, hätte ich auch besser getan. Ich hätte gar nicht erst mit ihm zu dieser Veranstaltung gehen dürfen. Das mit den Weihnachtsbäumen war ja schon länger geplant. Ich hätte einfach nicht ...«

»... versuchen sollen, auf zwei Hochzeiten zu tanzen«, vervollständigte diesmal Helge den Satz. »Da gebe ich dir vollkommen recht, und nicht nur, weil mir Xander naturgemäß näher steht als dieser Patrice, weil ich ihn schon länger kenne, sondern auch, weil er etwas Besseres verdient hat.«

»Ich weiß.« Ellie senkte den Blick.

»Und auch, weil es nie eine gute Idee ist, zwei Eisen gleichzeitig ins Feuer zu halten«, fuhr er fort. »Das ist beiden Eisen oder vielmehr Männern gegenüber respektlos. Und dabei spielt es keine Rolle, ob der eine nicht wirklich zu dir gepasst hat und der andere leider nur ein guter Freund ist.«

»Helge!« Sabine stieß ihn mit mahnendem Blick an.

Ellie hob den Blick wieder. »Leider?« In ihrem Magen bildete sich ein kribbeliger Knoten.

Ihr Vater zuckte mit den Achseln. »Dein bester Freund, so wie früher, scheint er ja offenbar nicht mehr zu sein, sonst hättest du Patrice' Einladung wohl nicht so leichtfertig angenommen.« Er wechselte einen kurzen Blick mit Sabine. »Habe ich da vielleicht unrecht?«

Ellies Mutter räusperte sich. »Es war wohl nicht die beste Entscheidung, aber was geschehen ist, ist geschehen. Fehler machen wir alle mal. Ist Xander deshalb so plötzlich nach Lichterhaven gereist?«

Ellie ließ sich in ihr Kissen zurücksinken. »Ich glaube nicht. Er hat ja diesen Auftrag für die *Zeitschritte*-Reportage schon vorher erhalten.« Seltsamerweise musste sie nun an die blonde Frau denken und daran, wie sie mit Xander im Gewühl des Weihnachtsmarktes verschwunden war. Der Knoten in ihrem Magen schien sich zu vergrößern. »Aber …« Sie blickte auf Amara, die sich ganz platt und eng neben sie gelegt und die Augen geschlossen hatte. »Ich weiß nicht, ob …« Sie presste die Lippen aufeinander. »Ob wir überhaupt noch Freunde sind.« Mehr konnte und wollte sie dazu nicht sagen. Es war alles viel zu unglaublich und verworren.

Entschlossen schlug sie die Decke zurück und rutschte zur anderen Bettseite, um aufzustehen.

Huch, was ist denn nun schon wieder? Ich dachte, wir kuscheln. Wie ein geölter Blitz sprang Amara ebenfalls auf und vom Bett herunter. *Wohin willst du denn jetzt?*

»Ich gehe mal ins Bad.« Ellie schnappte sich den Rucksack. »Ich muss mich anziehen. Fürs Frühstück ist es wohl schon zu spät, denn ich muss kurz bei der Oase vorbei, bevor ich meine Schicht im Salon beginne.« Sie rannte fast ins Bad, dicht gefolgt von Amara, die offenbar beschlossen hatte, dass Privatsphäre für sie ein Fremdwort war.

Nachdem Ellie die Badezimmertür geschlossen hatte, blickte sie verzagt auf die Hündin hinab. »Was mache ich denn jetzt bloß?« Sie schrak zusammen, als es leise an der Tür klopfte.

»Ellie?« Die Stimme ihres Vaters klang sanft und ruhig, so wie sie es seit frühester Kindheit gewohnt war. »Du und Xander, ihr kennt euch schon eine kleine Ewigkeit, aber er war lange fort. Die Dinge ändern sich, das liegt in ihrer Natur, aber wenn euch beiden an eurer Freundschaft etwas liegt, renkt sich alles wieder ein.« Seine Schritte entfernten sich von der Tür.

Kraftlos ließ Ellie sich auf den Rand der Badewanne sinken. Wenn es nur so einfach wäre! Doch so, wie die Dinge zwischen Xander und ihr gerade standen, was ihr Vater ja nicht wissen konnte und wohl auch besser nicht sollte, fragte Ellie sich nachgerade, ob es überhaupt noch etwas einzurenken gab. Wie hatte sie das nur zulassen können? Was war, verdammt noch mal, in sie gefahren?

22. Kapitel

Als Ellie am Donnerstagnachmittag nach dem Check-up bei Frau Dr. Sahler die Oase betrat und Amara von der Leine losmachte, damit sie sich auf ihre mittlerweile übliche Runde durch das Gebäude machen konnte, vernahm sie aus der Küche das Rauschen von Wasser, das aus dem Wasserhahn in einen Plastikeimer floss, und ein undefinierbares Rumoren, das möglicherweise mit dem Putzmittelschrank in Zusammenhang stand. Arian und Jelena waren offenbar beide erst vor Kurzem eingetroffen und bereiteten alles für die große Grundreinigungsaktion vor, die sie sich für heute vorgenommen hatten, weil endlich die gröbsten Renovierungsarbeiten beendet waren, sogar schneller, als sie gedacht hatten.

Bedachtsam zog Ellie ihren Plüschmantel aus, hängte ihn über den Stuhl hinter dem Empfangstresen und legte ihren bunten Schal darüber. Ihr war ein wenig schlecht, ihr Puls zu hoch, der Blutdruck außer Kontrolle. Wenn sie noch länger so weitermachte, konnte sie sich bald einliefern lassen. Deshalb hatte sie heute während der Arbeit einen Entschluss gefasst. Sie brauchte Hilfe.

Das schwummrige Gefühl, das sie erfasste, ignorierend, trat sie in den Durchgang zu den hinteren Räumen und räusperte sich, bevor sie laut und deutlich sagte: »Ich habe mit Xander geschlafen.«

Etwas platschte, das Wasserrauschen verstummte. Gleichzeitig fiel etwas klappernd zu Boden, dem Geräusch nach der Stiel eines Wischmopps.

»Was hast du da gesagt?« Jelena erschien in der Küchentür.

»Wie bitte?« Arian rempelte seine Schwester von hinten an, so hastig war er ihr gefolgt.

Beide starrten sie in einer Mischung aus Verblüffung und Entgeisterung an.

Ehe Ellie etwas sagen konnte, hatte Jelena sie bei den Oberarmen gepackt. »Du hattest ... Sex ... mit Xander? Habe ich das richtig verstanden? Wann? Wo? Und ... warum?«

Beschwichtigend legte Arian Jelena eine Hand auf den Arm, dabei räuspert er sich vernehmlich. »Das *Warum* dürfte wohl selbsterklärend sein.«

»Selbst wenn dem so sein sollte, will ich es von Ellie hören.« Jelena schüttelte ihn ab, wandte sich dann gleich wieder Ellie zu. »Was ist passiert?«

Ellie hatte gehofft, erleichtert zu sein, endlich mit jemandem ehrlich reden zu können, doch nun fühlte sie sich nicht nur zutiefst verlegen, sondern sogar noch verwirrter als zuvor. Sie machte sich vorsichtig von Jelena los und blickte zwischen den beiden Geschwistern hin und her. »Was meint ihr damit, das wäre selbsterklärend?«

»Na ja, weil ...« Arian schien ihren erschrocken-konfusen Gesichtsausdruck zu bemerken, denn er brach ab und musterte sie aufmerksam. Dann berührte er auch sie am Arm. »Warum setzen wir uns nicht in die Küche und reden in Ruhe?« Er deutete auf den kleinen rechteckigen

Tisch in der Zimmerecke mit zwei Stühlen und einer Eckbank.

Nachdem sie sich alle gesetzt hatten, nickte er Ellie mit ernster Miene zu. »Und jetzt noch mal ganz von Anfang an, bitte.«

Ellie schluckte. Sie versuchte, ihre Gedanken zu sortieren. »Wir haben uns gestritten ... oder so etwas Ähnliches. Ich war doch mit Patrice bei diesem Benefiz-Theaterstück der Sozialstation in der Stadthalle. Am Sonntag.«

»Obwohl du mit Xander wegen der Weihnachtsbäume verabredet warst«, ergänzte Arian. »Und deshalb war Xander vermutlich sauer.«

»Ja. Nein.« Ellie fuhr sich mit beiden Händen in die Haare und zerrte daran. »Er war okay damit, wir wollten stattdessen abends zum Glühweinzauber der Baumschule Kilian. Ich war dann aber zu spät, weil diese Veranstaltung viel länger ging, als ich dachte, und ...« Sie brach ab und senkte den Blick auf die Tischplatte. »Ich weiß, dass das Mist war, okay? Ich hätte Patrice absagen müssen oder vielmehr gar nicht erst zusagen. Ich war so wütend auf mich selbst. Dann ... Dann ... Ich weiß auch nicht. In der einen Minute habe ich an seiner Schulter geheult, in der nächsten war er ... waren wir ...« Sie schlug die Hände vors Gesicht.

»Ihr hattet Sex.« Jelena beugte sich ein wenig vor. »Aber ihr seid nicht ... Ich meine ... Warum ist er so plötzlich an die Küste gefahren?«

Ellie hob die Schultern. »Vielleicht kommt er nicht mehr zurück.«

»Was?« Jelena starrte sie verblüfft an. »Er ist doch gerade

erst … Also … Er will doch hier sein Studio eröffnen und eine Galerie und alles.«

»Genau.« Ellie nickte dumpf. »Und jetzt haben wir … diesen blöden, dämlichen Fehler begangen. Ich … Wir haben das auch sofort eingesehen, und er ist mit Amara nach Hause gefahren. Wir haben ausgemacht, dass Amara bei mir bleibt, bis er … solange er in Lichterhaven ist.«

»Und du glaubst jetzt, er kommt nicht mehr zurück«, fasste Arian zusammen. Seine Miene war sehr ernst geworden. »Weil ihr Sex hattet oder wegen Patrice?«

»Großer Gott, Patrice!« Jelena fasste sich an die Stirn. »Hast du deshalb mit ihm Schluss gemacht?«

»Halt, stopp!« Arian machte mit den Händen das Timeout-Zeichen. »Du hast mit Patrice Schluss gemacht? War das vor oder nach … Xander?«

Ellie wollte sich am liebsten verkriechen. »Danach. Aber es war nicht wegen Xander. Also … doch natürlich, in gewisser Weise, weil das ja wohl so etwas wie Fremdgehen war, oder? Ja«, gab sie sich selbst die Antwort. »War es. Wir, also Patrice und ich, haben zwar noch nicht … aber trotzdem hätte so etwas nicht passieren dürfen. Schluss gemacht habe ich aber auch, weil ich plötzlich wusste, dass das mit Patrice und mir nicht das Richtige war.«

»Also hast du ihn abgesägt.« Jelena unterdrückte ein Prusten.

Ellie starrte ihn an, konnte aber ebenfalls nicht verhindern, dass ihre Mundwinkel zuckten. »Ich …« Sie presste die Lippen zusammen, um das hysterische Kichern zu unterdrücken, das in ihr hochstieg. »Ich hielt es für das Beste, und das war es auch. Er war nicht einmal böse.«

»Bist du sicher?« Jelena war wieder ernst geworden. »Manche Männer können sich einfach nur sehr gut verstellen, um nicht zu zeigen, dass ihr Herz gebrochen ist.«

Einen langen Moment dachte Ellie über die Worte ihrer Freundin nach, dann schüttelte sie den Kopf. »Patrice verstellt sich nicht. Er … Ich weiß auch nicht. Es kommt mir so vor, als ob es ihm einfach ausreicht, an der Oberfläche zu kratzen. Gerade so viel über mich herauszufinden, dass er weiß, mit welchen Aktivitäten er bei mir punkten kann und worüber wir uns gut unterhalten können. Aber das reicht doch auf Dauer nicht. Oder sehe ich das falsch?«

»Wenn es dir zu wenig ist, hast du das Recht, das auszusprechen und die Konsequenzen zu ziehen«, befand Arian. »Es geht ja schließlich um deine Lebenszeit.«

»Um seine ebenfalls«, fügte Jelena hinzu. »Ich finde es besser, dass er weiß, was falsch gelaufen ist. Entweder er kämpft um dich, aber danach sieht es ja nicht aus, oder er sucht nach einer Frau, der seine oberflächliche Art mehr zusagt. Auf Dauer hätte es wahrscheinlich Streit zwischen euch gegeben.«

»Und …« Arian suchte Ellies Blick. »Was willst du jetzt tun?«

Verzagt hob Ellie die Schultern. »Ich weiß es einfach nicht. Deshalb bin ich ja zu euch gekommen.«

»Weiß Xander, dass du mit Patrice Schluss gemacht hast?« Jelena streichelte Amara, die sich zu ihnen gesellt hatte, über den Kopf.

Ellie schüttelte den Kopf. »Es hat sich nicht ergeben, und … was macht das letztlich für einen Unterschied?

Unsere Freundschaft lässt sich dadurch auch nicht mehr kitten.« Mit einem mulmigen Gefühl beobachtete sie, wie Jelena und Arian einen beredten Blick austauschten. Sie runzelte argwöhnisch die Stirn. »Was ist?«

Jelena schien etwas sagen zu wollen, doch ihr Bruder kam ihr zuvor. »Du willst also die alte Freundschaft mit Xander kitten.«

»Selbstverständlich!« Ellies Herz verkrampfte sich. »Was denn sonst?«

»Na ja …«, setzte Arian an, doch diesmal kam Jelena ihm zuvor.

»Vielleicht geht das nicht, weil du dich in Xander verliebt hast.«

Arian hüstelte, nickte dann aber beipflichtend.

»Ver… was?« Ellies Blutdruck schoss in ungesunde Höhen, dicht gefolgt von ihrem Puls. »Seid ihr irre geworden? Ich bin doch nicht in Xander verliebt! Ich war noch nie verliebt. In ihn, meine ich. Er ist mein bester Freund, so wie du meine beste Freundin bist.« Sie sah Jelena an, dann Arian. »Und du. Du bist auch mein bester Freund. Wir waren immer vier beste Freunde. Das … ist absurd. Genauso gut könntet ihr vorschlagen, dass ich in dich verliebt bin.« Sie fixierte Arian. »Was ich definitiv nicht bin und du doch wohl auch nicht in mich.«

»Stimmt.« Arian grinste. »Ich bin aber auch nicht Xander.«

»Mit dem du Sex hattest«, erinnerte Jelena sie.

»Aber doch nicht, weil wir … ich verliebt in ihn bin!« Ellie hatte das Gefühl, als würde sich ihr Magen verknoten. »Das ist absurd, wie ich schon sagte.«

»Okay.« Jelena schürzte die Lippen. »Warum hattet ihr denn dann Sex?«

»Weil …« Nun fürchtete Ellie, keine Luft mehr zu bekommen. »Keine Ahnung! Das ist es ja, was ich nicht verstehe. In der einen Minute heule ich ihm was vor und in der nächsten … Es war ein vollkommen irrationaler, bescheuerter Fehler, und wir können ihn nicht rückgängig machen und … und … Jetzt ist vielleicht alles aus.«

Hey, Ellie, du bist ja so aufgeregt. Geht es dir nicht gut? Kann ich dir irgendwie helfen? Amara tappte auf Ellie zu und stieß sie mit einem leisen Winseln an.

»Oh Gott!« Ellie beugte sich zu der Hündin vor, umarmte sie und vergrub ihr Gesicht in dem weichen, weißen Fell. »Das hätte einfach nicht passieren dürfen.«

»Vielleicht doch«, kam es von Jelena. Als Ellie erschrocken den Kopf hob, zuckte sie mit den Achseln. »Irgendwie geschieht doch alles aus einem bestimmten Grund. Man muss nur herausfinden, was für ein Grund das ist.«

»Du klingst schon wie Jana.« Erneut verbarg Ellie ihr Gesicht in Amaras Fell. Im nächsten Moment erhob sie sich abrupt. »Ich glaube, ich gehe nach Hause. Ihr könnt mir ja doch nicht helfen.« Sie eilte in den Empfangsraum, schnappte sich ihren Mantel und befestigte die Hundeleine an Amaras Geschirr. »Niemand kann das. Ich muss mich damit abfinden, dass ich einen Fehler gemacht habe, der nicht wiedergutzumachen ist. Wir beide haben das. Und jetzt …« Sie brach kopfschüttelnd ab. »Morgen und am Samstag habt ihr zu tun, oder? Also komme ich am Sonntagmittag her und helfe euch mit allem, was noch zu tun ist, okay?« Sie schnalzte. »Komm, Amara, wir machen uns auf den Heimweg.«

Was, jetzt schon? Wir sind doch noch gar nicht lange hier. Amara schüttelte sich. *Aber na gut, wenn du es so willst. Besuchen wir vielleicht Xander? Wo steckt er eigentlich? Wir haben ihn schon seit Tagen nicht mehr gesehen, und ich vermisse ihn.*

»Warte, Ellie!« Jelena war ihr gefolgt und umarmte sie liebevoll. »Es wird alles wieder gut, ganz bestimmt.«

»Woher willst du das wissen?« Etwas hölzern, weil sie sich gerade selbst nicht kannte, erwiderte Ellie die Umarmung.

»Na, weil … Deswegen.« Vorsichtig trat Jelena einen Schritt zurück. »Ihr seid schon so lange befreundet, daran kann auch ein bisschen Sex nichts ändern.«

Fast hätte Ellie gelacht, doch Jelenas nächste Frage hielt sie davon ab.

»War er wenigstens gut? Der Sex, meine ich.«

Hitze stieg in Ellies Wangen, und sie befürchtete, knallrot geworden zu sein. Unbehaglich schluckte sie. Schluckte noch einmal. Dann nickte sie. »Besser als gut.«

Hastig, um die Reaktion der Freundin nicht mitzubekommen, riss sie die Eingangstür auf und rannte beinahe nach draußen. Amara sprang mit einem verblüfften Bellen hinter ihr her.

***

Jelena blickte ihrer Freundin eine geraume Weile schweigend nach, selbst als sie längst um die Hausecke verschwunden war. Erst als sie hörte, wie der Motor von Ellies Wagen ansprang, schloss sie die Tür wieder und kehrte in die kleine Küche zurück, in der Arian immer noch am Tisch saß und ihr gespannt entgegenblickte. Jelena setzte sich ihm gegenüber. »Nun haben wir den Salat.« Sie neigte den Kopf ein wenig zur Seite. »Und was machen wir jetzt?«

Ruhig schob Arian ihr sein Smartphone hin, auf dem die Textnachrichten-App geöffnet war. Offenbar hatte er gerade eine Nachricht an Xander verfasst, aber noch nicht abgeschickt.

Ohne hinzusehen, zog Jelena das Smartphone näher zu sich heran. »Glaubst du, da war schon immer was zwischen ihnen?«

Arian hob die Schultern. »Wie soll ich das wissen? Von seiner Seite wahrscheinlich schon, wenn ich sein Verhalten richtig deute. Von Ellies Seite definitiv nicht. Das hätten wir doch bemerkt – oder auch sie selbst.«

»Ja, wahrscheinlich.« Erst jetzt warf Jelena einen Blick auf die Nachricht, die Arian verfasst hatte.

Arian: Ellie hat mit Patrice Schluss gemacht.

Stirnrunzelnd hob sie den Kopf.

Arian lächelte grimmig. »Ich finde, das sollte er wissen.« Er zögerte. »Oder mischen wir uns damit zu sehr ein?«

»Vermutlich.« Noch einmal blickte Jelena auf die Textnachricht. Dann tippte sie auf Senden. »Aber dazu sind beste Freunde da.«

Sie blickten beide gespannt auf die App, in der zunächst ein Häkchen erschien, das anzeigte, dass die Nachricht gesendet worden war. Nur Augenblicke später erschien ein zweites Häkchen, dass das Eintreffen der Nachricht beim

Empfänger bestätigte. Es dauerte etwa zwanzig Sekunden, bis die Häkchen sich blau färbten. Also hatte Xander die Nachricht aufgerufen und gelesen. Eine Antwort kam jedoch nicht. Weder jetzt noch als sie zwei Stunden später Feierabend machten und die Oase verließen.

Und auch am folgenden Morgen hatte Xander noch nicht reagiert.

23. Kapitel

Es war bereits kurz nach acht, als Ellie am Freitagabend ihre Haustür aufschloss, die Körbe und Tüten mit dem Wocheneinkauf in die Küche schleppte und sie auf der Anrichte sowie der Kochinsel abstellte.

Amara schwänzelte fröhlich um sie herum, die Nase hoch erhoben, und schnüffelte an den Einkäufen, von denen einige verführerisch dufteten.

»Hey, stopp!« Hastig schob Ellie die Papiertüte mit den Pizzaburgern von Jupp's Burger aus der Reichweite der vorwitzigen Hundenase. »Das ist mein Abendessen, nicht deins.«

Bist du dir da sicher? Ich meine, wau, das riecht unglaublich lecker. Du wirst mir doch wohl etwas davon abgeben, oder etwa nicht? Mit einem leisen Winseln ließ Amara sich auf ihr Hinterteil plumpsen und sah mit großen Augen und hundetypischem Unschuldsblick zu Ellie auf.

»Sieh mich bloß nicht so an!« Ellie seufzte, lachte aber gleichzeitig. »Wenn du erst dein Futter frisst, kriegst du vielleicht ein winziges Stück von meinem Burger als Nachtisch.«

Klingt gut. Her damit! Amara trippelte im Sitzen mit den Vorderpfoten. *Bitte jetzt sofort!*

»Ja, ja, immer mit der Ruhe. Ich habe auch Hunger, aber erst muss ich die ganzen Einkäufe wegräumen.« Ellie hatte bereits die Türen von Kühl- und Vorratsschrank geöffnet und beeilte sich, den Inhalt von Tüten und Körben an ihren Bestimmungsorten zu verstauen. Dabei wirbelte sie betont geschäftig hin und her, wie sie es seit Tagen tat, damit sie nicht in Versuchung geriet, ihren Gedanken und Gefühlen nachzuhängen. Seit ihrem missglückten Versuch am Vortag, Rat bei ihren Freunden zu finden, hatte sie diese Vorgehensweise geradezu perfektioniert. Zum Einschlafen hörte sie jetzt sogar alte Hörspiele aus ihrer Kinderzeit in gerade ausreichender Lautstärke, sodass ihr Gedankenkarussell davon übertönt wurde.

Als in ihrer Küche wieder leidlich Ordnung herrschte, nickte sie zufrieden, gab eine großzügige Portion Hundefutter in Amaras Napf, füllte auch ihr Wasser frisch auf und schnappte sich schließlich die Tüte mit ihrem Abendessen sowie eine Flasche Mineralwasser und verzog sich auf die Couch. Auf Netflix suchte sie sich einen der unzähligen romantischen Weihnachtsfilme heraus, schaltete ihn im Originalton ein und widmete sich ihrem Essen.

Den Film auf Englisch anzuschauen, war ebenfalls eine hervorragende Strategie, sich abzulenken, denn auch wenn sie dieser Fremdsprache recht ordentlich mächtig war, erforderte sie doch etwas mehr Aufmerksamkeit. Nach dem ersten Drittel des Films – das Essen war längst verputzt, und selbstverständlich hatte Amara ihren kleinen, aber feinen Anteil an Burger und Pommes abbekommen – schaltete sie jedoch auf Pause.

Wem machte sie eigentlich nun schon die ganze Woche etwas vor? Doch nur sich selbst. Sie versuchte, sich von der Tatsache abzulenken, dass sie einen Rat brauchte, und zwar von der Person, die sie fast ihr gesamtes bisheriges Leben stets zuerst um Rat gefragt hatte: Xander.

Sie traute sich einfach nicht, ihn anzurufen, oder auch nur, ihm eine Nachricht zu schicken. Er hatte sich seit Montag nicht bei ihr gemeldet, ein sicheres Zeichen, dass auch er mit der Situation haderte. Selbstverständlich war auch er verunsichert, denn immerhin waren sie beide zu gleichen Teilen an dem Schlamassel beteiligt, in den sie sich mit diesem … Ausrutscher manövriert hatten.

Eigentlich müsste es doch wirklich möglich sein, das wieder in Ordnung zu bringen. Jelenas Worte fielen ihr wieder ein: *»Ihr seid schon so lange befreundet, daran kann auch ein bisschen Sex nichts ändern.«*

Ihre Freundin hatte recht – oder hätte recht, wenn es bloß ein bisschen Sex gewesen wäre. Tatsächlich war es aber der beste Sex gewesen, den Ellie je gehabt hatte. Diese Feststellung hätte ihr übertrieben und klischeehaft vorkommen müssen, wäre sie nicht so wahr gewesen. Selbst jetzt noch spürte sie einen Nachhall ihrer Empfindungen und der aufregenden Leidenschaft, die zwischen ihnen aufgeflammt waren.

Lag es vielleicht daran, dass sie so gut befreundet waren und einander in- und auswendig kannten? Hatte sie sich deshalb so bedingungs- und vorbehaltlos fallenlassen können? Sie hatte mal in einer der Zeitschriften, die im Salon ihrer Mutter auslagen – es war wahrscheinlich sogar das Magazin *Zeitschritte* gewesen –, gelesen, dass dies oft der Grund und die Grundlage für Menschen war, Freundschaften mit sogenannten besonderen Vorzügen einzugehen.

Ellie wäre niemals auf die Idee gekommen, ihre Freundschaft mit Xander auf solch eine Ebene zu heben, und sie konnte sich auch nicht vorstellen, dass er so etwas im Sinn gehabt hatte. Das passte zu keinem von ihnen. Er war immer eher der flatterhafte Typ gewesen, der, wenn überhaupt, nur lockere und kurzlebige Bekanntschaften pflegte, und sie selbst war romantisch genug veranlagt, um auf die große Liebe zu hoffen, jedoch gleichzeitig ausreichend realistisch, sie nicht an jeder Ecke, oder überhaupt jemals, zu erwarten. Sie war immer davon ausgegangen, dass früher oder später alles so geschehen würde, wie es sollte. Viel herumprobieren wollte sie dazu gar nicht; Sex mit Xander hatte allerdings erst recht nicht auf der Bingo-Karte ihres Lebens gestanden oder dass selbiger ihre Welt vollkommen auf den Kopf stellen würde.

Trotzdem oder möglicherweise gerade deswegen würde ihr wahrscheinlich gar nichts anderes übrig bleiben, als genau ihn um Rat zu fragen. Sie hatten sich beide gemeinsam in diese grässliche Situation gebracht, also mussten sie auch gemeinsam einen Weg herausfinden.

Fast war sie erleichtert, als sie sich zu dieser Erkenntnis durchgerungen hatte. Dennoch stiegen ihr Puls und Blutdruck wieder einmal simultan in schwindelerregende Höhen, als sie nach ihrem Smartphone griff, das sie auf dem Couchtisch abgelegt hatte, denn sie wusste genau, dass sie sich an einem Punkt dieser Erkenntnis immer noch etwas vormachte. Doch wie in aller Welt sollte sie bloß jemals bereit sein für das, was ihr Herz ihr eindringlich mitzuteilen versuchte?

Mehrere Minuten lang starrte sie auf das Display, bevor

sie die Textnachrichten-App mit einem Tippen öffnete. War es verrückt, dass ihre Finger dabei zitterten?

***

Xander saß, den Rücken gegen das dunkelbraune kunstlederne Kopfteil des Kingsize-Bettes in seiner äußerst geräumigen Business-Suite im Strandhotel *Seestern* gelehnt, auf dem Schoß seinen Laptop, der sich allerdings schon vor einer Weile in den Ruhezustand versetzt hatte, weil Xander nur auf den halb fertigen Text gestarrt hatte, den er zu einer seiner Fotoreihen verfassen wollte, anstatt ihn zu vollenden.

Ursprünglich hatte er im Gästezimmer seiner Eltern unterkommen wollen, doch Danielle hatte darauf bestanden, ihn für diesen kurzfristigen umfangreichen Auftrag in dem Vier-Sterne-Superior-Hotel direkt am Deich einzuquartieren. Von seinem Balkon aus im vierten Stock hatte er sogar Meerblick, wenn nicht gerade Ebbe war oder der für den Lichterhavener Winter berüchtigte dichte Nebel herrschte.

Seine Gedanken kreisten, wie immer, wenn er sich nicht ganz bewusst und tatkräftig beschäftigte, um Ellie und den Schlamassel, in den sie am vergangenen Sonntagabend geraten waren. Er gab sich die Hauptschuld daran, denn er hätte besonnener reagieren müssen. Ihm war zwar bewusst, dass zu Sex immer zwei Menschen gehörten und dass das, was zwischen ihnen passiert war, unbedingt einvernehmlich gewesen war. Doch er hätte sich über die Konsequenzen klar sein müssen. Ellies Reaktion hinterher, das Ganze als Fehler abzustempeln, hatte wehgetan, sehr sogar, aber sie war zu erwarten gewesen. Ellie war schließlich nicht schon so lange in ihn verliebt, dass sie kaum mehr wusste, wann genau es nicht mehr nur Freundschaft gewesen war. Sie betrachtete ihn als ihren besten Freund, und diese vertrauensvolle Basis ihrer Beziehung stand nun auf dem Spiel. Mit dem Verstand konnte er das vollkommen nachvollziehen, doch das hinderte sein Herz nicht daran, bei jedem Gedanken an sie schmerzlich zusammenzuzucken.

Um sich abzulenken, schaltete er mit der Fernbedienung den Fernseher ein und zappte sich durch die Programme, bis er auf einen Sender stieß, der *Drei Haselnüsse für Aschenbrödel* zeigte. Obgleich dies sofort erneut die Gedanken an Ellie befeuerte, ließ er den Film laufen, schaltete den Ton aber so leise, dass er gerade noch zu verstehen war.

Er hatte sich seit Montag nicht mehr bei ihr gemeldet, obwohl er zu gerne gewusst hätte, wie es ihr ging und ob sie gut mit Amara zurechtkam. Auch sie hatte keine Anstalten gemacht, Kontakt zu ihm aufzunehmen, was unter den gegebenen Umständen aber wohl ebenfalls zu erwarten gewesen war.

Wie schon so oft in dieser Woche griff er nach seinem Mobiltelefon, das neben ihm auf der hellblauen Bettdecke lag, und öffnete die Textnachrichten-App. Und ebenfalls wie schon so oft starrte er minutenlang auf diese eine Nachricht.

Arian: Ellie hat mit Patrice Schluss gemacht.

Seinetwegen, das stand außer Frage. Schon allein deswegen hätte er sich am liebsten selbst einen Kinnhaken verpasst.

Auch wenn er zuletzt nicht den Eindruck gewonnen hatte, dass das zwischen den beiden die große Liebe gewesen war, hätte er sich, verdammt noch mal, nicht dazwischendrängen dürfen. Schon gar nicht auf diese Weise. So etwas tat man nicht, nein, so etwas tat *er* nicht! Er mochte in Ellie verliebt sein und noch einiges mehr, aber er war eben auch ihr bester Freund und hätte niemals zulassen dürfen, dass seine – und ihre – außer Kontrolle geratenen Hormone sie in eine derart prekäre Lage versetzen würden. Auch wenn sie seinem Eindruck nach am Sonntagabend kurz davor gewesen war, die Sache mit Patrice zu beenden, war das keine Entschuldigung für sein Verhalten. Denn damit hatte er sie quasi dazu verführt, Patrice auf den letzten Metern noch zu betrügen. Schäbiger konnte er sich dafür kaum fühlen. Daran änderte auch die Tatsache nichts, dass der Sex mit Ellie einfach phänomenal gewesen war.

Nun saßen sie in der Tinte und wussten beide nicht, wie sie sich daraus wieder befreien sollten. Eines war ihm jedoch zumindest in den Tagen hier in Lichterhaven klar geworden: Er musste Ellie gegenüber endlich ehrlich sein und ihr sagen, was er wirklich für sie empfand. Und wenn auch nur ein Fünkchen Hoffnung bestand, würde er um sie kämpfen. Entweder um ihre Liebe oder um ihre Freundschaft, das wiederum konnte nur sie entscheiden.

Zögernd öffnete er ihren Kontakt in der App und sah, dass sie gerade online war. Für einen verrückten Moment war er so erschrocken, dass er die App sogleich wieder schloss und das Handy neben sich auf das Bett warf.

Genau in diesem Augenblick erklang der Signalton, der ihm verriet, dass Ellie ihm eine Nachricht gesendet hatte.

Zugleich irritiert, erschrocken und erfreut griff er erneut nach dem Gerät, entsperrte es und rief die Nachricht mit pochendem Herzen auf.

Ellie: Wie geht es dir? Läuft alles
gut in Lichterhaven?

***

Gespannt starrte Ellie auf die Nachricht und die beiden blauen Häkchen, die verrieten, dass Xander sie umgehend geöffnet und gelesen hatte. Ihre Hände zitterten, das Herz klopfte wild, und zugleich ärgerte sie sich, dass ihr nichts Eloquenteres als diese beiden banalen Fragen eingefallen war. Doch sie wusste einfach nicht, wie sie sonst hätte anfangen sollen.

Sie konnte sehen, dass er online war, und an den sich bewegenden drei Punkten erkennen, dass er eine Antwort tippte. Doch dann stoppte er, schickte die Nachricht nicht ab. Tippte offensichtlich erneut. Stoppte wieder. Ihr Puls geriet außer Rand und Band.

Schließlich tippte er ein drittes Mal, und diesmal schickte er den Text ab. Ellie erschrak fast, als das typische Piepsen erklang und gleichzeitig die Nachricht auf ihrem Display erschien.

Xander: Es läuft ganz okay. Meine Eltern
lassen dich grüßen. Wie geht es Amara? Ist der
Check-up bei der Tierärztin gut verlaufen?

Ellie atmete zunächst auf, dann tief durch. Zumindest kommunizierten sie wieder. Sie wusste nicht recht, warum sie Angst gehabt hatte, Xander könnte wütend auf sie sein oder vielleicht nichts mehr mit ihr zu tun haben wollen.

Ellie: Sehr gut. Frau Dr. Sahler sagt, Amara ist wieder topfit. Wir kuscheln sogar inzwischen manchmal miteinander. Amara und ich, nicht die Tierärztin und ich.

Sie zögerte, löschte die Nachricht wieder und begann erneut.

Ellie: Sehr gut, Amara ist wieder topfit. Ich glaube, wir sind jetzt Freundinnen. Bitte grüß deine Eltern ganz lieb von mir.

Diesmal schickte sie die Nachricht ab und fügte noch ein Selfie hinzu, das sie kürzlich von sich und Amara beim Kuscheln auf der Couch gemacht hatte.

Von Xander kam umgehend ein Daumen hoch, dann klatschende Hände und zuletzt ein oranges Herz zusammen mit vier Pfotenabdrücken.

Ellie lächelte, wusste aber nun nicht mehr so recht weiter. Sollten sie erst mal beim Small Talk bleiben? Um wieder auf sicheren Grund zu finden?

Ellie: Störe ich dich vielleicht beim Arbeiten? Du schreibst doch oft abends noch.

Xander: Nein, ich war sowieso abgelenkt.

Wovon, wollte sie fragen, traute sich aber nicht.

Ellie: Also helfe ich dir jetzt beim Prokrastinieren?

Xander: Gewissermaßen.

Xander: Willst du gar nicht wissen, was mich von der Arbeit abgelenkt hat?

Mist! Ihr Herzschlag beschleunigte sich sofort wieder rasant. Er kannte sie einfach viel zu gut. Aber wahrscheinlich war es besser, nicht lange um den heißen Brei herumzutanzen.

Ehe sie jedoch etwas antworten konnte, erschienen erneut die drei Punkte, die anzeigten, dass er etwas schrieb. Doch wieder stoppte er, schrieb erneut, stoppte, schrieb. Schließlich traf seine Nachricht ein.

Xander: Ich muss dich etwas fragen. Aber sei bitte absolut ehrlich.

Ellie blieb für einen Moment die Luft weg. Ihre Finger zitterten wieder, als sie tippte.

Ellie: Okay.

Ellie: Ich würde dich nie anlügen.

Xander: Ich war gerade drauf und dran, dir zu texten. Du bist mir zuvorgekommen.

Ein klein wenig beruhigte sie sich wieder.

Ellie: Wir haben schon eine Weile nicht gesprochen oder geschrieben. Da dachte ich … Das sieht uns nicht ähnlich.

Xander: Stimmt, tut es nicht.

Xander: Warum hast du dich gemeldet? Wirklich, meine ich.

Ihr Herz machte doch wieder einen Satz.

Ellie: Warum wolltest du dich eben bei mir melden?

Xander: Es ist unhöflich, eine Frage mit einer Gegenfrage zu beantworten. Das hat uns Frau Liebig schon damals im Politikunterricht beigebracht.

Ein feixendes Emoji folgte.

Ellie schmunzelte.

Ellie: Also gut, wenn du schon Feldmarschallin Liebig ins Feld führst …

Sie tippte auf Senden und überlegte fieberhaft, wie sie aus dem Chaos in ihrem Kopf einen zusammenhängenden Satz formen sollte.

Xander: Bereust du es? Das mit … uns … am Sonntag? Das wollte ich dich fragen.

Erschrocken starrte Ellie auf die Nachricht. Schon war sie versucht, erneut die passende Gegenfrage zu stellen, doch sie wusste genau, dass das feige gewesen wäre.

Ellie: Ich habe Angst, dass meine Antwort auf diese Frage alles zwischen uns verändern wird.

Xander: Also ja.

Sie schluckte krampfhaft gegen ihren wilden Herzschlag an, der bis in ihre Kehle zu spüren war.

Ellie: Nein. Also … Ich glaube, es war ein Fehler, aber ich muss immer daran denken.

Sei ehrlich, ermahnte sie sich. Das Herumeiern, auch vor sich selbst, musste ein Ende haben.

Ellie: Bereuen kann ich es nicht. Dazu war es zu schön.

Konnte man am eigenen Puls ersticken? Ihr kam es beinahe so vor.

Xander: Das war es. Ich muss auch immerzu daran denken. An dich.

Xander: Ich gehe sogar noch einen Schritt weiter und gestehe, dass ich diese … Sache gerne wiederholen würde. Erschreckt dich das?

Ellie wurde kurzfristig schwindelig.

Ellie: Ja!

Ellie: Ich will meinen besten Freund nicht verlieren.

Xander: Du wirst mich nie verlieren, Ellie. Wenn das bis jetzt nicht passiert ist, wird es das auch zukünftig nicht.

Irritiert las sie sich diese Nachricht gleich zweimal durch, dann noch ein drittes Mal.

Ellie: Wie meinst du das?

Diesmal dauerte es lange, bis die drei Punkte erschienen, und es sah aus, als würde Xander ziemlich viel schreiben. Sehr, sehr viel. Doch dann stoppte er, und es geschah fast eine ganze Minute überhaupt nichts. Schließlich sah sie an dem sich öffnenden Aufnahmetool mit dem Lautsprecher-Icon, dass er eine Sprachnachricht aufnahm. Als er sie abschickt hatte, traute sie sich im ersten Moment nicht, sie abzuspielen. Seit wann war sie bloß so ein Feigling? Es ging hier schließlich um Xander. *Ihren* Xander! *Ihren* …

Wieder blieb ihr die Luft weg. Das Handy entglitt ihr und wäre beinahe zu Boden gefallen. Sie fing es gerade noch auf, schloss dabei jedoch versehentlich die App und öffnete gleichzeitig ihre Fotogalerie. Wie es dazu kam, wusste sie nicht, aber als sie hektisch versuchte, die Galerie wieder zu schließen, öffnete sie ein Foto. Es handelte sich um eines der Bilder, die Arian oder Jelena bei ihrem ersten gemeinsamen Besuch auf dem Weihnachtsmarkt geschossen und ihr geschickt hatte. Ihr wurde heiß und kalt zugleich. Das Foto zeigte sie und Xander Arm in Arm von hinten, wie sie dem Gospelchor lauschten. Schräg vor ihnen saß Amara an der Leine, Ellie hatte ihren Kopf gegen Xanders Schulter gelehnt.

Ellie starrte auf das Bild, auf die schlichte Selbstverständlichkeit, die es ausstrahlte. Ihre Augen begannen zu brennen, und für einen kurzen Moment verschwamm ihr Blick.

Verdammter Mist! War sie wirklich so begriffsstutzig gewesen? So blind? So … Verärgert schloss sie die Galerie und öffnete die Textnachrichten-App. Dass ihre Finger schon wieder heftig zitterten, nahm sie mit einem Verdrehen der Augen hin. Sie war tatsächlich fürchterlich schwer von Begriff gewesen – oder vielmehr hatte sie sich zuletzt geradezu perfekt selbst belogen und sabotiert.

Obwohl ihr Puls samt Blutdruck sich erneut in höchste Sphären verabschiedete, legte sie ihren Finger auf das Aufnahme-Zeichen und holte tief Luft.

Ellie: Wie …

Sie stoppte, löschte die Nachricht und rief Xander stattdessen einfach an.

Kaum, dass er den Anruf angenommen hatte, redete sie bereits hastig los: »Wie lange schon? Ich habe deine Sprachnachricht noch nicht abgehört, aber ich denke … also, ich glaube … ich weiß schon … Warum habe ich das nie gemerkt? Also, bitte sag mir, dass ich nicht schon seit der Grundschule ein blindes Huhn war. Bitte! Wie lange schon?«

Xander atmete hörbar. »Nicht seit der Grundschule. Aber … schon ziemlich lange. Vielleicht seit der neunten oder zehnten Klasse. So genau weiß ich es selbst nicht.«

Seine Stimme zu hören, verursachte ihr eine Gänsehaut und noch mehr Herzklopfen. Wie hatte sie diese Anzeichen so lange nicht als das erkannt, was sie waren? »Wie konnte ich so vernagelt sein, Xander?«

Erneut stieß er geräuschvoll die Luft aus. »Ellie … Ich wollte nicht, dass du oder irgendjemand davon erfährt. Ich habe mich verstellt, so gut es ging, damit niemand etwas bemerkt. Du ganz besonders nicht. Ich wollte unsere Freundschaft nicht aufs Spiel setzen. Sie ist mir zu wichtig. Und wenn du mir sagst, dass es immer nur Freundschaft bleiben kann, dann nehme ich sie, ohne Wenn und Aber. Ich will weder, dass du dich zu irgendetwas gedrängt fühlst, wozu du nicht bereit bist, noch, dass sich zwischen uns etwas ändert. Das … könnte ich, glaube ich, nicht verwinden. Wenn ich es die letzten fünfzehn oder sechzehn Jahre geschafft habe, damit umzugehen, wird es mir wohl auch zukünftig …«

»Nein!« In ihrer Magengrube kribbelte es wie von einer Million krabbelnder Ameisen.

»Nein?« Er klang irritiert, und fast hätte sie gelacht. Über ihn, über sich und über ihre grenzenlose Dummheit.

»Ich meinte, wie konnte ich so lange so … blöd sein, es nicht zu erkennen?«

»Was zu erkennen? Ich sagte doch, ich wollte nicht, dass du weißt …«

»Ich meine, zu erkennen, dass du es warst«, unterbrach sie ihn und hatte das Gefühl, dass ein Bann von ihr abfallen würde. Eine Gänsehaut rieselte ihr über den Rücken.

»Dass ich was war?« Xander klang vollkommen verwirrt, was sie seltsamerweise in ihrer Selbsterkenntnis nur bestärkte.

»Du warst es die ganze Zeit. Schon immer«, fügte sie mit Nachdruck hinzu. »Ich habe es bloß nie bemerkt, weil ich … Keine Ahnung. Das ist so absurd, aber gleichzeitig vollkommen logisch.« Sie blickte zur Zimmerdecke hinauf. »Ich dachte immer, ich würde mich schon eines Tages verlieben, wenn der Richtige mir begegnet.« Sie lachte trocken. »Du meine Güte, war ich dämlich! Ich habe alle Kerle, die mir über den Weg gelaufen sind, an dir gemessen, ohne es zu bemerken. Und nie war der Richtige dabei. Aber wie sollte er auch?« Sie schluckte. »Denn der warst ja immer du.«

»Ellie …« Xanders Stimme klang überrascht und bewegt zugleich. »Was willst du damit sagen?«

Sie runzelte die Stirn. »War das vielleicht nicht verständlich? Ich liebe dich. Ich wusste es bloß nicht, bis ich …« Sie stockte. »Bis gerade eben. Dabei hätte ich es schon wissen müssen, als du wieder da warst und ich dauernd dachte, mit mir stimmt etwas nicht – oder mit uns. Weil ich plötzlich auch in dich verliebt war. Bloß, dass ich die Anzeichen irgendwie nicht richtig gedeutet habe. Vielleicht hatte ich auch nur einfach Angst, dass du mich für verrückt erklären würdest.«

»Das würde ich nie tun.«

Sie seufzte. »Ich schon.«

Es entstand eine kurze Pause, bis Xander erneut das Wort ergriff. »Hast du gerade gesagt, dass du mich liebst?«

»Scheint so.«

»Und dass du es erst bemerkt hast, als du dich in mich *ver*liebt hast?«

Sie schnaubte. »Wag es nicht, dich über meine verquere Timeline zu mokieren. Ich kann nichts dafür, dass meine Synapsen erst einen Umweg über meine Hormone nehmen mussten, um sich korrekt mit meinem Herzen zu verknüpfen. Wie hätte ich denn auch ahnen sollen …? Ich meine, das ist doch wohl wirklich alles total irre, oder etwa nicht? Ich muss erst mal damit klarkommen, dass du die ganze Zeit …« Sie stockte. »Das ändert doch unsere ganze Vergangenheit!«

»Nein, tut es nicht.« Xanders Stimme senkte sich ein wenig und löste damit dieselben aufregenden Empfindungen aus wie am Sonntag. »Die Vergangenheit kann man nicht ändern.«

»Aber man kann sie mit gänzlich anderen Augen sehen«, protestierte sie. »Jetzt muss ich mich doch bei jeder Erinnerung fragen … Ich meine, das ist doch verrückt!«

»Ist es wirklich so ein Unterschied?« Nun klang er leicht besorgt.

Sie dachte über seine Frage nach. »Ich weiß es nicht.«

»Ich muss mich auch erst daran gewöhnen, für dich das Maß aller Dinge – und aller Männer – zu sein.«

»Wie bitte?« Sie riss die Augen auf.

»Das waren doch deine Worte.« Aus seiner Stimme klang nun ganz eindeutig der Schalk.

»Mist.« Sie lachte. »Erwischt.«

»Nur damit ich Bescheid weiß: Über wie viele Männer reden wir hier genau?«

Ellie schnaubte. »Von wegen. Vergiss es.«

Er lachte. »Vermutlich weiß ich es schon, weil so etwas zwischen uns nie ein Geheimnis war.«

»Noch mal Mist.« Sie seufzte. »Da hast du wohl recht. Weißt du was? Ich hätte es spätestens kapieren müssen, als ich dich mit deiner Kollegin auf dem Weihnachtsmarkt gesehen habe und dachte ...«

»Mit Danielle?« Xander schwieg einen Moment. »Was dachtest du?«

»Na, was wohl?« Sie fasste sich an den Kopf. »Ich war eifersüchtig. Zumindest ganz kurz. Wie hast du das umgekehrt all die Jahre ausgehalten?«

Xander ließ sich einen langen Moment Zeit mit seiner Antwort. »Ich liebe dich, Ellie. Ich wollte immer nur, dass du glücklich bist.«

»Oh, verdammt.« Unvermittelt stiegen ihr Tränen in die Augen. »Sag doch so was nicht.«

»Es ist die Wahrheit.«

Sie schluckte hart. »Dann sag es wenigstens erst wieder, wenn du direkt vor mir stehst.«

***

Ellie schrak aus dem Schlaf hoch, als Amara, die sich an ihre Beine gedrängt neben ihr auf dem Bett zusammengerollt hatte, leise knurrte. »Amara?« Irritiert sah sie sich um. »Was ist denn los?« Sie blickte auf die Stelle an der Decke, auf die ihr Wecker die Uhrzeit projizierte. Es war Viertel vor drei. Ein Sturm rüttelte am Haus und ließ die Büsche und Bäume rings um das Haus rauschen. »Hast du Angst vor dem Wind?«

Wuff, ja, vielleicht ein bisschen. Aber da ist noch etwas draußen. Ich bin ganz sicher, dass ich etwas gehört habe. Oder gewittert. Keine Ahnung. Amara stieß einen Laut aus, der nun weniger nach Knurren, sondern mehr wie ein ungehaltenes Brummeln klang, das in ein verunsichertes Winseln überging.

»Ist ja schon gut, das ist wirklich nur der Wind.« Beruhigend legte Ellie der Hündin eine Hand auf den Rücken. »Der tut uns nichts. Er ist nur ein bisschen laut, das ist alles.«

Nein, nein, da draußen ist etwas – oder jemand. Ja, genau, jetzt höre ich es. Da kommt ein Auto.

Mit einem hellen Wuffen sprang Amara vom Bett und raste zur halboffen stehenden Schlafzimmertür hinaus. Gleich darauf war das schnelle Tappen ihrer Pfoten auf der Treppe zu vernehmen.

»Hey, warte mal, wo willst du denn hin?« Hastig stand auch Ellie auf, riss ihren dunkelblauen Satinmorgenmantel vom Haken an der Tür und warf ihn sich über, während sie Amara folgte. Kurz fluchte sie, weil sie ihre Brille auf dem Nachttisch vergessen hatte, doch da sie nur etwas kurzsichtig war, beließ sie es dabei. Als sie den Fuß der Treppe erreicht hatte, sah sie durch das Küchenfenster sowie das Glas in der Haustür das Licht von Autoscheinwerfern auf dem Schotterweg vor dem Haus.

Amara bellte aufgeregt und tänzelte wild wedelnd vor der Haustür auf und ab.

»Ja, ja, immer mit der Ruhe, Amara. Du hast ja ganz super aufgepasst. Da will uns anscheinend wer besuchen. Hoffentlich ist nichts passiert oder jemand braucht Hilfe.« Ellie trat an die Haustür und versuchte, durch die eingelassene Glasscheibe etwas zu erkennen. Da die Scheinwerfer in diesem Moment erloschen, gelang ihr das jedoch zunächst nicht. Erst, als sich das Außenlicht über den Bewegungsmelder einschaltete, erkannte sie den Ankömmling.

»Oh mein Gott.« Ihr Herz machte einen fast schmerzhaften Satz. Sie riss die Tür auf, und sofort stürmte Amara an ihr vorbei nach draußen, wobei sie ein wildes Gemisch aus Gebell und Freudengeheul ausstieß. »Xander!« Für einen Moment blieb Ellie die Luft weg, als sie beobachtete, wie Amara ihr Herrchen immer wieder ansprang und sich vor Wiedersehensfreude beinahe umbrachte. »Wo kommst du denn jetzt her?«

Xander, der Amara lachend begrüßt hatte, richtete sich auf und trat langsam auf sie zu. »Aus Lichterhaven natürlich, was denn sonst?«

»Aber …« Ihr Herz versuchte hartnäckig, sich aus ihrer Brust zu befreien. »Warum? Ich meine … Das sind doch bestimmt fünfhundert Kilometer oder so.«

»Vierhundertsiebenundsiebzig, um genau zu sein.« Dicht vor ihr blieb er stehen. »Es hat ein bisschen gedauert, bis ich losfahren konnte, weil ich erst ein paar Dinge mit Danielle wegen des Artikels regeln musste und sie natürlich freitagabends nicht so leicht erreichbar war, aber ich wollte deiner Anordnung gerne so schnell wie möglich Folge leisten.«

»Meiner Anordnung?« Verwirrt runzelte sie die Stirn.

»Dass ich dir erst wieder sagen soll, dass ich dich liebe, wenn ich leibhaftig vor dir stehe. Ich hielt es für angebracht, dem umgehend Folge zu leisten.«

»Das … ist doch verrückt!« Sie fuhr sich durch ihr verstrubbeltes Haar. »Du bist ja wahnsinnig!«

Xander zog sie lächelnd so nah zu sich heran, dass sich ihre Körper leicht berührten. »Kann schon sein, dass ich ein bisschen verrückt bin. Nach dir.«

Noch schneller konnte ihr Herz kaum noch schlagen. Schweigend blickte Ellie in seine so vertrauten graublauen Augen und fragte sich, warum sie sich in den vergangenen Wochen so gegen das gesperrt hatte, was so offensichtlich zwischen ihnen entstanden war. Sie schlang die Arme um seinen Hals und küsste ihn.

Sogleich zog er sie fest in seine Arme und erwiderte den Kuss, erst sachte und warm, doch als sie die Lippen einladend öffnete, flammten unvermittelt Leidenschaft und Hitze zwischen ihnen auf. Ihre Zungenspitzen trafen aufeinander; Ellie verspürte einen heftigen Stich, der in ein drängendes, begehrliches Sehnen überging. Energisch zog sie ihn mit sich ins Haus und wäre dabei fast über Amara gestolpert, die sich hinter sie gesetzt hatte.

Sie bellte empört und verzog sich ein paar Schritte ins Wohnzimmer. *He, pass doch auf! Fast wärst du mir auf die Pfoten getreten. Hallo? Ellie? Xander? Sie bemerken mich anscheinend gar nicht richtig. Sind offenbar sehr abgelenkt. Na, dann werde ich mich mal auf mein Kissen hier neben der Couch zurückziehen. Hauptsache, Xander ist wieder hier und meine beiden Lieblingsmenschen sind in meiner Nähe. Ich schätze, spielen können wir morgen auch noch. Immerhin ist es mitten in der Nacht. Ich werde mal noch ein Nickerchen halten – und Wache natürlich auch. Gute Nacht.*

Die Haustür fiel krachend ins Schloss, doch Ellie achtete gar nicht darauf, sondern schob Xander den roten Kurzmantel über die Schultern, bis er zu Boden fiel, und begann, während sie sich auf den Weg nach oben machten, bereits, die Knöpfe an seinem rot und dunkelgrau gemusterten Freizeithemd zu öffnen. Im Schlafzimmer angekommen, hatte sie es geschafft und half ihm, es auszuziehen. Das weiße T-Shirt, das er darunter trug, folgte gleich darauf.

Xander löste den Knoten an ihrem Bademantel, woraufhin sie das Kleidungsstück eilig abstreifte und einfach zu Boden fallen ließ. Sie trug darunter ein kurzes fliederfarbenes Nachthemdchen aus Seide, das nur Augenblicke später auf dem Bademantel landete. Xanders Hände umfassten begehrlich ihren Po und schoben sich gleich darauf unter den dünnen Baumwollstoff ihres Slips. Ihr wurde heiß, als er sie erneut fest an sich zog, sodass sie seine Erregung spüren konnte. Mit fliegenden Fingern öffnete sie Knopf und Reißverschluss seiner Jeans und schob sie ihm energisch über die Hüften.

Einen Moment kämpfte er mit Schuhen, Socken und Jeans, doch dann lagen sie auch schon auf ihrem Bett. Seine Brille landete klappernd neben ihrer auf dem Nachttisch. Wild und geradezu wie ausgehungert küssten sie sich, fassten einander an.

***

Xander vergrub sein Gesicht in Ellies Halsbeuge, sog tief ihren so vertrauten Duft ein, der die Hitze, die in seinen Adern loderte, immer weiter befeuerte. Er hätte es ganz sicher nicht länger ohne sie ausgehalten. Sein Bedürfnis, ihr nah zu sein, nahm überhand. Gierig saugte er sich an ihrer Halsschlagader fest, vernahm das erregte Stöhnen, das sie ausstieß. Sämtliches Blut schien sich heiß pulsierend in seinem Unterleib zu sammeln. Schon spürte er, wie sie nun ihrerseits ihre Hände unter seine Shorts schob, und half ihr, indem er das verbliebene Kleidungsstück hastig abstreifte.

Auch Ellie entledigte sich ihres Slips und angelte gleich darauf nach dem angebrochenen Päckchen Kondome in ihrer Nachttischschublade. Xander riss es ihr regelrecht aus der Hand, öffnete eine der quadratischen Verpackungen und streifte sich das Kondom rasch über. Ehe er sich Ellie wieder ganz zugewandt hatte, drängte sie ihn bereits in die Kissen, setzte sich rittlings auf ihn und nahm ihn dabei tief in sich auf.

Für einen Moment sah er Sternchen, als sie ihn warm und feucht pulsierend umschloss. Heiße Wellen der Lust fluteten sein gesamtes System. Energisch zog er sie zu sich herab, suchte ihren Mund mit dem seinen. Ihre Zungen rangen miteinander, während sie sich geradezu gierig auf und mit ihm bewegte, den Rhythmus vorgab. Ihn schwindelte regelrecht, doch es war noch nicht genug. Er wollte mehr, viel mehr, alles. Obwohl sie kurz protestierte, entzog er sich ihr und wartete, bis sie ganz ruhig, wenn auch schwer atmend, auf ihm lag und ihm in die Augen blickte. Eine weitere heiße Welle durchtoste ihn, doch diesmal brachte sie nicht nur Lust und Leidenschaft mit sich, sondern viel tiefere Gefühle.

»Ellie.« Seine Stimme klang belegt und rau von all der Sehnsucht, die sich so lange in ihm aufgestaut hatte. Langsam, aber bestimmt drang er erneut in sie ein, schob sich in sie, bis er sie gänzlich ausfüllte. Dann hielt er inne, genoss das ursprüngliche Gefühl, so tief und eng mit ihr verbunden zu sein, wie es nur möglich war. Er suchte ihren Blick. »Ich liebe dich. Ich habe dich schon immer geliebt. Erst als Freundin, dann irgendwann mehr und mehr. Das wollte ich dir sagen, von Angesicht zu Angesicht. Und ich möchte noch etwas hinzufügen.«

»Was?« Sie klang atemlos und bewegt. Ihr Innerstes schien zu pulsieren, und ihre Muskeln schlossen sich immer wieder rhythmisch um ihn und raubten ihm damit beinahe den Verstand und die Selbstbeherrschung.

Er lächelte, liebevoll und zugleich gequält. »Dieses Gefühl … meine Liebe … Ich glaube nicht, dass sie sich jemals ändern wird. Ich dachte, das solltest du wissen.«

In ihren Augen leuchtete es warm auf. »Das trifft sich gut.« Ihre Lippen näherten sich den seinen. »Mir geht es umgekehrt mit dir sehr ähnlich. Als Freund habe ich dich natürlich auch schon immer geliebt. Dass es allerdings viel mehr als das war, habe ich kürzlich erst begriffen oder geahnt, aber der Gedanke hat mir Angst gemacht. Denn wenn ich meinen besten Freund mehr als das liebe, kann ich auch mehr verlieren.«

»Du wirst mich niemals verlieren.« Zärtlich legte Xander seine Hand an ihre Wange. »Weder als Freund noch als … was immer wir in der Zukunft alles sein werden.«

Das Lächeln trat zuerst in ihre Augen, dann auf ihre Lippen. Im nächsten Moment küsste sie ihn zärtlich und tief. Gleichzeitig bewegte sie sich einladend und fordernd zugleich auf ihm, mit ihm. Hitze baute sich umgehend erneut zwischen ihnen auf. Die Lust pochte fast schmerzhaft in seinem Unterleib.

Instinktiv griff er nach ihr, umfasste ihren Po, dirigierte sie und übernahm schließlich, als die Beherrschung ihn verließ, den Rhythmus, stieß gierig, schneller und tiefer in sie. Er spürte, wie sich Spannung in ihr aufbaute. Sie küssten sich immer wilder, bewegten sich immer fieberhafter mit- und gegeneinander.

***

Ellie spürte ganz genau den Moment, in dem Xander sich kurz anspannte und dann, einen rauen Laut ausstoßend, zum Höhepunkt kam. Instinktiv drängte er dabei noch tiefer und härter in sie. Sie umschloss ihn ebenso instinktiv, so fest sie konnte, und keuchte auf, als ihr Unterleib in einem lustvollen Krampfen ebenfalls zur Erlösung gelangte. Sie krallte sich mit der einen Hand in sein Haar, mit der anderen in seine Schulter und spürte zugleich, wie er sie fest und wie sichernd in seinen Armen hielt.

Sie atmeten beide unstet und schwer, als der wilde Sturm sich allmählich legte. Zumindest der zwischen ihnen, denn der Sturm draußen rüttelte nach wie vor geräuschvoll am Haus.

Es dauerte eine ganze Weile, bis Ellie es wagte, sich zu bewegen, und fast bedauerte sie es, dadurch die tiefe, ursprüngliche Verbindung zu Xander zu unterbrechen. Er schien entweder ihre Gedanken gelesen oder ihr unterdrücktes bedauerndes Seufzen vernommen zu haben, denn er berührte sie zärtlich an der Wange und küsste sie.

Dann suchte er lächelnd ihren Blick. »Diesmal war es kein Fehler.«

Eine warme Welle von Gefühlen erfasste sie. »Nein, kein Fehler.«

Nachdem er das Kondom in dem winzigen Kosmetikmülleimer entsorgt hatte und wieder zu ihr zurückgekehrt war, berührte sie ebenfalls seine Wange und spürte kurze Bartstoppeln unter ihren Fingerspitzen. »Es war auch vergangenen Sonntag keiner. Ich war nur so …«

»Ich weiß.« Wieder küsste er sie und zog sie erneut ganz fest an sich. »Ich auch.«

»… erschrocken«, redete sie trotz seines Einwurfs weiter. »Es war so …«

»Schön«, schlug er vor, als sie kurz zögerte. Sie nickte, schüttelte aber gleich darauf den Kopf. »Es war mehr als das. Es war einfach unglaublich. Und perfekt. Und … alles.« Sie biss sich auf die Unterlippe. »Ich glaube, das war irgendwie zu viel auf einmal. Ich war nicht darauf vorbereitet und bin, glaube ich, ein bisschen in Panik verfallen. Dann warst du weg, und ich wusste nicht, was ich tun sollte.« Sie rückte so neben ihn, dass sie ihren Kopf an seine Schulter betten konnte. Mit dem Zeigefinger zog sie verschlungene Spuren auf seiner Brust. »Du bist zurückgekommen. Mitten in der Nacht.«

»Selbstverständlich bin ich das.« Er fing ihre Hand auf und verflocht seine Finger mit ihren. »Ich bin deinetwegen früher aus Frankreich zurückgekehrt. Natürlich auch, weil ich Heimweh hatte und meine Pläne für ein Studio und eine Galerie endlich in die Tat umsetzen wollte. Aber ohne dich wäre das alles … nichts.« Wieder suchte er ihren Blick. »Ich wollte endlich herausfinden, ob wir eine Chance haben. Denn wenn nicht … Ich weiß nicht, ob ich dann trotzdem hätte bleiben können. Ich wollte es. Unsere Freundschaft ist mir wichtiger als alles. Doch nach vergangenem Sonntag, der Sache mit Patrice, ist mir klar geworden, dass ich es vielleicht nicht ertragen hätte, wenn … wenn …«

»Ich verstehe.« Sie drückte zärtlich seine Hand. »Das hätte ich von dir auch nicht verlangen können.« Sie lächelte versonnen. »Dir ist aber schon klar, dass wir uns in nächster Zeit eine Menge blöder Kommentare anhören werden dürfen?«

»Du meinst von sämtlichen Freunden und Bekannten, denen wir über die Jahre glaubhaft versichert haben, dass wir wirklich nur Freunde sind?« Er grinste erheitert. »Stimmt, das dürfte anstrengend werden.«

»Jelena und Arian wissen Bescheid.« Amüsiert schmunzelte sie. »Ich glaube, ich habe sie einige Nerven gekostet, nachdem ich ihnen erzählt hatte, dass wir vergangenen Sonntag Sex hatten.«

Xander zuckte zusammen. »Das hast du ihnen erzählt?«

»Ich war total verwirrt und verzweifelt. Was sollte ich denn tun?«

»Erst mal mit mir reden«, schlug er vor und küsste sie. »So wie heute. Oder vielmehr gestern«, korrigierte er sich. »Das hat doch gut funktioniert. Du hättest den beiden nicht extra ein Kopfkino der besonderen Art verursachen müssen.«

Sie gluckste. »Sie haben sich wirklich Mühe gegeben, aber ich war so konfus, dass ich sie einfach stehen gelassen habe. Letztlich hat mir das Gespräch aber doch geholfen, weil ich eingesehen habe, dass ich mit dir reden muss. Du warst schon immer der Mensch, den ich zuerst um Rat frage, ganz egal, worum es sich handelt.«

»Dito.« Wieder küsste er sie. »Ich war gestern kurz davor, dich anzurufen. Du bist mir nur zuvorgekommen.«

»Und daraufhin hast du dich wahnsinnigerweise sofort ins Auto gesetzt und bist durch Nacht und Sturm quer durchs Land gefahren, nur um …«

»Um dir zu sagen, dass ich dich liebe.« Er suchte ihren Blick und hielt ihn gefangen. »Dazu würde ich jederzeit von überallher zu dir zurückkehren.«

Warme Glücksgefühle erfassten sie. »Ich liebe dich auch – und das war wohl die romantischste Geste, die sich eine Frau wünschen kann. Wahnsinnig zwar, aber romantisch.« Sie hielt kurz inne. »Was ist denn aber jetzt mit dem *Zeitschritte*-Artikel?«

»Den schreibe ich natürlich trotzdem.« Sachte strich Xander ihr die pinkfarbene Haarsträhne hinters Ohr. »Ich muss erst am Sonntagnachmittag wieder zurück nach Lichterhaven fahren. Das habe ich mit Danielle geklärt. Sie hatte glücklicherweise volles Verständnis für meine oder vielmehr unsere Situation. Zurück sein werde ich dann wieder in einer Woche, also am vierten Advent.« Er strich ihr sanft mit den Fingerspitzen über die Wange. »Aber dann bleibe ich hier, bei dir.«

»Am Sonntag fährst du erst wieder?« Ellie hob überrascht den Kopf. »Also haben wir morgen, sorry, heute, den ganzen Samstag für uns?«

»So ist es.« Schalkhaft lächelte Xander. »Ich wollte verhindern, dass du mir noch mal so hastig davonrennst, nachdem wir …«

»Ich bin nicht weggerannt!« Ellie lachte. »Eigentlich bist du das, aber ich habe dich nicht aufgehalten. Das wird nicht noch einmal passieren.«

»Versprochen?« Er küsste sie zärtlich.

»Versprochen.«

24. Kapitel

»Oh nein!« Entgeistert starrte Ellie auf die Plastikschüssel, die verkehrt herum am Boden lag, und auf Amara. Sie war gerade dabei, die Bockwürstchen, die sich darin befunden hatten, genüsslich zu verputzen. »Amara! Pfui, aus!«

Hm? Mjam, mampf. Was meinst du? Die Hündin spuckte das halbe Würstchen aus, auf dem sie gerade herumgekaut hatte. *Stimmt etwas nicht? Diese Würstchen sind total lecker. Warum du die so hoch auf die Anrichte gestellt hast, erschließt sich mir nicht. Mein Napf steht doch auf dem Boden.*

»Oh Mann!« Ellie fasste sich an den Kopf. »Die waren doch nicht für dich!«

Ach … nicht? Sie riechen aber genauso wie die Würstchen, die du mir gestern nach unserem Ausflug mit Xander gegeben hast. Sie schmecken sogar noch viel besser.

»Das war unser Heiligabend-Essen. Oder vielmehr das Meiste davon.« Seufzend hob Ellie die Schüssel auf und sammelte die vier verbliebenen Würstchen ein. »Die kann ich doch auch niemandem mehr anbieten.« Sie blickte Amara strafend an. »Wehe, dir wird auch noch schlecht und ich muss an Heiligabend Hundekotze wegwischen!«

Nö, glaube ich nicht. Im Augenblick fühle ich mich pudelwohl. Weißer-Schäferhund-wohl vielmehr. Verbindlich wedelte Amara mit der Rute.

»Was mache ich denn jetzt? Ich kann meinen Gästen doch nicht nur Kartoffelsalat anbieten.« In einem Anflug von Verzweiflung verfluchte sie ihre Idee, Jelena und Arian sowie deren und ihre eigenen Eltern, ihre Schwester und Oliver samt Scottie und natürlich Xander und seine Schwester Xenia zur gemeinsamen Weihnachtsfeier mit Bescherung einzuladen.

Nachdem sie gestern gemeinsam mit Xander und Amara endlich die Züchterin getroffen und sie einen offiziellen Übernahmevertrag unterzeichnet hatten, waren sie noch gemeinsam einkaufen gewesen. Den Rest des Tages hatten sie mit Kartoffelschälen und weiteren Vorbereitungen zugebracht. Xander hatte ihr am heutigen Vormittag noch geholfen, die gekochten Kartoffeln zu einem schmackhaften Kartoffelsalat zu verarbeiten. Danach war er nach Hause oder besser gesagt zu seinem Elternhaus gefahren, um sich umzuziehen und noch alle Geschenke zu verpacken. Da er erst vor drei Tagen aus Lichterhaven zurückgekehrt war und danach die gesammelten Fotos, Videos und Informationen zu mehreren Blogartikeln verarbeitet hatte, die er zusätzlich zu dem Artikel für *Zeitschritte* veröffentlichen wollte, hatte er dazu bislang keine Zeit gefunden.

Ellie war selbstverständlich damit einverstanden gewesen, dass er sich diese Zeit heute nahm, denn sie hatten nicht nur seit seiner Rückkehr fast jede verbliebene freie Minute zusammen verbracht, sie war auch ganz selbstbewusst davon ausgegangen, alles perfekt im Griff zu haben. Und nun das!

Rasch zog sie ihr Smartphone hervor und überlegte, wen

sie am ehesten um Hilfe bitten könnte. Schließlich entschied sie sich für die Kleeblatt-Gruppe.

Ellie: Help! Amara hat fast unseren gesamten Vorrat an Bockwürstchen für heute Abend aufgefressen. Hat jemand von euch noch welche im Haus oder kann sie auf dem Weg hierher besorgen?

Es dauerte nicht lange, bis von Arian ein Schrei-Emoji eintraf, gefolgt von dem, das sich die Augen zuhält und auf einer Seite zwischen den Fingern hindurchlugt.

Von Jelena kamen gleich drei Lach-Emojis.

Jelena: Wie hat sie das denn geschafft? Angriff auf den Kühlschrank?

Arian: Ich habe keine Würstchen im Haus, sorry.

Ellie: Die Würstchen hatte ich in eine Schüssel gepackt, die ich bis zum Abendessen zugedeckt auf die Terrasse stellen wollte. Ich war nur kurz im Keller, um Sitzkissen für die geliehenen Stühle hochzuholen. Amara dachte wohl, das wären Würstchen für sie. Wir hatten ihr gestern welche gegeben, die hatten wir im Zoofachgeschäft entdeckt. Klassisches Eigentor also.

Jelena: Mist. Habe gerade nachgeschaut. Die Packung, die ich noch gefunden habe, ist schon zwei Wochen abgelaufen. Das sind aber auch vegane, und die sehen jetzt nicht so aus, als wären sie noch genießbar.

Jelena: Wo sollen wir denn jetzt noch Würstchen herholen? Haben die Supermärkte noch auf?

Arian: Die meisten machen, glaube ich, zwischen 16 und 18 Uhr zu. Ich könnte gleich mal losfahren und gucken, was noch zu kriegen ist. Wie viele brauchst du?

Ellie atmete auf und zählte die erwarteten Personen im Geiste durch.

Ellie: Wir sind elf Personen. Wenn wir drei Würstchen pro Nase rechnen, wären das 33. Also bring sicherheitshalber 40 mit.

Arian: Nur drei pro Person? Wir haben Heiligabend, da wird hemmungslos geschlemmt.

Ellie: Ich dachte, drei wäre schon großzügig. Mehr schaffe ich jedenfalls nicht.

Jelena: Wie lange kennst du meinen Bruder schon? Er ist ein Fass ohne Boden, auch ohne Feiertagsbonus.

Ellie: Okay, dann bring halt so viel mit, wie du glaubst, dass wir brauchen.

Xander: Amara hat alle Würstchen gefressen? Hoffentlich wird ihr davon nicht schlecht.

Xander: Wir werden übrigens 13 Personen sein. Gerade eben sind unsere Eltern vorgefahren. Sie fanden die Idee super, uns zu überraschen. Ist das okay, Ellie?

Ellie raufte sich die Haare.

Ellie: Selbstverständlich. Wenn du irgendwo noch zwei Stühle auftreibst.

Xander: Die stehen schon bereit. Brauchst du sonst noch etwas? Mama hat auch Kartoffelsalat mitgebracht, der sollte also reichen. Aber keine Würstchen.

Ellie: Wenn Arian Glück mit den Würstchen hat, ist sonst alles da. Getränke haben wir genügend.

Xander: Okay, ich bin in einer halben Stunde bei dir. Xenia kommt mit Mama und Papa nach.

Ellie: Danke, ihr Lieben!

Von allen dreien kamen bunte Herzen und Kuss-Emojis.

Erleichtert legte Ellie ihr Handy beiseite und sah sich im Haus um. Sie hatte die Küche aufgeräumt und bereits das Geschirr auf dem ausziehbaren Esstisch bereitgestellt. Rasch legte sie noch zwei weitere Teller, passendes Besteck, Gläser und Servietten dazu und war zum ersten Mal dankbar für das Extra-Service, das ihre Eltern ihr vor Jahren mal geschenkt hatten und das sonst nie benutzt wurde. Auch eine Schachtel mit Ersatzbesteck besaß sie. Das hatte sie irgendwann mal bei einem Preisausschreiben gewonnen. Sie holte es aus dem Keller, und als sie es heraufgetragen hatte, hatte sie mehrere Nachrichten erhalten.

Arian: Im Aldi sind die Würstchen schon mal aus, im Lidl auch. Ich versuche es jetzt im großen Supermarkt.

Jelena: Viel Glück! Haben wir eigentlich Nachtisch?

Arian: Wenn nicht, bringe ich welchen mit.

Ellie: Nicht nötig, es sind doch noch Plätzchen da, immerhin hatten wir jede Menge gebacken, und ich habe Götterspeise angesetzt.

Jelena: Echt, du hast noch genug Plätzchen für alle? Bei mir sind nur noch eine Handvoll übrig. Wahrscheinlich, weil @Arian sich ständig daran bedient.

Arian: Hey, wenn du sie offen auf dem Tisch stehen lässt, ist das eine Einladung.

Jelena: Du bist das Krümelmonster!

Arian schickte drei grinsende Emojis und ein Cookie.

Ellie legte ihr Handy prustend auf den Couchtisch. Sie musste sich allmählich überlegen, ob so viele Leute tatsächlich an den Esstisch passen würden. In diesem Moment vernahm sie ein lautes Würgen, und als sie sich erschrocken umdrehte, sah sie, wie Amara die Würstchen auf den Küchenboden erbrach.

***

»Oh Mann, das mit dem Tisch war echt die Rettung!« Lächelnd blickte Ellie auf den einfachen Holztisch, den Xander zusätzlich zu den Stühlen auf einem kleinen Anhänger mitgebracht hatte. Sie hatten ihn so aufgestellt, dass er mit ihrem Esstisch ein T bildete. Ellie drehte sich zu ihm um und schlang ihre Arme um seinen Hals. »Danke. Ich hätte sonst den Frühstückstresen decken müssen oder den Couchtisch. Mit ganz so vielen Personen hatte ich nun wirklich nicht gerechnet, auch wenn ich mich riesig freue, deine Eltern mal wiederzusehen.«

»Platz ist in der kleinsten Hütte.« Xander zog sie fest in seine Arme und küsste sie, bis von der offenen Haustür her ein energisches Räuspern zu vernehmen war. Ertappt drehten sie sich gleichzeitig um und blickten in Xenias grinsendes Gesicht.

Amüsiert zwinkerte sie ihnen zu und strich sich ihr blondes Haar hinters Ohr. »Ich fürchte, an diesen Anblick werde ich mich erst gewöhnen müssen.«

Hinter ihr tauchten ihre und Xanders Eltern auf. Beide strahlten, als sie Xander und Ellie in dieser trauten Umarmung sahen. Angelika Marbach stürzte sich auf Ellie und erdrückte sie fast, während Christoph Marbach Ellies Schulter sanft drückte.

»Willkommen in der Familie«, flüsterte Angelika ihr ins Ohr. »Wir sind unsagbar glücklich, dass ihr euch … nun ja, gefunden habt. Ich hatte es, ehrlich gesagt, schon lange gehofft, aber bei solchen Dingen weiß man ja nie, und beeinflussen kann man sie auch nicht. Wir …« Sie brach ab, weil Amara sie neugierig beschnüffelte. »Wen haben wir denn da? Du bist aber eine Hübsche. Xander hat nicht übertrieben, aber du bist noch süßer als auf den ganzen Fotos, die er uns gezeigt hat.«

Oh, vielen Dank! Amara leckte ihr begeistert über die Hände. *Du bist aber eine nette Menschenfrau. Dich mag ich.*

»Wie freundlich sie ist.« Entzückt streichelte Angelika der Hündin die Ohren. »Ach, da kommen ja auch Helge und Sabine! Wie lange haben wir die beiden nicht mehr gesehen!« Schon eilte sie nach draußen, um die Ankömmlinge zu begrüßen. Christoph folgte ihr, doch schon Augenblicke später betraten alle vier das Haus.

Ellies Eltern begrüßten Xander ebenso überschwänglich, wie seine Eltern es bei Ellie getan hatten, und sie gewann allmählich den Eindruck, als hätten alle vier nur darauf gewartet, dass sie und Xander ein Paar wurden. Sie kam allerdings nicht dazu, sie darauf anzusprechen, weil nun auch Jelena und Arian sowie Jana und Oliver mit Scottie eintrafen. Unter großem Hallo, unzähligen Umarmungen und lautem Stimmengewirr begrüßten sich alle und tauschten die neuesten Neuigkeiten aus, während Amara und Scottie fröhlich bellend zwischen ihnen herumwuselten.

»Ihr habt ja einen wunderschönen Weihnachtsbaum«, schwärmte Angelika. »Diese silbernen und goldenen Sternanhänger kenne ich doch, solche haben wir auch noch. Die habt ihr in der siebten oder achten Klasse im Kunstunterricht gebastelt, nicht wahr?«

»Sollen wir nicht mal den Tisch decken?«, schlug Helge vor und gab Christoph ein Zeichen.

»Oh ja, ich hole rasch meinen Kartoffelsalat herein.« Angelika wandte sich vom Baum ab, doch Xenia hielt sie auf.

»Ich mache das schon. Schlüssel?«

»Hier.« Ihr Vater drückte ihr seinen Schlüsselbund in die Hand.

»Ich komme mit.« Sabine folgte ihr eilig. »Mein Salat ist auch noch im Auto.«

»Hast du die Würstchen bekommen?«, wandte Ellie sich an Arian, der daraufhin schief grinste. Sie runzelte die Stirn. »Oh, oh, etwa nicht?«

Er räusperte sich umständlich. »Doch, also, nein, also gewissermaßen.«

»Was soll das heißen?« Argwöhnisch musterte sie ihn. »Was hast du getan?«

»Das Naheliegende.« Er hob die Schultern. »Im Supermarkt waren ebenfalls alle Arten von Wiener-, Bock- und Siedewürstchen ausverkauft.«

»Mist!«

»Deshalb habe ich das Nächstbeste gekauft.« Er wies auf den Karton, den er mehr oder weniger unbemerkt auf der Kochinsel abgestellt hatte.

Ellie warf einen Blick hinein und fasste sich an die Stirn. »Grillwürstchen und Steaks?«

»Eine Mischung von Pute, Hähnchen, Rind und Schwein«, bestätigte er. »Und so ein paar vegane Pattys, die wollte ich schon immer mal ausprobieren.«

»Und wer soll die zubereiten?« Ellie raufte sich die Haare. »Ich habe nur eine große Pfanne und eine kleinere beschichtete. Das wird ewig dauern.«

»Quatsch.« Xander umarmte sie von hinten, was ihnen allerseits begeisterte Blicke einhandelte. »Wir schmeißen sie einfach auf den Grill.«

»Welchen Grill?« Verblüfft starrte Ellie ihn an.

»Unseren.« Arian deutete vage zur Tür. »Ich habe Papa Bescheid gesagt, dass er unseren großen Holzkohlegrill mitbringen soll. Ich hatte auch noch einen Sack Holzkohle vom Sommer im Keller.«

»Ihr wollt grillen?« Verblüfft starrte Ellie Arian an. »Es ist Schnee gemeldet.«

»Na und?« Xander küsste sie auf den Hals und verursachte ihr damit eine Gänsehaut. »Wir ziehen die Markise über der Terrasse auf und stellen den Grill darunter. Wer weiß, vielleicht kreieren wir damit eine neue Tradition.«

»Seht mal, da kommen Bence und Anett!« Sabine deutete zur Tür, durch die das Scheinwerferlicht eines ankommenden Wagens zu sehen war. Schon riss sie die Tür auf und eilte nach draußen.

Gleich darauf war fröhliches Stimmengewirr zu vernehmen. »Kommt, kommt, wir sind alle schon da. Doch, doch, Sie auch, Kati, selbstverständlich bleiben Sie hier. Kommt ja gar nicht infrage, dass Sie in Ihre eiskalte Wohnung zurückkehren.«

Schon wirbelte Sabine wieder herein, im Schlepptau nicht nur Jelenas und Arians Eltern, sondern auch die dunkelblonde Floristin aus Tessas Blumenladen. »Alle mal herhören!« Sabine lächelte zufrieden, als sogleich alle verstummten und sie neugierig ansahen. »Wir haben noch einen weiteren Gast heute Abend. Nein, keine Widerrede!« Sie hielt die Frau am Arm fest, so, als müsse sie verhindern, dass sie floh.

»Wir haben Kati vorhin aufgegabelt«, übernahm Bence Komarica das Wort. »Sie wohnt ja nicht weit von uns in diesem uralten Mietshaus. Als wir dort vorbeifuhren, sahen wir sie in eine Decke gehüllt in ihrem Auto sitzen. Sie hatte den Motor laufen lassen, um sich aufzuwärmen.« Er schüttelte tadelnd den Kopf. »In ihrer Wohnung oder vielmehr dem gesamten Haus sind Heizung und warmes Wasser ausgefallen. Da sie inzwischen die einzige Mieterin ist, die noch dort wohnt, scheinen die Vermieter es nicht für nötig zu halten, die Reparaturen zeitnah durchführen zu lassen. Unerhört! Ich hatte mich schon gefragt, warum in dem Haus kaum jemals Licht brennt.«

Kati räuspert sich sichtlich verlegen. »Die Schutzsicherung fliegt alle Nase lang raus. Ich bin bereits auf der Suche nach einer neuen Bleibe, aber die meisten Wohnungen sind viel zu teuer. Ich …« Sie blickte zu Boden.

»Sie unterstützen Ihre Eltern finanziell, nicht wahr? Aber deshalb dürfen Sie doch nicht in dieser Bruchbude wohnen bleiben! Das geht auf gar keinen Fall. Die Vermieter sollte man beim Mieterbund melden. So etwas ist wirklich unerhört.«

»Jedenfalls haben wir sie aufgegabelt«, fuhr Bence fort.

»Wir konnten doch nicht zulassen, dass sie Heiligabend frierend in ihrem Auto verbringt«, fügte seine Frau hinzu. »Immerhin ist sie jahrelang in unseren Unterricht gegangen. Also haben wir sie mitgebracht.« Sie wandte sich an Ellie. »Das ist doch in Ordnung für dich? Schließlich haben wir Weihnachten.«

»Selbstverständlich.« Ellie ging auf Kati zu und drückte kurz deren Hand. »Herzlich willkommen in unserem Familienzirkus.« Sie lächelte leicht. »Wir kennen uns ja vom Sehen aus eurem Blumenladen, und du warst außerdem in der Schule eine Klasse unter uns, nicht wahr? Und zwei über Arian.«

»Kann sein.« Kati lächelte sichtlich angestrengt zurück. »Ich habe während der Schulzeit ständig nebenher gearbeitet und nie viel von meinen Mitschülerinnen und Mitschülern mitbekommen, zumindest nicht von denen in den anderen Klassenstufen.«

»Das lässt sich ja jetzt leicht nachholen«, kam es von Arian, der inzwischen den Grill hereingetragen und vor der Terrassentür abgestellt hatte.

Katis Blick wanderte kurz zu ihm, weitete sich erschrocken und verfinsterte sich gleich darauf. Eine Antwort gab sie jedoch nicht. Stattdessen wandte sie sich an Ellie. »Es ist wirklich nicht nötig, dass ihr euch meinetwegen Umstände macht. Über die Feiertage halte ich irgendwie aus, und danach finde ich schon irgendwo eine neue Bleibe.«

»Quatsch!« Energisch schüttelte Ellie den Kopf. »Heute ist Heiligabend, und es macht überhaupt keine Umstände. Zu essen haben wir auch wirklich genug. Alleine im Auto zu feiern ist dagegen keine Option.« Sie wollte schon fragen, was denn mit Katis Geschwistern sei, unterließ es dann jedoch, weil sie vermutete, dass Kati nicht gerne über ihre Familienverhältnisse redete.

»Ich fahre noch mal los und hole einen weiteren Stuhl.« Xander ging zur Tür.

»Nicht nötig.« Bence winkte ab. »Auf der Rückbank in unserem Auto liegt ein Stuhl, den wir von uns mitgebracht haben. Kati musste sich ihren Platz damit teilen. Warte, ich hole ihn rein, dann kannst du weiter Ellie zur Hand gehen.«

»Das können wir doch auch«, meldete sich Jana zu Wort.

»Ellie, sag Oliver und mir einfach, was noch zu tun ist, dann erledigen wir das, und du kannst dich ein bisschen ausruhen.«

»Ausruhen.« Ellie lachte. »Wohl eher nicht.«

»Doch, doch, ausruhen klingt gut.« Schon wieder umarmte Xander sie von hinten und küsste sie auf den Hals.

»Also mit helfen hatte ich eigentlich etwas anderes gemeint.« Arians Vater schmunzelte, und ringsum wurde gelacht.

»Nun lass die beiden doch.« Anett stieß ihren Mann mit dem Ellenbogen an. »Die beiden sind frisch verliebt, da darf man das.«

»Ach, seid ihr das?« Arian musterte sie mit hochgezogenen Brauen. »*Frisch* verliebt?«

Ellie spürte, wie sich ihre Wangen erwärmten. »Ich verweigere die Aussage. Hey!« Sie quietschte erschrocken, weil Xander ihr sanft ins Ohrläppchen gebissen hatte. »Was machst du denn da?«

»Du hast doch gehört, Verliebte dürfen das.« Er grinste jungenhaft. »Im Gegensatz zu dir verweigere ich mich dieser Tatsache nicht.«

»*Frisch*verliebte.« Sie kicherte und erschauerte zugleich, als er an ihrer Halsbeuge knabberte. »Es ging um *Frisch*verliebte.«

»Und?«

»Ich dachte, so frisch wäre dieser Zustand bei dir nicht mehr.«

»Da hast du etwas missverstanden«, raunte er so laut, dass alle es wahrscheinlich hören konnten, obwohl sie taten, als wären sie mit etwas anderem beschäftigt. »Ich sagte, ich liebe dich schon ziemlich lange. Das Verliebtsein ist erst kürzlich dazugekommen.«

Ihr wurde ganz warm, als um sie herum unterdrückt gekichert und verzückt geseufzt wurde. »Ach so.« Mehr fiel ihr dazu beim besten Willen nicht ein.

»Was haltet ihr davon, wenn wir mal allmählich die Holzkohle auf den Grill werfen«, schlug Arian betont geschäftig vor. »Sonst warten wir noch ewig auf unsere Würstchen und Steaks.«

»Kannst du eigentlich auch noch an etwas anderes denken als ans Essen?« Amüsiert verdrehte Jelena die Augen.

Ellie sah, dass Arians Blick ganz kurz in Katis Richtung zuckte, die ihn jedoch zu ignorieren schien und sich dem Gespräch zugewandt hatte, das sich zwischen Jana, Oliver und Xenia entwickelt hatte. Offenbar ging es um Xenias Pläne für ihr Bed & Breakfast.

»Im Augenblick nicht.« Arian ließ sich seine Gedanken, wie auch immer sie aussehen mochten, nicht anmerken. »Ich habe nämlich seit heute früh nichts gegessen. Also wird es bald Zeit. Außerdem dauert es umso länger bis zur Bescherung, je später wir essen.«

Ringsum wurde wieder gelacht.

Unter lautem Stimmengewirr wurde nun auch endlich der Tisch gedeckt, die mitgebrachten Geschenke unter dem Weihnachtsbaum drapiert und die ersten Getränke verteilt.

***

»Meine Güte, bin ich voll!« Stöhnend rieb Jelena sich den Bauch. »Ich habe viel zu viel gegessen.«

»Ich auch.« Sabine schob ihren Teller ein wenig von sich. »Aber es war auch verteufelt lecker.«

Am Tisch erhob sich zustimmendes Gemurmel.

»Und seht nur, es schneit immer noch.« Anett deutete in Richtung der großen Fensterfront zum Garten. »Wie wunderbar. Ich liebe weiße Weihnachten.«

»Wer tut das wohl nicht?« Lächelnd lehnte Jana sich mit der Schulter an Oliver. »Einfach traumhaft.«

»Es hat was«, stimmte Oliver ihr lächelnd zu. »Auch wenn wir nachher stöhnen werden, weil unsere Autos eingeschneit sein werden.«

»Egal.« Jana winkte ab. »Ich will jetzt erst mal Geschenke. Wer noch?«

Wieder erklang von allen Seiten Zustimmung, doch Arian räusperte sich vernehmlich. »Erst mal räumen wir hier auf. Nicht, dass Ellie und Xander nachher mit dem ganzen Geschirr allein dastehen. Ich würde vorschlagen, wir bilden Grüppchen. Die einen räumen ab, die anderen spülen, trocknen ab und verstauen alles wieder dort, wo es hingehört. Und irgendwer verteilt die Reste, damit, wer möchte, noch etwas mit nach Hause nehmen kann. Du zum Beispiel.« Er sah Kati an, die ihm schräg gegenübersaß.

»Ich?« Kati sah stirnrunzelnd zu ihm auf. »Das ist nicht nötig.«

»Doch, ist es.« Unverwandt hielt er ihrem Blick stand, der sich zusehends verfinsterte.

»Ich brauche wirklich keine … Nichts.« Sie verschränkte die Arme.

»Keine was?« Er blieb weiterhin ganz ruhig. »Almosen? Das soll es auch gar nicht sein. Du hast selbst gesagt, dass du momentan weder Heizung noch warmes Wasser noch Strom hast. Also kannst du auch nichts kochen. Kaltes Grillfleisch und Kartoffelsalat kannst du auch so essen. Also kriegst du auf jeden Fall eine Tupperdose voll davon.«

Kati sah aus, als wolle sie noch einmal ablehnen, doch nach einem kurzen Blick in die Runde nickte sie nur knapp. »Okay. Danke.«

»Ich nehme auch ein bisschen was mit.« Jelena erhob sich und begann, Teller und Besteck aufzustapeln. »Für den zweiten Feiertag. Den kann ich dann nämlich ganz bequem mit Nichtstun auf der Couch verbringen.«

Die anderen erhoben sich nun ebenfalls, und in Windeseile waren Küche und Esstisch vollständig aufgeräumt. Ellie änderte die Playlist von dem opulenten Weihnachtskonzert, das nur sehr leise im Hintergrund gelaufen war, zu klassischen deutschen Weihnachtsliedern, von Kinderchören gesungen.

»Als Kinder wolltet ihr immer vor der Bescherung singen«, erinnerte Helge sich schmunzelnd. »Ich habe uns damals extra Liederhefte gekauft.«

»Das war, weil ich von Viola Sternbach aus meiner Klasse gehört hatte, dass in ihrer Familie immer vor der Bescherung gesungen wird.« Jana lachte. »Und wenn jemand von ihnen nicht mitgesungen hätte, wäre er oder sie bei der Bescherung leer ausgegangen.«

»Das halten sie bis heute so.« Oliver, der dabei half, die Stühle im Wohnzimmer halbkreisförmig um den Couchtisch herum aufzustellen, hielt mitten in der Bewegung inne. »Das durfte ich vor vier Jahren selbst miterleben. Ich hatte Frank, der sich an dem Abend übrigens mit Ricarda

Sternbach verlobt hat, eigentlich nur ein paar Akten vorbeibringen wollen. Die Sternbachs haben mich daraufhin sofort in Weihnachtsfeier-Geiselhaft genommen.« Er lachte bei der Erinnerung. »Mich und den Schreiner, der seit einiger Zeit bei Patrick Sternbach in der Holzhaus-Baufirma mitarbeitet.«

»Tim Hillebrand«, kam es überraschend von Kati. »Er war in meiner Klassenstufe.«

»Oh ja, ich erinnere mich gut.« Anett nickte bekräftigend. »Er war eins der Sorgenkinder in eurer Stufe. Sein Elternhaus war genauso schlimm, wenn nicht noch schlimmer als das deine. Allerdings war er drauf und dran, auf die schiefe Bahn abzurutschen. Er ist ja auch vorzeitig von der Schule abgegangen, dagegen konnten wir leider nichts tun.«

»Stimmt.« Bence verzog bedauernd die Lippen, lächelte dann aber. »Ohne Noah Silberberg aus der Sozialstation wäre Tim sehr wahrscheinlich in der Gosse gelandet.«

»Oder im Gefängnis«, pflichtete seine Frau ihm bei. »Er hatte ein teuflisch aufbrausendes Temperament.«

»Noah ist einer der besten Sozialarbeiter, die mir je begegnet sind«, fuhr Bence fort. »Er hat es geschafft, dass der Junge seinen Abschluss nachgeholt und danach eine Lehre als Schreiner angefangen hat. Inzwischen hat er sein Leben im Griff, was ich so höre. Er ist eine wahre Erfolgsgeschichte für das System, das oft so verteufelt wird.« Er wandte sich Kati zu. »So wie Sie. Oder du. Liebe Zeit, wir sind doch alle erwachsen und feiern gemeinsam Weihnachten, da brauchen wir uns doch nicht so förmlich zu siezen, oder?«

Alle Anwesenden stimmten sofort zu, sodass Kati schließlich sichtlich verlegen nickte. »Okay, von mir aus … gern.«

»Wunderbar.« Bence nickte ihr zu. »Das mit der Erfolgsgeschichte trifft wirklich auf euch beide zu, Kati.«

»Na ja.« Ein zaghaftes Lächeln umspielte Katis Lippen. »Ich gebe mir Mühe. Das mit der Wohnung ist ein temporärer Rückschlag.«

»Warum hat Tessa dich nicht zu sich eingeladen?«, fragte Jelena dazwischen. »Sie ist ja nicht nur deine Chefin, sondern ihr seid doch gut befreundet, oder etwa nicht?«

»Ja, sind wir.« Kati blickte auf ihre Hände.

»Hast du ihr etwa gar nicht gesagt, wie übel die Sache mit deiner Wohnung ist?« Entgeistert starrte Jelena sie an.

Kati hob die Schultern. »Ich kriege das schon allein hin. Tessa hat genug um die Ohren mit den Kindern, ihrem Laden, den Ehrenämtern, die sie und ihr Mann Tom im Sportverein übernommen haben, und all das.«

»Das war aber nicht ganz vernünftig.« Anett trat neben sie und berührte sie kurz am Arm. »Wozu sind Freunde denn da, wenn nicht, um einander in der Not beizustehen?« Sie lächelte Kati warm an. »Ich verstehe dich. Du willst niemandem zur Last fallen. Aber oftmals ist diese Last gar nicht so groß, wie man selbst es befürchtet.«

»Nun sollten wir aber zum nächsten Tagesordnungspunkt schreiten«, unterbrach Helge das Gespräch forsch.

»Endlich, die Bescherung.« Arian rieb sich die Hände.

»Falsch.« Xander grinste breit. »Ich finde, das mit dem Singen vorher ist gar keine so schlechte Idee.« Er zwinkerte Ellie zu. »Mach die Musik mal lauter. Da wir hier heute keine Texthefte haben, singen wir einfach mit, was aus der Stereoanlage kommt. Fürs nächste Jahr sind die Texthilfen aber schon vorgemerkt.«

Unter Gelächter setzten sich alle wieder, diesmal mit Blick auf den Baum und die Geschenke, und als *Vom Himmel hoch, da komm ich her* aus den Lautsprechern tönte, setzten nach und nach alle Anwesenden mit ein.

Wau, jau, was wird das denn? Amara spitzte die Ohren. Sie hatte sich neben dem Weihnachtsbaum postiert, während Scottie zu Olivers Füßen zusammengerollt lag und döste. *Das sind ja lustige Stimmen, die die Menschen da machen. Ob ich mitmachen darf?* Zur allseitigen Belustigung stieß Amara bei der nächsten Strophe ein melodisches Geheul aus.

Scottie hob verdattert den Kopf und wuffte kurz. Amara wedelte begeistert mit der Rute und heulte erneut los.

Ellie prustete, versuchte aber, wie die anderen, weiterzusingen. Sie hatte sich auf die Armlehne des Sessels gesetzt, den Xander okkupiert hatte. Nun schlang er seinen Arm um ihre Mitte und zog sie auf seinen Schoß. Gleichzeitig wechselte die Musik zu *Ihr Kinderlein kommet.*

Kichernd rangelte Ellie ein wenig mit Xander, bis sie eine bequeme Position eingenommen hatte, und bemühte sich gleichzeitig immer noch zu singen.

Das wird ja immer toller! Amara bellte begeistert und sprang auf den Sessel zu, krabbelte ihrerseits Ellie auf den Schoß und stieß wieder dieses melodische Heulen aus.

»Hilfe!« Ellie japste. »Amara, davon werde ich doch taub. Mein armes Ohr!«

Was ist mit deinem Ohr? Soll ich mal drüberlecken?

»Hey!« Vor Lachen hielt sich Ellie den Bauch.

»Also, ich muss doch sehr bitten!« Jelena, bewaffnet mit ihrem Smartphone, filmte alles. »Ein bisschen mehr Ernsthaftigkeit fürs Familienalbum bitte!«

Wau. Genau! Ich weiß zwar nicht, was du meinst, aber ich stimme dir zu. Das macht einen Riesenspaß. So etwas habe ich ja noch nie erlebt! Erneut heulte Amara begeistert, während alle Anwesenden sich vor Lachen bogen.

***

»Die Kette ist wunderschön.« Sachte strich Ellie über den filigranen Elfenanhänger an dem Glaskettchen. Obwohl sie die Kunstwerke ihrer Schwester kannte, ging ihr dieses Geschenk, das Xander ihr überreicht hatte, besonders nahe.

»Sie ist wie für dich gemacht«, befand Jana, die mit Oliver auf der Couch saß, eines ihrer Geschenke noch unausgepackt auf dem Schoß. »Meistens erschaffe ich ja mehrere solche Kettenanhänger mit leicht unterschiedlichen Motiven, aber diese war so perfekt, dass sie ein Einzelstück geblieben ist.« Sie wandte sich Xander zu. »Ich dachte, der Juwelier Stein hätte sie längst verkauft, aber anscheinend hat sie nur darauf gewartet, dass du sie für Ellie entdeckst.«

»So muss es wohl gewesen sein.« Xander lächelte ihr zu. »Ich habe sie am Tag meiner Rückkehr aus Frankreich in seinem Schaufenster gesehen und musste sofort an Ellie denken. Irgendwie haben die beiden eine gewisse Ähnlichkeit, finde ich.«

»Ich bin doch keine Elfe!« Glucksend legte Ellie die Kette an, ließ aber Xander den Verschluss schließen.

»Ein bisschen schon, zumindest für mich.« Xander umschlang sie mit seinen Armen. »Aber jetzt bist du nicht mehr so unerreichbar für mich, wie es eine echte Elfe sein würde und wie du es lange Zeit für mich warst.«

»Jetzt bring mich auch noch zum Heulen!« Ellie blinzelte heftig.

»Hier ist noch ein weiteres Geschenk für Kati.«

Arian, der am nächsten beim Baum saß und das Verteilen der Geschenke übernommen hatte, reichte Kati ein dickes, weiches Päckchen.

Erstaunt hob Kati den Kopf. »Was, noch eins? Aber … ich habe doch schon das hier bekommen.« Sie deutete auf die Packung belgischer Pralinen, die in blau-silbernes Weihnachtspapier eingepackt gewesen waren. Dieses hatte sie ordentlich gefaltet auf den Couchtisch gelegt. »Wie kann es überhaupt sein, dass ich ein Geschenk bekomme, von zweien ganz zu schweigen? Es konnte doch bis vor drei Stunden gar niemand von euch wissen, dass ich hier … landen würde.« Sie hatte sich offensichtlich inzwischen in der fröhlichen Runde etwas entspannt, doch ganz nachgelassen hatte ihre Distanziertheit nicht. Insbesondere Arian gegenüber schien sie Vorbehalte zu hegen.

»Ganz einfach.« Sabine lachte. »Wir alle haben schon oft gemeinsam Weihnachten gefeiert, und fast immer ist spontan noch jemand dazugestoßen. Eine entfernte Verwandte, ein Nachbar, die Kinder meiner Cousine, als sie wegen einer Blinddarmentzündung ausgerechnet an Heiligabend ins Krankenhaus musste … Wir haben uns deshalb angewöhnt, immer ein paar sogenannte Notfallgeschenke auf Lager zu haben. Natürlich für jede Altersgruppe, denn man weiß ja nie. Wir wechseln uns immer ab, was das Besorgen angeht. Dieses Jahr waren Arian und sein Vater zuständig. Ich nehme an, dass das Hüftgold dort«, sie deutete auf die Pralinen, »von Bence stammt.«

»Ertappt.« Arians Vater lachte. »Süßes geht fast immer.«

»Dass das von dir kommt, Papa, sehe ich am Geschenkpapier«, warf Jelena ein. »Denn das da«, sie tippte, weil sie neben Kati saß, das weiche Päckchen an, »ist schon von außen als von Arian stammend erkennbar. Niemand packt Weihnachts- oder Geburtstagsgeschenke so kunstvoll ein wie er – oder Jana, aber ihr Stil ist anders.«

»Aha.« Aufmerksam beäugte Kati das hübsch verpackte Geschenk. »Es ist wirklich großzügig, dass ihr für fremde Leute so viel Geld ausgebt.«

»In dem Fall hat es mich nur die Wolle gekostet und etwas Zeit.« Arian lächelte ihr zu. »Keine große Sache.«

»Ha, ich wusste, dass da etwas Selbstgemachtes drin ist!« Jelena grinste. »Gehäkelt oder gestrickt?«

»Warte es ab.« Mit dem Kinn wies er auf das Päckchen. »Keine Angst, Kati, es beißt nicht. Du kannst es gefahrlos auspacken.«

Kati runzelte irritiert die Stirn. »Du strickst und häkelst?«

»Klar, warum denn nicht?« Während er sprach, zog er ein weiteres Päckchen unter Amara hervor, die inmitten eines Wustes von Geschenkpapier auf dem Rücken lag und entspannt alle viere von sich streckte. Das Päckchen reichte er seiner Mutter. »Hier, das hattest du dir gewünscht.«

»Oh!« Anett nahm das Geschenk mit leuchtenden Augen entgegen. »Die beiden Kissenbezüge fürs Sofa etwa? Wie wunderbar.« Eifrig begann sie, das Papier zu entfernen.

Sichtlich zögernd öffnete nun auch Kati ihr Päckchen und zog den Inhalt vorsichtig daraus hervor. »Oh.« Mit großen Augen schlug sie das gehäkelte Dreieckstuch aus dicker, weicher Wolle in Cremeweiß und Altrosa auseinander. Fast schon entgeistert starrte sie Arian an. »Das hast du gemacht? Das kann ich unmöglich annehmen. Es ist viel zu wertvoll.«

»Quatsch mit Soße.« Jelena nahm das Tuch an sich, betrachtete es eingehend und legte es Kati einfach um die Schultern. »Passt doch perfekt, und die Farben stehen dir ausgezeichnet. Was das angeht, hat mein Bruder ein gutes Auge.«

»Aber …« Kati strich mit den Fingerspitzen über die weiche Wolle, doch dann nahm sie das Tuch ab und legte es sorgsam wieder zusammen und mitsamt dem Papier auf den Tisch zu den Pralinen. »Vielen Dank.« Ihre Stimme klang etwas hölzern, und obwohl sie in Arians Richtung blickte, sah sie ihm nicht direkt in die Augen.

Ellie fragte sich, was zwischen den beiden wohl vorgefallen sein mochte, denn dass irgendetwas zwischen ihnen stand, war kaum zu übersehen.

»Keine Ursache.« Arian nickte Kati zu, diesmal ohne zu lächeln. »Ich hoffe, du trägst es auch mal. Es beißt, wie gesagt, nicht, und es hat auch keinen doppelten Boden.«

Ehe Kati etwas erwidern konnte, beschloss Ellie, das Thema zu wechseln. Ein wenig umständlich machte sie sich von Xander los und erhob sich, setzte sich dann aber wieder auf die Armlehne des Sessels. »Darf ich mal kurz etwas sagen?« Sie räusperte sich, als alle verstummten, und atmete kurz durch. Ein Blick zu Jelena und Arian sagte ihr, dass die beiden wussten, was sie vorhatte. Beide nickten ihr zustimmend zu.

»Also …« Sie sah Xander an, und prompt begann ihr Herz schneller zu schlagen. »Du bist ja nun schon eine ganze Weile auf der Suche nach einem geeigneten Ort, wo du dein Fotostudio einrichten kannst. Wir, also Jelena, Arian und ich, haben erst nichts gesagt, weil wir vorher mit dem Vermieter klären mussten, ob unsere Idee umsetzbar ist. Als wir das Haus, in dem unsere Oase entsteht, gemietet haben, war die obere Etage noch an jemand anderes vergeben. Diese Person ist dann abgesprungen, und der Vermieter hat uns das gesamte Geschoss überlassen, wenn wir es renovieren und dann irgendwie selbst nutzen. Nun konnten wir ihn davon überzeugen, dass dein Fotostudio dort perfekt aufgehoben wäre. Du bekommst sogar einen separaten Eingang und es darf ein großes Oberlicht eingebaut werden. Deshalb wollten wir dich heute gerne fragen …«

»Ja.« Xander war aufgesprungen und zog sie in seine Arme.

»… ob du als vierter Teilhaber an unserem Geschäft mitwirken willst«, vollendete sie den Satz lächelnd.

»Ja, ja und ja.« Xander ließ sie los und umarmte nacheinander auch Jelena und Arian. »Ich hatte schon eine ganze Weile überlegt, euch darauf anzusprechen, aber ihr habt eure Oase schon so lange zusammen geplant und hart dafür gearbeitet, da wusste ich einfach nicht …«

»Was?«, unterbrach Arian ihn forsch. »Ob du noch dazugehörst? Mann, was für eine Frage! Wir haben doch nur darauf gewartet, dass du den Weg nach Hause endlich findest. Erst wollten wir Sabine fragen, ob sie ihren Salon nicht an dich verpachten könnte. Sie zieht ja auch mit uns in die Oase, wenn auch ab dann unter Ellies Regie, weil die den Salon dann offiziell übernimmt, und man könnte sicherlich einiges nach und nach umbauen und so.«

»Weil wir nicht wussten, wie es mit unserem Obergeschoss weitergeht«, fügte Jelena hinzu. »Erst wollte der Vermieter ja nicht noch einen vierten Geschäftspartner, aber zum Glück konnten wir ihn überzeugen, dass ihm dadurch keine Nachteile entstehen oder ihm womöglich Ärger droht, falls wir uns entzweien – oder sagt man bei uns eher entvieren?«

Ringsum wurde gelacht.

»Wir haben ihm gesagt, dass eher die Hölle zufriert, als dass so etwas geschieht.« Arian breitete die Arme aus. »Sabine hat ja auch bereits eine Nachmieterin.«

»Nicht mehr.« Sabine stand auf, als alle sie erstaunt ansahen. »Sie hat sich kurzfristig anders entschieden, nachdem ich ihr eine bessere Location für ihr Vorhaben vorgeschlagen hatte.«

»Bitte was?« Perplex starrte Ellie ihre Mutter an. »Du hast deine neue Mieterin … woandershin empfohlen?«

»Vergrault meinst du.« Erheitert nickte Sabine. »Ihr Reisebüro kann sie auch in der Quergasse aufmachen. Dort ist gerade ein kleines Ladenlokal frei geworden, das günstiger und viel geeigneter für sie ist.«

»Aber … Warum?« Verständnislos blickte Ellie zwischen ihren Eltern hin und her. »Wusstest du davon, Papa?«

»Selbstverständlich.« Helge lachte. »Ich will nicht zu viele der Lorbeeren einheimsen, aber tatsächlich war es meine Idee.«

»Das war es«, bestätigte Sabine. »Wir kamen erst ganz kürzlich darauf, nachdem du«, sie zögerte einen Moment, »uns neulich besucht hast. Du weißt schon.«

Ellie schluckte. »Okay … Und was ist das genau für eine Idee?«

»Wir möchten Xander das Gebäude vermieten.« Sabine wandte sich Xander direkt zu. »Also genau genommen möchte ich das tun, denn das Haus gehört ja mir. Es ist nicht riesig, aber auch nicht zu klein. Für ein Fotostudio eignet es sich nicht, da ist das Obergeschoss der Oase deutlich besser ausgestattet, aber eine kleine Galerie könnte man daraus machen, mit einigen Umbauten natürlich. Was meinst du?«

»Was ich meine?« Diesmal ließ Xander sich auf die Armlehne sinken, fuhr sich mit gespreizten Fingern durchs Haar. Dann sprang er wieder auf und umarmte Helge und Sabine gleichzeitig.

***

»Na, was habe ich gesagt?« Santa Claus saß auf seinem Schlitten, in einer Hand die Zügel, mit denen er die Rentiere durch die Lüfte dirigierte, mit der anderen hielt er sich sein Handy ans Ohr. Vor sich hatte er ein eingeschaltetes Tablet in einer Halterung befestigt, auf dem er die Videos von der Wand in seinem Büro streamen konnte. Diese neue Funktion hatte Elf-Dreizehn ihm erst vor wenigen Tagen installiert. »Mein Plan ist perfekt aufgegangen.«

»Beinahe in letzter Minute.« Seine Frau am anderen Ende der Leitung seufzte aus tiefstem Herzen. »Wie du das angestellt hast, musst du mir morgen nach deiner Rückkehr noch genau erzählen«

»Das werde ich, mein Schatz, versprochen.« Der Weihnachtsmann lächelte zufrieden vor sich hin, während ihm die kalte Winterluft um die Nase blies. »Bitte bereite uns und vor allem den Elfen für morgen ein besonders gutes Weihnachtsessen. Sie haben sich wirklich ins Zeug gelegt, um den beiden auf die Sprünge zu helfen. Sogar die Traumelfen waren involviert. Und natürlich Elf-Zwei und Elfe-Acht, die inzwischen wirklich spitze darin sind, die Playlists der Menschen so zu manipulieren, dass dadurch die notwendigen Gefühle und Gedanken ausgelöst werden. Natürlich funktioniert das nur, wenn diese Gefühle und Gedanken sowieso schon vorhanden sind.«

»Anderenfalls wäre das Ergebnis ja auch nicht echt«, fügte Santas Frau hinzu. »Abgemacht. Ich werde ein großes Festmahl zubereiten. Ich hoffe, du hast gutes Wetter auf deiner Reise um die Welt.«

»Jede Menge Schnee da unten.« Santa Claus lachte. »Zumindest auf der Nordhalbkugel. Das wird die Menschen erfreuen. Von weißer Weihnacht träumen ja die meisten.«

»Dieses Jahr mussten wir dazu nicht einmal Petrus bestechen.« Seine Frau kicherte. »Dann mal gute Reise, mein Lieber, bis morgen!«

»Danke, mein lieber Schatz.« Der Weihnachtsmann schnalzte vernehmlich. »Los, los, ihr Rentiere, wir legen jetzt einen Zahn zu! Ho, ho, ho!«

***

»Es hat doch tatsächlich zu schneien aufgehört.« Lächelnd deutete Sabine zum spätabendlichen Himmel hinauf. »Genau richtig, damit wir nicht im Schneetreiben nach Hause fahren müssen.«

»Ja, aber dafür müssen wir unsere Autos jetzt erst mal freilegen.« Jelena seufzte. »Das wird ein Spaß!«

»Hab ich doch gleich gesagt.« Oliver grinste in die Runde.

»Hier sind alle Besen und Handfeger, die ich im Keller finden konnte.« Xander verteilte die Kehrutensilien unter den Gästen.

»Im Gartenhaus müsste auch noch ein Besen sein«, warf Ellie ein.

»Quatsch, die Sachen hier reichen doch.« Sabine winkte ab. »So eilig haben wir es nun auch wieder nicht, dass wir nicht zwei Minuten warten könnten.« Sie wandte sich Ellie zu, der Xander gerade wieder einmal von hinten die Arme um den Körper legte. Sein Kinn bettete er auf ihrer Schulter. »Habe ich euch eigentlich schon gesagt, wie sehr ich mich für euch beide freue?« Sie strich mit der Rückseite ihres Zeigefingers über Ellies Wange und drückte gleich darauf kurz Xanders Schulter. »Nun sind unsere beiden Töchter fest vergeben, und in beiden Fällen hätten wir uns keine besseren Männer als Partner für sie wünschen können. Das macht mich sehr glücklich.«

Ellie schluckte und blinzelte ein paarmal. »Ihr wollt mich heute unbedingt noch zum Weinen bringen, oder?«

Ihre Mutter lächelte ihr liebevoll zu. »Nein, ganz bestimmt nicht, mein Schatz. Aber was gesagt werden muss, muss gesagt werden, so ist das nun mal.« Damit wandte sie sich Kati zu, die etwas abseits stand und dem fröhlichen Treiben rund um die Autos zusah. »Na, das war für dich bestimmt ein ganz außergewöhnlicher Heiliger Abend, oder? Ich hoffe, es hat dir in unserer bunten Runde gefallen.«

»Sehr.« Zu Ellies Überraschung lächelte Kati zum ersten Mal freimütig. »Es war wirklich ungewöhnlich für mich, denn ich feiere Weihnachten schon seit Jahren alleine, und davor …« Sie brach achselzuckend ab. »Ihr habt eine wundervolle Familie … und Freunde. So etwas ist nicht selbstverständlich. Danke, dass ich heute mitfeiern durfte.«

»Haben wir alles?« Xenia kam mit mehreren vollen Papiertüten aus dem Haus. »Kati, deine Sachen sind, glaube ich, noch drinnen. Wenn du sie rasch holst, können wir alles im Auto meiner Eltern verstauen. Xander bleibt ja sicher heute Nacht hier.«

»Hatte ich vor.« Xander küsste Ellie aufs Ohr.

»Ihr werdet euch doch wohl beherrschen können, bis wir weg sind, oder?« Xenia tat entsetzt. »Schrecklich, so frisch Verliebte, nicht wahr, Kati?«

»Äh …« Kati hüstelte. »Also …«

»Nun sieh dir das an.« Arian, der ebenfalls noch einmal im Haus gewesen war, hielt Kati eine riesige Papiertüte hin. »Da hättest du doch fast deine Geschenke und die Tupperdosen mit dem Essen vergessen.« Mit einem stoischen Blick drückte er ihr die Tüte in die Hände.

»Nein, also …« Kati runzelte die Stirn. »Wieso *Dosen*? War es nicht nur eine?«

»In die andere habe ich noch Nachtisch gepackt. Und eine Dose Plätzchen ist auch dabei.«

»Das geht doch nicht!« In einer Mischung aus Verblüffung und Argwohn lugte sie in die Tüte. »Das ist viel zu viel! Ich bin doch nur eine Person.«

»Die leeren Dosen kannst du einfach in der Oase vorbeibringen.« Arian ging gar nicht auf ihren Protest ein. »Vielleicht können wir bei der Gelegenheit noch einen Deal machen.«

»Einen Deal?« Ihr Kopf hob sich ruckartig.

»Wir werden regelmäßig Blumendeko in der Oase benötigen.« Er maß sie mit einem vielsagenden Blick, lächelte aber gleichzeitig heiter. »Wenn ihr uns einen Supersonder-Nachbarschaftspreis macht, schließen wir vielleicht ein Abo bei euch ab.«

»Ein Abo.« Kati lächelte nur sehr verhalten zurück. »Das wird Tessa bestimmt freuen.«

»Dich etwa nicht?« Arian wurde wieder ernst. »Es sind bloß Blumen. Krieg dich wieder ein.«

»Was?« Kati starrte ihn an.

»Schon gut.« Er winkte ab.

»Bist du so weit?« Xenia trat auf Kati zu. »Sehr gut. Sind das alle deine Sachen? Dann mal los. Papa sagt, Mama muss fahren, weil sie das bei diesem Wetter besser kann.« Sie umarmte Ellie und Xander gleichzeitig. »Macht's gut, ihr beiden. Das war ein ganz toller Heiliger Abend.«

»Aber hallo, dem Lob schließe ich mich an.« Jelena tat es Xenia gleich und umarmte Xander und Ellie in einem. »Nach den Feiertagen setzen wir uns alle zusammen und reden über das Fotostudio.«

Da sich nun alle gleichzeitig voneinander verabschieden wollten, entstand noch einmal ein lautes, lustiges Durcheinander. Als schließlich alle Autos abgefahren waren und nur noch Ellie und Xander vor dem Haus standen, war die Stille geradezu gespenstisch.

»Das war einer der schönsten Heiligen Abende aller Zeiten.« Xander zog Ellie zu sich heran und berührte ihre Lippen ganz sachte mit seinen, was sofort dazu führte, dass sie glaubte, unter Strom zu stehen.

»So viele Menschen auf einmal hatte ich noch nie zu Gast.« Zärtlich küsste sie ihn zurück. »Aber daran werden wir uns wohl gewöhnen müssen.«

»Müssen?« Xander schmunzelte. »Wir haben doch früher auch schon mal alle gemeinsam gefeiert oder gegrillt.«

»Ja, aber nicht beides zusammen am Heiligen Abend.« Lachend blickte Ellie zum Himmel. »Das war schon ein ziemliches Happening. Arian muss den Grill dieser Tage noch abholen.«

»Vielleicht sollten wir uns selbst einen anschaffen«, schlug Xander vor. »Für zukünftige Weihnachtsfeste. Das wäre doch eine geniale neue Tradition, die wir für uns alle damit erschaffen würden.«

»Grillen im Schnee und Unmengen an Kartoffelsalat?« Ellie kicherte. »Könnte funktionieren.«

»Dann halten wir das mal fest.« Xander legte ihr die Arme um die Mitte. »Weißt du, was mit Kati und Arian los ist? Ich meine, er hat ja neulich angedeutet, dass er … na ja … interessiert ist. Aber für mich sieht es nicht so aus, als ob daraus etwas werden könnte.«

»Irgendetwas muss zwischen den beiden vorgefallen sein«, stimmte Ellie ihm zu. »Und es war ganz sicher mehr als ein einfacher Korb, den sie ihm gegeben hat.«

»Es sah mehr nach einem kompletten Fallout aus.« Xander kräuselte die Lippen. »Vielleicht erzählt er uns irgendwann mal davon. Wenigstens konnte Xenia sie überreden, vorerst bei uns zu bleiben, bis das mit ihrer Wohnung geklärt ist und sie etwas Neues gefunden hat. Unser Gästezimmer ist zwar klein, aber immer noch besser als eine Bruchbude ohne Heizung, warmes Wasser und Strom.«

»Oder ihr Auto.« Ellie hielt inne. »Eigentlich könnte sie doch auch für den Übergang in deinem alten Zimmer bleiben.«

»Ach ja?« Aufmerksam musterte er sie. »Und wo bleibe ich?«

»Na, hier.« Ellie lächelte. »Im Haus ist genug Platz für zwei Menschen plus Hund.«

»Ist das so?« Er zog sie fest an sich.

»Etwa nicht?« Sie schlang ihre Arme um seinen Nacken.

»Wahrscheinlich schon.« Er küsste sie auf die Stirn, dann auf die Nasenspitze. »Bittest du mich gerade, bei dir einzuziehen?«

»Muss ich dich da groß bitten?«

»Nein.« Er lachte auf. »Ganz sicher nicht. Damit geht mein größter Wunsch in Erfüllung. Mein größter Weihnachtswunsch sogar, um genau zu sein.«

»Das hast du dir zu Weihnachten gewünscht?« Sie blinzelte. »Mist, am Ende heule ich heute doch noch.«

Wau-gähn, sagt mal, was ist hier eigentlich los? Eben war hier noch der Bär los. Das hat zumindest Sabine gesagt. Keine Ahnung, ob das stimmt, ich habe nämlich gar keinen Bären gesehen. Na gut, ich hätte ihn wohl auch nicht erkannt, weil ich gar nicht weiß, wie ein Bär aussieht. Aber egal. Bei dem lustigen Durcheinander habe ich ein ganz hervorragendes Nickerchen unter dem Weihnachtsbaum gehalten. Aber jetzt ist es plötzlich ganz still und alle Menschen bis auf euch sind verschwunden. Scottie auch. Sehr merkwürdig. Amara war in der offenen Haustür erschienen und streckte sich ausgiebig und mit einem lang gezogenen Gähnen.

»Ach du liebe Zeit, wo kommst du denn her?« Ellie blickte erheitert auf die Hündin hinab. »Du hast ja lauter Geschenkpapierschnipsel im Fell.«

Tatsächlich? Na, wahrscheinlich, weil ich in dem Papier geschlafen habe. Aber wenn es dich stört, werde ich die Schnipsel ganz leicht wieder los. Amara schüttelte sich so heftig, dass sie einen kleinen Konfettiregen verursachte.

»O nein! Na toll.« Xander lachte. »Jetzt dürfen wir das ganze Zeug erst noch einsammeln, bevor wir ins Bett gehen.« Schon bückte er sich nach den Schnipseln und klaubte sie auf. »Sag mal, wer hat das Geschenkpapier eigentlich in derart kleine Fetzen geschreddert?«

Amara setzte sich mitten in die Tür und wedelte freundlich mit der Rute.

»Na, sie.« Ellie prustete.

Genau. Wer denn sonst? Okay, Scottie hat ein bisschen geholfen, aber den größten Teil habe ich geschafft.

»Guck dir das an!« Xander war an die Tür getreten. »Rund um den Baum sieht es aus, als hätte es in allen Regenbogenfarben geschneit.«

Ja, wau, gefällt es euch so gut wie mir?

»Fällt dir das erst jetzt auf?« Ellie lachte noch immer, hielt dann aber inne. »Xander, sieh mal, die Wolkendecke ist aufgerissen.« Sie nahm ihn einfach bei der Hand und zog ihn mit sich in den Vorgarten. »Man sieht sogar die Sterne!«

»Tatsächlich.« Xander blickte wie sie zum Himmel hinauf – und zu den funkelnden Sternen, die die Wolkenlücke erkennen ließ. In diesem Moment zog etwas wie ein heller Schweif am Firmament entlang, und Ellie hätte schwören können, erst das leise Klingeln von Schlittenglöckchen zu vernehmen und dann ein fröhliches »Ho, ho, ho!«

Eine Gänsehaut rieselte ihr über den Rücken, und als sie Xander ansah, wusste sie, dass er es ebenfalls gehört hatte. »Frohe Weihnachten«, flüsterte sie ihm zu.

»Frohe Weihnachten«, raunte er zurück und küsste sie zärtlich und innig.

Wau! Hey, habt ihr das gesehen? Doppelt, nein, dreimal wau! Da waren so komische Tiere am Himmel. Ja, ganz bestimmt, und sie haben einen Schlitten gezogen, da bin ich ganz sicher. Jetzt sind sie weg, aber ich habe sie ganz genau gesehen. Und auf dem Schlitten saß ein Mann im roten Mantel. Wirklich! Nun schaut doch mal. Wau! Ellie-Frauchen? Xander-Herrchen? Habt ihr das auch gesehen? Was macht ihr denn da? Küssen könnt ihr euch ein andermal. Hier fliegt ein Schlitten mit Tieren und einem Mann herum. Also wirklich, die beiden achten gar nicht auf mich. Aufgeregt bellte Amara und sprang an Ellie und Xander hoch, bis sie den Kuss unterbrachen.

»Was ist denn los, Süße?«, wollte Xander wissen.

Na endlich! Wuff. Ich wollte euch nur sagen … Moment mal, jetzt ist der Himmel gar nicht mehr zu sehen. Und es fängt an zu schneien.

»Es schneit wieder.« Ellie schüttelte sich. »Wolltest du uns deshalb Bescheid geben, Amara? Das war sehr nett von dir. Lasst uns ins Haus gehen.« Hand in Hand mit Xander begab sie sich nach drinnen.

Eigentlich wollte ich euch etwas anderes sagen, aber der Schlitten ist jetzt weg. Na egal, ich komme auch mit rein. Amara flitzte an ihnen vorbei und ließ sich auf ihr halb von Geschenkpapierfetzen bedecktes Kissen fallen. *Da draußen wirbeln nämlich jetzt wieder ganz viele Schneeflöckchen herum, und die sind mir zu kalt und nass an meinen weißen Pfötchen. Dann schon lieber Geschenkpapier-Konfetti!*

25. Kapitel

Erster Weihnachtsfeiertag

Haaach, ist das kuschelig hier auf dem Bett! Ich gebe zu, ich habe mich irgendwann in der Nacht, als Herrchen und Frauchen ganz fest geschlafen haben, hier heraufgeschlichen, und jetzt liege ich perfekt zwischen ihnen. Das fühlt sich so gut und richtig an. Hier gehöre ich hin. Zu meinen beiden liebsten Menschen. Die böse Zeit habe ich schon fast ganz vergessen, weil es jetzt so wunderhundeschön ist.

Kennt ihr das, wenn einfach alles wundervoll ist und am liebsten genauso immer bleiben darf? Ganz so fühlt es sich jetzt an. Ich bin bei meinen Menschen und passe auf sie auf und sie auf mich.

Bevor ich mich zu ihnen gekuschelt habe, hatte ich vor lauter Freude ein paar Zoomies. So nennt Xander-Herrchen das immer, wenn ich vor Übermut über Tische und Sofas rase. Könnte sein, dass ich dabei ein paar Plätzchen vom Couchtisch gefegt habe. Aber ich habe das aufgeräumt, wirklich, ich habe sie nämlich einfach aufgefressen. Die waren lecker, so ganz helle mit Nüsschen drin. Und weil mir danach langweilig war, habe ich den Papiersack, in den Ellie-Frauchen das ganze geschredderte Geschenkpapier gestopft hat, auseinandergenommen. Aber nur, um mein Kissen im Wohnzimmer auszupolstern. Das war echt gemütlich, aber hier im Bett mit meinen Menschen gefällt es mir noch viel besser. Wenn die beiden nachher aufwachen, können wir alle zusammen kuscheln und spielen und frühstücken und wieder spielen und kuscheln. Das wird toll!

Ob ich die beiden wecken soll? Dann könnten wir jetzt gleich mit dem Kuscheln anfangen. Ach, nein, ich glaube, ich schlafe lieber auch noch ein bisschen hier auf meinem neuen Lieblingsplatz zwischen Ellie und Xander. Es dauert ja noch ein bisschen, bis es hell wird.

Ich hoffe, ihr habt alle so ein wunderbares Lieblingsplätzchen oder dass ihr es ganz bald findet. Fröhliche Weihnachten all überall mit ganz viel Schneeflöckchen, weißen und anderen Pfötchen – und natürlich ganz viel Liebe. Wuff!